华 章
传奇派

品味无限不循环的人生

死于精神控制

遇瑾 著

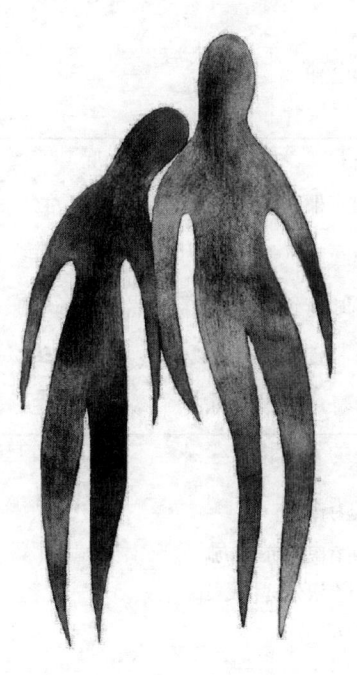

重庆出版集团 重庆出版社

图书在版编目（CIP）数据

死于精神控制 / 遇瑾著. -- 重庆：重庆出版社，2025.4. -- ISBN 978-7-229-19057-6

Ⅰ. I247.5

中国国家版本馆CIP数据核字第202402TR33号

死于精神控制
SI YU JINGSHEN KONGZHI

遇瑾 著

| 出　　品：华章同人
| 出版监制：徐宪江　连　果
| 特约策划：一页好故事
| 责任编辑：王昌凤
| 营销编辑：史青苗　刘晓艳
| 责任校对：李小君
| 责任印制：梁善池
| 封面设计：王照远

重庆出版集团
重庆出版社　出版

（重庆市南岸区南滨路162号1幢）

天津淘质印艺科技发展有限公司　印刷

重庆出版集团图书发行有限公司　发行

邮购电话：010-85869375

全国新华书店经销

开本：880mm×1230mm　1/32　印张：15.625　字数：377千

2025年4月第1版　2025年4月第1次印刷

定价：52.80元

如有印装质量问题，请致电023-61520678

版权所有，侵权必究

目 录

第 一 章　刑警队长的心魔 /1

第 二 章　常规逻辑无法解释的死亡事件 /14

第 三 章　心理学家的秘密 /28

第 四 章　线索之一："习惯"的神经本质 /39

第 五 章　线索之二："雪融" /50

第 六 章　梁雪融的隐瞒 /56

第 七 章　线索之三：仇恨的遗传与扩散 /69

第 八 章　核心思维：辩证 /79

第 九 章　线索之四：女学生 /91

第 十 章　梁雪融的人生图景 /104

第十一章　周建设的人生图景 /115

第十二章　基因的力量 /126

第十三章　浮出水面的嫌疑人 /135

第十四章　若隐若现的黑暗力量 /144

第十五章　基因凶器 /151

第十六章　精神伤害的法理思辨 /160

第十七章　代价 /172

第十八章　认罪直播（一）：不可磨灭的亲情 /180

第十九章　认罪直播（二）：酒店里的试探 /189

第二十章　认罪直播（三）：鱼饵和鱼钩 /195

第二十一章　认罪直播（四）：无形之刃 /204

第二十二章　关于自由意志的思辨 /215

第二十三章　暗流汹涌 /221

第二十四章　下一个目标 /234

第二十五章　旋涡边缘 /244

第二十六章　自然死亡 /255

第二十七章　自然死亡的侦查悖论 /262

第二十八章　线索之一：胰岛素 /269

第二十九章　线索之二：女大夫的默契目光 /277

第三十章　李星翰的危机 /294

第三十一章　线索之三：情感重现 /303

第三十二章　线索之四：王小娟 /311

第三十三章　舆论之力 /324

第三十四章　不可磨灭的决心 /337

第三十五章　李墨的人生图景 /345

第三十六章　线索之五：半年前的奇怪短信 /360

第三十七章　徐婉清的难言之隐 /371

第三十八章　王小娟的抉择 /388

第三十九章　徐婉清的人生图景 /408

第 四 十 章　徐婉清之死 /420

第四十一章　张焕然的思维炸药 /431

第四十二章　黑暗帝国的崩塌 /441

第四十三章　因果之一：蒋芸珊的忏悔 /450

第四十四章　因果之二：张焕然的忏悔 /464

尾　　　声　希望永存 /487

一切善恶皆有因果

第一章
刑警队长的心魔

2021年7月3日。

中州大学在本部礼堂举行研究生毕业典礼，作为生物技术学院院长，周建设一向都是主持典礼的重要领导之一，可是直到7点55分典礼即将开始的时候，他依然没有出现。

"联系上了吗？"一个女老师焦急地问。

"没有。"一个男老师眉头紧皱，"微信不回，电话不接，我让学生去他家敲门，也没有回音。"

"这可奇了怪了。"女老师又问，"跟他家里人联系了吗？"

"联系了。"男老师说，"但他爱人昨天正好去了外地开会，女儿又在北京工作，两个人也是怎么都联系不上他。"

"没办法了，"女老师说，"你快给刘副院长打个电话，请他来主持一下吧。"

"也只能这样了。"男老师说着拿起了手机。

典礼在热烈欢快的气氛中顺利进行，结束后，生物技术学院副院长刘海声拨通了周建设爱人的电话。周建设的爱人名叫梁雪融，是文学院的一名教授。

"梁教授，"刘海声说，"周院长到现在还是联系不上。邻居说他应该是在家的，可是怎么敲门都没人回应。这都九点半了，我们真的不太放心。要不您看，我们联系开锁公司把门弄开吧？"

"行啊。"梁雪融想了想说，"老周虽然身体素质不错，可毕竟快六十了，又是一个人在家，也确实挺让人担心的。"

刘海声挂了电话，联系开锁师傅抵达周建设位于学校附近的住处，开锁师傅三下五除二便打开了智能锁。一进门，众人就闻到一股明显的骚臭味。几步之后，所有人的心都瞬间提到了嗓子眼。

周建设俯卧在客厅的地板上，脸色苍白，嘴唇和手背都呈现出明显的青紫色，裤子上沾着类似于屎尿的污渍，整个人一动不动，透出死亡所独有的沉寂。

上午10点，李星翰翻了个身，虽然没有睁眼，依然能感受到窗外灿烂的阳光。

他想不起来到底是自己昨晚忘了拉窗帘，还是早上有人帮他拉开了窗帘。但无所谓了，他对大部分事情都已经完全不在乎了。

大半夜喝酒喝到宿醉？无所谓。工作日上午10点还没起床？无所谓。手机在耳边不停地震动？懒得接。肚子里一阵反胃，随时可能会吐到枕头和床单上？管他呢，反正又不是第一次了。

就这么烂在床上好了，爱咋咋地吧……

突然，他听到一阵隐约的脚步声，光脚，轻盈欢快，像春天刚学会奔跑的小鹿。

脚步声越来越近，最后停在了床边，耳朵很快就感受到了轻柔的呼吸，继而是那个熟悉的声音："哥，太阳都晒屁股了……"

"哎呀，若晴，都说了别来烦我——"

李星翰不耐烦地这么想着，两秒之后突然心中一沉，深吸一口气努力睁开眼睛，用模糊的视线看向身旁。空无一人。

又过了好一会儿，他才突然反应过来，妹妹离开这个世界已经快五年了。

残酷的现实疯狂涌向大脑，胃里一阵翻江倒海，他扒拉着垃圾桶一顿猛吐。虽然嗓子眼里、嘴里甚至鼻腔里都充满了刺鼻的气味，但他完全懒得去卫生间清洗，而是仰面朝天地躺回床上，继续看着这个毫无意义的世界。

手机再次震动起来，他茫然地听了一会儿，然后也不知道为什么，又茫然地接了电话。

电话是所长赵长林打来的。

"李星翰！"赵长林气不打一处来，"这都快中午了，你又干什么去了！？又喝酒了？你不要忘了自己的身份，你是金河区刑侦大队的队长！不管你破案率多高，也不能整天一副半死不活的样子，你这样怎么给队里的同志做表率……"

"是是是，下次一定，下次一定……"

李星翰敷衍着挂了电话，但手机像个烦人的苍蝇一样再次嗡嗡地震动起来。

"喂，赵所，我一会儿就过去啊，我是说真的……"他看也没看就开始说。

"李星翰！"电话里响起的却是前妻林晓楠的声音，"你干什么呢？人也没个影子，电话也死活不接。我知道你这个人不靠谱，可是早就说好的事情你怎么能食言呢？我告诉你，今天必须把财产分割的事情捋清楚，我已经到宋律师这儿了……"

"下次吧，啊，下次……"

李星翰再次敷衍地挂了电话，但只隔了不到两秒，手机就又一次震动起来。

"喂，李队。"这次是同事崔智鹏的声音。

"哦，智鹏啊，"李星翰打了个哈欠，"有事儿吗？"

"李队，有个案子得跟您汇报一下。"

李星翰依然提不起精神："哦，你整理好放我办公室就行了，我一会儿过去看看啊。"

"不是李队，"崔智鹏解释说，"这案子您最好是亲自来一趟。您不是说了吗？遇到蹊跷的意外或者猝死事件，都要第一时间跟您汇报的。"

李星翰眉头一皱，瞬间清醒了不少，努力清了清浑浊的嗓子问道："怎么回事？怎么蹊跷了？"

"金河城市花园发生了一起死亡事件，初步判断是服药导致的意外。"崔智鹏简要解释说，"根据刑事科学技术研究所王所长的推断，死者的直接死因，是过量服用了一种叫普萘洛尔的药导致了重症哮喘，然后窒息死亡的。类似的意外在生活中不算罕见，所以这本身倒没什么问题。可问题在于死者的身份有点特殊，他叫周建设，是中州大学生物技术学院的院长，生物制药领域的著名专家。虽然我们现在还没有证据，但听王所他们的意思，一个制药专家过量服用药物致死，总觉得不是意外那么简单。"

李星翰用力打了个哈欠，舔着干巴巴的嘴唇沉思片刻，最后睁大眼睛尽可能打起精神说："等着我，我现在就过去。"

他去卫生间随意洗漱了一下，随便套了件衣服就准备出门。走到门口的时候，他看了一眼鞋柜上的酒瓶，鬼使神差地又咚咚灌了两口。下楼后上车刚准备发动，他才猛然意识到刚刚喝酒的事情，又无奈地揉着脸叹息着下了车。他想用软件约个车，却怎么都摆弄不好那烦人的APP。他想在路上打出租车，等了两分钟却没一辆是空的。他盯着身边的共享单车看了半天，最后还是无可奈何地骑了上去。

李星翰并不是天生就这么颓废的，事实上，他曾经是个非常积极进取的人：以常年第一的成绩毕业于公安大学刑侦专业，实习期间就凭着敏锐嗅觉和缜密思维破获一起陈年旧案，后来以笔试和面试都接近满分的成绩考入公安系统，从警仅七年就破获疑难案件无数，破格升任了区刑侦大队队长，四次荣获三等功，两次荣获二等功，是中州市公安系统公认的未来之星。

彼时，二十九岁的他是多么意气风发。

可是，一场突如其来的意外彻底改变了他的生活。

2016年7月12日，因为司机突发脑梗，一辆机场大巴在绕城高速上失去控制，不仅自身翻滚之后冲出路面，还导致后方一辆重型货车侧翻，继而和多辆轿车发生碰撞、挤压，最终造成了17死9伤的惨剧，一时震惊全国。

而那场连环车祸的死者就包括李星翰的妹妹李若晴。

李若晴比李星翰小六岁，当时正在外地读研。事发当天，李星翰本来说好要去机场接她的，结果却因为有任务临时爽约。李若晴原本打算坐地铁回家，是李星翰心疼妹妹，特意转了钱让妹妹打车。结果这心疼之举，反倒阴差阳错地导致了妹妹的意外死亡。

尽管这并非李星翰的主观错误，亲友们也一再劝他不要自责，但失去妹妹之后，懊悔和自责还是一直深深困扰着李星翰。直到现在，他依然常常被噩梦惊醒。

而困扰他的，还有一些更加可怕的东西。

事故发生之后，大巴车司机孟海洲自然成了舆论焦点。当时舆论最关注的问题之一，就是孟海洲这种存在严重健康隐患的人，为什么能够担任大巴车司机？

解剖显示，孟海洲的脑梗属于心源性脑栓塞，其病理过程是：由于心房颤动等因素，心脏内血液流速减慢且黏稠化，一些杂质逐渐堆积，在左心房内壁上形成栓子；当栓子体积过大或是心脏受到某种刺激时，栓子便会脱落，沿着动脉流入大脑，堵塞脑动脉阻断神经功能，从而导致患者对侧肢体失去控制。临床上，约有70%的脑梗都属于这种形式。

医学专家指出，心房病变和血栓形成都是比较缓慢的过程，从解剖结果来看，孟海洲左心房已经出现部分纤维化，血栓个头也很大，这显然不是短时间内发生的。所以专家们自然对机场管理方提出了质疑：为什么这么一个关系公共安全的重要岗位，却没有及时通过体检排查出健康隐患呢？

当时，李星翰也曾经对机场管理方有过无比强烈的愤恨和怒火，甚至几度想找到负责人狠狠揍一顿。然而在他的怒火和舆论的质疑声中，机场方面却很快表示，2016年5月，也就是事故发生前两个月，孟海洲刚刚接受过单位组织的体检，而体检报告显示，他的心脏当时还处于比较健康的状态，根本没有心源性脑栓塞的隐患。经"7·12车祸"调查组多方核实，体检报告真实有效。

所以，机场方面显然并不存在管理漏洞。

可李星翰怎么都想不明白，专家和学者们也想不明白，短短两个月的时间，心脏就从健康状态恶化到了纤维化的程度，还形成了足以引起脑梗的血栓，这怎么可能呢？这到底是怎么发生的呢？

解剖显示，孟海洲没有受到任何来自外部的物理、化学或是生物伤害，细胞检验也没有发现任何隐蔽的中毒迹象，所以可以断定，他的病属于自然发生，完全是某种自身因素导致的。

那这自身因素，又到底是什么呢？

在联合调查组的持续挖掘之下，孟海洲的几名同事不约而同地反映了一个情况，说是大概从2016年5月下旬开始，孟海洲的情绪就一直比较低落，他突然变得不喜欢说话，总是愁眉不展，经常唉声叹气，而且好几次连饭都吃不下的样子，似乎承受着某种严重的精神压力。

医学专家指出，精神压力会通过杏仁核—下丘脑—垂体—肾上腺这一神经—内分泌通路，刺激肾上腺髓质释放过量儿茶酚胺类物质，儿茶酚胺水平过高，会对心肌细胞造成强烈刺激，导致细胞的病变甚至坏死。从理论上说，这一心理-生理过程，是有可能在短时间内引起房颤和血栓的。而在解剖记录中，孟海洲肾上腺髓质和其他一些内分泌腺的过度肿大，也证实了他病发前的确受到过强烈的精神刺激。也就是说，他的脑梗很可能就是某种精神压力所导致的，属于"心身疾病"。

那是李星翰第一次直观认识到精神力量的可怕。

推测公开之后，舆论陷入沸腾。人们也是第一次直观认识到，精神因素居然会对现实生活带来如此巨大的影响。网络上开始出现大规模的关注心理健康的呼声，一些医学和心理学公众号疯狂涨粉，甚至一些高校的心理学相关专业都出现了临时扩招的情况。一场车祸，让人们对心理学的关注空前高涨。

但李星翰并不在乎这些，他只在乎真相，在乎到底谁该为妹妹的死负责。

联合调查组邀请了多名心理学和精神病学专家，围绕孟海洲的心理问题进行了深入的走访调查，逐渐了解到这个平凡男人背后的生活之痛。调查显示，2016年5月下旬，孟海洲长期投资的网贷平台突然爆雷跑路，让他近二十年的积蓄血本无归；6月中旬，他又突然撞见妻子出轨，并意识到妻子的背叛已经持续多年。在协商离婚和争取抚养权的过程中，他又遭受了岳父母的多次羞辱，妻子把他投资失败的消息悄悄告诉了上初中的儿子，儿子也对他表现出明显的嫌弃。到了7月初，亲友之间又突然出现流言，说儿子根本就不是他的亲生骨肉，车祸发生当天，孟海洲已经预约了一家鉴定机构，准备去做亲子鉴定……

短短两个月的时间里，他确实经受了太多的挫折。或许，正是这种种打击摧残了他的精神和身体，使他的心脏状况迅速恶化，最终导致了那场重大悲剧。

那么，这一切究竟是谁的错呢？

虽然联合调查组对工作内容进行了保密，但这种事情毕竟有着大量知情者，所以相关信息还是很快就被曝光到了网上。在部分死难者家属的情绪引导下，一些网友把矛头指向了孟海洲的妻子和岳父母，认为是他们的背叛和欺辱导致了孟海洲的脑梗，他们应该为"7·12车祸"承担责任。

官方和专家学者们很快就驳斥了这种过于朴素的是非观，认为孟海洲的妻子和岳父母在道德上固然存在过错，但绝对无法预见到孟海洲的病情发展和车祸的发生，也不可能存在希望二者发生的主观意愿，因此他们根本不存在法律责任的问题。

虽然情感上难以接受，但作为刑警，李星翰深知这一观点是符合逻辑的。也许，那场惨烈的车祸，归根结底只是命运使然，是一场无法预测和预防的悲剧。

唯一的错，在于自己的多事。

对李星翰而言，事情似乎该彻底画上句号了，他大概会在自责中浑浑噩噩地过完余生，一辈子都无法走出害死妹妹的阴影了。

可就在此时，一则可怕的谣言突然流传开来，让整件事情蒙上了一层更加复杂难辨的迷雾，也进一步改变了李星翰的生活。

谣言说，从2016年5月到7月，孟海洲所遭遇的一切都是有人精心设计的，其目的正是制造孟海洲的脑梗，从而杀死大巴车上一位名叫魏文斌的记者。

根据谣言，事情要从一年前的一起贿赂案说起。

2015年10月，中州大学第一附属医院院长吴志强、检验科主任李东海及影像科主任冯瑞兰因受贿落马，贿赂方为远思生物科技集团旗下的医疗检验企业——远思生命。经审讯，在与远思生命合作经营检验业务的一年时间里，三人共收受该企业现金贿赂超过3000万元。

但奇怪的是，经纪检、工商、税务等部门联合调查，在这一年时间里，远思生命通过合作业务获取的纯利润却只有1200万元。

资本是逐利的，有哪个企业会为了1200万的利润而行贿3000万呢？

虽然三名落马者和远思生命后来都辩称，这是远思生命为了抢占市场做出的长远规划和牺牲，但医疗检验并非暴利行业，这种说法总让人觉得有些牵强。

当时，曾有自媒体爆料称，之所以贿赂金额远超利润，是因为远思的真正目的并非利润本身，而是借助医疗系统窃取我国公民的健康数据。

虽然这种说法从未得到过证实，而且很快就淹没在了快节奏的网络舆论之中，但根据谣言的说法，官方对此是有过重视的。据说，《中州日报》一位名叫魏文斌的记者曾以清洁工的身份卧底进入一附院查证此事，并且似乎有了重大发现。而就在他积极汇总线索和证据、准备向上级反映情况之时,却突然死于一场意外,这场意外,正是震惊一时的"7·12车祸"。

当时,魏文斌是孟海洲所驾驶大巴车上的乘客之一。

谣言认为,魏文斌的调查对远思构成了巨大威胁,而作为顶尖的医疗科技企业,远思很可能已经掌握了通过精神控制的方式制造重症疾病的高端技术。因此,远思控制了孟海洲的精神和生理,谋划并制造了看似意外的"7·12车祸",从而不露痕迹地实现了杀人灭口。

在谣言的引导下,网上也迅速流传着更多可疑的细节。比如,孟海洲的妻子收入平平,车祸发生前却突然多了几笔大的花销,这些钱是从哪儿来的?她出轨多年都没被发现,为什么会突然被发现,是不是拿了远思的钱而故意为之?又比如,孟海洲的岳父母据说一直对女婿挺满意的,为什么车祸前突然态度大变,是不是也受了指使?儿子不是亲生骨肉的流言显然对孟海洲打击巨大,可官方在调查中却一直没能找到流言的源头,那这流言究竟是哪儿来的?会不会也是远思故意制造的呢?

一时间,"7·12车祸"似乎真的成了一场板上钉钉的人祸。李星翰的目光,也第一次聚焦到了远思这家企业身上。

但远思很快就做出回应,称谣言的指控完全子虚乌有,是竞争对手别有用心的炒作。大量心理学和医学专家也纷纷辟谣,表示虽然心理压力能够导致疾病的发生,但整个过程充满偶然和不确定性,绝对不是人力能够掌控的。孟海洲的妻子和亲属们也纷纷表示谣言过于可笑,根本就是阴谋论者哗众取宠、胡编乱造。

理性的声音很快占据了上风,联合调查组也发表声明,称整个事件涉及的所有当事人中都未发现任何主观故意的情况,因此谣言并不可信。"7·12车祸",只是一场难以预测和预防的意外事故,是复杂的社会汪洋中一次谁都无法预知的风浪。

至此,喧嚣一时的谣言迅速平息,舆论又回归到对心理健康的关注上。

然而,一些人的命运,已经被谣言彻底改变了。

对局外人来说,谣言只是吃瓜看戏过程中一个微不足道的小插曲罢了,但对于"7·12车祸"的死难者家属们而言,谣言的说法却像是一根深深扎进心里的刺,一旦出现,就很难再轻易拔除了。因为对他们而言,挚爱的亲人突遭横祸离世,却无人需要为此担责,那种无助、无奈和失去方向的感觉,真的是一种难以承受的痛苦折磨。而谣言明确了事故的责任对象,无疑给了他们一种希望、一种寄托、一种可以踏实前行的方向。所以,尽管他们理性上也知道谣言不可轻信,可是感性上却又难以控制地想要去相信,人的思想和感受并非理性能够轻易驾驭的。

而这种微妙的特殊群体心态,在李星翰身上又进一步放大了。

妹妹死后的一个多月时间里,李星翰几乎每天晚上都会梦到她。偶尔有些时候,李若晴会在梦中露出笑脸,告诉哥哥不要伤心,但大部分时候,她的脸都是沮丧甚至狰狞的。

"哥,你为什么不去接我?"

"哥,你为什么那么喜欢多此一举,让我好好坐地铁回去不就行了吗?"

"哥,你为什么要害死我!?"

"都是你害的!都是你害的!"

李星翰总是喘着粗气从梦中惊醒,额头上挂满冷汗。他原本出于心疼妹妹的举动,却亲手葬送了妹妹年轻、美好的生命,无边的懊悔和自责深深困扰着他,成了他难以面对的心魔。在调查组认定车祸纯属意外之后,这种心魔又进一步疯长,压得李星翰几乎无法喘息。

为了对抗或者说逃避心魔,他迫切地需要一个期待、一份寄托、一种转移情绪的办法,而那条看似离奇的谣言,恰好精准地戳中了他的一切需要。

尽管官方已经正式辟谣,医学专家们也一再强调,通过影响情绪制造脑梗这样的重病完全是无稽之谈,但谣言的说法给了李星翰一个渺茫的希望。他就像一个在无边海洋中绝望漂流的人突然看见了遥远的地平线,像一个在茫茫沙漠深处垂死挣扎的人突然看见了天边的绿洲,尽管希望是那么渺茫、那么遥远、那么虚幻,可他必须抓住,他别无选择。

是的,只要坚信妹妹是被人害死的,并且努力去追查真凶,那么追寻真相的执着,就可以暂时驱走自责的心魔了。

唯有如此,他才能重拾生活信念。

在这种微妙心理的驱使下,李星翰开始相信,这世上一定存在某种高超的技术或者能力,能够通过精神控制的方式让人得病。他开始拼命学习医学和心理学,开始对遇到的每一起自然死亡和意外事故深挖不放,希望能从中找到指向远思的线索,揪出害死妹妹的真凶。

五年的时间里,他深入调查过几十起可疑死亡事件,但令人绝望的是,他至今没找到任何指向远思的明确线索。对妹妹的愧疚持续折磨着他,无望的调查结果反复打击着他的精神,他逐渐失望、抑郁,对生活中的大多数事物失去热情。

如果不是因为仍然有着较高的破案率,上级可能早就把他撤职了。他和父母之间的隔阂越来越深,妻子一再失望后也离开了他,曾经亲密的朋友们也一个一个疏远了他。

唯一能让他有动力去做的事情，大概只有蹊跷死亡事件的调查了。但也只是有点动力而已，实际上，五年来的不断失败，也早就把他的信心磨损得没剩多少了。

对于生活和信念，他已经到了崩溃的边缘。如果不是因为还有一些值得牵绊的人，他也许早就自杀以求解脱了。

2021年7月3日上午10点，灿烂的阳光中，他颓废地坐在共享单车上，歪歪扭扭地骑向周建设的死亡现场。希望也许仍然存在，但他已经快要感受不到了。

第二章
常规逻辑无法解释的死亡事件

上午10点15分，周建设的住处，技术员们正在有条不紊地进行现场采样和记录，两名法医已经完成了初步的尸检工作，开始和刑警崔智鹏进行沟通。

年长的法医名叫王保林，五十四岁，是中州市公安局刑事科学技术研究所的所长。他业务能力出众，再疑难复杂的尸体只要经他的手，背后逻辑都会被抽丝剥茧一一捋清。另一名法医名叫宋莹莹，二十五岁，刚出校门不到一年，公安大学法医病理学的硕士，严格来说算是李星翰的小师妹。虽然年纪轻轻，但她的学识和能力都颇为出众，是王保林眼下最为器重的徒弟。

为了锻炼宋莹莹，王保林通常都会把沟通的工作交给她，这次也不例外。

"鹏哥，初步检验没有发现外力导致的损伤。"宋莹莹蹲下身，一边用手比画一边解释说，"你看，尸体面部、四肢紫绀，眼球、眼睑有针尖大小的点状出血，舌尖外伸，有明显咬痕，从这些现象来看,死因很可能是病理性的窒息。从尸斑和尸温的情况推断,死亡时间大概在昨天晚上8点到10点之间。"

王保林没有纠正或者补充,显然对徒弟的表现比较满意。

崔智鹏点点头:"你们怀疑是过量服药致死的?"

"是的。"宋莹莹拿起茶几上的一瓶药,"我们在现场找到了这瓶药,还有喝掉半瓶的矿泉水,死者很可能就是因这个药而死。"

崔智鹏戴上手套接过药瓶,念出了药品的名字:"普萘洛尔——这到底是什么药?"

"非选择性的β受体阻断剂。"宋莹莹耐心地解释道,"鹏哥,儿茶酚胺你应该知道吧,就是肾上腺素、去甲肾上腺素和多巴胺的统称,是体内最重要的激素族群之一。咱们的大部分细胞功能都是靠激素进行调控的,而激素想要发挥这种调控作用,就必须和细胞表面一种叫G蛋白偶联受体的物质相结合,打个比方,就相当于把钥匙插进了锁孔解锁,从而激发对应的功能。G蛋白偶联受体简称受体,分为不同种类,会和不同的激素相互配合,对细胞功能进行不同方向的调控。正是通过这种特定又多元的方式,不同的激素才能各自发挥作用,帮咱们维持各个生理系统的平衡,从而维持健康。以儿茶酚胺这类激素来说,它作用于心肌细胞的β1和β2受体,会引起心跳加速、泵血量增加,一旦分泌过多或者功能亢进,就会引起心律失常、高血压等疾病。普萘洛尔能阻断β类受体功能,从而阻断儿茶酚胺对心脏的激动作用,因此能减缓心率、降低心输出量,是快速心律失常、高血压方面的常用药,有时候也会用来治疗焦虑导致的躯体化症状。"

"差不多懂了。"崔智鹏努力消化着这些医学知识,同时问到了重点,"这药能害死人吗?"

"能,而且不算罕见。"宋莹莹肯定地说,"咱们的呼吸系统也受激素和受体调节,其中,儿茶酚胺作用于呼吸道平滑肌的β2受体,会引起平滑肌舒张,从而引起气道舒张。咱们之所以能够控制气管扩张、顺利吸入空气,这个调节机制起着至关重要的作用。比方说,生气的时候呼吸会加深加重,就是由儿茶酚胺的水平升高导致的。普萘洛尔是非选择性的β受体阻断剂,所谓非选择性嘛,也就是说,会无差别地阻断体内所有的β类受体,所以,它自然也会阻断呼吸道平滑肌的β2受体。β2受体阻断,呼吸道的舒张能力就会受到抑制。这对正常人来说可能问题不是很大,最多就是憋气、咳嗽、诱发感冒什么的,但对哮喘患者来说,则有可能严重抑制呼吸道的张力,从而诱发、加重哮喘。所以,普萘洛尔是哮喘患者的禁用药。"

崔智鹏了然地点了点头。

"没错。"王保林补充说,"但生活中很多人对药物的副作用都不当回事。临床上,因为服用普萘洛尔这类药物而哮喘发作甚至死亡的人,每年都不在少数。"随后他嘱咐道:"体征上也比较符合过量服药的推断,你接着说吧,莹莹。"

"是。"宋莹莹指着尸体裤子上的排泄物说,"鹏哥,你看到了吧?β类受体高度阻断,会导致膀胱和肛门的平滑肌收缩、括约肌舒张,濒死的时候意识丧失,很难对这些肌群进行主动控制,这就是排泄物大量排出的原因。"说着又掀开死者眼皮,指向有些扭曲变形的眼周:"再看这儿,虹膜环状肌和睫状肌都发生了严重收缩。"等崔智鹏看过之后,又抬起患者僵硬的手臂,用手指比画了一下手臂上一些扭曲的瘀痕:"还有这些,很多外周血管也都发生了严重收缩,而且能看到不少明显的痉挛现象。"最后又扒开死者的裤子和内裤:"还有这边,阴茎海绵体血管也发生了明显的收缩。"

"我去。"崔智鹏不禁倒吸了一口凉气,"这药还能影响性功能呢?"

"是的。"宋莹莹点点头,"毕竟是降压药嘛,血压降低,海绵体血管充血能力就会下降,另外,阻断 β 受体还会变相激活外周血管的 α 受体,进而导致外周血管收缩,所以临床上,普萘洛尔是勃起障碍的一种常见药物诱因。"她拉上死者的裤子总结道:"以上所有这些现象,都是 β 类受体高度阻断的典型体征。这种程度的 β 受体阻断,绝对不可能是自然发生的。"

崔智鹏点点头:"所以基本可以断定是服药致死的了?"

宋莹莹肯定地点了点头。

"八九不离十吧。"王保林则保持着谨慎态度,"但还是得解剖才能下定论。"

沟通至此,门外响起三人再熟悉不过的脚步声。李星翰满身酒气、打着哈欠走进现场。

"李队。""星翰。""师兄。"三人分别跟他打了招呼。

"王所,莹莹。"李星翰颓废地回应了招呼,随后一边看向尸体,一边用无精打采的声音精准描述道,"窒息体征,肛门和膀胱括约肌失去收缩能力,外周血管有痉挛现象——智鹏说,你们在现场找到了普萘洛尔?"

"是。"宋莹莹把药瓶展示给他,"还有半瓶矿泉水,看起来应该是吃了不少。"

"王所,"李星翰又打了个长长的哈欠,问道,"您估摸着服药量是多少?"

"得做细胞实验才能确定。"王保林琢磨着说,"不过根据以往的经验,在 100 毫克左右吧。"

崔智鹏问:"这是个什么概念?"

"普萘洛尔的用量跨度很大。"李星翰用慵懒的声音缓缓解释说,

"轻度的心绞痛或者心律失常，一次的用量在5—10毫克，按这个牌子就是半片到一片。严重的心律失常，一次用量最多30毫克，治疗心梗算特殊情况，最多可以用80毫克。"

"事情猛一看有点像是意外，毕竟类似的意外还是挺常见的。"王保林继续琢磨道，"但这次总觉得不太对劲——智鹏都跟你说了吧？这个死者可是著名的生物制药专家，中州大学生物技术学院院长，还是省药学会的常务理事，参与药物安全审批工作的学术专家。普萘洛尔虽然属于化学制药，但毕竟是非常基础而且常用的药，对这种级别的专家来说，药理肯定会拿捏得非常准才对。这过量服用导致意外，好像在逻辑上站不住脚啊？"

李星翰再次打了个哈欠，说："如果他昨天晚上突发心梗，情急之下，倒是有可能服用这么大的药量，但感觉还是有点牵强。"

"是的，"王保林说，"体征上虽然也有心脏病变的体现，但并不存在原发性心梗的迹象。当然了，光从表面上还无法判断心肺病变之间到底哪个是因、哪个是果。"

"那先解剖吧。"李星翰靠在墙上揉了揉额头，懒洋洋地说，"解剖完再研究。"

二十分钟后，现场取证工作结束，民警们和两名法医一起带着尸体去了刑科所。刑科所解剖室里，王保林对周建设进行了解剖，把一部分内脏样本交给宋莹莹拿去化验，同时对李星翰和其他几名民警介绍了尸检结果。

"没有原发性的心梗，心脏病变是窒息引起的。"他首先说了结论，随后指向周建设肿大的肺，"你们看，跟推测的一样，病理性的分泌物把气道都堵严实了，这会导致严重的内循环缺氧。"他指向周建设肥大的心脏："缺氧导致心脏负荷代偿性加重，从而引起心跳剧烈加速，导致了左心室的扩大和颤动，另外，心肌细胞在缺氧之前存在轻度病变，这人生前应该有心律失常之类的问题，但是很显然，绝对没有发展到心梗的程度。"

"等下，王所，我记得您刚才说，普萘洛尔不是能减缓心率、降低心输出量吗？"崔智鹏不解地问道，"怎么吃了普萘洛尔心跳还会加速呢？"

"不错，你注意到了很重要的细节。"王保林解释说，"但医学不是简单的加减乘除，而是存在很多复杂的辩证逻辑，在医学上，没有绝对的事情。普萘洛尔能减缓心率不假，那是从激素调节的角度说的。但是另一方面，在内循环严重缺氧的情况下，低氧环境会激活一些化学感受器，直接通过中枢神经对呼吸和心跳进行调节，从而让心脏突破激素的限制加速跳动。这是一种自我保护机制，是身体试图让心脏弥补呼吸道失去的功能，通过加速跳动给体内增加更多氧气，相当于心脏试图替呼吸系统完成一部分工作，所以这种现象叫代偿。就是我刚才说的，心脏负荷的代偿性加重。"

崔智鹏和另外两名民警恍然大悟。

这些知识李星翰都懂，可不知道为什么，他原本慵懒的心底好像突然狠狠震动了一下，仿佛捕捉到了什么关键的信息。

但那种奇怪的直觉很快又溜走了，因为看着周建设的尸体，他再次难以控制地想起了孟海洲诡异的病变，继而再次想起了妹妹。

跟妹妹最后一次打电话的情景他至今仍历历在目，恍惚间，他仿佛又听到了妹妹的声音："哥，今天晚上我要去你们家蹭饭，我要吃你做的红烧肉，你不给我做，我就哭给你看！"

若晴，你这丫头啊——

他想象着妹妹的声音抬起头，突然发现妹妹正披着头发浑身是血地站在王保林身后，脸上带着甜美中透着诡异的微笑。他手臂微微抖动了一下,一时没能意识到那是幻觉,脚步不自觉地朝妹妹挪了过去。但是刚走出一步,他就又发现王保林身后空无一人,只有妹妹的声音还隐约回荡在某个遥远的地方:"哥,别丢下我……"

他用力做了两个深呼吸,僵硬地对着解剖台的支架盯了许久,才鼓起勇气抬起头,艰难地从白日梦魇中挣脱出来。

王保林心照不宣地看了他一眼,随后继续总结道:"尸体没有任何来自外部的物理、化学损伤,一会儿细胞和毒理实验没问题的话,死因就可以正式确定了。主要死因是过量服用普萘洛尔导致的窒息,直接死因是窒息诱发的心室颤动。"

十分钟后,宋莹莹带着笃定的目光推门而入:"王所,细胞性状和功能指标全都符合病理性窒息和室颤的体征,没有中毒迹象。另外您的判断太准了,从细胞实验的比对来看,死者服用普萘洛尔的药量,的确就在90毫克到120毫克之间。"

"可以下定论了,"王保林终于松了口气,对民警们说,"死者就是过量服用普萘洛尔致死的。"

死因正式确定,下一步就是死亡性质的问题了。解剖结束后,刑科所会议室里,法医和民警们的注意力再次回到了周建设过量服药的动机问题上。

"死者生前虽然也有一定的心脏问题,但从尸检和细胞实验来看,室颤完全是由窒息引起的。"王保林再次强调说,"所以心肺病变之间,肺是因,心是果。可以确认,死者生前并不存在原发性的心梗或者重度心律失常。因此我认为,就算他出于治疗目的服用普萘洛尔,一次用量最大也不应该超过30毫克。作为制药专家,这一点他肯定是清楚的。"

"所以,是最大剂量的三倍还要多,那是不是就意味着,可以彻底排除正常服药导致的意外了?"崔智鹏思索着说道,"那么,会不会是上瘾导致的过量服用呢?"

王保林摇了摇头:"没有这种可能,普萘洛尔虽然能降低心率,但并不能激活和愉悦有关的神经通路,是不具备任何成瘾性的。谨慎起见,我刚才在学术网站上查了一下,也没有找到任何普萘洛尔成瘾的实验或者病例。"

崔智鹏点点头:"那这样的话,意外就完全可以排除了啊。"说着他眉头一皱:"难不成是自杀?"

"我也认为可以排除意外,但自杀这种推测,从逻辑上说问题也不少。"王保林分析说,"首先,普萘洛尔并不具备强烈的毒性,我干了二十多年法医,还从来没有听说过吃普萘洛尔自杀的。再者,普萘洛尔治疗心梗最大用量可以达到80毫克,所以对正常人来说,就算没有发生心肌梗死,100毫克的普萘洛尔也并不是一个绝对致死的剂量。也就是说,身为制药专家,如果真的打算吃这个药自杀,保险起见,也应该吃得更多才对,至少得200毫克往上吧。再有,还是死者的身份问题,他是药学专家,真想寻死的话非常容易,有很多不那么痛苦的药物可以用,为什么非要用普萘洛尔呢?要知道,病理性的窒息死亡那可是非常痛苦的,甚至可以说是生不如死,既然都决定死了,他为什么非要用这种方式折磨自己呢?"

李星翰慵懒地点了点头。

"可不是意外也不是自杀,难不成是他杀吗?"崔智鹏不解地说,"我们已经对现场进行了全面排查,没有发现争执、搏斗的痕迹,门窗都是从室内反锁的,也没有人为破坏的迹象,小区监控也显示,除了死者自己昨天晚上7点50分左右去了一趟地下停车场外,没有第二个人出入过现场。而且在下楼的几分钟时间里,死者也没有跟任何人进行过接触。从这些线索来看,不可能有人强迫死者过量服药,所以他杀也是不可能的啊。"

人的死亡性质,无外乎他杀、自杀、意外和自然死亡四种,如今,四种可能性似乎都站不住脚,事件顿时蒙上了一层诡异色彩。

虽然周建设是过量服药,孟海洲是突发重病,两件事在性质上好像完全不同,但一瞬间,李星翰却有种强烈的直觉,觉得两件事情带来的诡异感,有着某种难以言说的相似性。

恍惚间,李星翰看见了这样一幅画面:周建设好端端地坐在家里的沙发上,突然有一股无形的黑暗力量钻入他的大脑,让他像着了魔一样开始疯狂吃药。那股黑暗力量,就这么不动声色地杀死了他。

多年以前,关于孟海洲,李星翰也幻想过十分类似的画面:孟海洲看似平静地生活着,却有一股无形的黑暗力量盘踞在他周围,让他原本健康的心脏像着了魔一样迅速病变,形成越来越大的血栓。2016年7月12日,他好端端地开着车,那股黑暗力量又突然狠狠撞击了他的灵魂,让心脏里的血栓飞速冲入大脑,就这么不动声色地杀死了17个人。

熟悉的诡异感,还有同样熟悉的、习惯性的绝望感——这种案子几乎是破不了的。

"星翰,"片刻之后,王保林的声音把他从恍惚中带回现实,"你有什么想法?"

李星翰摇了摇头,思绪一片茫然,只能下意识地拖一拖时间,他看向崔智鹏,问道:"死者的手机信息检查了吗?现在还有一种可能,就是死者受到了某种软暴力威胁,在威胁之下被迫过量服药。"

崔智鹏摇摇头:"这个,毕竟不能确定是刑事案件,涉及隐私,我们就暂时没有检查。"

李星翰吐了口气,点了点头:"那就先查这个吧,联系到死者家属了吗?"

"联系了。"崔智鹏说,"他爱人和女儿正好都在外地,接到消息已经在往回赶了,下午一点多就能回到中州。"

下午两点,李星翰和王保林见到了周建设的妻女。

周建设的爱人名叫梁雪融,是中州大学文学院的教授,著名学者梁文韬的女儿,和父亲一样,主要研究的都是宋代文学。她五十五岁,但身材保持得很好,所以看起来只有四十岁上下的样子。她年轻时应该非常漂亮,且举止优雅、谈吐得体,至今仍有着夺目的魅力。

周建设的女儿名叫周暖知,二十八岁,在北京某大学当老师。她和母亲长得很像,但相较之下显得年轻且浮躁,所以气质逊色不少。

周暖知显然已经哭了一路,见面时眼睛红肿干涩、声音沙哑,情绪也依然比较激动。而梁雪融却显得十分平静,只有眼眶勉强算是微微发红,连泪水都看不到半滴。

李星翰虽然一副无精打采的样子,但还是敏锐地感觉到,这种平静似乎不太正常。

见面之后,王保林介绍了尸检情况,没等李星翰开始询问,梁雪融就平静地提出了质疑:"怎么可能呢?老周身体好得很,以前也没得过哮喘啊,怎么吃点药说没就没了呢?你们能确定是吃药的问题吗?"

她的情绪和语气真的过于平静了,更像是一个外人在研判案情,而不像一个刚刚丧夫的妻子。

王保林显然也觉得她不太正常,看了李星翰一眼,随后向母女俩解释说:"非常确定。我刚才也解释过了,体征、解剖、毒理检验，所有证据都证明，过量服用普萘洛尔是他的唯一死因。至于他没有哮喘病史的问题……确实挺让人意外的。但其实也可以理解，有时候疾病就是非常隐蔽，不到发作的时候根本看不出来，不然也不会有那么多猝死的了。"

梁雪融微微摇头，显然对这种说法难以接受。

"他是什么时候确诊心律失常的，什么时候开始吃普萘洛尔的？"李星翰用低沉的声音不紧不慢地问道。

梁雪融叹了口气，但更多的是疑惑而非悲伤："这正是我想说的，老周从来没有确诊过心律失常，医生也从来没有给他开过什么普萘洛尔。你们打听打听就知道了，他很喜欢锻炼，身体素质一直不错，去年年底体检的时候身体还挺健康的。我也想不通，他到底为什么要吃这个普萘洛尔呢？"

李星翰心中微微一沉，再次想起了孟海洲。

"他上次体检的时候做心脏彩超了吗？"王保林问道。

"没有。"梁雪融摇摇头，"他对健康一向很自信，甚至可以说是自负。就连那次体检也是我催着他去做的，当时心脏方面只查了心电图，没发现什么问题。"

"确实是太自负了。"王保林惋惜地摇了摇头，"很多心脏问题一开始都不怎么起眼，甚至心电图都发现不了，可一旦发作起来却非常可怕。不然的话，生活中也不会有那么多猝死的了。前几年有个男演员不就是吗？也是身体素质不错，结果突然就发生了心源性猝死。"

"你们说了这么多废话，我爸到底为什么会吃那么多药啊！？"一直沉默的周暖知再也控制不住情绪，用颤抖的声音质疑道，"这到底是怎么回事啊？"

"这个问题确实需要跟你们好好沟通一下。"李星翰打了个哈欠，说道,"我们一开始推测是服药导致的意外。但从解剖情况来看,周院长服用的药量是最大剂量的三倍还要多。他是制药行业的专家,还是省药学会的常务理事,对普萘洛尔的药理应该非常清楚。从这些线索来看,意外的可能性基本是可以排除的。"

周暖知瞪大眼睛:"那……我爸难道是被人害死的吗!?"

"我们也围绕这种怀疑做了调查。"李星翰说,"但可以确定的是,昨天晚上从服药到去世,他一直都是一个人在家,现场没有任何其他人出入过。现在唯一的可能,就是他受到了某种威胁。因为涉及隐私,所以我们还没有检查他的手机信息,这需要征求你们的同意。"

"这还征求什么啊!?"周暖知带着无名怒火喊道,"人命关天的事,你们也太不负责任了!"

"暖知,"梁雪融拍了拍女儿的后背以示责备,随后从容说道,"查吧,我们同意。"

李星翰点点头,给崔智鹏打电话安排了侦查任务,随后又不紧不慢地问道:"另外我想冒昧地问一下,周院长有没有过精神病史或者抑郁病史?他最近情绪怎么样?有什么特别大的压力吗?"

母女俩自然都听出了这些问题的言外之意,梁雪融平静地摇了摇头,周暖知则表现出了明显的愤怒:"你别胡说,我爸不可能自杀!他生活没什么烦恼,性格开朗,社交能力也很强,从来都没有抑郁过!"

梁雪融一边轻抚女儿后背进行安抚,一边从容地点了点头:"老周确实不可能自杀。别的不说,他是农村出来的,小时候经常连饭都吃不饱,刚来市里上大学的时候衣服上全是补丁。他是吃过苦的人啊,没点意志力的话,根本就到不了今天这个位置。这苦日子都熬过来了,现在过上了好日子,完全没有自杀的道理。另外,如果你们了解他就会知道,他不是个内向型的人,不会把情绪憋在心里,以我对他的了解,他是无论如何都不可能自杀的。"

李星翰点点头:"我们也不太认可自杀的推测,就是想确认一下。"随即又打了个哈欠问:"梁教授,您对周院长的社会关系了解吗?他最近有没有可能涉及什么利益纠纷,或者得罪过什么人?"

"这我就不清楚了。"梁雪融先是摇摇头,片刻后又叹了口气,"不过说实在的,他对我是没脾气,但对其他人脾气可是不怎么好。真要说得罪人,估计也没少得罪吧,前几年那个……算了,具体的我也不清楚,我们平时都是各忙各的,基本不打听对方的事。"

沟通至此,崔智鹏的电话打了过来。

"李队,查过了。昨天晚上从学校回家之后,死者只跟两个人打过电话,每次都不超过半分钟,都是工作上的简单沟通。微信和其他社交软件我们也看了,也都是正常沟通,没有可疑信息。"

"目前没有找到遭人威胁的线索。"李星翰挂了电话对众人简短说道。

"他杀也确实不太可能。"王保林分析说,"你想想看,周院长没有确诊过哮喘和心律失常,就算有人想害他,又怎么能确定普萘洛尔可以害死他呢?"

李星翰一边点头一边向他竖了个大拇指。

"那这到底是怎么回事啊!?我爸到底为什么要吃那么多药啊!?"周暖知情绪再次激动起来,"出了这么大的事,你们连怎么发生的都查不清楚,国家养着你们有什么用啊!?"

"暖知。"梁雪融再次用眼神责备了女儿,随后满带歉意地说,"抱歉,孩子脾气像她爸爸,有时候遇到事情容易着急。"接着又说:"不过她说得也没错,老周出了这种事,你们总该给我们一个说法吧?"

李星翰和王保林对视一眼，一时间，他们还真的拿不出什么说法。

　　"你们别着急，事情总会水落石出的。"沉默片刻后，李星翰只好先劝慰道，"这样吧，尸检也做完了，你们先联系殡仪馆安排后事吧。我们会抓紧调查，尽快还你们一个真相。"

　　话是这么说，可母女俩离开之后，李星翰和王保林却陷入了长久的沉默。因为他们心里都很清楚，他杀、自杀、意外和自然死亡这四种性质在逻辑上都站不住脚，实在是让人无话可说。

　　接下来，民警们围绕周建设的病历、购药记录和社会关系进行了全方位的排查，也对其亲友、同事、学生做了大量走访。可是整整两天过去，除了确定药是周建设自己购买的之外，调查可以说是毫无进展。

　　这起死亡事件，在常规思路上似乎已经无路可走。

　　7月5日晚上9点，李星翰在办公室里把两天以来的所有走访笔录重新过了一遍，依然想不到任何其他的可能性。网上的谣言铺天盖地，市局施加的破案命令一道接着一道，心底的诡异感越来越强烈。李星翰知道，也许是时候把案子当成精神控制案件调查一番了。

　　他改变了思路，再次把笔录过了一遍。他能感觉到一些异常，却无论如何都说不清楚。虽然系统地学习过心理学，但真的要应用到实践尤其是复杂的杀人案件中，他这方面的道行还是浅了点。

　　看了一会儿之后，他无奈地叹了口气，打开通讯录，略显犹豫地翻出了一个人的电话。

　　电话备注的名字是：张焕然。

　　他又犹豫了很久，才纠结地拨出了那个号码："喂，在哪儿呢？嗯，有个事儿得问你一下。"

第三章
心理学家的秘密

7月5日晚上9点20分,中州大学第一附属医院,张焕然捧着一束素雅的花走进神经内科一病区,迎面正好碰上了病区主任刘晓斌。

"刘主任。"他带着灿烂的笑容挥手打了招呼。

"你来了,小张,我一直在等你呢。"刘晓斌却显然笑不出来,把他拉到一边,神色沉重地展示了几份检查报告,"我有话就直说了,情况很不乐观啊,从今天的检查结果来看,肿瘤已经压迫到了胼胝体周围动脉和额叶后内侧支,放疗半年前已经开始不起作用,现在,化疗和电疗的效果也越来越差了,恐怕……"

张焕然眼眶瞬间红了,但依然努力保持着笑容,点点头说:"您说了有话直说,但听起来还是不怎么直啊。您就告诉我吧,她……她还有多少时间?"

刘晓斌深深叹了口气,下定决心说道:"你要有心理准备,以我的经验来看,最多只有三个月了。"

张焕然微微愣了一下,虽然还是保持着微笑,但泪水已经悄悄盈满眼眶，嗓子沙哑得发不出任何声音了。

他礼貌地告别了刘晓斌，随后再也控制不住悲痛，一个人站在楼梯间里压抑却又撕心裂肺地哭了出来。

他本来能哭更久的，但哭到一半还是努力收敛了悲恸，开始搓揉着面部整理情绪。他花了足足两分钟才整理好情绪，随后又带着乐观阳光的笑容，推开了走廊尽头的一扇房门。房门信息卡上写着一个名字：

蒋芸珊。

病床上的女人正安静地睡着，月光照在她脸上，呈现出一种恬静、衰弱的美。床边，一位五十出头的中年女人闻声抬起了头，随后一边用手指轻拭眼角的泪水，一边起身迎向张焕然。

"焕然，你来了。"

"哟，二姑，我今天就晚来了一会儿，怎么还把您给气哭了啊？"张焕然笑着调侃道，"让我姑父知道了，非揍我一顿不行。"

女人瞬间破涕为笑，嗔怒道："你这孩子，也是个大学问家了，怎么总是没个正形。"

"您看，您就是得多笑。"张焕然继续调侃道，"您笑起来啊，比哭的时候少说年轻二十岁。"

女人忍俊不禁，又无奈地摇了摇头："你这孩子啊……"

张焕然看了一眼病床，随后带着温暖的微笑感激地说道："二姑，天天让您过来，真是辛苦您了。"

"这叫什么话啊，照顾自己侄女那不是天经地义的吗？"女人轻轻叹了口气，目光中满是心疼，"倒是你啊，这几年芸珊一直拖累着你，我们家欠你真是太多太多了……"

"您这是不把我当自己人，是吧？您要还这样，今年中秋我可就不给您送大螃蟹了。"张焕然笑道，"就冲着那螃蟹，您也不能跟我这么见外，是不是？"

女人再次被逗笑："唉，你这孩子啊……"

"哎呀，都快九点半了。"张焕然笑道，"您赶紧回去休息吧，美容觉还是很重要的。"

女人再次微笑，随后点头嘱咐道："你晚上能睡也尽量多睡会儿，我明天早上还给你们做牛肉粥啊。"

"谢谢二姑。"张焕然叮嘱道，"您路上开车慢点。"

女人点头走出了病房，依旧面带笑容，但泪水迅速堆满了眼眶。

张焕然目送中年女人离去，走到床边把带来的花解开，一朵一朵地插进床头的花瓶里。或许是嗅到了花香，又或许是感知到了爱人的到来，须臾，病床上的女人微微睁开了眼睛。

"焕……焕然……是……是你吗……"肿瘤已经影响到了她的部分语言和视觉功能，所以她花了很大力气才说出想说的话，又过了好一会儿，才努力看清了张焕然的面庞。

张焕然停下插花的动作，坐在床边轻抚女人的手，一改平日里嬉皮笑脸的样子，满眼深情地柔声说道："芸珊，是我，我在这儿呢。"

蒋芸珊抓住他的手，露出安心的笑容，语言和视觉能力也在积极情绪的影响下不断恢复着："能听见……你的声……你的声音，真是太好了。"

"我也是啊，一整天都在想你。"张焕然露出如春风般温暖的笑容，用枕头把她身后垫高，随后把她的手捧在手心里轻轻抚摸，"只有见到你的时候，我的心才能踏实下来。"

蒋芸珊也努力抬起手抚摸张焕然的脸，露出只有爱情才能带来的灿烂微笑，随后又不禁叹了口气："但这样下去可不行，你该放下我了。虽然你们都瞒着我,但是我知道,我……我的时间……我的时间不多了……"

张焕然眼中一阵炽热,很快又深吸了一口气克制住情绪,调侃道:"你最近是不是又看韩剧了啊,怎么一副苦情女主角的样子,入戏也太深了吧?我跟你说啊,我刚才碰到刘主任了,还跟他讨论了一下新的治疗方案,他说你现在情况很稳定,很有希望能好起来。"

"男人的嘴都是骗人的鬼。"蒋芸珊嗔怒着,眼中却突然闪起泪光,"焕然,我真的……"

我真的好害怕,我真的好舍不得离开你啊!对于远思的罪行,我真的好不甘心啊!我真的好想我爸我妈,真的好想小辰啊!我真的好想继续跟你和星翰并肩作战,真的好想为"7·12车祸"的所有死难者伸张正义啊!我……我真的真的放不下这一切……

她是那么想把这些话说出来,想在张焕然面前好好哭一场,可她也真的不能那么做。她已经亏欠了张焕然太多太多,必须尽可能让张焕然回归正常生活,不能继续给他带来焦虑和痛苦了。

"我真的——"她几乎是瞬间就克制住泪水,让安心的微笑重新挂到了脸上,"我真的也没有什么遗憾了,说起来……"她把泪水进一步压制回去,同时露出八卦的笑容:"你最近跟……跟……嗯……对,梦冰……你跟梦冰有没有一起吃个饭什么的?我不会看错人的,她真是个特别好的姑娘,你就别再拒绝她了,好吗?有她陪着你的话,我才能真的放心。焕然,算我求你了。"

"真没见过你这样的,天天巴不得有人给自己戴绿帽子。"张焕然笑道,"杨梦冰是喜欢我,但我对她真的没兴趣。"

蒋芸珊笑道:"那你对谁有兴趣?不会是星翰吧?你难道一直瞒着我……"

张焕然扑哧笑出了声:"且不说我是个三百六十度钛合金钢铁直

男,就算我真喜欢男的,那也不可能看得上他啊?整天一副半死不活的德行,放垃圾桶里都嫌占地方。"

蒋芸珊也笑出了声。她知道,张焕然为她付出了很多,为了让她开心,甚至硬生生地把性格从沉稳寡言变成了嘻嘻哈哈。虽然自知时日无多,但她一直都觉得自己是世界上最幸福的女人。此刻,她真的想用力抱紧张焕然,肆意地享受这份温暖心灵的爱。但她犹豫了,因为她害怕,此刻的爱情越是美好,不久后的离别就越是残酷。她真希望张焕然能赶快放下自己爱上别人,这样自己走后,爱人就不会那么痛苦了。

犹豫片刻,她还是没有去拥抱爱人,只是靠在枕头上轻抚他的手,轻轻叹了口气。

但张焕然能读懂爱人的一切想法和感受,看着她的眼睛,俯身把她紧紧抱在了怀里。蒋芸珊起初不敢去迎接那份美好,但是片刻之后,还是难以自制,满脸泪水地紧紧回抱了他。

张焕然抱着蒋芸珊,泪水逐渐涌入眼眶,但是眼眸深处,浮现出了一种难以言说的黑暗与悲壮。

芸珊,你一定要撑住啊,我一定会让你得偿所愿,我一定会让你活着看到那一天的。

片刻的出神之后,他深吸了一口气,越发深情地抚摸着爱人的后背。他真的有些克制不住情绪,他想立刻说些什么给她以希望。但最终,他还是压下了那种冲动。

繁华的城市夜景中,黑色越野车穿过大街小巷,已经能够透过挡风玻璃远远望见一附院高耸的门诊楼。

副驾驶座上摆放着一束素雅的花,那是蒋芸珊最喜欢的搭配。

环岛前方,红灯亮起,李星翰缓缓停下车,颓废地望了一眼身旁的花束，一时间，思绪辗转。

五年前，妹妹的死让他的世界陷入彻底的黑暗，关于远思的谣言则成了黑暗中唯一的光。在追逐这道光的过程中，他很快就发现自己并不孤独，因为其他一些死难者家属也都开始有意无意地挖掘车祸背后的真相。作为充满正义感和责任感的刑警，他开始把家属们联合起来统一行动，共同寻找远思的罪证。

而在所有家属中，对他来说最重要的人，无疑就是蒋芸珊和张焕然了。

蒋芸珊出身于平凡但和睦的四口之家，博士毕业后顺利进入中州大学一附院心内科工作，有着美满的生活和大好的前途。在情感上，她和张焕然从小就彼此倾慕，成年后顺理成章地走到一起，而且三观、性格和生活习惯都十分匹配，一度已经到了谈婚论嫁的阶段。

但"7·12车祸"的发生改变了一切，她在车祸中失去了父母和弟弟三位至亲，生活瞬间从天堂跌入地狱。巨大的打击让她患上了严重的抑郁症和精神分裂症，一度对生活彻底失去信心。而同样，那条关于远思的谣言也给她带来了希望和动力。她和李星翰因此相识，共同走上了对远思的追查之路。

她知道这不是一条好走的路，也知道自己的精神和生活都一塌糊涂，已经无法再给张焕然应有的幸福。所以在踏上追查之路的那一刻起，她就由衷地希望张焕然能离开自己，找一个正常的女人过正常的生活。

她真的爱张焕然，所以为了让张焕然离开自己，当初几乎想尽了一切办法，甚至不惜用自杀相威胁。但张焕然显然也真的爱她，对于这份注定辛苦的感情，从未有过丝毫的犹豫或退缩。五年来，他一直坚定地守在爱人身边，悉心照料着她的精神和生活。而且听李星翰解释了对远思的怀疑之后，他也不辞辛苦地加入了追查之路。

这份深情也一直悄悄激励着李星翰,是他在生活中能感受到的为数不多的美好。

而张焕然对于人类心理的敏锐嗅觉,也一度是李星翰追查之路上的信心来源。

是的,作为中州大学心理学院的教授,张焕然对人类心理的洞察力已经达到了匪夷所思的程度。很多时候,他只需跟一个人简单聊上几句,就能精准地分析出此人的性格特点甚至人生履历,有时候甚至根本不用说话,他就能一眼洞穿某个人的心理弱点。更有时,他只需要大概了解一个人的背景和性格,就能精准预测出此人今后的命运轨迹。

比如有一次吃饭的时候,他只是跟一个服务员简单对答了几句话,就断定这个服务员心里有鬼。李星翰将信将疑地拍了照片进行确认,好家伙,这服务员居然真是个外地来的逃犯。还有一次,李星翰遇到一个特别难缠的嫌疑人,怎么都不肯开口。后来他只是跟张焕然简单提了一下这个人的性格和说话的样子,张焕然就让他问一下嫌疑人小时候有没有被父母虐待过。没想到这么一问,嫌疑人还真就痛哭流涕地承认了罪行。

随着接触的不断深入,李星翰一次又一次地被这种能力深深震撼,也因此意识到,想要查明远思的罪行,张焕然将是不可或缺的力量。

他开始把工作中遇到的疑难死亡事件透露给张焕然,张焕然也开始积极地对涉及的心理要素进行剖析。2016年至今,两人联手调查了数十起和远思疑有牵扯的自然死亡和意外事故,远思的邪恶身影已经开始若隐若现。

五年过去,虽然两个人表面上总是相互看不惯对方,三句话有两句都是在阴阳怪气,但对于追查行动,他们却逐渐成了彼此无可替代的搭档。

只是，因为法理矛盾、取证困难、程序掣肘等因素，调查一直没能取得实质性的进展。时至今日，李星翰的信心几乎已经消磨殆尽，而且他能感觉到，张焕然对调查也越来越不上心了。

李星翰曾经想干脆放弃追查好了，也许"7·12车祸"背后根本就没有阴谋。也许他还有机会放下过去重新开始生活，也许，张焕然和蒋芸珊也能相互扶持着走出人生低谷，重获幸福。

无论如何，生活还是有希望继续下去的。

可是命运这个东西，似乎总能制造出超乎人们想象的残酷。一年前的又一场意外，让这已经很卑微的生活希望也彻底破灭了。

或许是先天性的基因缺陷，又或许是长期的精神分裂对神经功能造成了影响，也可能是长期的悲痛和焦虑所致，总之，2020年6月，蒋芸珊突然被查出了恶性胶质母细胞瘤，且因为扩散严重而难以根治，预测生存期仅不足一年。确诊当天，她就开始丧失神经功能和生活自理能力，此后大部分时间都只能待在病床上。

死亡的倒计时开始了，三个人的生活再次被彻底改变。

蒋芸珊小心翼翼地掩饰着对死亡的恐惧，开始认真考虑自己死后爱人的生活。她希望张焕然能早点离开自己找一个新的女朋友，甚至不惜为此亲自去寻找人选。当然，对李星翰的颓废和消沉，她也非常担心，所以经常试着给李星翰介绍对象。不过，李星翰也都毫不犹豫地拒绝了。

对他来说，蒋芸珊的绝症也是一场巨大打击，是调查和生活的希望双重破灭的象征。他正因此开始彻底颓废消沉，很多时候连洗漱都懒得做，更别说跟女性交往了。但他也因此产生了最后一丝执念，希望能在蒋芸珊死前查明"7·12车祸"的真相，让蒋芸珊能够不留遗憾地离开。

这正是他颓废生活中为数不多的牵绊之一。

对张焕然来说,生活的改变似乎没有那么明显。一年来,他依然是一副嬉皮笑脸、无忧无虑的样子,依然总是插科打诨,依然无微不至地照顾着蒋芸珊的生活,依然认真地完成每一项教学和科研工作,依然和李星翰彼此嫌弃,也依然和李星翰继续着可疑死亡事件的调查。

他看上去并没有什么改变。但李星翰能明显感觉到,他心底的某一部分已经彻底死去了。

是的,尽管表面上看起来一切如常,但李星翰开始感受到一种难以言说的黑暗和悲壮。有好几次,他有意无意地看向张焕然的眼睛,都会强烈地感觉到,那眼眸深处藏着一个巨大的黑色旋涡,似乎想要把他乃至整个世界都吞没其中。

他知道张焕然在强撑着,也知道张焕然并没有看起来那么乐观坚强。一旦蒋芸珊离去,张焕然肯定会撑不住的。所以,尽管自己也快要撑不住了,但李星翰还是产生了强烈的责任感,觉得自己必须帮张焕然挺过即将到来的艰难时光。

这是他颓废生活中为数不多的另一个牵绊。

蒋芸珊的病房里,张焕然一边帮爱人倒水,一边望了一眼窗外的明月,目光深处再次浮现出那种难以言说的黑暗与悲壮。

2016年至今,在他的协助下,李星翰一共向上汇报过17起可疑的自然死亡或者意外事故,却从未得到过上级的肯定与重视,反倒被越来越多的人当成精神有问题,甚至影响到他的升迁。

张焕然对此并不意外,因为从刑侦、取证、解剖等环节来看,那些死亡事件都和"7·12车祸"一样,在客观上,的确只能定性为自然死亡或者意外，而其中可能涉及的精神控制逻辑，几乎都能够完美融入正常的社会秩序之中，根本没有办法证明犯罪意图的存在。

李星翰所呈交的报告，在现有的社会逻辑框架下，的确像极了精神病人的妄想。

这些事实已经证明，利用精神控制的方式制造自然死亡或者意外事故，对现阶段的人类社会来说真的是一种过于超前的犯罪形式。理论上，只要凶手不是想刻意暴露自己，那么对于此类犯罪行为，人们可以说是束手无策。

在"7·12车祸"的所有死难者家属中，恐怕没有人比张焕然更清楚这一点了。在他心底，早就埋下了一颗正义却又黑暗的种子。他早就知道，想要在短时间内把远思从社会深处揪出来，只有一个可行的办法，那就是玉石俱焚。他早已看清楚了一切，却一直不敢也不愿踏上那条黑暗之路。

因为他还有牵绊。

他总是一副嘻嘻哈哈、无忧无虑的样子，所以人们都以为他有着美满幸福的原生家庭，事实却正好相反。他很小就失去了父母，在寄人篱下的卑微和痛苦中熬过了漫长的童年，曾经对世界和他人充满了恐惧和憎恨。按照原本的命运轨迹，他大概率是要在孤独和痛苦中度过一生的，甚至可能会早早就结束掉自己不幸的生命。

但在不幸的人生中，他又是幸运的，因为他遇见了蒋芸珊。

是蒋芸珊主动走进他的生活，用爱和温暖让他感受到了这个世界的美好和善意，让他变得积极乐观，让他亲手创造出了美好的人生。对他来说，蒋芸珊的意义是任何人都无法替代的。

所以"7·12车祸"发生之后，他坚定地留在了蒋芸珊身边，像父亲和母亲一样悉心照料着爱人一塌糊涂的精神与生活。精神科大夫告诉他，轻松、快乐、幽默的环境对蒋芸珊的病情会有很大帮助，为此，原本沉稳内敛、不善言辞的他，硬生生地逼迫自己改变性格，成了诙谐幽默、逗比欢乐的人。

他也理所当然地加入了对远思的追查，希望通过绝对正义的方式把远思揪出来，从根源上消除爱人的精神障碍。

为了蒋芸珊，他愿意做任何事情。

然而，一年前的意外却彻底打破了一切希望，即便是他这样坚强乐观的人，心底的阳光也难以控制地开始暗淡下去。

2021年7月5日晚上9点30分，张焕然小心翼翼地把水杯递到蒋芸珊手上，看着爱人略显艰难喝水的样子，心疼，但信念也更加坚定。

他又不免想起李星翰，想起了过去五年和李星翰之间虽然压抑辛苦却也充满美好的点点滴滴，不禁发出一声不易察觉的轻叹。虽然表面上总是相互嫌弃，但经过五年的朝夕相处，他和李星翰早已是彼此生命中不可分割的一部分。

星翰，你会原谅我所做的一切吗？

第四章
线索之一:"习惯"的神经本质

李星翰从小就不喜欢医院,小时候妹妹体弱多病,父母又忙,他经常需要大半夜的带妹妹去看病,每次都把自己折腾得疲惫又烦躁。长大之后,妹妹的身体是好了,但父母的身体又状况频出,他也没少带着父母往医院跑,没少因为父母的健康问题反复操心。后来,父母的身体好不容易调理得差不多了,他又在"7·12车祸"中失去了妹妹,从此每当走进甚至接近医院,都会忍不住想起小时候带妹妹看病的情形,每次都会在懊悔和悲痛之中备受煎熬。而在蒋芸珊确诊绝症后,他切身感受到了生离死别即将到来的痛苦,医院对他来说又多了一分死亡和离别的象征意味。

所以每次踏入医院,无可名状的哀伤和焦虑就不免萦绕心头。

但在推开蒋芸珊的房门之前,他还是尽可能地揉揉脸让自己振作一点。生活已经足够煎熬了,他和张焕然、蒋芸珊都不会再去放大彼此的情绪,这是他们心照不宣的默契。

他克制住内心复杂的感情,推开房门。

"我就说呢,我也没动开关,房间里怎么突然就亮起来了?"张焕然扭头嫌弃地看向他,"原来是有个电灯泡自己长腿跑进来了,真是科技改变生活啊。"

"哦,在我耀眼的光芒面前自惭形秽了吗?"李星翰懒洋洋地回怼道,"没事,这种卑微的感觉你慢慢就会习惯的。"

蒋芸珊扑哧一笑:"哎呀,亮一点不是也挺好的嘛。星翰,我上次给你介绍那个姑娘,你怎么一直也不理人家啊?"

张焕然眉头一皱:"哪个女的又得罪你了?"

蒋芸珊笑出了声,嗔怒着轻轻捶了张焕然一下:"一天天的,真是拿你没办法。"随后她从李星翰手里接过花束,说:"星翰,谢谢你来看我。"

"他才不是来看你的呢。"张焕然笑道,"他是带着谦卑诚恳的姿态来向心目中的大神请教问题的。"

"我是来视察下属工作的。"李星翰懒散地坐到床边另一把椅子上,"别等着领导发问了,赶紧汇报一下你目前掌握的情况吧,我知道这个事情你肯定也在追呢——你这个人虽然能力不咋地,但工作积极性还是有点的。"

蒋芸珊愣了一下,微微叹了口气:"你们是在说周建设的事情吗?"

李星翰象征性地点了点头:"这个事情疑点很多,还是很值得追查一下的。"

蒋芸珊张了张嘴,欲言又止。

"但看起来,有人靠自己是查不下去了啊。"张焕然笑道,"行了,既然你诚心诚意地求助,那我就大发慈悲帮帮你好了。不过你得先告诉我,网上那些传言都是真的吗?"

李星翰没有继续回怼,白了他一眼,思绪很快进入案件之中。

"八九不离十吧。"他意味深长地看了一眼蒋芸珊,随后认真陈述道,"根据我们掌握的情况以及法医那边的综合意见,目前已经可以肯定,7月2日晚上,周院长是在完全独处的情况下服用了110毫克左右的普萘洛尔——芸珊是心内科的大夫,应该知道这是什么概念。"

蒋芸珊从复杂的思绪中抽离出来,点点头说:"是最大剂量的三倍还要多,就算是治疗心梗的极端情况,最多最多也只能用80毫克——他有心梗迹象吗?"

"没有。"李星翰抿了一下嘴,"心脏有病变,但完全是窒息导致的继发症状,没有原发性的心梗,只有轻度的心律失常。"

蒋芸珊深吸了一口气:"那情况确实很不正常。"

"是啊。"李星翰用低沉慵懒的声音继续陈述道,"周院长是制药专家,生前也没有明确的β受体阻断剂适应症,服药的时候也没有受到任何胁迫,家人和同事都认为他绝对不会自杀,人也不太可能用普萘洛尔自杀,另外,普萘洛尔本身也不具备成瘾性。所以在常规思路上,这个事情,意外、自杀、他杀和自然死亡都基本可以排除了。"

说完,他看向了张焕然。

张焕然点点头:"汇报得还不够,接着说吧,关于他本人,你现在有多少了解?"

李星翰懒得理他,思索片刻,打了个哈欠缓缓说道:"目前只是借着侦查的机会,对周院长本人进行了一些了解。他是农村出身,从郑县(中州市东部辖县)南部山区走出来的,那是个叫周家坡的贫困村。"

"他靠着勤奋一步一步有了今天的地位,为制药领域做出过巨大贡献,说起来也是挺励志的。但是这几年出现了不少传言,说他学术不端、师德败坏、收受贿赂甚至潜规则女学生。虽然这些说法一直没有被证实，但你们应该还记得三年前王振江跳楼那件事吧？事情本身比较复杂，作为局外人也说不好孰是孰非，但私底下说句良心话，能把一个勤奋踏实的学生逼到自杀的份儿上，周院长这个人……我只能说，关于他的那些传言，恐怕也不全是无中生有吧。"

"嗯，你的这个愚见我还是很认同的。"张焕然一本正经地调侃道，"我跟生物技术学院有过两个合作项目，跟那边的老师和学生也有过接触，对你说的这些情况略有耳闻，在我看来，也确实不像是无中生有。"

"哦，所以呢？"李星翰嫌弃地看着他，"闻名遐迩的张教授只会鹦鹉学舌，连自己的愚见都拿不出来吗？"

"哈，看来不露一手是不行了啊！"张焕然笑道，"好吧，下面我简单讲两句。笼统地说，年轻时候的励志人生，说明周院长骨子里有股执着和狠劲儿，这是一种社会化的理性对本能惰性的克制，说明当时他包括前额叶在内的理性脑区很发达，能够对杏仁核进行高度的神经抑制，从而主动忍受大部分负面情绪，在宏观上也就体现为勤奋吃苦。

"后来的堕落，则说明相当一部分本能战胜了理性，那就意味着理性脑区对杏仁核的抑制能力受到了削弱。这可能是因为地位的提升让他感受到了社会约束的弱化，从而主动削弱了理性的自我约束意愿，在社会层面，也就是所谓'在权力中迷失自我、目无法纪'。

"另外，也可能是某种长期的心理障碍频繁激活杏仁核，从而通过杏仁核—下丘脑—垂体—肾上腺轴导致频繁应激，应激产生过量儿茶酚胺对以前额叶为主的理性脑区造成了慢性损伤，从而削弱了前额叶对杏仁核的神经抑制功能，形成了某种负面情绪易感的恶性循环，在宏观上就体现为神经层面上难以约束某些本能的负面情绪，在心理层面就是形成了某种心理障碍。

"但无论是哪一种原因为主，他的部分意志力肯定都随着年龄增长出现了削弱。如果这真的是精神控制杀人，那么在凶手眼中，这部分削弱的意志，以及和意志相对应的某种本能或者感性情绪，应该就是需要刺中的要害。"

"怎么样？"说完这些，他洋洋得意地晃着脑袋问道，"听完领导的指示，是不是一下子拨云见日、醍醐灌顶了？"

一直颓废消沉的李星翰也笑了："是啊，看似说了一大堆，但没一句是有用的，你跟某些领导还真像。"

这话说完，三个人都乐了。

"什么叫一句有用的都没有啊？"张焕然一边皱眉一边笑道，"这明明是阐述了精神控制杀人在理论上的可能性，这是展开工作的基本前提好吧。你们这些小同志啊，可得好好跟领导学习，知道吗？"

"是是是，领导。"李星翰恢复了慵懒的样子，阴阳怪气地说道，"那您就给我们这些小同志指一指接下来的工作方向呗。"

"那你也得先给领导提供更多信息才行啊。"张焕然严肃地咳嗽了两声，清清嗓子，"这种工作，光了解基本情况是很难深入开展的。领导得了解更多细节才行，比如，周院长身上有没有什么高度特异性的心理细节？"

李星翰低头沉思片刻，摇摇头说："目前怕是没有什么发现。我跟周院长的家人谈过两次，也走访了好几个同事和学生，但他们都说周院长性格外向强势，有话从来不会憋着，连闷气都没见他生过，更不用提什么明确的心理障碍了。"

张焕然问："生活习惯上呢？"

"也没有，他的生活习惯相当健康。"李星翰喝了口水说，"除了喜欢喝点酒之外，饮食整体上以清淡营养为主，很少熬夜，而且每天都坚持锻炼。他喜欢长跑,喜欢踢球,快六十了还能跟本科生踢满全场。他生活真的算是非常健康了。"

张焕然点了点头。"那家庭关系方面呢?"他又问道,"有什么不对劲的地方吗?"

李星翰原本慵懒放松的眉毛突然轻轻皱了一下,心底划过一道闪电。是的,在周建设的家庭关系方面,他的确曾经注意到一个非常小的细节,细微到他这两天几乎已经彻底忘却。但是张焕然这个问题,却突然让他想了起来,并且再次嗅到了那种异样。

他想起了梁雪融面对亡夫时那毫无情感波动的脸。

张焕然从李星翰的神色和目光中,瞬间就洞悉了李星翰的心理波动。他可以确认,李星翰已经注意到了关键线索,只是尚未重视而已。

"嗯——"事实也完全如张焕然所料,李星翰思索片刻,不甚确定地道,"说到这个,我好像还真的注意到了一个特殊的细节,但我不太确定——"他摩挲着下巴再次思索片刻,随后定了定神问道:"你以前跟我讲过习惯的神经本质,能再跟我简单讲一遍吗?"

"习惯的……神经本质?"

"对。"李星翰摸索着心底模糊的异样感说道,"我得再梳理一遍这个问题,才能确定自己的发现。"

张焕然带着些许疑惑眉头微皱,但很快又松了口气,露出嬉皮笑脸的样子。

"好吧,既然你诚心诚意地发问了,那我就大发慈悲地告诉你好了。"他笑着解释道,"习惯的本质,是突触化学环境的重塑。"

"我们的一切行为都是由思维决定的,思维是由大脑的活动决定的,而大脑活动的本质,则是各种神经递质在神经元之间的传递、投射和摄取。神经递质传递依靠的是电位变化,电位变化的本质是离子流动，而离子流动的方式——快慢、强弱、频率这些，则是由神经元之间的化学环境决定的。

"神经元之间通过轴突和树突相互连接，就像两个人手拉手一样，这种结构称为突触。所以归根结底，咱们的一切思维、感受、性格和行为，本质上，其实都是由突触的化学环境所决定的。数十亿个突触的化学环境综合在一起，就构成了每个人所独有的心理底层架构，就像计算机的底层代码。"

李星翰眉头一皱，再次想起了梁雪融平静的脸，心底的异样感越发强烈起来。

"而在与外界的交互和对抗中逐渐形成适应性的结构，是这个世界最基础的物质规律之一。"张焕然逐渐认真起来，"神经系统也是如此，一旦人在外界刺激下产生某种思维或者感受，大脑里，相应神经通路的成千上万的突触化学环境就会发生适应性的变化，就像录音机把声音刻进磁带里一样。"

"这会导致相应神经递质的传递更容易发生，宏观上，也就是这种思维或者感受更容易在刺激下再次发生。如果这种思维和感受过于强烈或者发生的次数比较多，那相应突触化学环境的改变就会越来越深，最终形成根深蒂固、难以改变的结构形态。

"也就是说，一种强烈、长久的思维或者情绪，真的会以物质的形式深深刻进大脑之中，变得难以改变，而且很容易被一些轻微的信息刺激高度激活，甚至不用刺激就能自发激活，导致这种思维或者情绪很容易再次浮现出来。这种神经现象，其实就是记忆的本质。"

"是啊，所以我们才会拥有记忆能力，才会通过记忆的塑造形成各种习惯。"李星翰一边思考，一边下意识地接过话说，"就像从小吃着父母做的饭，相关神经通路的突触化学环境就会发生适应性重塑,长大之后,就算吃过了其他更好吃的东西,可是吃上一次家里的饭,依然会激活儿时的感受,让我们感到其他食物无法带来的踏实和幸福感。而这种心理,也会让一些人难以接受其他地区的饮食习惯,豆腐脑的甜咸争论,一切饮食习惯的争论和偏见,本质上都是由此导致的。"

"同样地,从小接受一种观点,在观点的驱使下进行长期相关思考,相应神经通路同样会发生适应性的、难以逆转的重塑,所以面对很多问题,人很容易先入为主;就算后来认识到是自己错了,本能上,也会固执地不愿去承认,更不愿意去改变,所以才会有那么多杠精。"李星翰接着说。

"可以啊,小同志,都会举一反三了,领导甚是欣慰。"张焕然又习惯性地调侃了一句,随后进一步总结说,"你举的例子都很恰当。因为改变心理层面的东西,本质上需要改变的是突触的化学环境,一种生理结构。强行改变这种生理结构,可以说和削肉刮骨没有区别,必然会让人感受到极大的痛苦,而逃避痛苦是人的本能,所以一切习惯性的东西都是很难改变的。"

"那感情也是一样的吧。"李星翰想起梁雪融,转念说道,"跟一个人相处时间长了,就算不喜欢对方,也会导致无数神经元突触的化学环境发生根深蒂固的和对方有关的改变,从而产生对对方的习惯性感情,对吧?"

"而一旦和对方分开,辛苦建立的大脑结构就将彻底失去现实意义,我们本能上不愿意改变神经层面的习惯性结构,在现实面前却又不得不改变,就像你说的,那相当于改变自身的生理结构,必然会给人带来极大的心理和生理痛苦。所以,失恋是痛苦的,失恋的人会容易逃避现实,害怕迎接新的生活,容易沉浸在对往昔的追忆和幻想之中。即便是普通朋友,离别也会很痛苦,甚至多年以前没说过几句话的同学,有一天突然想起来也会特别怀念。没错吧?"

"没错。"张焕然点点头,"有一个极端例子,可以很好地说明情感的高度惯性,那就是斯德哥尔摩症候群。被绑架时间长了,即便对绑架者恐惧和仇恨,被绑架者也会逐渐对绑架者产生依赖性感情,这就是因为感情在神经层面的适应和习惯。再比如,有些地区被侵略者肆意屠杀过,可是统治时间长了,这个地区的人民反倒会对侵略者产生感情,这本质上也是一种斯德哥尔摩现象。所以感情这种事情,很多时候真的和是非善恶没有关系,完全是习惯罢了。"

"果然如此啊。"李星翰长长地松了口气,颓废的目光中突然有了些许振奋,"从这个角度来看的话,我可能真的发现了一个很关键的疑点。"

张焕然知道他接下来要说什么。

"没错,没错。"李星翰自顾自地思索片刻,接着说道,"干了这么多年一线,我也见识过不少面对亡夫的女人。一般来说,就算夫妻之间没那么深的感情了,甚至对对方怀有恨意,可毕竟夫妻一场,就像你说的,至少都会存在一些习惯性的感情,所以面对丈夫的死,做妻子的或多或少都还是会有点难过的。"

"我甚至遇到过一起雇凶杀夫的案子,即便是想要丈夫死,可是面对丈夫的尸体,那个女人还是发自内心地哭了很久。我当然也遇到过对丈夫恨之入骨的,但是至少,她们也会表现出比较明显的恨意——那种恨意显然也是因长期的情感习惯建立的。无论如何,两个人一起生活久了,总会产生某种形式的习惯性情感。可是3日下午,面对亡夫的尸体,周院长的爱人却表现得特别平静,没有一丁点儿感情波澜,好像死者跟她没有任何关系一样。"

李星翰说着倒吸了一口凉气:"你觉得这正常吗?"

张焕然摇摇头:"这么极致的冷漠,显然不正常。他们分居了吗？有婚外情吗？"

"问题就在这儿。"李星翰更加振奋了，"我在走访中有意无意地调查过这方面的问题，可以确认，从1991年结婚至今，周院长和他爱人从来没有分居过。至于婚外情的问题，据我所知，周院长的爱人是没有过的，她在学校里名声非常好，一心一意扑在工作上，从来没有传过绯闻。至于周院长那边，目前还不能确定他潜规则女学生的事情是不是真的。"

"那无所谓了。"张焕然琢磨着点了点头，"至少他爱人没有婚外情，那这种冷漠就绝对是不正常的。"

李星翰松了口气，随后逐渐冷静下来："所以我的直觉是对的，那你能推断出更多的东西吗？"

张焕然笑道："那得看你还能给我什么了，介绍一下周院长的爱人吧。"

"嗯。"李星翰理了理思绪说道，"关于她，目前只是有个大概的了解。她叫梁雪融，是文学院的教授，虽然已经快六十岁了，但看上去很漂亮，而且气质特别好，很有魅力，年轻时估计是女神级别的吧。"

"事业上她做得也非常出色，主要研究领域是宋代文学，得过不少很有分量的奖，学生和同事们对她的评价也都非常高。她应该是继承了父亲的志向吧，她父亲叫梁文韬，据说在宋代文学研究领域也很有地位。关于她本人，我目前掌握的也就这么多了。"

张焕然点点头，然后抛出了下一个问题："他们有孩子吗？"

"有。"李星翰想起脾气急躁的周暖知，点点头说，"只有一个独生女，叫周暖知，在北京一个大学当老师。她和母亲的性格反差很大，是个沉不住气、很容易着急的人。但是在感情方面她就正常了很多，那天一直在哭，跟父亲应该感情很深吧。"

在他说出"周暖知"这个名字的瞬间,蒋芸珊微微愣了一下,与张焕然心照不宣地对视了一眼。

张焕然对她露出深情的微笑。

"真没想到,原来已经有人取过这个名字了啊。"她低头露出感慨的笑容。

李星翰眉头一皱:"名字?"

张焕然握住蒋芸珊的手,也是一脸感慨地点了点头:"周暖知——如果没猜错的话,应该是温暖的暖,知晓的知,对吗?"

"没错。"李星翰不解地问道,"你们怎么知道?这个名字有什么问题吗?"然后他也一边琢磨一边道:"嗯,不过这个名字确实是挺好听的,很有诗意。"

"很有诗意,而且是真正意义上的诗意。这个名字,出自苏轼的《惠崇春江晚景》。"蒋芸珊努力克制着眼中的泪水,思绪回到了五年前的那个夜晚。

第五章
线索之二:"雪融"

五年前,2016年6月20日晚7点,灰褐色的落地橱窗内,一家杭帮菜馆座无虚席。一处靠窗的位置上,张焕然望着窗外辉煌的城市灯火,不经意地思索了一下人类与社会的关系本质。彼时,他还是个内敛深沉的人,大部分话题都是蒋芸珊主动发起的。

正思索时,坐在对面的蒋芸珊突然轻轻咳嗽两声,露出了自豪而神秘的微笑。

"焕然,我有礼物要送给你。"

"啊,礼物?"张焕然有点猝不及防,"呃,今天是什么特殊的日子吗?我没有给你准备……"

"看把你吓的……"蒋芸珊笑得狡黠、灿烂,"别担心啦,不是什么特殊的日子,我只是想送给你一个名字而已。"

"名字?"张焕然微微一愣,转瞬便领会了爱人的心思,忍俊不禁道,"你又给孩子想到新的名字了吗?咱们已经准备了那么多名字,得生多少才能用得完啊?"

"生到生不动为止。"蒋芸珊嗔怒，自信地扬了扬鼻头，"而且你听我说啊，有了这个名字，以前想到的所有女孩名字就都黯然失色了。"

"这么厉害吗？"张焕然看着爱人的眼睛幸福地笑道，"那看来不生个闺女是不能罢休了。"

"那当然了，一定要生个闺女，给我这碟醋好好包一顿饺子。"蒋芸珊俏皮地笑了笑，随后轻轻咳嗽两声认真说道，"听好了哈，我要送你的名字是——暖知。温暖的暖，知晓的知。"随后她得意又期待地歪着脑袋看向爱人："你能想到这个名字的出处吗？"

两人都是传统文化和古典文学的爱好者，从小就深爱唐宋诗词之美，所以这个问题自然难不倒张焕然。

"嗯。"他稍加思索后说道，"是苏轼的《惠崇春江晚景》，'竹外桃花三两枝，春江水暖鸭先知'。"

"哎呀，我就知道你会跟我想到一块儿去！"蒋芸珊兴奋得差点跳起来，随后带着满眼的星星说道，"春天到来，江水回暖，最先感知到的，是亲身在江水中体验这种变化的鸭子。我一直觉得啊，诗句里暗含着一种对物质规律的敏锐嗅觉，一种务实的躬耕精神，还有一种先于他人对世界进行探索的进取之心。这是我最欣赏的三种品质——"说到此处，她目光越发深情起来："也是你最迷人的三种品质。所以啊，我希望闺女将来也能继承这些品质，做一个务实进取的学者，像咱们一样为人类的未来引领前路。"

张焕然望着爱人的脸，露出无比幸福的笑。那笑容穿越时空，在五年后，2021年7月5日晚上的病房里，随着蒋芸珊的回忆再次浮现出来。

这段回忆不免让气氛有些沉重，蒋芸珊想起五年前的幸福时刻，再想起自己即将带着遗憾离开爱人，即便再坚强，眼中的悲恸也几乎难以控制了。

但刘晓斌告诉过张焕然,虽然暂时没有实验验证,不过临床经验表明,过度悲伤对胶质母细胞瘤的扩散会起到推动作用,轻松、欢快和发自内心的笑,则会对病情发展起到明显延缓作用。所以,张焕然是绝不会让蒋芸珊一直沉浸在悲痛之中的。

回想起五年前那个美好的夜晚,他自己的心也疼得厉害,但他必须努力克制情绪,尽快让蒋芸珊发自内心地笑起来。

于是,他握住蒋芸珊的手,注视着她泪光闪烁的眼睛深情地说:"芸珊,你的眼睛真好看,一闪一闪的,像星星一样。谁要是没见过这么好看的眼睛,那可真是人生最大的遗憾了。"说着他突然一愣,恍然大悟似的认真点了点头:"嗯,既然如此,咱们要是生个儿子的话,就给他取名叫'星憾'吧。"

李星翰靠在椅背上颓废地白了他一眼,蒋芸珊嗔怒地捶了他一下,一边抹泪一边忍不住笑出了声:"一天天老不正经的,真拿你没办法。"

张焕然也嘻嘻哈哈地笑起来,之后随口说道:"不过说起名字,和女儿相比,梁教授的名字好像就有点太普通了啊。雪、蓉,都是很常见的女性取名用字。她父亲不是很有名的宋代文学专家嘛,怎么会取这么普通的名字呢?"

"说到这个,她的名字其实挺特别的。"李星翰抱着闲聊的心态随口说道,"她的'雪'确实是下雪的'雪',但'融'并不是芙蓉的'蓉',也不是光荣的'荣',而是融化的'融'。"

张焕然看向蒋芸珊。

张焕然知道,蒋芸珊肯定一下子就能想到这个名字的出处。

"原来如此啊。"蒋芸珊点了点头,"如果是融化的融,那也确实大有来头。"

李星翰问:"也是出自哪首诗吗?"

"应该是的。"蒋芸珊解释说,"苏轼有首诗叫《和子由渑池怀旧》,是有一次和弟弟苏辙分别之后,用来寄托思念和共勉的作品。"

"诗的前四句是:'人生到处知何似,应似飞鸿踏雪泥。泥上偶然留指爪,鸿飞那复计东西。'苏轼用飞鸟偶然在雪上留下的爪痕比喻生活挫折的偶然性;用飞鸟离开雪痕向远处飞翔的行为,比喻一切都会过去,不应该被偶然的遭遇所束缚,应该有更高远的志向。这几句诗体现了古代士大夫阶层对人生的豁达态度。"

李星翰挠着头微微笑道:"你真是医生吗?听着怎么像教育局负责出语文卷子的人啊。"

蒋芸珊靠在张焕然胳膊上露出灿烂的笑容。

"不过——"李星翰随后又不解地问道,"这和'雪融'两个字有什么关系吗?"

"哦,星翰小朋友,看来这道题的分你是拿不到啰。"蒋芸珊用调侃的语气反问道,"你想想啊,飞鸟留在雪上的爪痕,最后会怎么样呢?"

李星翰懒懒地靠在椅背上,摩挲着下巴慢慢道:"嗯——雪一化就没了——"他说着顿时一愣,这才明白了"雪融"两个字的意义:"哦——原来是这个意思。"

"是啊,"蒋芸珊认真解释说,"咱们遭遇的挫折和不幸就如同飞鸟偶然在雪上留下的爪痕,雪一化就全没了。虽然没有直接描写,但在这首诗里,'冰雪消融'这个隐藏意象是存在的,而且还是寄托人生豁达态度的核心所在。所以我想,梁文韬先生应该就是为了寄托这种豁达,才会给女儿取名'雪融'的吧。"

"原来如此。"李星翰低声感慨道,"大学者取名字果然就是跟普通人不一样,寓意可是藏得够深的。听你这么一解释,'雪融'这个名字一下子就高级起来，也更合理了。"

"确实。"张焕然接口道，"寓意这么深，梁文韬先生也是真的用心了。"

"所以，他是希望女儿也像他一样做个心胸豁达的人吧。"蒋芸珊思索着说。

"也不好说吧。"张焕然说道，"这名字让我想起《天龙八部》里的慕容复——父母自己没有能力光复大燕，就把重任全压到了孩子身上。'复'这个名字，听起来好像很宏大，像是一种美好的寄托，可背后，却是父母对自己人生遗憾的一种情绪宣泄。"

"哦，有道理。"蒋芸珊恍然点了点头，"以前重男轻女思想特别严重的时候，很多想要儿子的父母会给女儿取'盼弟''招弟'之类的名字，其实也是一样的道理啊，都是对自己人生遗憾的情绪宣泄，而不是对孩子本身的美好祝福。"

张焕然摸了摸她的脑袋笑道："这孩子真是越来越聪明了。"

蒋芸珊嗔怒地掐了他一下，他做出夸张的龇牙咧嘴的样子。

"按照这种逻辑，难道梁文韬先生是因为自己没能做到某种豁达，所以才会把这种希望寄托到女儿身上吗？"李星翰陷入沉思。

"只能说有可能吧。"张焕然依然是一副闲聊的语气，说着又嬉皮笑脸道，"哎呀，你果然还是这么爱我啊，我随口瞎猜的东西都能被你当成金科玉律。年轻人，可不要在对我的过度崇拜中迷失自我啊，我已经有爱的人了，恐怕不能对你负责了。"

李星翰懒洋洋地白了他一眼："普信男真下头。"

蒋芸珊不由笑出声来，随后又露出一丝伤感和担忧。

"焕然，"她用额头亲昵地蹭了蹭爱人的肩膀，"我想喝酸奶了，你去帮我买点好吗？"

张焕然知道爱人在想什么，轻轻摸了摸她的脑袋，随后看向靠在椅子上的李星翰:"诶,那个谁,要不要给你买一瓶脉动,帮你随时脉动回来啊?"

李星翰再次白了他一眼,懒得理他。

蒋芸珊坐在病床上捂着脸笑得像一朵盛开的花。等张焕然走远了,她努力止住笑,认真地看向李星翰说:"星翰,你答应过我的,不会再让焕然调查远思的事情了。"

李星翰点点头:"我知道,芸珊,但是……"

蒋芸珊轻轻叹了口气:"星翰,请原谅我的自私,焕然这辈子吃过的苦够多了,而且远思的事情本身也跟他没有直接关系,我真的不想自己走后他还陷在里面……我不想让他一辈子都这么活着……"

"我明白。"李星翰默契地说,"芸珊,我向你保证,这是最后一次了,我只是想抓住最后一次机会,为了若晴,也为了你。也许,咱们还有希望……"

蒋芸珊欲言又止,最后叹息着低下了头,犹豫许久之后,她又下定决心抬起头说道:"星翰,我的时间真的不多了。我走之后,不知道焕然能不能承受得了,你能帮我照顾好他吗?"

李星翰一直慵懒颓废的脸上露出一丝微笑,点点头说:"放心吧,我一定会像亲生父亲一样帮他渡过难关的。"

蒋芸珊扑哧一笑,含着眼泪满怀信赖地点了点头。

楼梯口的自动贩卖机前,张焕然一边扫码,一边也含着泪水露出了微笑。

他真的很享受和李星翰互相阴阳怪气,同时逗蒋芸珊开心的时光。他知道,李星翰和蒋芸珊也是如此。

他也知道,自己将来一定会无比怀念这些夜晚的,他真希望时间能永远停留在这一刻。

第六章
梁雪融的隐瞒

在金河区派出所,李星翰的精神问题早已引起很多人的质疑。过去五年,他多次对已经定性的自然死亡或者意外事故进行侦查,甚至多次将侦查成果进行汇总上报,已经引起了包括所长赵长林在内的很多同事的不满。不过,赵长林的政绩需要李星翰这样的破案高手,他本人对李星翰的遭遇也多少抱有同情,因此明面上一直没有说过什么。

但量变迟早还是会引起质变的。李星翰长期因为状态问题而影响到本职工作,一次又一次地消磨着赵长林的耐心。这一次,"周建设案"影响重大,市局已经下达了三天之内必须查明真相的死命令,李星翰在这个节骨眼上依然像往常一样我行我素,终于让赵长林再也忍不住了。

7月6日上午9点,案情研判会议上,在李星翰讲述了梁雪融的异常、强调了周建设之死涉嫌精神控制杀人的可能性之后,赵长林的语气瞬间严厉起来:"星翰,我知道你心里苦,但你要分清想象和现实，不要把自己的情绪带到工作中来！"

五年来，习惯性的失败早已把李星翰的信心消磨殆尽，但他仍然努力打起精神争取道："赵所，我也知道自己以前有过不少胡思乱想，也因此耽误过很多正事，我都承认。但这一次绝对不是妄想，请您一定要相信我的直觉。"

"我只相信科学。"赵长林坚定地说，"科学告诉我们，人类有别于其他动物，拥有独立、发达且自由的思考能力和判断力，无论别人怎么影响，人的思想和行为都是受自身控制的，是完全自由的！一个学识渊博的生物制药专家，一个药品管理方面的大领导，这种级别的人物，绝不可能因为别人的一点间接影响，就做出过量服药致死这种离谱的事情。星翰，你一定要认清现实，不要继续在偏激的想法里越陷越深了！"

"赵所……"

"行了。"赵长林不耐烦地示意他打住，随后看向崔智鹏，"今天小崔提出一个思路，我认为很有价值。小崔，你来讲讲吧。"

"是。"崔智鹏用复杂的目光看了一眼李星翰，随后定了定神说道，"相信大家都有过健忘的经历，尤其是劳累或者心烦的时候，就特别容易忘事儿。拿我来说吧，4月份查那个碎尸案的时候，我连轴转了两天，特别累，脑子里一直装着案子又特别焦虑，有天晚上回家都吃过饭、刷过碗了，结果竟然给忘了，又切了肉和菜准备做饭，油烧热了才想起已经吃过饭了。我这还不到三十呢就这样了，周院长已经快六十了，出现健忘的情况也是比较合理的。而且，吃饭这种事情都能忘，相较之下，吃药这种微不足道的小事，健忘的可能性就更大了。所以我想，有没有一种可能，是周院长吃了一顿药之后忘了，然后又吃了一顿，结果过了一会儿又忘了，所以连吃了三顿呢？"

"哦,有这个可能啊。"一名中年民警恍然道,"我上次感冒的时候就是刚吃完药就给忘了,结果多吃了一顿,睡得那个瓷实啊。"

李星翰摇摇头:"多吃一顿可以理解,可是多吃两顿就太牵强了吧?"

"李队,"年轻的女民警王雨涵怯怯地举起手说,"我不是要跟您抬杠啊,我之前治胃病的时候,有一次还真的因为忘事儿多吃了两顿……"

"所以这是一种非常合理的推测,也是目前最符合现实逻辑的推测。"赵长林看向李星翰,"你今天尽快和周院长的家属、同事、学生进行沟通,确认他记忆力有没有出现过衰退。一旦确认,那事情基本就可以定性为意外了。周建设是个很有影响力的人物,现在谣言满天飞,市局给了咱们非常大的压力,一定要尽快拿出初步结论。星翰,这个案子你给我好好打起精神来,听见了没有?!"

李星翰欲言又止,随后思绪复杂地点了点头。"周建设案"的确有着极大的社会影响力,他完全能理解市局和赵长林的压力。自己目前也没有任何证据,甚至连支持怀疑的明确线索都没有,继续争论下去也不可能起到什么作用。为今之计,只有抓住和梁雪融再次接触的机会,从她身上寻找自己想要的答案了。

周建设的灵堂设置在一家礼仪服务公司的告别厅里。他到底算是个人物,前来吊祭的人络绎不绝。梁雪融身着黑衣、胸佩白花,带着女儿游刃有余地应付着每一位吊祭者。很多吊祭者都眼含热泪甚至痛哭流涕,但从梁雪融身上依然看不到太多情绪波澜,只是偶尔会敷衍一下而已。

出于礼貌,李星翰和崔智鹏也带了一束白花赠予母女二人。二人谢过之后,双方都露出了心照不宣的神色,知道接下来的谈话和调查有关。

"你们这么一说的话，他这几年好像还真是有点健忘的问题。"告别厅一侧的休息室里，听完崔智鹏提出的思路之后，梁雪融回想着说道，"经常东西刚放下就忘，我交代的不少事情也总是忘记去做。"

"是啊，连我的生日都能忘。"周暖知叹了口气，"我还是专门提醒过他的。"随后她用急切的语气问道："就是说，你们认为他是因为忘了已经吃过药，所以又多吃了两顿？"

梁雪融似乎松了口气，点点头说："还真是有这种可能。"但随后又带着困惑微微叹息道："可这该怎么证明呢？"

李星翰盯着梁雪融的眼睛，一时没有回应。崔智鹏连忙替他说道："我们今天过来，其实就是希望能找到周院长健忘的证据。"

"健忘能有什么证据？"周暖知带着怒气说道，"我爸的体检都很正常，根本就不可能找到证据啊。"

"所以其实这个事情……"崔智鹏有些为难地说，"其实主要就是征求一下你们的意见……"

"我们的意见？"周暖知气不打一处来，"你什么意思？哦，只要我们都说我爸健忘，你们就认定他是因为健忘多吃了药？所以你们是打算跟我们协商一下，然后随便糊弄过去，是吗？"

崔智鹏被她说得哑口无言，急忙向李星翰投去求助的目光。李星翰看了他一眼，随后思虑片刻，坦然地点了点头，说道："是的，我们就是打算糊弄过去。"

周暖知瞪大了眼睛，一时震惊得说不出话来，一向平静沉稳的梁雪融也不禁皱起了眉头。崔智鹏深吸了一口气刚想解释两句，思索片刻却又不得不把话咽回了肚子里，因为他意识到，李星翰其实说得一点没错。

"如你们所说，体检和病历一切正常，所以健忘是不可能找到证据的。"李星翰用低沉的声音接着说道,"但在常规思路上,我们已经排除了其他一切可能性,健忘是唯一能说得过去的解释了。周院长有很大的社会影响力,事情本身的特殊性也增加了这种影响。现在谣言满天飞,已经对舆论造成了不利影响,对周院长本人的名誉也造成了一定损害,相信这是咱们双方都不愿意看到的事情。我们当然也希望彻底查明真相,但实际上,不是所有死亡事件都能彻底查清楚的。现在来看,以健忘导致多吃了药下结论,既能帮我们尽快平息社会上的谣言,也能尽可能为周院长保全名誉,这可能是最好的处理方式了。"

梁雪融垂眼陷入思索,周暖知气不打一处来,提高了音量:"你这说的叫什么话啊!?你们没本事把事情查清楚,说得好像还多伟大似的!警察就是要查清楚一切真相,不然国家养着你们干什么啊?你们真好意思啊,当着我爸的面说出这么不要脸的话!我要投诉,我要投诉你们!"她说着拿起手机,激动地输入了"110"三个数字。

"行了,暖知。"梁雪融示意女儿把手机放下,随后对李星翰说,"李队,我听得出你这些都是肺腑之言,我也很感谢你的坦诚。但作为家属,我们并不在乎社会上的谣言,甚至也不在乎有人对老周的名誉进行污蔑,我们想要的只是真相,仅此而已。否则的话,这件事会永远成为我们心里的疙瘩,我看得出来你是个很聪明、很敏锐的人,将心比心,你一定能理解我们的吧?"

"能理解。"李星翰接口道,"但是梁教授,我还是要坦诚地说,在常规思路上,健忘是唯一合理的解释了。如果咱们不做点什么的话,无论你们如何不接受,如何去投诉去曝光,这个事情都不会有更好的结果。而且,我们或者上级也会派人跟您沟通,直到说服您接受这种结果为止。当然这只是初步的结论,是为了给社会一个交代,真相我们一定会接着查下去的。当然了,我也必须再坦诚地说一句,在常规思路上,哪怕再给我们一百年的时间,除了健忘之外,大概也查不到更多东西了。"

周暖知愤怒地吸了一口气想要继续发难,但被母亲不怒自威的眼神瞬间止住。梁雪融听出了李星翰的言外之意,眉头一皱问道:"李队,你一直在强调常规思路,难道你是有什么非常规的思路吗?"

"是的,这才是我今天跟您见面的真正目的。"李星翰点点头说,"接下来的话可能会有点匪夷所思,但我希望你们能尽量先听我说完。我现在怀疑,周院长可能是受到了某种形式的精神控制。"

此言一出,母女俩都瞬间愣在原地,完全不敢相信堂堂区刑警队长会说出这种话。崔智鹏则深吸了一口气,一时纠结不已。

他从实习期就开始跟着李星翰了,对这位老领导有着深厚的感情,对其能力和责任心也一直十分敬佩。"7·12车祸"发生之后,尽管知道李星翰有些精神失常,尽管心理上觉得所谓精神控制杀人不可能存在,但他还是出于感情和信任,协助李星翰进行了多次相关的侦查工作。他一直希望李星翰能早点变回原来的样子,但李星翰似乎越陷越深,逐渐连升迁都受到了影响。

崔智鹏毕竟和他非亲非故,终究还是要考虑自己的生活。赵长林对李星翰越来越不满,对他则越来越器重。最近两年,他心里的天平已经开始不知不觉地偏离李星翰,朝着自己和赵长林倾斜过去。两天的侦查过后,他深知周建设的服药动机已经很难查明,也知道市局和赵长林都希望尽快向社会公布初步结论,因此才提出了健忘的思路。这当然也是一种符合逻辑的思路,但同时,也无疑是一次自我表现甚至邀功。

毕竟,人终究还是要为自己活着啊。

所以，当李星翰直言不讳地提出精神控制的思路时，崔智鹏本能上是十分排斥。但是出于尊重，他最终还是打消了其他念头，决定帮老领导最后一把。

"我知道这听起来可能有点离奇，"他定了定神说道，"但李队说得没错，如果你们不能接受健忘的推测，那常规逻辑上就真的没有其他思路了。"

"可是精神控制……怎么可能呢？"梁雪融陷入深深的疑惑之中，稍后又问道，"我想先确认一下，你说的这个精神控制，意思是有人控制了老周的想法？在没有对他进行威胁的情况下控制了他，让他主动吃了那么多药？是这个意思吗？"

李星翰点点头，说："没错。"

梁雪融摇了摇头："那怎么可能呢？你是警察，难道你认为这个世界上会存在特异功能吗？那不是封建迷信吗？"

"不是特异功能，也不是封建迷信，而是很可能存在的超前科学。"李星翰不紧不慢地反问道，"恕我冒昧，梁教授，您有没有想过，思想、感受和行为，这些咱们早就习以为常的概念，在本质上到底是怎么回事呢？"

梁雪融无言以对，摇摇头说："这不是我擅长的领域。"

"请允许我简单地解释一下。"李星翰缓缓说道，"动物的大脑可以大致分为三部分，分别是脑干、边缘系统和皮层。"

"脑干负责最基础的生命活动调节，比如呼吸、心跳这些，是连昆虫都具备的最原始、最基础的大脑形式，所以也被称为'爬虫脑'。可以看到，从特别小的虫子到咱们人类，全都拥有呼吸和体液循环的能力，这就是脑干的作用。

"边缘系统是相对高级的大脑形式，主要负责调节动物的本能和情感，这是高等脊椎动物所独有的大脑形式。我们可以看到，猫狗和人类都具有情感能力，但昆虫是没有的。

"皮层则是目前最为高级的生物大脑形式，主要负责理性思维，以及通过理性对本能和情绪进行控制。虽然大多数哺乳动物都具备这种结构，但只有人类的皮层特别发达。所以，在所有动物中，只有人类拥有了高度的理性能力和智力，创造出了其他动物不可企及的科技和社会制度。

"以愤怒这种情绪来说，它主要就产生于边缘系统。大概过程是，当动物遇到威胁的时候，威胁信号会被简单加工后迅速传递到边缘系统，激活一个名叫杏仁核的脑区；杏仁核的亢奋会激活下丘脑中的一些激素和促激素效应，从而激活垂体；垂体会释放一种叫促肾上腺素释放激素的物质，这种物质会通过血液循环抵达咱们的肾上腺髓质和交感神经末梢，让这些部位聚集的嗜铬细胞释放肾上腺素、去甲肾上腺素和多巴胺，这三种物质统称为儿茶酚胺。

"儿茶酚胺又会通过血液循环抵达全身各处，从而让不同器官和系统发生不同的反应。比如，儿茶酚胺作用于心肌细胞的 β 类受体，会导致心跳加速；作用于呼吸道平滑肌的 $\beta 2$ 受体，会导致呼吸量增加，为体内提供更多氧气；作用于胰岛 A 细胞的 β 受体和 B 细胞的 α 受体，会引起血糖升高；作用于外周血管的 α 受体，会导致外周血管收缩；等等。

"在宏观上，这些现象就体现为心跳加速、呼吸加重、血糖升高、肌肉充满力量，浑身紧绷。在个人感受上，咱们就会特别想跟人打一架或者吵一架，以缓解这种生理变化。这种从神经到内分泌再到生理变化的整个过程，就是社会层面所说的'愤怒'。"

梁雪融和周暖知垂眼陷入思索，大概都是第一次从较为客观的视角去看待生命和情绪这些概念。

"咱们的一切情绪和本能，喜怒哀乐也好，饮食排泄性行为也罢，基本是类似的神经—内分泌—生理过程。"李星翰接着说道，"正因为这些本能主要发生在边缘系统，所以可以说，人类在这方面和猫狗是完全一样的。咱们像猫狗一样饿了就会想吃，困了就会想睡，被攻击或者冒犯了就会想打人骂人，有了性欲就会想交配。

"但人和猫狗又不是完全一样的，因为人会控制本能和情绪，而不会怎么想就怎么做。早在东汉时，乐羊子妻就说过'廉者不受嗟来之食'，早在战国时，就有苏秦为了学习而用刺股的方式制止困意。今天也可以看到，在现实中，稍微有点教养的人都不会因为一点冒犯就骂人打人，正常人也不会有了性欲就随意发泄。

"人和动物之所以有这种区别，就是因为人具备非常发达的大脑皮层。在神经层面上，皮层的主要区域——前额叶，和杏仁核之间存在直接的神经连接，可以通过神经活动直接对边缘系统的活跃度进行抑制。正是因为这种神经机制的存在，我们才会拥有克制本能的能力，才会尽可能用不伤害他人也不伤害自己的方式去满足情绪和宣泄欲望。

"所以自由意志到底是什么呢？从神经层面来看，边缘系统的活动本身是无法控制的，只有皮层的活动才可以被我们主动掌控。因此，本能和情绪本身并不是自由的，理性才是自由的。

"一个理性的人，可以被认为拥有较高程度的自由意志，但一个被本能和情绪掌控的人，本质上并不是自由的，因为只要用欲望和情绪去诱导，他（她）就会像动物一样做出最原始的反应。所谓精神控制，其实就是针对这样的人，像训练猫狗一样训练他们，引导他们做出预期的行为。"

梁雪融若有所思地点了点头，须臾，目光深处似乎突然闪过一丝不安。周暖知则依然没有像母亲那般沉稳，再次急躁地埋怨道："你这是拐弯抹角骂我爸，是吗？我告诉你，他是著名的科学家，是这个世界上最聪明的人之一！你说的这些知识他几十年前就比你懂得多得多，连你都知道，他会不知道吗？他肯定拥有最发达的大脑皮层，绝对能够自由地控制自己的一切本能和情绪，他怎么可能像动物一样任人支配呢！？"

"这正是我想向你们请教的地方。"李星翰看了她一眼，随后再次看向梁雪融，"人虽然拥有掌控本能和情绪的能力，但未必会一直使用这些能力，因为控制自己会令人痛苦。所以，很多掌握了权力的人会一定程度地放松自我约束，利用权力去谋求本能的满足。"

"当然，也不一定都是这种原因。一个人如果长期经受着某种痛苦，长期处于某种愤怒、焦虑、抑郁状态，那么过量的儿茶酚胺也会损伤大脑皮层对边缘系统的神经抑制功能，从而损害对本能和情绪的控制能力，在神经层面让人变得像动物。"

他说着看向梁雪融的目光深处，心中微微一震，再次察觉到了某种异样："梁教授，关于周院长的情绪和心理，您想到什么了吗？如果能给我们提供他比较明确的心理障碍，对我们的工作会大有帮助。"

梁雪融出神地盯着虚空，似乎沉浸在某些复杂的回忆之中。整整三秒过后，她才突然回过神来，目光躲闪地摇头说道："没……没有，老周的生活……没什么烦恼。"

"就是啊，"周暖知也顺着母亲说道，"我爸辛苦一辈子，已经到了享福的时候，就算以前有过什么心结也早该放下了，怎么可能有什么心理障碍呢？我说你们能不能好好去干点正事啊？能不能别一直在这儿瞎猜了啊！？"

"梁教授，"李星翰继续盯着梁雪融的眼睛说，"如果您真的希望我们为周院长查明真相，就请一定不要对我们有所隐瞒。"

"我没什么好隐瞒的。"梁雪融再次躲开了他的目光，随后展示出镇定的姿态,"就像我女儿说的,老周生活挺顺当的,受人尊重又不缺钱,也不是那种喜欢压抑自己的人,我实在想不出他有什么心理问题。"

李星翰见识过太多形形色色的人了,梁雪融表面看起来从容镇定,但通过她两度的目光躲闪,李星翰瞬间就察觉到了某种不安。

某种——似乎和周建设的死因有关的不安。

"梁教授,"他一边继续观察一边问道,"恕我冒昧,您和周院长之间的感情怎么样?"

梁雪融瞬间愣了一下,目光深处闪过一种小孩子撒谎被识破的恐慌。虽然她转瞬就再次用从容的神色掩盖了这种恐慌,但终究还是没能逃过李星翰的眼睛。

"我不知道你这个问题有什么意义。"她松了口气,用故作强势的方式对问题进行了回避,"你还年轻,很多事情还没体验过,也不会懂的,老夫老妻之间和年轻夫妻之间根本就不是一回事。所以你问我和老周的感情怎么样,让我怎么回答你呢?而且还是那句话,你问这个是什么意思?难道你觉得是我把老周害死的吗?"

从平静内敛到突然强势,从惜字如金到突然啰唆,从被动应付到主动攻击,李星翰知道,自己应该是问对了方向。

"梁教授,请一定要原谅我的冒昧,"他坚持问道,"但了解您和周院长之间的感情状态,确实很可能对我们的调查大有帮助。"

"我们感情一直都挺好的。"梁雪融突然平静下来,目光笃定地直视着李星翰的眼睛说,"你可以去打听打听,我们这么多年连吵架都基本没吵过,我们的感情没有问题。"

突然刻意的坚决和笃定,让李星翰进一步意识到,梁雪融一定在隐瞒什么。

事情毕竟还没有按照刑事性质立案,梁雪融也没有必须配合调查的义务，尤其是涉及感情这种隐私问题，她只要不想说，李星翰就没有任何办法能逼她说出来。

但李星翰还是不肯放弃："梁教授，我跟您说句掏心窝的话，如果您真的想查明真相，就请一定相信我。如果您和周院长之间发生或者存在过某些比较特殊的事情，请一定要如实告诉我。"

"我说过了，我们的感情没有问题。"梁雪融越发坚决起来，"这个问题你不用再问了。"

"就是啊，我忍你很久了，你知道吗？"周暖知也再次暴跳如雷，"一个警察不去干正事，一直在这咄咄逼人地问老百姓的隐私问题，信不信我曝光到网上让你连工作都丢了！？"

"梁教授，"李星翰想起前一晚和张焕然的谈话，定了定神再次争取道，"恕我冒昧，您父亲给您取名'雪融'，应该是化用苏轼的《和子由渑池怀旧》，寄托了冰雪消融的豁达寓意，是这样吧？我看得出您是个有责任感、有担当的人，我也相信您一定是个心胸豁达的人。我不知道您和周院长之间到底发生过什么，但现在他已经不在人世，再坚硬的冰雪也应该消融了吧？眼下，查明真相才是对他最大的尊重，您说呢？"

梁雪融深吸了一口气，目光再次躲闪起来，而眼眸深处，突然浮现出一种只有长久岁月才能积累出来的沧桑之感。

李星翰心中微微一沉，知道自己的话触到了梁雪融的某些软肋。"梁教授？"

"你怎么会知道我父亲的事情？"稍后，梁雪融惊讶中略带恐慌地看着他，"我的名字出处这么隐晦，你是怎么知道的？你调查我父亲了？你这个人真的是太没规矩了，你……"她说着再次定了定神平静下来，松了口气说道："算了，李队，我不想在这些无聊的问题上继续跟你纠缠下去，就像我女儿说的，请你们先做好自己的工作吧。我还要去外面招呼来拜祭老周的人，你们请回吧。"

话音未落，她就急匆匆地离开了休息室。周暖知没好气地白了李星翰一眼，也跟着母亲回到了告别厅。崔智鹏无奈地看向李星翰，李星翰则沉浸在复杂的感受和思绪之中，心底产生了一种全新的异样感。

在梁雪融某些反应的帮助下，潜意识深处，他已经拿着张焕然悄悄递给他的钥匙，插入了某扇逻辑之门的锁孔。而门那边的真相之光，已经透过锁孔隐约可见。

# 第七章
线索之三：仇恨的遗传与扩散

　　李星翰知道，想直接从梁雪融嘴里问出线索几无可能，而如果不能尽快找到别的调查方向，那么这个案子最终一定会朝着健忘导致意外的结论缓缓推进，这是社会秩序的庞大车轮，任谁也无力阻挡。

　　崔智鹏对此自然也心知肚明，所以他的心态就轻松得多了。不出所料的话，李星翰应该还是会像以前一样查不到什么实质性的东西，事情最终一定会按照他提出的思路定论。到时候，无论在本职工作还是上下级关系方面，他都无疑写下了完美一篇，这对他的事业和生活都大有裨益。

　　他不像李星翰，他是个想要踏踏实实过日子的人，他希望多立功劳早点退居二线，过一过朝九晚五的轻松生活，而不是永远在一线风餐露宿。而当一个人真心想为另一个人好的时候，最常见的表现形式之一，就是希望对方也能过上自己想要的生活。所以返回单位的路上，崔智鹏思虑许久，最终还是决定跟老领导说几句掏心窝子的话。

"李队，"他一边开车一边谨慎问道，"您……您还在考虑精神控制的可能性吗？"

李星翰从沉思中回过神来，但一时没有回应。

"我不是想否定您的想法啊，我只是觉得——"崔智鹏叹了口气，鼓起勇气说道，"只是觉得，希望很渺茫——不是吗？"

李星翰看着窗外的街景，懒懒回道："是啊，如果梁教授一直不肯配合，想查下去会很难。"

"我的意思是，不仅仅是周院长这个事情。"崔智鹏说，"李队，我跟您也这么多年了，这五年来的心理调查也是一次都没落下过，我觉得我多少还是有点发言权的。我知道这话可能不好听，可能不好接受，但我觉得还是有必要说出来——您……您难道没有意识到吗？就算真有精神控制杀人这种事，在现有的社会条件下，也根本就不可能查得清楚啊。"

李星翰当然知道，只是一直不愿意去面对罢了。五年来，崔智鹏这番话他已经听其他人说过太多太多次了，正是因为害怕听到这样的话，害怕直面残酷的现实，他才会和亲人朋友们日渐疏远。只有生活在自己的世界里，他才能获得虚妄却又宝贵的平静。

崔智鹏的话，再次打破了这种平静。

"哥，没有希望了……"妹妹沮丧的身影在副驾驶一侧的车窗上隐约浮现出来，"没有希望了……"

若晴……李星翰深吸了一口气，一时没能意识到那是幻觉。

"我真的不是想要否定您或者批判您，我知道我没那个资格。"崔智鹏接着说道，"我只是觉得，为了一个几乎不可能的想法而一直劳心费力，甚至影响到了生活，这真的不是明智之举，真的让我……让我们所有人都挺难受的。"

"哥……"李若晴的影子从车窗上缓缓溢出，飘到李星翰耳边悄悄说道,"他不肯相信咱们,他要用自以为是的想法打击你,他要害得你生不如死,为什么天底下会有这么恶心的人?他要害你……你千万别听他的……咱们应该狠狠揍他一顿,看他还敢不敢乱说话了……"

车里开着空调,但李星翰额头上还是冒出了冷汗。

"您知道吗?李队,我以前经常会幻想一个场景。"崔智鹏感慨地继续说道,"那是在阳光明媚的办公室里,我意气风发地向您汇报工作,您带着体恤又自信的笑容拍了拍我的肩膀,夸我干得不错。有时候您是局长我是所长,有时候您已经是厅长而我已经当了局长,不管职级怎么变化,您一直都是我最敬爱、最信任的上级领导,每次想到那种场景,我都会觉得特别安心,觉得那就是生活最完美的未来。所以我……"他说着叹了口气:"我发自内心地不愿意看到您……变成现在这样。"

李星翰深吸了一口气,恍恍惚惚地回到现实之中,心底某些光明的东西被这番话悄悄触动了。

"所以我想,您是不是……呃,是不是真的该试着放下了。"崔智鹏诚恳地说道,"现在一点都不晚,只要放下心底那个偏执的念头,您很快就能回到正常的生活当中。嫂子肯定也一直在等着您呢,以您的能力,很快也会继续往上升,这个社会需要您这样负责任的好领导……当然更重要的是,我们真的不想看到您一直这么浑浑噩噩地生活下去……"

"哥……"李若晴的声音突然沮丧、柔和下来,"也许他是对的,他是真心为你好,也许……也许你该放手了,放我走吧……"

"不……不行……"李星翰深吸了一口气,看着妹妹的影子在车窗上逐渐隐没,内心凝聚起针扎般的刺痛,"若晴,不行……"

"放我走吧……"李若晴的声音越来越远了。

"李队，您……您没事儿吧？"崔智鹏紧张起来，隐约意识到李星翰又出现了幻觉。

"你为什么要害死我？你为什么要害死我？！"就在即将彻底隐去的瞬间，妹妹的脸又突然清晰地冲到了李星翰面前，带着难以形容的狰狞，发出了撕心裂肺的号叫，"都是你害的！都是你害的！"

李星翰一边拼命喘息，一边用力捂住并搓揉着面部试图逃避妹妹的纠缠。但是两秒之后，他又因为这真实的触感而陡然回到了现实之中。

恍惚过后，他缓缓松开遮住面部的双手，发现妹妹的身影已经彻底消失不见，窗外再次响起城市的喧嚣，真实世界正在不可阻挡地回归。

李星翰终于松了口气，回过头刚想对崔智鹏说点什么，却惊恐地发现开车的人居然是妹妹！李若晴披着凌乱的头发，身上挂满鲜血，带着一种诡异的笑容扭头说道："哥，我带你去一个好地方吧。"说着，她突然用力猛打方向盘，汽车瞬间向侧方冲去——

"若晴！"

李星翰大吼一声，眼疾手快地试图去抢方向盘，却突然听到了崔智鹏惊恐的呼喊，继而是猛踩刹车的尖锐摩擦。

"李队！李队？"

李星翰终于回过神来，幸亏崔智鹏迅速刹车，否则一场车祸怕是在所难免。

冷汗早已浸透了李星翰的后背，他深吸了一口气舔舔嘴唇，从储物箱里取出几片药吃了下去。

"李队……"崔智鹏有些后怕地看着他，他之前没发现李星翰的问题已经这么严重了，"您……还好吗？……"

"智鹏……已经太晚了……"沉默许久之后，李星翰才望着窗外缓缓说道,"我没有勇气面对自己的内心……你是个非常优秀的警察,将来也肯定会成为一个优秀的领导。但是咱们有不同的路要走,我恐怕不能陪你走下去了。"

崔智鹏微微叹了口气:"李队,您千万别这么想……"

"找个地方停车,我一会儿自己回去吧。"李星翰心有余悸地说,"我现在还是一个人待着比较好……"

"别,我送您回去……"

"别说了,停车吧。"

崔智鹏欲言又止,片刻之后,还是把车停在了路边。

李星翰关上车门,目送崔智鹏驾车离去,这才感受到早已袭来的热浪。他深吸了一口气走进人行道的树荫下,不经意间抬起头,再次看见了妹妹的身影。妹妹站在远处微笑着对他挥了挥手,他愣了片刻,随后也露出久违的欣慰笑容,然后走进真实而又陌生的人群之中。

真实和妄想对他来说早已不再重要,重要的是,为了妹妹,也为了蒋芸珊,为了所有被远思杀害和折磨的人,他必须在自己认定的那条路上走下去,永不回头。

药物很快就起了作用,妹妹的身影和声音不知何时已经彻底消失,哪怕是主动去想都很难想起来了。地铁飞驰,在久违的平静之中,李星翰感受到了强烈的困意,但他还不能睡,他必须尽快找到其他的调查方向。他回想起梁雪融不久之前的隐瞒神色,总觉得哪里不对。但药物影响了他思维的活跃度,一时之间,他真的想不起来究竟是哪里出了问题。

意志最终还是没能抵挡住药物的作用,困意悄然席卷,不知何时,他已经处在了半梦半醒之间。模糊的视线里,他隐约看见对面坐了一对父女，女儿委屈地噘着小嘴，父亲似乎正在对她进行某种教育。

如果没有那场车祸的话，自己也许早就有孩子了吧，也许会是个可爱的小姑娘吧。他想象着美好的亲子生活，视线再次转向对面的父女。

等等，父女……

他一个激灵回过神来，一瞬间，梁雪融的身影在脑海中疯狂涌现，引发了一阵思维巨浪。

是的，在谈论夫妻感情的时候，梁雪融虽然也有心虚的表现，但最多只是眼神躲闪而已。可是李星翰无意中提到她父亲的时候，她的神色却明显变成了惊恐，并且迅速就结束了谈话。显然，某些和父亲有关的思绪让她突然开始害怕和李星翰继续交谈，那么她在害怕什么呢？

李星翰走访的目的是了解周建设的心理障碍，和她父亲并没有直接关系，同时，李星翰也并没有表现出任何对她父亲的不敬或者好奇，可是提到父亲的时候，她的情绪为什么会突然那么激动呢？

这似乎不太正常。

李星翰坐直了身体再次理了理思绪，逐渐嗅到了新的东西。梁雪融试图隐瞒的夫妻关系，或许和父亲或者自己名字的由来有关呢？

这不失为一种值得追查的可能性。李星翰顿时振奋起来，在手机上搜索出了梁文韬的个人资料。

百科信息显示，梁文韬是宋代文学的研究专家，对这一领域有杰出贡献。李星翰耐心地读完了每一个字，但除了对这位学者越发敬佩之外，并没能找到什么有价值的东西。

随后，他一个一个点开和梁文韬有关的各种网页，但网页信息基本是在介绍梁文韬的学术和社会贡献，基本没有提到父女关系或

者别的东西。不过查到第7页的时候,他在一个不甚起眼的文学论坛链接里,敏锐地注意到了一个有价值的词:

排挤。

一名网友在2009年曾经表示,如果不是年轻的时候遭到打压和排挤,梁文韬的成就和地位原本有可能更高。

想起"雪融"这个名字的出处,李星翰心中的某些东西瞬间被悄悄点亮了。思索片刻之后,他又以"梁文韬受到打压"为关键词进行了搜索,很快就注意到一个名叫李树林的人。一些文学论坛和历史新闻显示,梁文韬在学术上的确受到长期的打压和排挤,而一切的始作俑者,似乎正是这个李树林。

百科资料显示,李树林是20世纪60—80年代的著名现代诗人,其现代诗通俗易懂,广受当时人民群众的喜爱。正因如此,没有受过正规教育的李树林在1962年被破格聘请为中州大学文学院的教授,更是在两年之后升任院长。

不过1986年,他因为贪污受贿落马,90年代死在了监狱里。受时代影响,李树林认为唐诗宋词充满了腐朽的封建思想,一直主张废除相关研究。他和梁文韬之间的矛盾,似乎就和这种思想有极大关系。

李星翰搜索了李树林的所谓现代诗,发现基本是一些拼凑的大白话。他看了一会儿,无语地关闭了百科页面,继续一条一条地查看其他相关网页。但李树林毕竟已经死了将近三十年,而且的确没有太高的学术和文化水平,所以关于他的记录如今已经寥寥无几,三四页之后,基本就都是一些毫无关联的垃圾信息了。

李星翰放下手机,思绪再次陷入停滞。但不知从何时开始,他突然隐隐觉得自己错过了什么关键的东西。他起初以为那是药物的副作用,但地铁连着开过两站地之后,那感觉却非但没有消失,反而如野火般愈演愈烈,迅速烧遍了整个思维世界。

地铁即将再次进站的时候,突然响起的播报声像惊雷一样砸进李星翰心底,他愣在原地两秒,在背脊突然的发麻之中,终于看清楚了那只一直在内心角落里来回乱窜的老鼠。

他深吸了一口气,再次打开李树林的百科页面,把那只老鼠抓在了手里。

资料显示,李树林的老家是郑县南部一个名叫前李庄的村落,而这个地方,和周建设的老家周家坡居然是挨着的,处于同一片山区。

两年前,李星翰曾去当地办案,对那一带有着很深的印象。虽然如今已经富足起来,但因为之前几十年的长期贫困,当地人依然保留着很多不好的生活习惯,又因为交通闭塞,跟外界互通较少,直到今天,当地口音跟周围地区依然有着明显的差异,发音重而且带有一种奇怪的尾音,说实话相当难听。

李星翰盯着手机,在喧嚣的地铁人潮中陷入杂乱的思索,恍惚间,他眼前呈现出这么一幅离奇却又合理的社会心理图景:

按照张焕然无意中的推测,梁文韬之所以给女儿取名"雪融",是为了寄托一种豁达的人生态度。很多时候,人越是想要表达、表现什么,往往越是说明这个人缺少什么。把豁达态度寄托到女儿的名字上,似乎恰恰证明了梁文韬对某些事情并不能做到豁达,而这些事情,很可能就是他受到的打压。

李树林的那些所谓"现代诗"毫无美感,有些甚至可以说是俗不可耐。唐诗宋词蕴含着中华文化深邃的美,他却仗着群众支持主张废除相关研究。作为才华横溢、深谙宋代诗词之美的学者,梁文韬面对李树林这种人的上位和打压,会是怎样一种心态呢?

不服、憋屈、痛心——大概还有憎恨吧。

李树林1964年就当上了文学院的院长，直到1986年才因为贪污受贿落马，他对梁文韬的打压和排挤，持续了二十二年之久。梁雪融如今五十五岁，也就是说出生于1966年，可以说，她人生的前二十个年头，心理塑造的全部黄金期，就是父亲被李树林打压的时期。那么，父亲对李树林的憎恨，是否会在梁雪融面前有所表现？是否会影响到梁雪融的心理塑造呢？

怕是极有可能。

一个人对一件事无法真的做到豁达，甚至憋屈到需要用女儿的名字去开导自己，如此程度的不满和憎恨，是不可能彻底埋在心里的，一定会有意无意地表现出来。

而家是最令人放松、最能带来安全感的地方，所以可以想象，梁文韬对李树林的不满和憎恨，一定会在女儿面前有所表现。梁雪融选择了宋代文学作为研究方向，显然对父亲有着深厚的感情，对父亲的事业和思想也有着深刻的崇拜和认同。那么成长过程中，她对父亲一定存在高度的学习和仿同心理，父亲对李树林的态度自然也会在她心中留下深深的烙印。

而这种烙印的本质，是相应神经通路中无数个突触化学环境的重塑，这些重塑会把李树林本人的某些特征和憎恨这种情绪联系在一起，就像串联的电路一样，点亮任意一点，整条通路都会亮起来。

这在宏观上就会体现为，只要一想起李树林某些具有高度特异性的特质，梁雪融就会产生强烈的憎恨。而这种神经现象通常也会导致另外一种后果，那就是憎恨的扩散，即对具有类似特征的人也会点亮整条通路，从而产生本能的憎恨。

比如，有些人和来自某个省的某人发生过矛盾，如果下意识地把籍贯作为对方的特征，那就很容易形成地域黑的心理，把对个人的憎恨扩散到这个省的所有人身上，小到家庭、单位，大到省份、国家，甚至是性别，这样的情绪扩散现象在生活中十分普遍。

所以，梁雪融在未成年时期形成的对李树林的憎恨，很可能也会扩散到其他和李树林具有某些共同特征的人身上。

周建设和李树林都生长在郑县南部山区，且位置相近，最初的生活习惯和口音应该都极为相似，而且那种口音真的很难听，李星翰只去过一次就留下了深刻印象。那么，梁雪融对李树林的憎恨，是否会因此扩散到周建设身上呢？她对周建设是否存在憎恨和偏见，是否会对周建设造成某种心理伤害呢？

思绪至此，李星翰突然一愣，再次想起了梁雪融面对亡夫时近乎冷漠的平静态度。

直觉和现实之间，第一次发生了精准的照应。

可问题来了，如果梁雪融真的对周建设存在憎恨和偏见，以她那么优越的条件，为什么当初会跟周建设结婚呢？而且为什么这么多年都一直没有离婚，甚至连分居都没有呢？再者，她为什么要隐瞒这些事情？因为觉得丢人，还是因为别的什么呢？这些事情又是否和周建设的死亡有关呢？

打压、憎恨、不相配的婚姻、冷漠、过量服用普萘洛尔……所有已知信息在李星翰脑海中激烈碰撞着，却始终没能摩擦出任何有价值的火花。

李星翰隐隐觉得，自己似乎还欠缺某个非常关键的东西，一种把所有线索串联在一起的工具。

可到底缺了什么呢？

第八章
核心思维：辩证

暑期已至，中州大学比平日里冷清了许多，除了少数顶着烈日前来游玩的周边居民和勤工俭学的学生外，在这个月份依然格外活跃的，就只剩下勤奋的科学家们了。

7月6日晚上6点30分，心理学院2号实验楼7楼，张焕然刚刚完成了当天的实验计划。这是一项以大鼠为对象的行为成瘾实验，目的是检测性欲、食欲、社交和求生本能四种因素在不同奖惩方向上与一系列社会化行为成瘾性的相关性。做完数据记录和分析之后，张焕然回到实验区域，开始把大鼠们一只一只地放回各自的小窝里。

在整个实验过程中，64号是唯一一只始终在经历惩罚却没有接受过任何奖赏的大鼠。此刻，张焕然把它放到手里的时候，它双目空洞无神，并且做出了反复撕咬前臂绒毛的刻板行为，已经呈现出明确的抑郁和焦虑。

很显然，它的杏仁核已经因为过度激活而失控，神经-内分泌系统也因此发生了紊乱，内分泌的紊乱又进一步削弱了神经系统的自我控制能力，它的精神世界已经在恶性循环中堕入深渊。

张焕然盯着它，不由想起了周建设，从某种程度上来说，周建设和手里这只大鼠并没有什么区别。

也许周建设的生活看上去比64号大鼠要自由得多，但实际上，他们一直都被关在同一种牢笼之中，此生都注定难以逃脱。

张焕然轻轻叹了口气，生活总是难以十全十美，命运总是悄悄推着每一个人，让他们朝着并不愿意接近的方向不停前行。

7月的天黑得比较晚，张焕然走出实验楼的时候，天边的太阳看起来依旧像一块烧红的铁。不过那毕竟是折射的幻象，真正的它其实早已开始没入世界尽头，空气中的相对凉意便是铁证。此时的温湿度也许算不上宜人，但也足够让忙碌了一天的人们感到些许惬意了。

闲适的氛围往往会勾起美好的回忆，美好的回忆又往往会因为现实的煎熬而令人更加惆怅。面对盛夏的壮美落日，面对校园里逐渐多起来的闲庭信步的周边居民，面对尚未离校的学生情侣们充满朝气与甜蜜的身影，张焕然深吸了一口气，平日里隐藏在外表下的遗憾与悲伤，都难以控制地喷薄而出。

芸珊，如果一切都还像原来一样，那该有多好啊！

"张老师！"熟悉的女声响起，恍惚间，张焕然还以为听到了蒋芸珊的声音。但是循声望去时，他才猛然惊醒，喊他的是神经生物学专业的副教授杨梦冰。

"啊，这不是杨老师吗？"张焕然立刻习惯性地恢复了嘻嘻哈哈的样子，挥了挥手调侃道，"这么巧，原来你也在这个学校啊。"

杨梦冰扑哧一笑，像小鹿一样跳到张焕然面前，喘了口气注视着他，恬静的脸上透着些许妩媚："刚才跑到你们实验室找你，发现已经关门了，找了半天，终于让我在这儿逮到你了！"

"这么容易被逮到，在非洲草原纪录片里，我这种估计第一集就得挂了吧。"张焕然笑道，"生日快乐，杨老师，我也没给你准备礼物，等会儿给你发红包哈。"

"我不要礼物也不要红包，我要你陪我过生日。"杨梦冰撒娇道，"你要真想送礼物的话，就把自己送给我吧。"

"奴隶制在咱们国家都消失两千多年了，再说我也不会种棉花，送给你有什么用啊？"张焕然笑笑，随后认真说道，"说真的，杨老师，我晚上还有事，真的不能陪你过生日了。"

"好吧，其实我也没抱什么希望。"杨梦冰撇了撇嘴，把一个精美的餐盒递到张焕然面前，"喏，上次我听志杰他们说你喜欢吃牛肉，尤其喜欢牛排，我就想着一定要露一手给你瞧瞧，所以我就直接来了个最高难度的。看，我花了一整天时间从零开始学做的惠灵顿牛排，成色还算凑合吧？你回去用烤箱热一下就行了，味道应该不会损失太多。"

张焕然笑道："这到底是你生日还是我生日啊？"随后他又认真诚恳地说道："杨老师，这礼物太贵重了，请恕我不能收下。我明白你的心意，但我心里已经容不下第二个人了，所以我真的不能回馈你什么，请不要继续在我身上浪费时间了。"

这不是他第一次拒绝杨梦冰了。

"焕然，"杨梦冰突然改了称呼，深情地注视着他的眼睛说，"我知道你现在的心情，但不管多久我都愿意等。生活终究还是要继续的，不是吗？"

张焕然果决地摇了摇头："杨老师，我心里永远都容不下第二个人。就算真的勉强在一起，对你来说难道公平吗？"

"我乐意不就行了吗？"杨梦冰说，"反正我就是想跟你在一起。"

张焕然直接拒绝："抱歉，咱们真的没有一丁点儿可能。"

杨梦冰嘴唇颤抖了几下，执拗地把餐盒塞到他手里，随后含着眼泪头也不回地走开了。

望着杨梦冰曼妙的背影，张焕然微微叹了口气，心底不免掠过一丝惆怅。他也是有血有肉的人，也有自私和欲望，也希望拥有轻松快乐的生活，而不是亲手毁掉自己的人生。但只要想起蒋芸珊，一切就都无足轻重了。

芸珊，如果一切都还像原来一样，那该有多好啊。

正如李星翰所分析的那样，无论梁雪融接受与否，因健忘而导致过量服药，都是常规思路之下唯一能够说通的逻辑，也是对所有人而言最为体面的结论了。所以从下午开始，赵长林就已经把健忘默认成了事实真相，要求李星翰和崔智鹏想尽一切办法说服梁雪融，尽快让事情有个初步结论。

李星翰不愿意接受这种得过且过的做事态度，但又拿不出更有力的逻辑去反驳健忘的高度可能性，只能硬着头皮以其他工作为由暂时拖延，希望尽快找到新的调查方向。整个下午，他都沉浸在极其复杂的思索之中不能自拔，可无论如何思考或是推测，他都始终无法建立起严密且完整的逻辑框架，他越来越强烈地感觉到，自己缺少某种至关重要的线索或者工具。

晚上6点多，他已经走到食堂门口了，却突然接到母亲打来的电话。母亲哭着说已经一个多月没见到他了，让他一定要回家吃个饭。

李星翰当然知道，妹妹的死不仅严重打击了他的精神，也一直深深折磨着父母的身心。他其实是个非常孝顺的儿子，知道这种情况下自己更应该多陪陪父母，事发之后的几个月里，他也的确是这么做的。

可问题在于，无论他如何坚持，父母都始终不肯相信"7·12车祸"是人为的阴谋,都认为那是李星翰的妄想。儿子是他们生活中仅剩的牵绊了,所以每次见面,他们都会想办法开导和劝慰,希望能帮李星翰早日走出过去的阴影。

但这种出于善意的行为,却总会让李星翰产生深深的恐惧和无助。李星翰逐渐开始害怕面对他们,开始以工作忙为借口拒绝和他们见面。他无比怀念母亲做的红烧肉,但是如今,他已经宁肯一个人孤孤单单地吃外卖,也不愿意回父母家里吃饭了。

但亲情终究是生活中最不可或缺的东西之一,是安全感和心灵抚慰的重要来源。所以听到母亲令人心碎的哭声时,李星翰麻木的心底不免一阵酸涩。几经犹豫之后,他还是买了礼物,带着复杂的情绪回到了那个充满痛苦的家。

妹妹的房间至今原封不动地保存着,尽管已经五年没有人住,但母亲还是每天都会进去打扫一遍,这如今已经成了一种精神寄托。

五年来,李星翰始终都不敢走进妹妹的房间,因为每次刚推开房门,他就会透过门缝看见妹妹坐在床上。今夜,他在房门前犹豫了许久,最终还是没敢打开门。

母亲的厨艺远远算不上精湛,但家的味道是再高级的烹饪也无法比拟的。晚上7点,李星翰把一块并不正宗的红烧肉放进嘴里,过去三十多年的回忆瞬间像簸箕里的米粒一样倾落满地。

真实的生活和感性的惆怅接踵而至,在心底催化出久违的爱和温暖,泪水开始在眼里打转。李星翰深吸了一口气,他已经很久没有因为生活中的美好而哭过了。他原本就不是个善于表达感情的人,最近一年更是颓废麻木,但此刻,他真的有种倾诉心声的冲动。

也许,哭出来会好受很多吧。

然而正这么想着、打算卸下包袱在父母面前说点心里话的时候,父亲平静中透着严厉的声音却打破了久违的美好："今天你们赵所给我打电话了，说你又不听指挥、胡思乱想，是真的吗？"

李星翰原本的复杂情感瞬间被压进了心底，回到了真实、熟悉、压抑的现实之中。

"指挥对了肯定要听，不对的肯定不能听啊。"他放下筷子没好气地说。

"哎呀，不是说好今天不谈这些的吗？"母亲埋怨又无奈地看了父亲一眼。

"对不对那不是你该考虑的问题。"父亲是司法系统的市级领导，对儿子一贯是居高临下的态度，"在任何工作系统中，领导决策、下属执行都是最公平最高效的做事方法。你要真有本事就早点升个所长当当，没那个本事就不要眼高手低，脚踏实地地听指挥就行了。"

"我说了，错误的指挥我是不会听的。"李星翰用低沉的声音反驳道，"你不是也了解赵所长吗？不会不知道他是个什么样的人吧？遇到困难，首先想的永远都是怎么糊弄过去，只想着给上级交代，却完全不管问题到底有没有真正解决。要我说，能让他这种人当上金河区的一把手，公检法系统的所有领导都有责任，甚至你也难辞其咎。"

"你真是翅膀硬了啊，啊——"父亲愤怒地把筷子拍到了桌子上，"我告诉你，领导自然有领导的考虑，人家的心胸和见识是你能比的吗！？你们这一代小孩儿啊，就是从小活得太舒服、太滋润了，一个个屁大的本事没有，心气却比省委书记还要高呢！"

"我不想跟你扯这些没用的。"李星翰无奈地摇了摇头，"那你来说说，周建设的事情他处理得对吗？现在什么证据都没有，就为了给市局有个交代，他就把一个无法证明的猜测作为结论，认定周建设就是因为健忘而过量服药致死的。这叫有见识吗？这是公安系统大领导该有的素养吗？遇到问题不想着去解决问题本身，只想着赶快了事，你还觉得他做得没错，是吗？"

"那你能解决问题吗？"父亲严厉地责问道，"你要能解决就去解决啊，自己解决不了，还对别人的解决方案冷嘲热讽，真是站着说话不腰疼，你这不就是现在网络上那些键盘侠的样子吗？"

"我已经在解决了，"李星翰说，"但我需要时间。"

"这个事情你要怎么解决？"父亲依然不依不饶，"无论怎么看，健忘都是最符合逻辑的推测，你也别怪人家赵长林，这事目前还能怎么办，你倒是说说啊？"

"事情很不对劲。"李星翰的思绪再次回到了杂乱的逻辑线索之中，"周建设的爱人很不正常，他岳父也有很多秘密，我现在还没有彻底弄明白，但已经有很多可疑迹象，周建设可能是被精神控制了，他是制药行业的重要人物，跟远思的关系本来就很复杂，这个事情一定要查到底才行……"

他说着深吸一口气，再次感受到了逻辑链的某种缺失，那感觉简直令人抓狂。

话音未落，父亲已经叹息着摇了摇头，向母亲投去意味深长的眼神。一直温柔慈爱的母亲也无奈地看着儿子，眼中又是生气又是心疼。

"还说自己没有胡思乱想。"父亲严厉的语气中多了些许谨慎，"我再跟你说一遍，人有绝对自由的意志，再狡猾的犯罪分子，也不可能一声不吭地就把一个大活人毫无痕迹控制了，你这完全就是无中生有的妄想！"

"不是妄想！"李星翰在心魔的驱使下一时情绪失控，用力拍了一下桌子，整个人都激动起来，"你知道我为什么不愿意回来吃饭吗？就是因为你们都不愿意相信我！你们宁愿相信别人，也不愿意相信自己的家人！你让我有什么动力回这个家？"

"你不要用亲情绑架我们!"父亲的语调也高了起来,"你说你这么个大老爷们儿,啊,看起来也是人模狗样的,怎么就这么没出息呢?事情都过去这么长时间了,我跟你妈都能扛过来,你怎么到今天还是这个德行呢!?没一点出息,我真是不想认你这个儿子!"

"你以为我想认你吗!?"李星翰抑制不住内心的恐惧和愤怒,再次狠狠捶了一下桌子。

父亲气得下巴直哆嗦。

"儿子啊,"母亲心疼地叹了口气,语重心长地说,"你别怪你爸,他说得不好听,但是道理也没错啊。你得活在现实里,不能想什么就是什么啊!我们也知道你心里有多难受,可日子该过还是要过的。听妈的话,你还这么小,往后的日子这还长着呢。还有晓楠那边,她是个不错的姑娘,你还是跟她好好说说,别分开了,啊。"

李星翰知道事情早晚会发展到这一步,这也正是他害怕回家的原因。连父母都不相信他,不理解他,还对他所坚持的东西妄加指责,所以他才会逐渐封闭自己的内心,变得如此颓废消沉。

除了蒋芸珊和张焕然,整个世界几乎都在和他背道而驰。

更可怕的是,对于所坚持的东西,他自己的信心也几乎已经消磨殆尽了。虽然上午又燃起了一丝希望,可又始终无法把线索串联起来,此刻又被父母狠狠打击,心底的希望真的只剩那么一丁点儿,几乎无法继续照亮他的世界了。

习惯性的绝望笼罩着他,父母后来又说了什么,他已经彻底记不清了。他浑浑噩噩地离开父母家,吃了点抗精神药物,又去超市买了一堆酒,准备像往常一样回家以后把自己灌醉过去。

刚坐上车还没发动,他就忍不住打开一瓶酒大口灌了下去。酒精的刺激让他感觉好了一点,但他也因此意识到,自己已经不能开车了。

安宁了。

"所以，你这完全是想当然的感觉，算不上心理证据。"张焕然思索着继续说道，"心理学从来都不是加减乘除那么简单，而是存在复杂的辩证逻辑。这个世界上的一切事物也都是辩证的，物理学、医学、社会学、经济学……所有领域都充斥着辩证思维的影子。如果你不能学会辩证地看待问题，就很容易因为一些不起眼的细节误入思维的歧途。只有对每一个细节都做到辩证分析，很多原本讲不通的逻辑才能捋顺，迎来柳暗花明。辩证，是我们时刻都要铭记的思维工具。"

张焕然的否定，让李星翰心底的焦虑越发强烈起来，思维世界陷入了比之前更彻底的黑暗。可是不知为何，黑暗的潜意识深处，又似乎潜伏着某种剧烈震动，他隐隐觉得，自己的思维之海，正在酝酿一场滔天海啸。

须臾，在意识层面，他感知到了汽车行驶的微微震动。那震动让他突然觉得昏昏欲睡，酒精的麻醉作用再次开始彰显。不知不觉中，他觉得自己正在脱离现实世界，隐隐窥探到了某种光明。

不知过了多久，他发现自己躺到了柔软的床上，这才隐约回想起来张焕然把他扶到家里的经过。他本来应该对张焕然心存感谢的，但又因为思路被否定而憋着一股怒火。他有种奇怪的直觉，觉得张焕然好像是带着某种目的故意想要否定他似的。但还没来得及细细琢磨这种怪异感，他就在黑暗中进入了杂乱无章的潜意识世界。

他开始做一场杂乱而有序的梦。

张焕然把李星翰的睡姿摆好，把空调调到合适的温度，又给李星翰盖了一条毯子，然后开始习惯性地打扫房间。先是垃圾桶里已经凝固但仍然刺鼻的呕吐物，然后是客厅里随处摆放的外卖盒子，接着是已经开始生小虫子的厨房，最后连卫生间的地漏都给清理了一下。

没办法，谁让自己是当爹的呢？

收拾好一切之后，他洗了洗手回到卧室，看着李星翰不停颤动的眼皮。

星翰，一切就都拜托你了。

第九章
线索之四：女学生

自从妹妹去世之后，李星翰做梦一直很频繁。此夜，"周建设案"的扑朔迷离，加上张焕然对其思路否定而产生的焦虑情绪，自然让他织出了一场更加浩大且复杂的梦境。

梦境是白昼思维和过往经验相互糅合而成的抽象艺术作品，也是潜意识和意识交汇的美妙体验。梦境有着不可捉摸的迷人魅力，也有着隐约可循的隐秘逻辑。

梦，是我们神秘内心的优雅面纱。

此夜的梦是从周建设开始的，地点是周建设家的客厅，也正是周建设的死亡现场。李星翰推门而入，发现周建设正坐在沙发上沉思什么。他刚想开口问问"你是怎么死的"，却突然发现周建设伤心地哭了，哭得像个受了天大委屈的孩子。李星翰本想加以安慰，但周建设却越哭越厉害，在那哭声的感染下，李星翰也不由眼眶酸楚，在梦中流下了滚烫的泪水。

模糊的视线中，周建设的身影开始扭曲，逐渐化作抽象油画一般的模糊色彩。那色彩在一片漆黑的背景中缓缓流动，不知何时，背景四周突然出现了一个圆形边框。梦境的视角被逐渐拉远，李星翰才突然惊讶地意识到，那带着边框的漆黑原来是一只如宇宙般深邃的眼睛。视角不断拉远，他发现那眼睛来自张焕然。

驾驶座上，张焕然一脸嫌弃和鄙视，同时又带着一种洞悉一切的笑容说："人心是一种很复杂的东西，同样一种外界刺激，对不同的人往往会起到不同作用……"

剧烈的心跳声掩盖了他后面的话，李星翰在梦中和现实中同时发出了急促的喘息。一直潜伏在脑海深处的震动终于发展成了一场强烈的海底地震，在原本平静的大海里激起了滔天海啸。

思维海啸在梦境中也得到了具象化。李星翰发现自己站在热闹的沙滩上，远远望着逐渐隆起的海水，心底升腾起无比强烈的恐惧感。不知过了多久，他才突然意识到那是海啸来临的信号，急忙一边奔跑一边驱散玩闹的人群。但为时已晚，人群中很快爆发出嘈杂的尖叫声，李星翰回头望去时，海啸已经近在眼前，而且在一秒之后就如猛兽般席卷了陆地上的一切。

他在强烈的窒息中无助地挣扎，突然，他远远望见了一个熟悉的黑色漩涡，水中的人们像灰尘一样不断被吸入其中，连他也无法幸免。在被吸入的过程中，耳边一直在回荡着咕嘟咕嘟的气泡声。气泡声中，他突然再次隐约听见了那句似乎另有深意的话："同样一种外界刺激，对不同的人往往会起到不同作用……"

李星翰拼尽全力挣扎着向海面冲去，却突然发现海面已近在眼前。他透出海面深深吸了一口气，却突然发现自己并没有身处海啸之中，而是位于母校公安大学明亮的阶梯教室内。法医学老师陈海文还是十几年前那个意气风发的样子，正站在讲台上对着投影的内容讲解药理知识。

"李星翰，"陈海文笑道，"你小子又在教室里洗澡呢。"

周围响起同学们的哄笑，李星翰一愣，这才发现自己正光着身子站在浴缸里。他连忙坐下想躲进浴缸，却突然发现浴缸已经不见了。他无地自容了片刻，却突然又忘掉了窘迫的处境，把注意力转到了投影的内容上。

因为投影屏幕显示的，居然是周建设坐在沙发上望着梁雪融的冷漠背影伤心哭泣的画面。突然，梁雪融回头带着狰狞的表情对周建设发出一声尖锐的嘶鸣，周建设身边的家具和墙壁瞬间开始碎裂，甚至本人身上也开始出现裂痕。他颤抖着拿起茶几上的一个白色小瓶子，李星翰几乎本能地意识到，那是一瓶普萘洛尔。

"同样一种外界刺激，对不同的人往往会起到不同作用，这一点一定要牢牢记住。"陈海文的声音从画面之外传来，李星翰突然发现自己又回到了阶梯教室，而且不知何时穿好了衣服。

"你要好好听课啊，"坐在旁边的前妻林晓楠嫌弃地看着他，"整天想那些有的没的，学位证都拿不到，拿什么养活我？"

她的表情是冷漠和不屑，但或许是太久没在一起，李星翰还是产生了强烈的冲动，和她紧紧抱在一起。林晓楠也配合地露出了温柔、迷离的神色，搂住他的脖子，热情地吻了上来。正当他准备进一步行动时，却又突然沮丧地意识到，自己此刻是那么疲软无力。

在现实中，那当然是过量酒精麻痹所致，但在梦境里，他却下意识地知道，自己出了问题。他深深叹了口气，对生活无比沮丧。

林晓楠失望、嫌弃地看着他，把一个白色药瓶递到他眼前："不行的话就吃这个吧……"

李星翰隐约看见了药瓶上的字：普萘洛尔。

"普萘洛尔是降压药啊，"他无语地看着林晓楠，"我为什么要吃这个？"

"你不试试怎么知道没用呢?"林晓楠目光深处呈现出一种难以言说的厚重黑暗,"你忘了吗?同样一种外界刺激,对不同的人往往会起到不同作用……"

李星翰一愣,突然抬头看向黑板,公安大学的阶梯教室里,讲课的人却由陈海文换成了张焕然。

"同样一种外界刺激,对不同的人往往会起到不同作用,只有辩证地看待每一个细节,我们才能了解这个世界的真相。"张焕然一边说着一边看向黑板上的幕布,那上面再次显示出梁雪融的狰狞表情,周建设颤抖地看着她,一切都开始碎裂,最后,周建设神色凝重地拿起了一个白色药瓶……

李星翰心中一惊,突然发现自己进入了幕布之中,梁雪融的狰狞表情让他无比沮丧,而手中那瓶普萘洛尔,却似乎蕴藏着无尽的希望。他打开药瓶狠狠倒进嘴里,突然觉得一切宁静祥和起来。须臾,身体爆发出了令人安心的澎湃力量。

他深吸一口气,蒙蒙眬眬地发现窗帘之外已经透出晨曦。他清晰地回想起昨夜的梦境,用力松了口气,活动一下僵硬的四肢,揉了揉面部,漫无目的地思索片刻,一时间并没有抓住什么明确的意义。

喉咙里一阵强烈的干渴,他挣扎着起身走进餐厅,从冰箱里取出一瓶矿泉水灌了下去。清澈的水涌入咽喉,仿佛也对他的某种思想进行了渴望已久的灌溉。顷刻之间,梦中的画面再次涌入脑海,在眼前快速交替浮现着,李星翰突然一愣,把自己狠狠呛了一下。

他一边剧烈咳嗽,一边瞪大了眼睛,发现心底正在发生一场猛烈的思维爆炸。

同样一种外界刺激,对不同的人往往会起到不同作用……对啊,辩证,这世间的一切规律都不是绝对的,都存在辩证的可能!

心理规律是辩证的，哲学是辩证的，法律是辩证的，医学是辩证的……

很多时候，药理也是辩证的啊！

李星翰回想起林晓楠在梦里的话，回想起她递给自己的普萘洛尔，回想起周建设如孩子般伤心的哭泣，回想起梁雪融的冷漠，回想起关于周建设潜规则女学生的传言，心中的逻辑链一直缺失的那一环，终于不可思议地清晰浮现出来。

关于"周建设案"，他终于建立起一个完整且严密的逻辑框架。但谨慎起见，这终究也只是一个建立在推测上的框架而已，想要证明其合理性和现实性，还有大量的求证工作要做。关于普萘洛尔在药理上的辩证关系，他可以请王保林向医学专家进行求助，可是关于周建设的问题，他要如何才能证实呢？去找梁雪融询问吗？很显然，梁雪融是不可能配合的，因为李星翰想要求证的，很可能正是她最为避讳的东西。可如果不能证实他的猜测，那么普萘洛尔是否真的有那种神奇的辩证作用，也就完全没有意义了。但除了梁雪融，这种事情又能找谁去求证呢？

李星翰放下水杯，突然再次想到了关于周建设潜规则女学生的传言。

对，女学生。

李星翰眉头一皱，决定试试在网上搜索相关信息。但结果令人失望，关于周建设潜规则女学生的事情，在网上都只能找到一些捕风捉影的传言，根本没有对任何具体人物的指向。

李星翰放下手机叹了口气，思绪再次杂乱起来。

但仅仅两秒之后，他心底突然划过一道奇怪的光亮，总觉得自己错过了什么。他重新打开手机浏览器，这才惊讶地发现，自己需要的东西竟然自己冒了出来。

浏览器的热搜榜第三位上，挂着一个无比醒目的标题：

"网传周建设与黄明宇来往密切。"

对这个黄明宇，李星翰并不陌生。半个月前，在群众举报的协助下，隔壁龙海区派出所破获了一起大型组织卖淫案，组织者正是这个黄明宇。一周前，黄明宇被检察机关正式批捕，如今正在接受审讯。据说，黄明宇多年来一直从事拉皮条的工作，向很多有钱的客户输送过性资源。

李星翰点开热搜标题，发现文章内容很简单，大概意思就是，几天前离奇死亡的周建设，据说也是黄明宇的重要客户之一。他心中一阵激动，也顾不上对方醒没醒，就立刻拨了龙海区派出所治安大队队长徐宏亮的电话。

"喂，星翰啊……"徐宏亮十几秒之后才接了电话，声音沙哑而疲惫，"不好意思啊，半夜三点多才睡着，差点没听见。"

"对不住啊，宏亮，打扰你休息了。"李星翰满怀歉意地说，"但有个非常要紧的事情需要你帮忙，能耽误你一会儿吗？"

"这话说的，"徐宏亮打起精神笑道，"咱们可是出生入死过的，再跟我客气我可跟你急啊。"

"嗯。"李星翰紧跟着脑海中的思路继续问道，"宏亮，黄明宇的案子，我记得一直是你在牵头审，没错吧？"

"啊，没错啊。"徐宏亮苦笑着抱怨道，"嗐，昨天晚上就是忙这个事才忙到半夜的。"

"不是一周前就开始审了吗？怎么还在连夜审呢？"李星翰下意识地问道，"是因为周建设那个传言吗？"

"你也知道了啊？"徐宏亮打了个哈欠，"没错，昨天下午网上突然传出来周建设也牵扯其中，周建设前几天又刚好离奇死亡，那还得了，我们肯定得连夜接着审啊！"

"周建设的牵扯证实了吗？"

"还真的证实了。"徐宏亮说，"黄明宇一开始还不承认呢，说什么都是网上造谣，结果到底还是没能熬过我们，熬到快两点的时候认了。他说是从半年前开始吧，远思制药为了一款药物能尽快通过审批，就想让周建设帮忙使使劲儿，周建设虽然没有实权，但在行业里还是有点资格的嘛。总之，远思就委托黄明宇给周建设安排了一个女的。据说周建设很迷恋那个女的，每个月都得见她两三次吧。"

在听到"远思"两个字的瞬间，李星翰的心就狠狠沉了一下。听徐宏亮介绍完情况之后，他更是下意识地屏息凝神，感受到了一股扑面而来的黑暗力量。

根据他刚刚建立起的逻辑框架，对周建设进行直接精神控制的，应该就是一个最近与其多次发生过关系的女人。那么，会是黄明宇安排的这个女人吗？这个女人是远思委托黄明宇安排的，那么，会是远思在背后设计一切吗？

李星翰万万想不到，自己会无意中如此接近远思的罪恶。

"宏亮，"他眉头一皱问道，"这女的身份查明了吗？背景大概什么情况？"

"问出来了，"徐宏亮说，"没什么特殊的，就要价比较高那种。她这几年一直在推特上活动，所以行踪一直掩饰得很好。黄明宇说是半年前联系上了她，让她假扮文学专业的博士去陪侍周建设，并且在此过程中敦促周建设想办法加速药物的审批流程。根据开房记录，黄明宇一次会付她两万酬劳。大概就是这么个情况。"

文学专业的博士——李星翰心中一沉，突然再次想起了梁雪融面对亡夫时的冷漠。

"说起来，你怎么突然对这个案子感兴趣了？"徐宏亮顶着困意问了一句，片刻之后又像突然想起了什么，"嗐，看我这脑子，差点忘了，周建设那个案子是你在跟啊。"

"是啊。"李星翰思索着继续问道，"宏亮，那你们接下来有什么行动吗？这女的是不是要拘留？"

"肯定要拘留啊。"徐宏亮说，"而且她还是组织卖淫案和远思制药涉嫌贿赂的重要证人，这么一个关键人物，我们肯定不敢怠慢。人的位置已经确认了，昨天晚上在金河酒店开了房间。我们已经部署好了，一会儿6点就准时行动。"

李星翰的思绪越发复杂起来："宏亮，这个女的恐怕没那么简单。"

徐宏亮不解："什么意思？"

"一言难尽——"李星翰思索片刻后定了定神说道，"宏亮，正式审讯之前让我先跟她谈谈吧。我必须先确认一些东西，相信我，这对咱们彼此的工作来说都非常重要。"

早上6点30分，李星翰怀着极度复杂的思绪走进了龙海区派出所。他知道，自己即将面对的很可能是一名真正的心理杀手，这无疑让他感到紧张。事发突然，他完全没有做好直面心理杀手的准备，但时间紧迫，为了查明周建设的死因，也为了帮徐宏亮应对可能更加复杂的案情，他必须在正式审讯开始前跟这个女人见上一面。如果她真的是远思的人，恐怕只有他才有能力识破了。

而如果她不是杀手，那么从这个女人身上，则一定能够找到证据证实自己关于周建设的猜测。无论如何，跟她见面都是当务之急。

"星翰，"女子候问室门外，徐宏亮用谨慎、认真的语气说道，"我只能给你5分钟的时间，请你理解。"

李星翰心照不宣地点了点头,在一名女民警的陪同下走进了女子候问室。

被安排陪侍周建设的女人名叫陈雨桐,二十七岁。虽然身处候问室,她却丝毫没有慌乱、沮丧的感觉,神色和举手投足间都透着十足的傲气。

这个女人有可能是心机深沉的心理杀手吗?

"陈雨桐,"女民警语气复杂地说道,"这是刑侦的李队,来跟你了解一些情况,你要认真配合。"

"刑侦?"陈雨桐眉头微微一皱,随后从容笑道,"我可没有涉嫌任何刑事犯罪,而且了解情况不应该是在审讯室里吗?也就是说,你这是私下跟我见面的。那么,你提出的任何问题我都没有义务回答,所以,你是有什么事情来求我的,对吗?"

尽管她看上去镇定从容,说的话也很有道理,但一见面就口若悬河,直接亮出所有底牌,李星翰瞬间就意识到,这个女人怕是没有太深的城府,大概率会不打自招的。

他松了口气,直觉告诉他,这个女人应该是无法胜任心理杀手这份工作的。

"你说得完全正确,"他迅速考虑完了这些,坐在陈雨桐对面点了点头,"我接下来的话你只管听着就行了,不想回答可以一个字都不用说。我今天是来跟你谈周建设的事的,首先我要告诉你,如果你是谋杀他的心理杀手,那我一定会找到证据把你抓起来,你绝对不要有任何侥幸心理。"

陈雨桐一愣,原本颇为不屑的神色中满满都是疑惑与好奇:"谋杀?他的死不是一场意外吗?心理杀手又是什么意思?"

直觉和经验告诉李星翰,陈雨桐不像是装出来的。时间紧迫,他必须开始套话了。

"我来描述一下你和周建设在一起时的情景吧。"他思索片刻大胆推测道,"黄明宇让你假扮文学博士去接近周建设,肯定也对你进行了一些突击训练,让你在周建设面前多展示你的'文学造诣'。而每当你谈论诗词的时候,周建设肯定都会对你表现出更深的迷恋。他位高权重,在你面前却经常有不自信的表现,甚至对你是极尽讨好的态度。"

陈雨桐露出不可思议的复杂笑容,眼中的好奇越发强烈了。

李星翰继续推测道:"他总是很心急地想要跟你发生关系,但越急就越不行,就算凑合着每次也都是草草了事。他对此很自卑,但又很自负。他很抗拒吃药,你提出让他吃药,他甚至还会很生气。他觉得自己不是身体不行,而是发挥不好或者压力太大。"

陈雨桐露出更加不可思议的神色,终于忍不住好奇问道:"不是,你是怎么知道这些的啊?"

"所以我说对了?"李星翰故意带着居高临下的语气说道,"我是警察,任何事情都逃不过我的眼睛。"

"切,你可没全说对。"陈雨桐被他成功激将,带着不屑的表情说道,"他是有点问题,但那只是心理作用,他随便吃了点稳定情绪的药就治好了。"说完,她突然愣了一下,意识到自己可能说错了话。

李星翰心中一沉,在手机上搜索出死亡现场那款普萘洛尔的外包装图片展示给陈雨桐:"他吃的是这种药,没错吧?"

陈雨桐皱眉不语。

"你也应该知道,他是吃这个药死的吧?"李星翰抓住机会紧追不舍,"是像训练狗捡飞盘一样训练他对这种药产生了心理依赖,然后通过某种方式引导他过量服药,对吧?你知道这是故意杀人吗?"

"不是我啊!"陈雨桐终于乱了阵脚,从容的神色中掺入了委屈和慌乱，"什么故意杀人！什么训练，什么捡飞盘，人跟狗能一样吗？我根本不知道你在说什么。这药是他自己吃的，跟我没有任何关系。那天见面之前他就算吃了这种药，那也是主动自愿的，跟我没有任何关系啊！"她说着再次一愣，随后露出懊悔的神色，意识到自己又一次大嘴巴了。

"你是说，他7月2日晚上本来是打算跟你见面的，是吗？"李星翰心中再次一颤，心底的逻辑链又被点亮了新的一环，表面上则依然从容镇定，"你们约的是几点？"

陈雨桐带着复杂的表情看着他，终于后知后觉地意识到了言多必失的道理。

"现在后悔已经晚了，"李星翰用警告的语气说，"如果想洗清自己的嫌疑，就如实回答我的问题。"

陈雨桐欲言又止，片刻之后还是选择了缴械投降。

"没有约具体时间。"她无可奈何地低头说道，"他七点半左右给我发了微信让我开好房等他，但他一直没去。我也是第二天才知道他出事了。"随后她抬起头向李星翰投去求助的目光："李队，这真的跟我没有任何关系啊！"

李星翰没有回应她，而是继续用威严的声音问道："你说他吃了稳定情绪的药，具体是从什么时候开始的？"

"也就只有两次，最后两次。"陈雨桐越发沮丧、急躁起来。

"最后两次，具体时间呢？"李星翰不动如山地问道。

陈雨桐似乎意识到自己已经彻底处于被动中，老老实实地想了想说道："上个月十几号和二十几号吧。"

"李队，"女民警提示道，"还有一分钟。"

"那就别耽误时间了，"李星翰目光深邃地看向陈雨桐，"把你能想到的关于周建设的所有事情都抓紧时间告诉我，我才有可能帮你摆脱嫌疑。"

陈雨桐搓揉着双手沉思片刻,东一句西一句地说道:"也没什么啊……啊对,他上个月找我已经没那么频繁了,而且对我的态度也没像之前那样了。我不知道是不是因为药的作用,但我觉得他应该是有了别的喜欢的女人。他之前确实对我极尽讨好的,甚至有点猥琐的感觉,我觉得他内心可能很缺爱,但上个月,我觉得他好像比之前自信了很多。然后还有,还有——嗯,李队,没了,我能想到的都已经告诉你了,别的真是什么都不知道了。你一定要相信我,这件事真的跟我没有任何关系啊!你一看就是个慧眼如炬的领导,你一定要帮我证明我的清白呀!"

"别的女人?"李星翰心中划过一道光亮,"他提过那个女人的身份吗?"

"没有。"陈雨桐说,"只是女人的直觉而已,男人有没有其他女人,我们是能感受到的,哪怕只是情人之间也能啊。"

"李队,"一旁的女民警看了一眼手表说道,"时间到了。"

"李队,领导,"陈雨桐站起身恳切地说,"这事真的跟我没有关系,你们不会冤枉好人的吧?"

李星翰起身走出监室,离开之前对陈雨桐肯定地点了点头:"我知道你是清白的。"

陈雨桐毫无城府,交代的细节全和李星翰的逻辑框架精准照应上了,她的嫌疑显然已经可以排除。而真正的嫌疑人,应该就是她上个月通过周建设感受到的那个女人。那个女人应该有着极深的城府和学识,以及绝佳的心理素质,而且,至少在过去一个月左右的时间里,周建设应该对她用情极深。只要锁定具有这一特征的女人,真相就将水落石出。

但在此之前,李星翰也必须克服程序上的重重阻碍。赵长林乃至全单位的同事都无法接受精神控制的逻辑推测,所以第一步要做的就是说服他们。而想要说服他们,就必须拿出更有力的论据才行。

最关键的论据,依然藏在梁雪融身上。

在前往告别厅的路上,李星翰首先和王保林取得了联系,因为除了周建设的事,他还有另外一件事情需要求证。

第十章
梁雪融的人生图景

周建设死亡已四天了，前来吊祭的人明显少了许多。早晨八点多，梁雪融让守了一夜灵的女儿去休息室里补觉，自己独自坐在灵堂前看着亡夫的遗像，思绪在过去三十年的岁月里辗转难安。

对于丈夫的死，她心底早就有了一种微妙的歉意——是的，歉意，而非愧疚。这种歉意像黑暗中的蚊子一样徘徊在意识边缘，时隐时现。隐匿时，它似乎从未存在过。可每当出现时，它又总能悄悄揪住梁雪融的心，让她想开灯找到那只蚊子，捋清自己和丈夫之间不甚明朗的人生秘密。尤其是前一天和李星翰见过面后，这种难以言说的感觉就更加强烈了。她对李星翰的追问有着本能的抵触，但内心深处，却也被李星翰唤醒了某种倾诉欲望。

她下意识地想着这些，发出一声沧桑的轻叹，一抬头，突然再次看见了李星翰的身影。

心底的某些东西再次被唤醒了。

"梁教授，"李星翰把一束白花递给她，"咱们必须再好好谈谈。"

"谢谢。"梁雪融礼貌地接过花摆放到灵堂前方,同时,依然在情绪的惯性中摇头说道:"但是李队,关于老周,咱们真的没什么好谈的,你们真要定成健忘我也没意见,你请回吧。"

"梁教授,"李星翰看着梁雪融的眼睛说道,"请原谅我的冒昧,我看得出来,您应该也能感觉得到,周院长的死跟您是有关的,对吧?"

梁雪融心底的微妙歉意瞬间被点燃成强烈的自责,无数潜伏已久的记忆细节像水底被扎破的气球一样,在意识表层冒出了一个又一个气泡。

"我不知道你在说什么……"她深吸了一口气,觉得自己正在迎接某种顿悟。

"梁教授,"李星翰回想着自己的逻辑框架,带着复杂的情绪感慨道,"生活真的是太复杂了,很多看似无关的人和事之间,其实都有着千丝万缕的密切联系。恕我直言,您父亲和李树林的事情,很可能无意中对周院长造成了致命伤害。而这种伤害,很可能是杀死他的凶器之一。"

"凶器……"梁雪融心底的情绪越发强烈、复杂起来,如同不断上涌的岩浆,同时,她也皱起眉头,对李星翰掌握的事情深感意外和抗拒,"不是,你为什么会知道李树林,为什么会知道那么久远的事情?你到底是怎么查出来的?你为什么要查这些呢?"

李星翰愣了一秒,潜意识边缘,突然再次浮现出某种和张焕然有关的异样。

是啊,我为什么会查到这些呢?真的是我自己的意愿吗?

但他并不敢面对那种异样,所以异样感并未真正进入意识层面。

"梁教授,我是刑警,刑警的职责就是查明一切真相。"他定了定神,回到"周建设案"本身,"而您父亲和李树林之间的事情,很可能就是周院长去世背后的关键线索之一,我自然有嗅觉和途径查到这些。"

梁雪融叹了口气:"所以,你对过去那些事情已经了如指掌了,是吗?既然如此,你为什么还要来问我呢?"

李星翰诚恳地说:"因为您的内心感受,我是不可能直接查到的。而您的感受,对真相来说很可能非常重要。"

梁雪融一愣,触摸着心底的复杂感受叹息道:"你觉得,真的是我把老周害死的吗?"

"您大概误会我的意思了。"李星翰摇了摇头,"您或许对周院长造成过伤害,但那些伤害只是这个案子的凶器之一,而且以我的判断,您也并非挥动凶器的那个人。只是,很可能是有人利用这种凶器控制了周院长的精神,实实在在地谋杀了他。如果您还把自己当作周院长的妻子,我诚恳地希望您跟我开诚布公地谈谈,帮我找到那个藏在阴影里的凶手,好吗?"

梁雪融心底某些东西被深深触动了。

"李队——小李——"她深吸了一口气看向亡夫的遗像,"我真的能信任你吗?"

"真的。"李星翰诚恳地点了点头,"梁教授,我是带着充分的尊重和理解来见您的。虽然我是您的晚辈,没有资格在人生感悟上对您评头论足,但我还是想真诚地说一句,无论过去发生了什么,现在,都该放下一切,让您和周院长彼此释怀了,不是吗?"

这番话像一缕无比绚烂的阳光,瞬间洒满了梁雪融某块原本阴暗、压抑、尘封多年的心田。在越发炽热的眼神中,她终于勇敢地走进了那片禁忌之地,在复杂的思绪中回到了遥远的童年。

以下,是梁雪融的自述。

我对这个世界的认知，是从父亲的琴声和诗歌开始的。年轻的他是那么风度翩翩，才华绝伦，在我心里简直就是最完美的男人。我只有三四岁的时候，他就开始教我弹古筝、琵琶和扬琴，教我吹长笛，带我学习唐诗宋词，跟我在围棋对弈中探讨人生进退，跟我一起在挥毫泼墨中体验东方哲学之美。学生们都说我琴棋书画样样精通，可跟我父亲相比，我实在是太平庸了。现在社会上开始流行古风，年轻的孩子们开始认识到我国传统文化的价值内涵，找回了对我国传统文化的信心，我想，如果我父亲还在世的话，肯定会特别欣慰吧。

　　当然了，即便是在全民教育水平已经取得极大进步的今天，那些比较简单俗气的文化形式依然很流行。那么可想而知，在平均文化水平远不如今天的六七十年代，这种现象自然更加突出。

　　所以，尽管我父亲写了那么多精美绝伦、堪比李杜的诗歌，可当时人们最喜闻乐见的，却是李树林写的那种大白话拼凑起来的所谓"现代诗"。在群众基础的影响下，大学校园也难以独善其身。当时，中州大学非但没有起到对文化的引领作用，反倒破罐子破摔，直接把李树林这样的人聘请成了文学教授，甚至还让他当了院长。我父亲对此极力反对，却抵挡不住民意的洪流。

　　我父亲是个很有远见和大局观的人，尽管在相当长的时间里都不能舒展志向，但他理智上却看得很开。他经常教育我，说雪融啊，你一定要好好学习，长大之后，要为了弘扬中华文明而奉献一切。我不解地问，可是现在的人都已经不喜欢这些了啊，还要怎么弘扬呢？父亲总是笑着说，别担心，咱们要懂得用发展的眼光看待问题。新中国成立还没有多久，人民群众刚刚从长期的压迫中解放出来，自然没有足够的文化底蕴，想恢复对中华文化的自信心需要时间。等国家整体经济和教育水平上去了，恢复对文化的自信心就是水到渠成的事情了，你一定要为了那一天而努力奋斗。

这成了我一生的志向。

另一方面，尽管理智上看得很开，但我父亲毕竟不是圣人。李树林对传统文化的敌意，还是会经常引起他的愤怒或者哀叹。我深爱着传统文化，深深崇拜着父亲，因此在耳濡目染之下，逐渐对李树林产生了强烈的仇恨和鄙视。我之前见过他几次，他的口音很特别，于是在情绪的影响下，那种口音就给我留下了很不好的深刻印象，埋下了地域歧视的种子。1980年，我上初二的时候，学校居然邀请李树林去演讲。他的口音依然很重，讲了很多特别庸俗的所谓人生道理，还大肆抨击了传统文化，说传统文化全是充满腐朽思想的封建糟粕。我在台下听得特别恶心，而且已经不仅仅是心理上的恶心，生理上也感受到了特别严重的不适。从那以后，每当想起他的口音，我就会莫名其妙地感到愤怒，这成了我难以克服的心理阴影。

还好，1986年，李树林终于因为贪污受贿落了马，我父亲的事业终于迎来光明，我的心理阴影也得到了很大程度上的治愈——至少我认为是这样的。

1984年，我考进中州大学古汉语专业，认识了同班同学魏英杰。他相貌堂堂，温和儒雅，而且像我父亲一样满怀对传统文化的热爱。我们特别有共同语言，关系越来越近,最后深深爱上了对方。我是个特别执着的人,我当时就知道,自己这辈子已经不可能再接受别的男人了。

可是造化弄人啊,都说电视剧狗血,而生活很多时候比电视剧还要狗血。1988年,大学即将毕业的时候,魏英杰突然高烧晕倒,随后去医院查出了急性单核细胞白血病。这种病在当时是绝症,不到两个月就夺走了他那风华正茂的生命。这对我来说是难以承受的打击,我花了整整两年时间,才勉强走出了生活的阴霾。

我知道自己不可能再爱上其他男人了,所以决定一个人过一辈子,可大环境却不允许我这么做。大学毕业之后,亲戚和同事们开始频繁地帮我张罗对象。母亲和其他一些女性长辈也不停地劝我,说女人一辈子总是要结婚的,而且不一定非要有爱情才结婚。她们还举了很多活生生的例子,告诉我没有婚姻的女人生活是多么凄惨。我当时还是太年轻了,加上确实也很希望有个孩子,所以态度逐渐软下来,开始同意她们介绍对象。正如她们所说,爱情和婚姻可以是两码事,我会永远只爱魏英杰一个人,但也可以和别的男人结婚生活。

日子总是要过的嘛。

1990年,生物技术学院的领导跟我父亲介绍了老周。当时,老周虽然只有二十六岁,但已经在生物制药领域做出了万众瞩目的成绩。当年的他勤奋踏实,志向高远,长相虽然不及魏英杰,但也不算难看。我父亲对他特别满意,认为他一定会做出一番大事业,很快就催着我跟他见了面。我对老周各方面也都挺满意的,唯一不好接受的地方在于,他居然操着和李树林一模一样的口音。后来我才知道,他的老家和李树林的老家,是紧挨着的两个山村。

有些东西在我心里太久太久,已经根深蒂固了。虽然老周确实是我当时相亲对象里最出色的人,但一想起他,李树林带给我的那种厌恶和恶心就会悄悄浮现出来,我完全控制不住。

我因此不同意跟他交往,但我父亲非常认可他。后来,我父亲意识到了我心里的疙瘩,就教育我说,一个优秀的人要懂得理性看待问题,绝不能以偏概全,不能搞地域歧视。李树林固然可恨,但老周跟他毫无关系,出身不该成为影响我择偶的因素。

我在心理上很依赖父亲,所以他的话对我影响很大。而且说实在的,在当时看来,我对口音也确实没有那么介意。所以在父亲的劝说下,我那段时间真的学会了用理性去克制心里的疙瘩,然后真的好了很多。我开始试着和老周交往,觉得他这个人其实还不错。另外他家里很穷,所以在我面前很自卑,对我百依百顺,这种低姿态也给了我足够的安全感。反正都是找个不爱的人过日子,找个安全一点的挺好的。所以考虑很久之后,我最终还是接受了他,1991年跟他结了婚。

可婚姻并不是一件简单的事情啊!结婚之前,我们只是隔几天见上一面,很多问题和矛盾都被掩盖了。可是结婚之后,柴米油盐、家长里短,生活矛盾的出现是不可避免的。也许换成其他夫妻,吵吵闹闹一辈子也就过去了。可是,我对老周有存在骨子里的偏见啊。在生活矛盾的催化下,他那种令人不适的口音、各种让我厌烦的生活习惯,这些本以为能够接受的问题,现在都难以阻挡地爆发出来。我这才后知后觉地意识到，我是要跟这个男人在同一个屋檐下生活一辈子的啊！这么重要的事情，为什么我要决定得如此草率呢？

可事已至此，后悔也没有用了。不用说当时那种大环境，就算放到现在，刚结婚就反悔，舆论压力恐怕也是我难以承受的吧。而且我也劝自己，反正没有了魏英杰，跟谁结婚又有什么区别呢？凑合过吧。于是，日子就凑合着过了下去。

一凑合，就凑合了三十年。

所以你问我有没有爱过老周，我应该负责任地回答你，没有。我直到现在仍然爱着魏英杰，至死不渝。而老周，三十年来，他对我来说一直都只是一个搭伙过日子的人，说得更难听点，是我想要个孩子的工具罢了。在相当长的一段时间里，我打心底里讨厌他。但现在，讨厌应该已经没有了吧，可我对他也真没有强烈的感情，因为我心里始终都装着魏英杰。真要说情绪的话，我对老周最多的应该还是歉意吧。我早就能感觉到，跟我结婚，给他肯定也造成了很多痛苦。

如果可以再选择一次，我一定不会跟他结婚的，可事已至此，后悔早就没有用了。女儿出生的时候，老周让我取名字，我当时想起了苏轼的《惠崇春江晚景》，'竹外桃花三两枝，春江水暖鸭先知'。春天到来，江水中的鸭子先于万物察觉到了这一点，我希望女儿也能够拥有这种能力，先于他人看清生活，不要也成为我这种后知后觉的人，于是就有了"暖知"这个名字。

但愿她不要像我一样，在婚姻上做出让自己后悔的决定吧。

讲述至此,梁雪融深深叹了口气:"其实过去这些年,有很多时候,我是真的希望自己能爱上老周的,可魏英杰对我来说太重要了,我真的割舍不掉。而且李树林在我成长过程中给我造成的影响实在太大,就像刻在了我脑子里一样。一见到老周,我就会产生一种难以控制的偏见和抗拒。我能感觉得到,老周对我真的用情很深,但又因为我的厌恶和冷漠而一直对我心存敬畏。他走了之后,我才意识到自己这辈子对他造成了多大的伤害,我真的对不住他。李队,那个普萘洛尔不是能治疗焦虑吗?我这几天一直在想,你说,老周会不会是因为我而得了焦虑症,所以才吃那个药呢?我真的害怕会是这样……"

李星翰摇了摇头:"梁教授,事情可能比您想象的要复杂很多。首先,我可以负责任地说一句,他绝对不是被您害死的,这一点您大可宽心。"

梁雪融叹了口气:"可我终究还是伤害了他……"

李星翰也微微叹了口气,对此不置可否。片刻之后,他心底的逻辑链再次闪烁起来,思虑片刻,带着谨慎的语气继续说道:"梁教授,请原谅我的冒昧,我还需要跟您确认另外一件事,请您一定坦诚相告。"

梁雪融认真点了点头:"谢谢你听我讲了这么多,有什么问题就尽管问吧。"

"这个问题非常隐私。"李星翰小心翼翼地问道,"我想请问的是,周院长的性能力是不是一直都有点问题?"

梁雪融一愣,压制住被冒犯的本能愤怒,颇为惊讶地看着他:"你……你怎么会知道!?"

李星翰长舒了一口气，继续问道："那您有没有意识到，他的状态起伏和您对他的态度有着直接关系呢？"

　　梁雪融愣在原地，李星翰简单的一句话，再次让她酝酿多年的一些感受，转化成了清晰的逻辑认知。

　　她不安地站起身，思绪凌乱地踱了几步，站在窗边看着远方深深吸了一口气，随后低头出神地感叹道："我的天哪……我之前根本没有注意过……可是听你这么一说，好像确实是这样……"

　　李星翰追问道："能跟我详细描述一下吗？这对真相来说非常重要。"

　　梁雪融回头看向李星翰，略加犹豫之后，还是点了点头："话说到这个份儿上，也没什么不好意思的了。是的，他那方面确实经常出问题。现在回想起来，偶尔状态好的时候，好像都和我的心态有很大关系。刚结婚的时候，我虽然迫于夫妻义务同意跟他发生关系，但心里还是控制不住地有点抗拒，比如我不愿意让他亲我，也很少给他积极回应，我记得很清楚，他当时就不是太行。他很苦恼，说实话我以为完全是生理的问题，也挺替他苦恼的，因此还陪他去看过大夫，可是怎么都治不好。后来有段时间，我大概是认命了，又或许是到了一定年龄，那段时间，算是对老周表现出了比较多的接纳吧，然后他的状态就莫名其妙好了起来，女儿也就是那个时候怀上的。女儿出生之后，我有过一段时间的家庭归属感，所以对老周产生了很深的亲情，那段时间他状态也挺好的。但是没过多久，生活琐事就让我们矛盾频发，我的感情又寄托到了魏英杰身上，开始对婚姻感到后悔，对老周的偏见和抗拒也再次强烈起来，不怎么让他碰我，偶尔出于夫妻责任让他碰我，也都是非常敷衍。从那以后，他状态就一直不怎么好。我……我一直以为是他自己的问题……难……难道跟我有关系吗？"

李星翰思索着周建设的一生,想象着周建设复杂的生活感受,又想起梁雪融的成长经历和感情挫折,一时思绪万千。

一切善恶皆有因果,生活中的事情,很多时候真的很难说清对与错。

但无论如何,梁雪融的话终于彻底证实了他逻辑框架的准确性,只要王保林那边也能求证成功,那么周建设过量服药背后的行为逻辑,就可以得到最终确认了。胜利就在眼前,也许通过这个案子的告破,人类会对自己的心灵世界产生更深刻的认识吧。也许将来有一天,心理教育会成为语文、数学那样的基础科目;也许到了那一天,每个人都会具备对他人的感受和尊严进行呵护的能力;也许到了那一天,这世间的无形伤害和生活悲剧,才能真正少一些吧。

而破获这起史无前例的案件,将是社会迈向那种美好的重要一步。

"梁教授,"他稍后深吸了一口气,从复杂的哲思中回过神来诚恳说道,"您不必过于自责,生活中的是非对错,岂是一两句话能说清楚的。"

梁雪融稍稍松了口气,带着感激和释然的神色点了点头:"谢谢你,小李,你真的是个负责任的好警察,昨天是我太固执、太冒犯了,希望你不要见怪。"

"不会的。"李星翰摇摇头,刚要继续说下去时,手机嗡嗡地震动起来,是王保林打来的。

他心中一震,知道这么快就打来电话,八成是有了好消息。

"梁教授,"他最后说道,"感谢您的坦诚,再给我一点时间,我一定会彻底还原一切真相。"

梁雪融对他感激地点了点头,再次感受到了久违的释然。

第十一章
周建设的人生图景

"喂，王所。"告别厅外，李星翰一边接通电话，一边朝着不远处的越野车走去。

"星翰，你小子还真行啊，还真让你说中了。"王保林那边传来不可思议的声音，"我刚才请教了一附院泌尿外科的谢天明主任，他还真的给了我三个特殊病例，真是让我开眼界了。"

李星翰彻底松了口气，他已经有足够的论据证明自己的推测了。

上午11点，金河区派出所，所长赵长林推开会议室大门，瞪着李星翰气冲冲地说道："李星翰，你一上午干什么去了！？周建设的事情昨天就已经有了定论，市局压得那么紧，你为什么拖到现在还不结案？"

"赵所，"李星翰从容地看着他，"周建设的死绝对不是意外，我已经找到了足够的论据和间接证据，证明他很可能受到了精神控制。"

"胡闹！"赵长林对李星翰已经忍无可忍，"我说过多少次了，不要把个人情绪带入工作中来！我告诉你，你要是干不了自己的工作，那就不要干了，我有的是人替你！"

"赵所，"李星翰自信地说，"如果我这次的思路是错的，那不用您出马，我自己情愿辞职不干。"

赵长林一愣，没想到他会因为一个案子说出这么狠的话，何况还是当着十几个民警的面说。

"李星翰，现在是工作时间，说话可是要负责任的。"

李星翰神色坚决地点了点头："我说到做到，在场的同志们都是见证。"

"行，有魄力。"赵长林找了个位置坐下，"那你说吧，我倒要看看，一个活生生的人，到底是怎么被别人控制思想的。"

李星翰启动投影仪，在幕布上投射出了他所描绘出的周建设的人生图景。

"案件比较特殊，所以，暂时要抛开常规的刑侦思路，从周建设的人生说起。"他开始详细讲述周建设的出身、和梁雪融的婚姻，以及梁雪融的父亲梁文韬的情况，然后总结道，"我们的一切思维模式、性格喜好，都是在外界影响下通过突触化学环境的适应性塑造而形成的。有个比喻，说孩子就像一张白纸，人生经历就像泼上去的墨，事实也是如此。长期或者深刻的人生经历，会不断加强突触适应性的变化，最终形成稳固、几乎无法改变的形态，在宏观上就表现为深刻的记忆、习惯、心理阴影这些现象。对梁雪融来说，李树林就是她成长过程中最主要的心理阴影。巧合的是，李树林的老家和周建设的老家位置相邻。两地在口音、生活习惯等方面，至今仍然有着很多相似且特殊的地方。而这种巧合，正是周建设人生悲剧的关键所在。

"梁雪融曾经深爱一个男人，但那个男人英年早逝。梁雪融是个痴情的人,心理上已经无法真正接纳其他男人。迫于舆论和生活,1991年,她和父亲非常满意的周建设结了婚。偶尔有些日子里,两人关系还算亲密,但在大部分的岁月里,因为没有爱情,加上周建设的口音会勾起她关于李树林的心理阴影,她对周建设都存在一种难以控制的偏见和抗拒。

"周建设出身贫寒,面对一个家境优渥、漂亮优秀的城里姑娘,自然会存在明显的自卑心理。而梁雪融骨子里的偏见、鄙视和不接纳,无疑又加深了这种自卑。周建设的事业需要仰仗岳父,人在屋檐下不得不低头,加上梁雪融优雅漂亮,对年轻的周建设来说应该是女神级别的,所以面对梁雪融的偏见和抗拒,周建设没有底气和自信抱怨什么,只能一直默默隐忍。而对有些人来说,对自卑情绪的长期隐忍,不仅会导致心理问题,也会引发一些躯体障碍。

"男性面对女性产生的自卑,本质上是对交配权的焦虑,而在神经层面,焦虑其实就是一种本能愤怒,是愤怒难以发泄因而向内发展的结果。长期压抑的焦虑情绪会激活杏仁核,通过下丘脑—垂体—肾上腺轴激活肾上腺髓质和交感神经末梢的嗜铬细胞,导致这些细胞分泌大量儿茶酚胺类物质。儿茶酚胺水平升高,会引起心跳加速、呼吸加重、血糖飙升等一系列躯体反应,而对外周血管来说,过量儿茶酚胺会激活α受体,导致外周血管收缩。而正是这种机制,导致了周建设一生的难言之隐。

"咱们的社会,以前对'性'这个概念一直比较保守,很少会有人用科学的眼光正确审视这个问题,从而导致了太多和性有关的悲剧。周建设的案子就是如此,在这个案子里,'性'是一切的核心所在。我简单解释一下,男性勃起是一种复杂的心理-生理现象,在神经-内分泌-血管系统中机制是这样的:在自信、放松的状态下,副交感神经会自发兴奋释放乙酰胆碱,乙酰胆碱又会促进一系列血管舒张物质的合成，血管舒张，海绵体充血就会顺利；反过来，情绪低落、焦虑、紧张、愤怒，充血就会发生障碍。大家都侦办过强奸案件，应该知道，很多罪犯都是用各种方式让女性失去反抗能力后才实施侵犯的。为什么？因为他们其实都存在自卑或者焦虑，潜意识里才会倾向于这种方式。"

"周建设面对梁雪融，就产生了程度很高的焦虑，从而严重影响了他的状态，这一点我已经向梁雪融证实过。这种心理-生理问题在长期的生活中已经深刻改变了周建设相应的突触化学环境，形成了一种稳固的心理-躯体模式，也就是人们常说的PTSD，即创伤后应激障碍。直到今天，这种PTSD依然存在。一周前，龙海所治安大队破获了一起组织卖淫案，其中有个女的叫陈雨桐，和周建设发生过多次关系，她也已经向我证实了周建设的问题。"

讲述至此，李星翰沉默下来理了理思路，也给同事们留出了思考的时间。

崔智鹏琢磨片刻眉头一皱："李队，您的意思是，他吃普萘洛尔是为了治自己的病吗？可我记得莹莹那天说，普萘洛尔是会起阻碍作用的啊？"

"是啊。"法医专业出身的年轻民警吴宇轩也点头。

"没错。"李星翰点点头，"单纯从生理的逻辑上讲，确实是的。但医学不是简单的加减乘除，很多问题都需要辩证看待。"他说着切换了幻灯片，展示出三个隐去了个人信息的详细病历，"关于这个问题，我特意请刑科所的王所咨询了一附院泌尿外科的谢天明主任。这是谢主任提供的三个具体病例，可以看到，在这三起病例中，普萘洛尔都起到了改善作用。"

吴宇轩不解地皱起眉头："这是为什么？"

"因为有些时候，心理比生理对健康的影响更加重要。"李星翰解释说,"除了降低血压、减缓心率之外,普萘洛尔还有一个常见的用途,就是治疗焦虑导致的躯体化症状,从而帮助缓解焦虑和紧张情绪。很多人学车尤其是考科目二、科目三的时候会非常紧张,很多驾校为了解决这个问题,就会让他们开考前服用30毫克左右的普萘洛尔。这种行为当然涉及药物滥用的问题,不能提倡,但其普遍性,也直接反映了普萘洛尔的焦虑缓解作用。根据前几天的走访调查,咱们应该都知道,周建设一向注重身体锻炼,年近六十了,还能跟本科生一起踢满一场足球比赛。这三个病例中患者也都是注重锻炼、身体素质相当不错的人。对这样的人来说,适量普萘洛尔对外周血管的功能影响几乎可以忽略。但如果这个人同时又存在心因性的勃起障碍,那么普萘洛尔对焦虑的缓解作用,却能够有效地通过心理治疗起积极作用。两种结果综合起来,就是普萘洛尔发挥了改善作用。这是一种少见但合理的医学辩证现象。"

民警们纷纷恍然点头。

"道理已经讲得很清楚了。"赵长林说,"可是,周建设很可能是意识到了自己的问题,所以自己选择了服用普萘洛尔啊?事情最大的可能仍然是一场意外,只是背后的逻辑不同而已。你凭什么认定是有人控制了他?"

"主要是三方面的考虑。"李星翰说,"第一,周建设是制药专家,如果为了改善功能他完全可以选用更有效的,为什么要用普萘洛尔呢?第二,他的问题已经存在了很多年,如果是自己的意愿,那他应该早就尝试过普萘洛尔,问题应该也早就得到了改善。但根据我在派出所问询的陈雨桐的说法,直到上个月中旬,面对她,周建设才第一次服用普萘洛尔,因此可以肯定,周建设是近期才开始使用普萘洛尔的。第三就是过量的问题,服用常规三倍的剂量,证明周建设在服药的时候焦虑非常严重,甚至可以说是丧失了理智。

所以我认为，这么严重的心理问题绝不会是在自然状态下发生的，一定是受到了某个人的刻意干预。"

"有点道理，可还有两个问题。"赵长林再次提出了质疑，"第一，周建设没有确诊过哮喘，他自己都不知道普萘洛尔会害死自己，别人怎么可能用这种办法杀死他呢？第二，周建设已经是中州大学的学院院长、省药学会的常务理事，早就该有足够的自信了吧？怎么可能直到现在还存在你说的这种自卑心理呢？就算真有，那凶手凭什么能肯定他心理问题的严重程度能够用来杀人呢？"

"这也是我暂时没有想通的地方。"李星翰微微叹了口气，"但也许，凶手真的有什么办法能看清楚周建设的生理和心理弱点，也许是凶手比较敏锐吧。"

赵长林摇了摇头："所以你也没办法自圆其说，这些还只是你的猜测，没有任何证据能够证明，连完全自洽的逻辑都没有，不是吗？"

"找到嫌疑人也许就能证明了。"李星翰说，"赵所，给我一下午的时间，我就能锁定嫌疑人的身份。"

赵长林眉头一皱："你凭什么这么自信？"

"凭我推测出的杀人手法。"李星翰说，"我认为，真正杀死周建设的，是凶手对其进行的行为训练。"

赵长林再次皱了皱眉："行为训练？"

"我们的社会从某种程度上说，建立在行为训练之上。"李星翰解释说，"举个简单的例子，强哥、宇轩、雨涵，我记得你们家里都养了狗，那你们应该都有过训练狗的经验。刚接到家里的小奶狗，有一种很典型的行为就是会随地大小便，我们肯定会训练它养成正确的习惯。于是，我们开始引导它在指定时间去指定的地点排便。一旦它这么做了，就会给予食物、爱抚或者夸奖作为奖赏。奖赏会让它感到快乐,而为了获取奖赏和快乐,在它相应的神经通路中,底层的化学环境就会做出适应性的改变,从而对神经功能进行塑造,使得定时定点排便的思维和行为更容易发生。而且,一旦它不按规矩随地大小便,我们也会通过批评、体罚的方式作为惩罚。惩罚会让它感到痛苦,为了避免痛苦,它相应的神经化学环境同样会做出适应性的改变,使得随地大小便的思维和行为逐渐不容易发生。就这样,在奖赏和惩罚的双重机制作用下,通过神经突触重塑的方式,它最终就学会了定时定点排便。这就是行为训练的基本形式。"

这个例子非常常见,即便是没有养过狗的民警,也不约而同地点了点头。

"而在这方面,我们的社会也一样。"李星翰接着说道,"刚出生的时候,我们饿了就会哭着要吃的,有排泄欲望了也是随时随地解决,一生气就哭闹。等大脑开始发育,父母也会开始对我们进行行为训练。比如,如果不好好吃正餐、乱吃零食,就会受到批评,而按照规矩好好吃饭,就会获得表扬甚至是物质奖励。生气的时候如果打人骂人,就会受到批评教育甚至是打骂,而如果生气之后选择用沟通的方式和平解决问题,就会被父母夸奖懂事。上学之后,尊敬师长、勤奋学习会获得表扬和奖赏,行为恶劣、学习懒惰会受到批评和惩罚。成年之后,为社会做出贡献会得到名利的奖赏,对社会造成危害则会受到法律的制裁。正是通过这种奖赏和惩罚,我们才会在趋利避害这种本能的驱使下,成为社会人。一旦父母对孩子溺爱,导致某些方面的训练程度不够,那么这个孩子长大之后,就会出现这方面的社会适应不良。而一旦社会没有合理的规范,对优秀行为奖励不足,对恶劣行为惩罚不力,那么社会也会出问题。"

民警们继续思索着,点了点头。

"回到周建设的死亡事件上,我认为,他过量服用普萘洛尔的行为，就是凶手通过行为训练的方式塑造出来的。"李星翰继续说道，"如我之前所说，因为长期遭受梁雪融有意无意的厌恶和冷暴力，周建设形成了对性的焦虑症。人越是焦虑什么，就越是渴望通过获取缺失的东西而缓解焦虑，所以，周建设对此一定也存在异于常人的执着。但同时要注意，他焦虑的内核，其实是来自异性的爱的缺失。梁雪融的厌恶和冷漠深深伤害了他，导致了他的焦虑。"

民警们继续认真听着，从神色中可以看出，有些人已经对周建设的心理产生了同情或是共鸣。

"那么对他来说，真心实意的爱很可能是一种奢望。"李星翰继续解释说，"他长相并不出众，也没有书香门第传下来的优雅气质，看起来就是很俗的一个人；虽然喜欢锻炼身体，但毕竟上了年纪，对年轻女性是不具备强烈吸引力的。根据陈雨桐的说法，他面对女人的时候极尽讨好甚至猥琐，这样的男人，就算能用金钱和权力得到女人，对方也不大可能对他表现出真心实意的爱。所以，得到对方发自内心的爱和接纳，就成了他一直求而不得的奖赏。"

"由此我相信，凶手一定是抓住了他的这种弱点，对他进行了行为训练。凶手本人——或者凶手雇佣的某个女人，通过某种方式让周建设有意或者无意间吃了一次普萘洛尔，然后，这个女人就带着真心实意的爱和接纳与周建设发生了关系，让他感受到了久旱逢甘霖一般的美好体验。这样的事情肯定不止发生过一次，之后，周建设一方面会意识到普萘洛尔对自己的作用；另一方面，也会在潜意识里通过神经突触重塑的方式，把服用普萘洛尔这种行为，和得到美好体验这种奖赏联系在一起。在这两种机制的作用下，他就会逐渐对普萘洛尔产生心理依赖。我想，应该是在他已经把普萘洛尔视为自己的灵丹妙药时，凶手或者其雇佣的女人给了他致命的刺激，导致他在7月2日爆发出了严重的焦虑障碍。因此，他才会难以控制地多次服用普萘洛尔，最终导致了自己的死亡。所以，他的死的确是一场意外，但是，也是一次以精神控制为手段实施的故意杀人。"

他的解释有理有据、逻辑清晰、通俗易懂，不少民警听完后都露出了恍然或是振奋的神色。就连一直不愿相信他的崔智鹏，脸上也呈现出一丝复杂的愧疚。

"所以，凶手——至少凶手之一，一定是个女人。"李星翰把注意力转回到案件的侦办上，"这个女人应该有着不错的外貌条件，而且近期和周建设走得很近，和周建设发生过多次关系，另外，这个女人应该具有某种和梁雪融较为类似的特征或者气质。只要根据这几个关键点对周建设近期接触过的女性进行排查，就一定能找到嫌疑人。"

民警们陷入沉思，或显得犹豫，或显得为难。因为他们都已经意识到，尽管李星翰的推论似乎完美无瑕，但这种案件有着极大的特殊性，相应的侦查工作怕是很难展开。

"说得轻巧，"赵长林道出了民警们心中的顾虑，"那你有没有想过，就算真找到了和周建设关系不正当的女人，可破坏他人家庭又不是犯罪，你准备拿她怎么样？你说她和周建设发生关系是为了对周建设进行精神控制，证据呢？她和周建设独处的时候说了什么、做了什么，现在除了她自己，还有其他人知道吗？还有其他人能证明吗？所以，先不说你的猜测是否正确，就算真的蒙对了，那这案子在程序上也根本查不了。"

民警们纷纷点头赞同。

"这个我也考虑过，我想，到时候可以用技侦手段。"李星翰说，"这么高明的杀人手段，不可能一直在心里盘算，应该有比较详细的计划，至少应该有过相关的搜索、调查和研究。另外我还怀疑，这个案子背后恐怕有着更广泛的牵扯，凶手也应该不止一个人。凶手们之间很可能有过和案件相关的联系，只要通过技侦手段找到相关信息，就可以证明杀人事实了。"

"你现在说话是真的不过脑子啊！"赵长林批评道，"技侦是让你这么用的吗？如果没有找到你想象中的这种证据，那滥用职权、侵犯公民隐私的责任谁来负？啊？你认为市局会批准技侦使用权限吗？星翰，你要活在现实里，从实事求是的角度出发，而不是把所有事情都想得那么简单！"

赵长林的顾虑不无道理，李星翰也深知侦办这种案件会面临极大困难。

"案情特殊，社会目前还缺乏应对机制。"他深吸了一口气，"但是赵所，困难不是后退的理由，总要有人捅破这层窗户纸。"

"口气真不小，你可真是不知道天高地厚啊！"赵长林不屑地摇了摇头，"而且先不说这个，回到之前的话题，你推测里最大的两个漏洞你自己不也没办法解释吗？这两个问题你要是做不出解释，那你的推测就完全是无稽之谈，不是吗？"

此前，李星翰一心执着于整体逻辑框架的建立，的确忽略了一些棘手的细节。赵长林提出的这些质疑，他一时的确无言以对。

"星翰啊，"最后赵长林语重心长地说道，"我们都理解你内心的痛苦，但你不能继续骗自己了。这个事情就是一场健忘导致的意外，根本没有你说的那些复杂的阴谋论。说到底，人和动物本质上还是不一样的，人的思想有着绝对的自由，否则的话，咱们也不可能创造出这么发达的现代社会，不是吗？"

"赵所……"

"行了，你别说了，你已经浪费大家太多时间了。"赵长林说着看向崔智鹏，"小崔，你下午带人去跟家属再沟通一下，市局早上又给我打了电话,今天之内,务必要拿出初步结论,听见了吗?"

"是。"崔智鹏心情复杂地点了点头。

李星翰沮丧地叹了口气,一时间,居然也产生了些许自我怀疑。

第十二章
基因的力量

7月7日上午11点,中州市高新技术开发区,远思生物集团总部24楼董事会会议室,一场表决会议正在进行。七十四岁的郑远思望着窗外绿意盎然的城市景观,心底正在山呼海啸。

他曾经充满爱与斗志,发誓要用科技力量为社会带来福祉,但资本的进驻却让他逐渐迷失了自我。如今,他亲手创立的科学事业已经逐渐沦为危害社会的工具,但是,他大概已经没有能力也没有动力让一切回到正轨了。

"ASG 公司再次提出了 HDCS1 期算法的分享请求。"轮值董事长说道,"作为交换,他们可以为我们提供一千万例非裔美国人的基因数据。这件事情不能再拖了,今天务必要做出一致决定。"

HDCS(Human Destiny Calculate System),人类命运计算系统,可以通过人类的基因、文化、心理、社交、生活习惯等数据,对个人行为、思维乃至生死进行计算和干预。这是郑远思当初为了创造更美好的世界而设计的一系列复杂算法,他怎么都想不到,美好的初衷却会创造出一条危害整个世界的恶龙。

HDCS1期，主要涉及中国部分人口的基因数据。作为大型跨国企业，ASG科技公司和美国政府存在深层的合作关系。一旦他们拥有了1期数据，将对部分中国民众构成巨大威胁。郑远思不愿意让自己发明的技术危害国家安全，因此一直在阻止数据的外泄，但他也知道，自己终究不可能敌得过资本的侵蚀，敌得过整个管理层的压迫。

他曾经有伟大的理想，但此刻，理想已经如同昨夜模糊的梦，被遗忘在了不知名的角落里。

"具体方案和细节已经讨论过很多次了，最终方案和规程诸位也都已经详细审阅过。"事关重大，会议没有其他工作人员在场，轮值董事长亲自把表决票交到了每一位股东手中，最后急切地说道，"不说废话了，现在就开始不记名投票。"

投票很快结束，十四名股东中十三人投了赞成票，只有一人投了弃权票。表决结果出来后，股东们面面相觑，都想找出谁是那个不合群的人。最后，他们都把目光投向了郑远思。

"是我投的弃权票。"郑远思坦诚地点了点头，随后满眼担忧地说，"我知道这也影响不了结果，但我必须做点什么。诸位，你们知不知道，咱们这么做，是在把成千上万的同胞推进危险的火坑里，是在给国家造成严重隐患！"

股东们笑了，轮值董事长也笑了："郑老，可那跟咱们又有什么关系呢？您不要被国家和民族这种概念扰乱了心智，这个世界上只有一种重要的东西，那就是钱。只要有钱，无论何时何地，咱们都是人上人，您大可不必担忧。"

郑远思没有再说什么，他知道这么做是不对的，但他已被资本力量带来的权势腐蚀大半，即便有心，也无力对抗内心的自私和贪婪了。

他几乎能听到欲望吞噬内心良知的咀嚼声,嘎吱嘎吱地在心底作响。

"今天还有一个重要议题,就是周建设的问题。"轮值董事长随后说道,"在我们的数据库里,周建设的死亡高风险基因中,包含了rs1042713、rs2251746、rs6599230、rs1805124、rs1805125及rs6311,科研和外勤部门都已经证实,这6个SNP位点涉及β2受体表达、过敏、心脏病变及焦虑易感等,都和周建设的死亡有着密切的联系。算法也显示,通过行为训练的方式让他对普萘洛尔产生依赖并且引导其过量服用,是成功率高达87%的第一优先方案。我因此不得不怀疑,周建设的死是出自我们内部人员之手。"

股东们面面相觑。

"私自动用HDCS,这已经不是第一次发生了。"轮值董事长严肃地说道,"这个伟大的系统是集团的核心资产,也是集团统治世界的未来所在,绝不是为个人利益服务的工具。咱们有言在先,如果再发生类似的事情,就一定要彻查到底,并且严惩不贷。对此,相信在座的各位应该都没有意见吧?"

"谁有意见,今天就别想从这儿走出去了。"一名戴着金丝眼镜、儒雅范儿十足的股东说道,"谢总,这个事情你牵头吧,一定要彻查到底。我想,这个决定也不需要表决了,大家说呢?"

股东们纷纷表示没有意见。

"很好,那我今天下午就开始安排内部调查了。"轮值董事长随后又说,"另外,因为'7·12车祸',那个叫李星翰的警察这些年来一直都很不安分。我今天接到消息,说他这几天一直在调查周建设一案。我想,有必要的话,咱们对他也得采取一些措施才行。"

股东们对此纷纷表示赞成,就连郑远思也肯定地点了点头。但不知为何,他总觉得周建设的事情没有表面看上去那么简单。坐电梯下楼的时候,他突然回想起一些久远的事情,回想起一个多年未见的人,一个曾经让他视为知己的忘年之交。

他怀着复杂的思绪回到19楼的科研一部,在办公室的落地窗前望着远方,心底的直觉越发强烈起来。正沉思时,敲门声响起,一个戴着眼镜、目光柔和中透着深邃的女士推门而入,把一杯清茶放到了郑远思面前。

"老师。"

"佳慧,"郑远思叹了口气,"1期数据要交给ASG那边了,我到底还是没能守住这条底线。"

吴佳慧深吸了一口气:"老师,这……"

郑远思嘴唇颤抖了一下,随后自我安慰道:"算了,也许这未必是坏事呢,人类社会迟早要迎来可量化的那一天。分享给ASG,也许只是在加速社会发展,对社会是有益的,我们不能被狭隘的国家和民族思想所束缚……"

吴佳慧轻轻叹了口气。

"佳慧,"须臾,郑远思琢磨着心底的直觉问道,"你还记得我跟你提过,你曾经有一个师兄吗?"

"当然,"吴佳慧点点头,"是他用不可思议的心理学天赋帮您建立了HDCS的雏形,而且,他还认为这个系统会成为可怕的武器,后来离开了您。"

"是啊。"郑远思目光越发出神起来,"不知道为什么,这几天周建设的死总会让我想起以前的事情,想起以前的人。我总觉得,有什么事情要发生了。"

12点30分,金河区派出所职工餐厅,李星翰漫不经心地吃着午饭,耳边难以控制地回荡着妹妹梦里的声音:"哥,你一定要相信自己的直觉……"

我相信,我坚信,可是若晴,现实道路并不是一腔热血就能走下去的啊。"周建设案"的侦办工作触碰到了社会的某些底层逻辑,对很多现有的东西都提出了严峻挑战。正如赵长林所说,如果真的是精神控制杀人,想要找到物证必然涉及公民隐私,如若鲁莽行动,必然会涉嫌滥用职权,作为保卫人民安全的警察,这是我绝不能触碰的底线。

更何况,我关于"周建设案"的想法,说到底也确实只是缺乏根据的推测,连赵长林提出的两点质疑都解决不了,面对这种情况,上级是不可能批准对嫌疑人采取技术侦查手段的。

若晴,难道真的是我错了吗?难道咱们一直都错了吗?

他夹起扣碗里的一块酥肉,又叹息着放下,他真的吃不下。

"李队。"

崔智鹏的声音突然把他带回了现实,他抬起头,看见崔智鹏和王雨涵端着餐盘坐到了他对面。

"啊,你们来了。"李星翰无精打采地说了一声。

"李队,"王雨涵试探着问道,"周建设的事情,您打算怎么办?"

在单位里,李星翰习惯了在这条希望渺茫的道路上孤独行走,因此不想跟他们说太多,随口应付道:"看情况吧,实在不行就只能按健忘结案了。也许这样对所有人都好。"

"李队,"崔智鹏说,"其实我和雨涵想说的是,咱们也许不该轻易放弃。"

李星翰心中微微一沉,抬起头略带疑惑地看向两人。

"是的,李队。"王雨涵认真点了点头,"我之前一直不太理解您,但是您刚才对周建设人生和心理的分析,让我突然明白了很多东西。和您的推测相比,我觉得健忘的推测才是真的牵强附会。按照您的推测,这个案子的复杂和困难程度都超乎想象,人是有惰性的,包括我和智鹏在内,大家可能都有点害怕面对,所以赵所才会那么生气,想避免更多意想不到的麻烦。我跟智鹏刚才聊了很多,觉得事情绝对不能就这么搪塞过去。咱们是警察啊,只要威胁到了人民的生命财产安全,咱们就必须管到底,不是吗?"

李星翰点点头:"你们有这种担当是好事,但赵所提出的质疑也不无道理,周建设生前从来就没有确诊过哮喘,凶手怎么可能用普萘洛尔作为凶器杀人呢?而且,心理也的确是很难量化的东西,就算凶手真的很了解周建设,也不太可能百分之百确定自己的行为训练能起到作用啊。现在冷静地想想,我的逻辑其实也并不严谨。"

"李队,"崔智鹏说,"其实,我和雨涵就是想跟您聊聊这个,雨涵刚才跟我沟通了一个大胆的想法,正好能把您逻辑框架上欠缺的东西给完美填补上。"

李星翰眉头微微一皱:"什么意思?"

"李队,"王雨涵说,"您还记得今年年初,《刑法修正案(十一)》关于第334条的改动吗?"

李星翰顿时愣在原地,思维世界像是风平浪静的海面中突然砸入了一颗巨大的陨石,激起又一次震彻灵魂的滔天海啸。

原来如此……所有逻辑都连上了!

2021年3月1日,《中华人民共和国刑法修正案(十一)》正式开始施行,中州市公安系统组织全市民警进行了统一学习。当时,无论是法律专家的解读还是社会舆论的关注,更多都集中在刑事责任年龄、生产安全、金融风险等关系国计民生的重点领域,但李星翰最感兴趣的,却是一个不甚起眼的细节。

《刑法》第334条的原有内容,为"非法采集、制作、供应血液或血液制品"等相关罪名,而在《刑法修正案(十一)》中,在此基础上,新增设了"非法采集我国人类遗传资源、非法转移我国人类遗传资源出境"等相关罪名。

在学习医学和心理学的过程中,李星翰潜意识里早就认识到,基因对人类心理和生理的形态都有着重要影响。所以,非法采集、走私我国基因信息入刑,自然引起了他的格外关注。当时,关于这一增补,医学和法律专家们的解读,更多集中在境外势力对我国公民生命安全的潜在威胁方面,而几乎没有讨论过基因信息泄露是否可能存在微观、具体的社会危害性。但李星翰总是隐隐觉得,如果落入别有用心之人手中,基因信息很可能会成为一种可怕的科技力量,一种看不见的杀人凶器。

但潜意识毕竟只是潜意识,其自然浮现需要一个漫长的过程,所以直到几秒之前,李星翰还依然没有意识到,"周建设案"和基因泄露之间可能存在联系。

但王雨涵的话,瞬间就把他潜藏已久的潜意识给炸了出来。

他依然慵懒颓废,但也深感不可思议地看着两个年轻人:"这么微妙的细节,你们是怎么想到的?"

"这全是雨涵的功劳。"崔智鹏带着自豪的神色看向王雨涵。

"嗐,这算什么功劳啊。"王雨涵不好意思地解释道,"其实我也是刚好凑巧被人提醒了。我从上大学开始就特别喜欢科幻小说嘛,大刘和阿西莫夫的著作全读过。我还进了不少科幻小说群,经常在群里跟别人讨论科幻概念什么的,甚至自己还写过一些科幻小短篇呢。这几天,群里不知道怎么就开始讨论基因方面的科幻概念了,昨天晚上睡前玩手机的时候大家又聊起来,有个群友就说,基因信息里包含了人的很多优势和缺陷,没准儿将来有一天,通过基因能直接测算出人一生的命运呢。我跟他们聊了好久，但一直也只是当成闲聊而已。周建设的死，我一开始根本没想那么多，甚至直到您讲完了自己的推测，我都还没想到基因方面。可是赵所提出的两点质疑，却突然把我给点醒了。"

"没错。"李星翰搓揉着额头，垂眼陷入复杂的思索，"哮喘和心律失常都是典型的多基因遗传疾病，只要凶手掌握了周建设的相关基因信息，也许就能确定过量普萘洛尔能杀掉他了。而焦虑情绪的严重程度，也可以通过涉及神经递质的基因缺陷进行一定程度的量化判断。没错，没错，这样一来，所有事情就都说得通了……"

他说着突然一愣，想到了更多、更复杂的东西。

陈雨桐是远思制药贿赂周建设的工具，也就是说，周建设和远思之间有着复杂的利益关系，而远思生物科技集团的另一项重要业务，就是医学检验和基因检测；从2012年开始就一直有传言称，远思海外融资情况非常复杂；2015年，一附院曾发生过涉及远思检验业务的贿赂案，而贿赂案当时疑点重重；贿赂案发生之后，曾有自媒体声称，远思贿赂的目的是利用医疗系统窃取公民的健康数据……

关于"7·12车祸"和远思，一个庞大、黑暗的阴谋在李星翰心底越发清晰地铺展开来，让他背后凝聚起刺骨的寒意。

崔智鹏的话打断了他的深思："所以李队，我和雨涵都支持您的推测。对于之前对您的不信任，还有说过的那些傻话，我诚恳地向您道歉，希望您不要生我的气。"

李星翰摇了摇头："那是人之常情，我不会怪你们的。"

"可是李队，赵所那边真能说得通吗？"王雨涵露出担忧的神色，"看他的样子，就算逻辑上严丝合缝了，他大概还是觉得多一事不如少一事，还是会阻止您立案侦查的吧？何况这个案子也确实太特殊了，咱们到底该怎么办？"

李星翰点点头："嗯，赵所肯定不会同意的。"

"那咱们就先把嫌疑人找出来吧。"崔智鹏提议道，"反正还没结案，咱们有侦查的权限，而且只是筛查嫌疑人的话，也不会涉嫌侵犯隐私什么的。等找到符合您推测的嫌疑人，到时候赵所也就无话可说了吧。"

"智鹏说得在理。"李星翰盘算了一下说道，"今天下午就抓紧时间开始排查，但这个事情最好先别让赵所知道，暂时也不要惊动其他人了。这样吧，我下午叫上莹莹，咱们四个兵分两路行动，尽快把嫌疑范围缩小到个位数。"

"可是，"王雨涵依旧有些担心，"如果找到了嫌疑人，赵所还是不同意，那又该怎么办呢？"

崔智鹏对此似乎也心存担忧。

"别担心，到了那一步就交给我吧。"李星翰想起关于远思的可怕猜测，语气越发沉重起来，"如果赵所不支持，那我就直接去市局找陈局。如果陈局也不支持，那我就去找纪委、卫健委方面的领导。这个案子怕是牵连甚广。我想，一定会有领导支持咱们的。"

第十三章
浮出水面的嫌疑人

7月7日下午，李星翰从王保林那边借来了宋莹莹，加上崔智鹏和王雨涵，四个人兵分两路，开始按照推测对潜在嫌疑人进行走访排查。晚上7点30分，四个人筋疲力尽地在一家兰州拉面馆碰了头，一边吃面一边分享了各自的进展。

李星翰和宋莹莹这边锁定了两个人。一个叫林雅丽，生物技术学院教授，最近因为申请专利的事情，据说和周建设接触频繁。另一个叫韩欣悦，是周建设手底下刚刚毕业的博士，学术能力非常突出，深受周建设器重，而且据说最近经常跟周建设参加药企的饭局。

崔智鹏和王雨涵那边也锁定了两个人。一个叫孟晓晨，是不久前刚刚拜入周建设门下的博士，据说入学之后一直频繁找周建设拉近关系，想获取更多学术资源。另一个叫陈璐，是周建设已经毕业的学生，如今在生物技术学院担任副教授，据说最近为了评职称的事情和周建设多有来往。

"关于这个陈璐，还有个细节我觉得挺值得琢磨的。"王雨涵一边往面里加醋一边说,"我们走访的那位教授反映说,2017年跳楼自杀的那个王振江,虽然和陈璐从来没有过正式交往,但明眼人都看得出来,陈璐是喜欢王振江的。王振江自杀之后,她还在追悼会上哭了,哭得可伤心呢。"

李星翰心中一沉,思维又被狠狠砸了一下。2017年10月,周建设门下一个名叫王振江的博士跳楼自杀,在遗书中自称受到了周建设长期的精神虐待,此事一时引发热议,但最终,周建设并未承担任何责任。

王振江被精神折磨致死,周建设被精神控制服药,本质上,二者都是精神力量导致的死亡事件。所以在潜意识中,李星翰也想过一种可能,周建设三年前逼死王振江却没有承担任何法律责任,那凶手就是和王振江关系密切的人,之所以用精神控制的方式杀掉周建设,可能正是想以同样的手法复仇。

而知情人反映的和陈璐有关的细节,正好和这种猜测完美照应。

"确实是个可能的动机。"李星翰摩挲着下巴说,"但是——"

但是,如果这真的是一场个人报复,那些和远思有关的疑点又怎么说?难道只是巧合吗?难道这个案子真和远思无关吗?

不,恐怕没那么简单。陈璐只有三十一岁,就算是理科博士,其阅历恐怕也并不足以设计出如此完美的谋杀计划。再者,如果她对王振江的死真那么在意,那么想用同样的手法复仇,那她心里一定憋着无数关于精神伤害的想法,一定有很多问题想质问,否则,这场完美的谋杀又有什么意义呢?可是直到现在,网上都没有出现过任何把周建设的死和三年前那件事联系在一起的声音,这显然并不符合陈璐的心理逻辑啊。

所以,这应该不是一场单纯的报复。也许,是远思出于某种原因想除掉周建设,然后利用陈璐对王振江的感情,把她当成了杀人工具？

这似乎更加合理一点。

"师兄，"宋莹莹的声音打断了李星翰的思绪，"但是什么？"

"但是，这个事情可能没那么简单。"李星翰回过神，"没事，今天就到这儿吧，进展已经很大了。把孟晓晨和陈璐的调查材料发给我，都早点回去休息吧。"

晚上8点，李星翰回到空荡荡的家里，把四名女性的照片打印出来贴到书房的办公白板上，随后盯着照片陷入沉思。

他并没有想到，精准符合推测的嫌疑人会这么多。他不可能直接带着四个嫌疑人的信息去找上级领导，想让领导们相信自己，就必须锁定嫌疑最重的那个，而且，还要找到更加确凿的动机和间接证据才行。到底该怎么确定哪个才是真正的嫌疑人呢？

陈璐当然是嫌疑最大的那个，可细细想来，动机其实也有点牵强。资料显示，陈璐是重庆人，2016年考上周建设的博士，才第一次来到中州长期生活，而如果没记错的话，王振江应该是中州或者附近地级市的人，而且一直在中州大学求学。也就是说，王振江自杀的时候，陈璐跟他只有一年左右的相处经历，而且两个人一直都没有正式交往过，所以，陈璐对王振江的感情，应该并没有想象中那么深吧。

为了确认这一点，李星翰特意在网上搜索了"王振江自杀事件"。中州市西北方紧邻的地级市为新圃，新圃东南、与中州接壤的辖县为孟县，是个颇为偏远落后的小县城。经确认，王振江的老家就在孟县。

那么，王振江生前和陈璐的确只有一年左右的相处时间。这真的会让陈璐为了他而去杀人吗？

李星翰觉得可能性不大。

他随后把注意力转向了林雅丽，没能分析到什么异常之处，接着是孟晓晨，依然没什么进展。最后，他把注意力转向了韩欣悦。

仅从照片和调查材料，也看不出来这个韩欣悦有什么问题。不过有意思的是，下午配合调查的时候，韩欣悦的一个同学特意提供了韩欣悦的微博账号，说她不管有什么心事都喜欢在微博里记录或者发泄。李星翰搜索到韩欣悦的微博，发现粉丝只有三个，大概正是无人关注，她才会把微博当成现实生活的树洞吧。

李星翰一条一条地查看着，一开始并没有发现什么问题，都是些生活感悟、文章转发之类的，可是十几分钟之后，一条2020年1月23日的微博，却突然像蜜蜂一样，在他心底狠狠蜇了一下。

微博主体是一张照片，大概是某个公园或者广场，远处耸立着一座圆柱形的高大建筑，配图文字是："又是一年。已经没有亲人了，不知道到底该不该回来，但还是回来了。这个地方有过黑暗痛苦的回忆，但也有过生命中最美好的时光。更重要的是，这里到处都是那个人的影子。ZJ哥哥，我真的好想你啊。对我来说，你永远都是最重要的那个人。"

李星翰盯着文字看了一阵，总觉得有什么地方不太对劲。片刻之后，他突然头皮一紧，随后再次看向那张照片，心底升起一丝微弱的光。

如果没记错的话，照片里那座圆柱形的建筑，似乎就是孟县的电视塔。2018年，李星翰曾经带人去孟县抓捕疑犯，对此多少有些印象。

他怀着复杂的思绪搜索了"孟县电视塔"几个字，很快就确认了自己的判断。

2020年1月23日是农历腊月二十九，这个时候说"回到"一个地方，那肯定就是自己的家乡了。也就是说，虽然知情人都表示韩欣悦是中州人，可实际上，她其实也是孟县人？那么配文中出现的"ZJ哥哥"，有可能是指王振江吗？为什么韩欣悦要对周围的人隐瞒籍贯？难道——

李星翰深吸一口气，用力揉了揉困倦消沉的面部，随后打开手机，开始查找王振江父亲的手机号。四年前，王振江自杀的事情就是他带人调查的，所以和王振江的父亲有过沟通。

电话很快就接通了，但对方却并不是王振江的父亲，而是一个年轻的男声。

"喂？"

"喂，是王建军师傅吗？"

"不是，打错了。"对方说着挂了电话。

李星翰思索片刻，再次拨了过去。

"不是说打错了吗！？"对方不耐烦地喊道，"你这是骚扰知道吗？再打我就报警了！"

"别着急，我只是想跟你确认一件事。"李星翰用不容置疑的低沉声音问道，"你这手机号是新换的吗？"

"啊？"对方一愣，"是啊，你怎么知道？"

李星翰挂掉电话，心底有种不好的预感。

7月8日上午10点，孟县公安局刑侦大队办公楼前，队长孟云杰和李星翰热情地握了手："哎呀，李队，欢迎欢迎，你看也没什么好招待你的，不要见怪哈。"

"哪儿的话，"李星翰拍拍孟云杰的肩膀，打了个哈欠说道，"你这升任大队长我都没有给你贺喜，你才是不要往心里去啊。"

"哈哈，你可别笑话我了。"孟云杰笑道，"我这县里的大队长，哪能跟你这省会的大队长比啊？走走走，去我办公室谈，茶叶不算好，你可千万别嫌弃。"

李星翰果断地摇了摇头："别麻烦了，孟队，咱们抓紧时间开始工作吧。"

"也好，那就不磨蹭了，走吧，开我们的车。"孟云杰说着打开一辆越野车的车门，同时问道，"李队，听你的意思，那个周建设的死不是自杀？"

"情况很复杂，现在还不能确定，还没有正式立案。"李星翰坐在副驾驶位置上，看着窗外思索着说，"所以我这次算是私下过来了解一些情况，幸亏有你在，不然事情怕是难办了。"

"嗨，这话说得折杀我了。"孟云杰一边发动汽车一边摆了摆手，"能跟你这个大神探再度联手，对我也是一种难得的锻炼啊。"

李星翰礼貌地笑了笑，随后问道："王建军自杀，是去年几月份的事？"

孟云杰想了想说："10月底，喝了百草枯，发现的时候已经彻底不行了。"

李星翰微微叹了口气："跟他儿子的事情有关吧？"

"那肯定啊。"孟云杰深深叹了口气，"小县城嘛，人言可畏。王建军他老婆没得早，是他一个人把儿子拉扯大的。他儿子从小就挺争气，一直是学校前几名。王建军是个普通工人，老婆没了，工资也不高，日子真是没啥盼头，儿子大概就是他生活的最大寄托了吧。2017年他儿子被人逼死的时候，他精神就已经有了问题。之后三年，他一直在想办法替儿子申冤，网上是有不少同情他的人，可骂他的人慢慢也越来越多，说是他不懂教育，把儿子培养成了一个心理脆弱的窝囊废。唉，网上的人啊，遇到事不关己的事情嘛，永远都是站着说话不腰疼，只会凭着情绪大放厥词。这网上的言论影响到现实,县城里的人一个个也都开始瞧不起王建军,到处说他的闲话,这几年啊,他已经成了我们县的大笑话了。苦苦撑了三年,最后还是撑不下去了吧。"

越野车穿梭在孟县的大街小巷,带着李星翰和孟云杰拜访了王振江的多名老师。老师们对王振江这个学生都记忆深刻,但对韩欣悦鲜有印象。一直忙活到下午4点多,李星翰和孟云杰都已经筋疲力尽,事情才终于有了实质性的进展。

在孟县第一小学家属院里,他们见到了四十五岁的老师赵丽敏。提起王振江,赵丽敏和其他老师一样印象深刻,当然,这很大程度上和王振江自杀事件当时的舆论热度有关。

"真是可惜了啊!"赵丽敏端上水果和茶水,坐到沙发上叹了口气,"特别聪明懂事的一个孩子,而且特别成熟,当时才六年级啊,有了心事或者烦恼,竟然会像个小大人一样找我沟通,我当时就觉得,这个孩子真是不可思议。我们关系挺好的,后来他考上中州大学本硕连读,还专门来家里给我报了喜。哎呀,可惜——好好的怎么就想不开了呢。"说着,赵丽敏眼中泛起了泪花。

"确实可惜。"李星翰配合地叹了口气,随后用手机展示了韩欣悦的照片,"赵老师,您再看看这个人,觉得眼熟吗?"

赵丽敏接过手机,先是皱眉观察了一会儿,接着倒吸了一口凉气说:"哎,好像还真是挺眼熟的,也是我的学生吗?"

李星翰心中微微一沉,但为了不影响赵丽敏的判断,表面依然保持着绝对的平静,摇摇头说:"我们目前还不能确定,所以才来请教您。您再看看,对这个人有印象吗?"

赵丽敏继续皱眉观察,片刻之后恍然道:"啊,想起来了,我记得叫欣瑞?啊,不对不对,是……欣悦?对,应该姓韩,是叫韩欣悦吧?"

李星翰沉住气继续问道:"对,叫韩欣悦,您对她有什么印象吗?"

"印象……"赵丽敏垂眼思索片刻,随后再次恍然道,"啊,我想起来了,我记得她跟王振江关系还挺好的呢。"

李星翰心中狠狠一沉:"您能确定吗?"

"能。"赵丽敏自信地点点头,"这秀气的眉毛和鼻子,跟小时候几乎一模一样,但是现在长开之后变好看了,真是女大十八变啊。"

李星翰追问道:"我是说,您说她和王振江关系不错,这一点能确定吗?"

"能,印象还是挺深的,应该不会记错。"赵丽敏低头思索着说道,"嗯,她好像比王振江低一届还是两届。印象最深的,应该是有一次,我在路上碰见过他们俩。那是暑假吧,应该是2002年,王振江小学毕业的那个暑假。我在路上看见他们一起吃一个冰棍,我心里还说,这不会是要早恋吧,这也太早了?我就跟着他们,等韩欣悦回家之后,我就叫住王振江,说这么小可不能谈恋爱啊,会影响学习的。王振江说,老师你误会了,那个女生就是我的朋友而已。我当然不太相信,又劝了他一会儿,还问了那个女生的名字,他就说她叫韩欣悦,家里挺不容易的,所以想帮帮她。我对这个事情印象还挺深刻的,没错,你这么一提醒的话,我都记起来了。"

"您对韩欣悦的长相也有印象,应该不止一次见过她吧?您后来又见过她吗?"

"当然见过,"赵丽敏的记忆匣子被彻底打开了,"她六年级的时候在我们班呢,那可是天天能见到啊。嗯,那好像是王振江毕业之后隔了一年多吧,嗯,她应该是比王振江低两届。没错,两届。"

李星翰继续问道:"您能再回忆一下她的事情吗?任何跟她有关的细节都行。"

"啊，好。"赵丽敏点点头，努力思索许久之后，再次恍然道，"啊，我想起来了，这个孩子出身好像挺苦的，她的经历以前还让我没少感慨呢。是的，上小学的时候，她的生活经历就已经相当坎坷了。据我所知，她很早就没了母亲，父亲好像也不要她了。她跟奶奶相依为命。你们知道的，小县城嘛，而且还是二十多年前，人们的素质、道德水平和法律意识都非常低下，这在孩子们中间的表现就是：韩欣悦这样的孩子，一定会受到一些坏孩子的欺负。我也是后来才听其他老师说的。她性格孤僻，学习成绩也总是班里垫底，所以老师们也对她不怎么上心。但这个孩子好像真的也有股劲头，到了四五年级的时候，成绩突然就好起来了。第一次考年级第一的时候，老师们还怀疑她作弊什么的，结果叫到办公室里当面考了一下，才发现她靠的是真本事。我当了二十多年老师，她这样的家庭和基础，能够实现这种成绩飞跃的，至今仍然只有她一个。后来上了六年级，我当了她的班主任，她每次考试都稳居年级第一，所以我对她的印象就更深刻了。直到去年，我跟另外一个老师还无意中提过她呢，虽然已经忘了她的样子甚至名字，但我们都记得有这样一个神奇的孩子。"说着，赵丽敏再次看了一眼韩欣悦的照片，深深感慨道："真好啊，虽然这么多年一直跟她没联系，但看她现在的样子，应该过得挺不错的吧？"

"是啊。"李星翰也看向韩欣悦的照片，带着复杂的思绪意味深长地说道，"如果按部就班地走下去，她肯定能过上特别好的生活。"

第十四章
若隐若现的黑暗力量

告别赵丽敏之后,李星翰谢绝了孟云杰的挽留,一边返回中州,一边立刻安排崔智鹏和王雨涵联系知情人,对韩欣悦的个人信息进行进一步的调查。一个多小时之后,车子刚刚进入中州市绕城高速,崔智鹏的电话就打了过来。

"李队,按您的指示查清楚了,这个韩欣悦确实有点奇怪。"崔智鹏的声音在蓝牙耳机里说,"她本科和硕士都是北航的,据说,以她读研期间发表的论文质量,考博的话,留在北航或者去东南大学、上海交大甚至清华都没有任何问题。中州大学的生物制药专业虽然也不错,但综合实力比这些学校还是差了一点。所以,她考博的选择确实不太正常。另外按照您的要求,雨涵已经联系到了她在北航的硕导,硕导叫岳海燕,电话已经给您发过去了。"

通话结束后,李星翰立刻给岳海燕打了电话。

"是的,欣悦当时的选择确实很奇怪。"听完李星翰的问题,岳海燕回忆说,"她读硕士期间发的 SCI,就已经比大部分博士甚至一些副教授还要多了,真的是个特别有才华的孩子。她一开始是不打算读博的,这其实倒没什么,因为研一、研二的时候就已经有很多药企想签她了,她家境不是很好,一边工作一边继续研究,对她来说也是个不错的选择。可是后来,她突然又跟我说想读博士了,而且目标非常明确,就是要考周建设的博士。周建设我还算挺熟的,这个,我不是想对一个刚刚去世的人说三道四啊,但实事求是地说,周建设这个人啊,年轻的时候确实很值得敬佩,但年纪大了之后,真的已经失去了对学术的那种纯粹和勤奋。甚至说得难听一点,最近这十来年,他一直都是靠吸学生们的血在维持门面。所以,我非常不建议欣悦去跟他。"

"但韩欣悦态度特别坚决,谁都劝不动,是这样吗?"

"是的。我跟欣悦沟通了很多次,但她就是听不进去。"岳海燕说,"另外,我们学校,还有东南、清华、上交啊,这些生物制药专业比较强的学校,我都有相处不错的老师,欣悦自己也足够优秀,只要我写个推荐信,这些学校的博士对她而言可以说是随便挑的。我是真的爱惜这个孩子,想给她一个更好的平台,这些道理她肯定也是懂的,可不知道为什么,她就是认定了周建设。我也问过她原因,她只是敷衍地说觉得周建设合适,可在我看来,周建设明明不是很合适啊。"

"那岳老师,您还记得她这种心态转变发生在什么时候吗?"

"嗯,2017年年底吧,正是学生们联系导师的时候。"

"时间上还能更具体一点吗?"

"嗯,我想想——哦,找到了,聊天记录我还存着呢。她第一次在我面前提到要考周建设的博士,是2017年11月29日早上,一大早突然跟我说的。我后来也是实在拗不过她,才不得已替她给周建设写了推荐信。"

李星翰脑海中的逻辑链更加清晰起来。虽然没有任何直接证据，但从逻辑和行为疑点上推断，他要找的那个神秘女人极有可能就是韩欣悦了。

为了给王振江讨个公道，她选择了一种难度极高但形式上绝对公平的复仇方式。

李星翰长舒了一口气，长时间乌云蔽日的内心，终于透出了几缕阳光。

但仍然存在一些问题。比如，韩欣悦才二十九岁，一个这么年轻的人，其阅历真的能支撑她设计出如此精妙、复杂的杀人计划吗？如果真有这个能力，那她2018年就有了近距离接触周建设的正当理由，为什么要拖到今年才动手呢？

再者，王振江自杀之后，舆论一直在对他进行攻击，连王建军都因此自杀。韩欣悦愿意为了报仇而改变人生规划、放弃更好的平台，甚至愿意对周建设进行行为训练，可以说是彻底豁出去了。有如此坚定的决心，她肯定对王振江感情极深。那么，她选择了用公平的方式杀死周建设，肯定是想证明精神伤害的危害性，为王振江要个说法的。可是周建设已经死亡五天了，她却没有在网上发表过任何观点，这又是为什么呢？

李星翰深吸了一口气，心底那个若隐若现的庞大阴谋，终于露出了更加明确的踪迹。因为上述两个逻辑上的矛盾点，或许都可以通过那个阴谋来解释。

是的，韩欣悦应该真的不具备对周建设实施行为训练的能力，正因如此，她空有复仇的决心，却拖了将近三年都没能找到办法。而之所以突然找到了公平复仇的办法，恐怕只有一种解释，那就是，突然有高人出现，对她进行了指点。

那么，这个或者这些高人，又为什么要指点她呢？自然也是为了杀掉周建设吧。

想杀掉周建设,自然就一定是出于某种利益驱使。而和周建设之间有复杂的利益关系且具备基因检测、分析能力的这个或者这些高人,很可能来自某个大型医疗科技企业。

而这样的企业,李星翰第一个想到的就是——

远思……

想起妹妹,他长久压抑、消沉的内心终于难以抑制地激动起来。也许,为妹妹伸张正义、为蒋芸珊消除遗憾的机会,此刻已经近在咫尺了!

突如其来的震动声打断了他的思绪,李星翰看了一眼中控屏,发现电话是赵长林打来的。

先不要想得那么远、那么深,先把韩欣悦的嫌疑定下来再说吧。

李星翰定了定神,按下接听按钮:"喂,赵所。"

"你干什么去了?一整天都不见人!队里的工作都不管了?"

"工作我都交代好了,赵所,关于周建设,我有了非常重大的发现,必须……"

赵长林无奈地问道:"又发现什么了?"

"周建设有个叫韩欣悦的女学生,和2017年跳楼自杀的王振江关系很不一般。"李星翰尽量简短地解释道,"韩欣悦很可能是为了给王振江报仇才考了周建设的博士,因为她本来是有更好选择的。另外在昨天下午走访的过程中,也有三个人都反映,韩欣悦最近一个月和周建设走得特别近。目前看来,她有充分的杀人动机和条件。"

赵长林深深叹了口气,继续无奈地劝说道:"星翰,你听见自己在说什么了吗?啊?你这是典型的预设立场,先在情绪的影响下认定了周建设是被人谋杀的,然后再凑一堆模棱两可、牵强附会的信息试图进行证明。你冷静下来想想,看看是不是这样的?"

一瞬间,李星翰内心还真是有些动摇,但想起已经发现的种种间接证据,想起崔智鹏、王雨涵和赵丽敏的话,想起韩欣悦的微博,想起韩欣悦照片里那种难以言说的执着目光,他内心又迅速平静了下来。

"赵所,"他沉住气说道,"您相信我,只要对韩欣悦实施技术侦查,就一定能从她身上找到蛛丝马迹。"

"这个问题咱们讨论过了。"赵长林已经开始不耐烦,"凭着不切实际的幻想就侵犯群众隐私,这种事情就是一路报到部委也不可能有任何人支持。这是底线,你明白了吗?"

"我知道这在程序上很困难。"李星翰坚持道,"但是赵所,面对这种史无前例的案件,我们需要一场思想变革,制度上,也必须有人站出来打破常规……"

"你听听你自己在说什么,"赵长林不耐烦地批评道,"什么史无前例,什么思想变革,这都是中央领导们该操心的事情,轮得着你一个小警察去管吗?啊?你要认清自己的位置,不要再做这些不切实际的幻想了!"

"赵所——"

"行了!"赵长林彻底失去了耐心,"我告诉你,明天赶紧给我按照意外结案,不然别怪我不客气!我不会一直纵容你这么胡闹下去的!"

所长挂断了电话,李星翰无奈地叹了口气。考虑许久之后,他拨了市公安局局长陈小刚的办公电话。

市公安局局长办公室里,五十六岁的陈小刚翻阅着面前堆积如山的资料，面色越发凝重起来。

让他心情沉重的，正是远思生物科技集团及围绕这家企业的种种疑云。

远思是做医疗器械起家的，2008年前后利用技术优势迅速发展壮大，如今已是国内顶尖的医疗科技企业之一。远思直接、间接地创造了上百万的就业岗位，每年为国家带来大量税收，同时一直坚持科研创新，在医疗领域打破了多项国外垄断，其对社会的贡献有目共睹。

然而，阳光之下总有阴影。2010年前后，远思开始大量吸收社会资金入股，融资情况逐渐变得复杂，自此流言不断。很快，他们又开始进军房地产和金融领域，这似乎违背了其创始人郑远思的初衷。有传言称，因为不善权术，郑远思早已被其他股东架空。面对传言，郑远思本人从未发表过任何意见。

2015年，中州大学第一附属医院三人受贿案完结后，远思生物积极配合有关部门，进行了长达半年的自查自纠整顿行动。但案件中却始终藏着一个一言难尽的疑点，那就是，三名领导从这家企业收受的贿赂总额3000万元，远大于获取的利润1200万元。虽然三人和远思生物的涉案领导都主动交代，说这是远思为了抢占市场而做出的牺牲，案件也最终尘埃落定。但仔细回想起来，差异如此巨大的金额，在情理上似乎还是有些牵强。包括陈小刚在内的很多人都察觉到了一股难以言说的异样。

当时，贿赂案的调查和审理过程，是由《中州日报》进行官方报道的，负责人是资深记者魏文斌。陈小刚也是后来才知道，魏文斌也认为案件没有表面上看起来那么简单，所以审理结束之后，亲自去一附院检验科进行了卧底调查。2016年夏天，魏文斌和报社领导进行了一次简短交谈，表示自己有重大发现，正在搜寻确凿的证据。

但就在这个时候，他在"7·12车祸"事件中意外身亡。虽然车祸最终被证明是一场完全无法预防的意外，但曾经出现的那些谣言，却始终在悄悄折磨着陈小刚，整整五年都未曾消停。

可是，他又真的不敢相信那些谣言，因为人类的科技水平，似乎还不足以实现谣言里所描述的罪恶。

一周前，周建设离奇死亡，而他和远思之间的利益关系，也再次激起了陈小刚的纠结和疑虑。

陈小刚翻阅着面前堆积如山的案件资料，心底有股火光被严严实实地捂着，等待一根针的刺破。

手机突然震动起来，打断了他的沉思。

第十五章
基因凶器

"行为训练？"7月8日晚上6点，在办公室里听完李星翰对案情的推测和调查进展，陈小刚眉头紧皱。

"对。"李星翰坚定地点点头，"陈局，虽然没有直接证据，但所有事情都太可疑了……"

"你先别说这些有的没的，"陈小刚抬手打断他，继续思索着问道，"先给我解释两个问题：第一，周建设没有确诊过哮喘病，凶手是怎么确定普萘洛尔能杀死他的？第二，周建设白手起家，全靠本事走到了如今的位置，这样的人会这么没有定力，轻而易举地被人控制吗？"

"陈局，"李星翰谨慎地说，"我有个非常大胆的猜想，能够合理解释您提出的这两个疑问。今天直接来找您，就是希望您能支持我，让我证实这个猜想。"

"你小子什么时候学会卖关子了？"陈小刚瞪了他一眼，"有话就放开说，别跟我磨磨叽叽的。"

"是。"李星翰深吸了一口气，下定决心，"陈局，我怀疑，凶手通过某种方式，掌握了周建设的详细基因信息。"

陈小刚顿时一愣。这句话像一根尖针，瞬间刺破了心底的桎梏，让压抑已久的火光猛然蹿了出来。

"哮喘和心律失常都是非常典型的多基因疾病。"李星翰进一步解释说，"只要掌握了相关基因信息，就完全有可能确定普萘洛尔对周建设的致死性。另外，人的性格、情绪、精神状态这些东西，也都和基因有着千丝万缕的联系。只要在基因里找到了明显缺陷，再结合一些心理规律，那么凶手就很有可能确定周建设的问题，确定可以对他进行精神控制。"

基因……对啊，基因！基因研究是医学前沿领域，也正是远思的重点科研业务！受贿案、"7·12车祸"、周建设的死……所有事情的所有疑点，似乎都可以通过基因串联起来！

即便是一线出身、身经百战、早已练就钢铁之心的陈小刚，面对如此前所未有的潜在罪恶，也控制不住地头皮发麻，浑身都起了一层鸡皮疙瘩。

"你有什么打算？"他沉住气问道。

"我想对韩欣悦实施技术侦查。"李星翰鼓起勇气说道，"陈局，我相信，这种案子不仅对咱们来说困难重重，对凶手来说肯定也不是一件容易的事。所以，凶手的杀人计划不太可能是通过心算完成的，相关信息不可能全藏在脑子里，至少应该能找到一些蛛丝马迹。而且，凶手也知道这种犯罪形式非常隐蔽，很可能自认为没人能发现，所以在这方面未必会非常谨慎。总之，我相信技术侦查一定能找到有用的线索，帮助咱们彻底锁定韩欣悦的嫌疑。"

"嗯。"陈小刚翻了翻眼前的案件资料，"你跟长林提过吗？"

"提过。"

"长林不同意是吗？"

"是的。"李星翰说，"赵所行事比较稳健，所以……"

"别跟我说这些虚头巴脑的话，"陈小刚摆了摆手，"他什么水平我心里有数。"

李星翰尴尬地收住了想说的话，谨慎地问道："那陈局，您是什么意见呢？"

陈小刚深吸了一口气，起身踱着步子。他很久没有这么纠结过了。

一方面，一切都只是李星翰的猜测，虽然逻辑上说得通，但精神控制、行为训练什么的，听起来多少还是有点玄乎。一旦实施技术侦查而没有找到证据，那无疑是侵犯公民隐私，是严重的滥用职权。可另一方面，韩欣悦的嫌疑也不能说没有，李星翰的推测也真的把所有疑点都串联到了一起，而想要证实他的推测，眼下似乎也只有技侦一条路可走了。如果远思真的在进行某种隐蔽的反人类犯罪，作为中州市公安系统的最高领导，他绝对不能坐视不理。

可万一真的误判了怎么办？到时候，自己该怎么向上级和党组织交代呢？自己年轻时在一线起早贪黑、出生入死，当上领导之后也一直廉洁奉公、勤勤恳恳，真的要为了一个不确定的希望把前途押上吗？

推测中的案情是如此特殊，陈小刚还是第一次面对如此棘手的选择，他真的很难立刻做出决断。

"陈局，"李星翰看出了他的纠结，努力争取道，"您放心，如果我判断错误，如果没有找到证据，我愿意承担一切责任。"

"你？"陈小刚笑着摇了摇头，"那可轮不到你呢。星翰啊——"他直视着李星翰："这是个非常冒险的决定，你真的有把握吗？"

李星翰原本有些没底，可不知为何，那一刻，他却突然想起了张焕然，想起了张焕然目光深处那种难以言说的悲壮与黑暗。那种奇怪的感觉，突然给他带来了充足的自信，就好像——

那感觉在他心头一闪而过，他最终还是没能清楚地觉察出来。但雁过留痕，那种奇异感受带来的自信却完整保留了下来，让他本能地意识到，自己的思路是正确的。

"有把握。"他从微妙的思绪中挣脱出来，神色坚定地点了点头，"陈局，您就相信我吧，我有种强烈的预感，觉得证据就摆在那儿，等着咱们去发现呢。"

陈小刚点点头，看着眼前琐碎复杂却又暗暗联系在一起的案卷资料，思虑片刻，最终长舒了一口气。

干吧，任何事情，第一步总是最难也是最危险的，可总得有人去冒这个险啊。

7月9日上午9点，中州市公安局召开专项工作会议，在陈小刚的支持下，讨论并通过了对周建设死亡事件刑事立案及对嫌疑人韩欣悦实施技术侦查两项决定。会议一结束，市局和金河区派出所的技侦民警们就立刻联合起来，开始了对韩欣悦个人与社交信息的全面排查。

包括李星翰在内，所有人都认为这将是一场旷日持久的地毯式搜索，可谁都没有想到，仅仅半个小时之后，市局的两名技侦民警就在韩欣悦的常用邮箱里找到了一封极具价值的邮件，邮件中，居然直接记录了六组基因数据，而且直接标明了那些基因属于周建设。

对此，李星翰自然无比振奋，他终于证明了自己的直觉并非妄想，对抗心魔的力量也因此更加强大。但是振奋之余，他也更加清晰地嗅到了另外一种异样。

能够实现对周建设的精神控制，执行者韩欣悦肯定是个谨慎周密的人。那么，如此重要、如此危险的信息，她为什么会这么不小心，一直保存在邮箱里呢？

潜意识深处，前一晚面对陈小刚时那种和张焕然有关的杂乱思绪，悄悄变得更加清晰，也变得更加复杂了。

下午3点，市公安局再次召开专项工作会议，邀请中州大学第一附属医院心内科主任贾国华出席，为民警们分析了韩欣悦邮箱中的发现。

"感谢同志们的信任。"贾国华一边调试投影仪一边开场，"基因研究是一门相对复杂的科学，详细介绍的话可能会比较枯燥难懂。所以，我就尽量用比较简单的方式介绍一下吧。"

"是，我也是这个意思。"王保林说，"贾主任，咱们就一个目的，让没有医学基础的同志们也能迅速弄懂这些基因的作用。只要达到这个目的，您就怎么简单怎么来吧。"

"好，那咱们就开始吧。"贾国华说着打开一张图，"首先，高中生物很多同志可能都已经忘得差不多了，我先帮大家简单复习一下。DNA，中文叫脱氧核糖核酸，其组成单位是脱氧核苷酸，而脱氧核苷酸由碱基、脱氧核糖及磷酸三部分组成。其中，脱氧核糖和磷酸的结构是固定的，所以决定DNA序列的关键，就在于碱基。碱基分为四种：分别是腺嘌呤，缩写为A；胸腺嘧啶，缩写为T；胞嘧啶，缩写为C；鸟嘌呤，缩写为G。四种碱基沿着DNA长链成对排列，所以我们提到某个基因位点，都是AA型、AG型、TT型这种成对的形态。计算机只有1和0两种基本单位，就能够演化出变幻莫测的程序，那么可想而知，由四种基本单位组成的DNA序列，其复杂程度更是超乎想象。正因如此，咱们才会被表达成姿态万千的个体。可以说，基因，其实就相当于人类的底层代码，这门科学其实就是研究人类代码的科学。"

民警们纷纷点头。

"下面要介绍两个概念。"贾国华切换了内容说道,"第一个概念叫单核苷酸多态性,英语缩写为 SNP。人类的基因序列,完整的数据量非常非常大,但对遗传和表达来说,不是每一个位点的数据都那么重要,起到关键作用的,很多时候都是一些特定位点的单个核苷酸。举个简单的例子,比如一段 200 对碱基的基因中,可能第 1 到 80 号、第 82 到 200 号都只是陪衬,起不了什么大作用,而第 81 号呢,AA 型会让人更容易得某种病,AG 型或者 GG 型则会让人永远不会得这种病。那么,81 号对整个基因组的关键作用与相应突变情况,就叫单核苷酸多态性。SNP 位点在人类基因组中数量非常多,大约每 300 对碱基中就有一个,总数推测在 300 万以上。正是这些复杂的 SNP,造就了个体的万千姿态。"

"然后是一个比较简单的概念——rs。SNP 数量非常多,所以为了方便研究,就必须给它们编上号。英语里,编号是 reference,所以 SNP 的编号,就缩写为 rs。下面,就可以用比较简单的方式,介绍韩欣悦邮箱里发现的那些基因到底是怎么回事了。

"邮箱里的基因序列,包含 6 个 SNP 位点,一共对四个大方面造成影响。第一个是 rs1042713 位点,这个位点的基因型,影响着肾上腺素 β2 受体的表达。正常情况下,这个位点是由一对胸腺嘧啶组成的,也就是 AA 型。但根据邮箱中发现的内容,周建设有一侧的胸腺嘧啶发生了突变,被一个鸟嘌呤所替换,也就是变成了 AG 型的杂合子。这种杂合子形态,会影响 β2 受体的表达。在呼吸系统中,肾上腺素作用于呼吸道平滑肌的 β2 受体,会引起气道舒张,这是咱们能顺利吸入空气的关键机制之一。所以,β2 受体表达受阻,势必会影响到呼吸健康。这是理论上的,实践工作中,也已经有大量临床研究证实,rs1042713 位点的 AG 或者 GG 型等位点,都会明显增加哮喘发生的风险。"

民警们恍然点头。

"然后是第二个 SNP 位点，rs2251746。"贾国华继续介绍说，"这个位点比较复杂，也不是我的专业领域，所以可能没办法解释那么透彻。简单来说，这个位点影响一种叫 FcεRI 的物质表达，这种物质，是免疫球蛋白 E 的一种高亲和力受体。免疫球蛋白 E 缩写为 IgE，在过敏中起着非常关键的作用。根据邮箱里的内容，周建设 rs2251746 位点为 TC 型。一些研究证实，这种基因型会增进 FcεRI 的表达，导致 IgE 水平升高，从而更容易引起过敏反应。咱们常说的哮喘的最主要类型，其实就是呼吸道在诱因下发生的过敏。也就是说，rs2251746 位点 TC 型，同样会增加哮喘风险。"

陈小刚深吸了一口气，想起围绕远思的种种疑云，面色越发凝重起来。

"接下来的三个 SNP 位点，在功能上可以看成一个整体。"贾国华切换内容接着讲述道，"rs6599230、rs1805124、rs1805125，这三个位点，都属于一个叫 SCN5A 的基因组。大家应该都做过心电图，之所以能通过电信号看出来心脏是否健康，就是因为电位变化对心脏功能来说至关重要。电位变化的本质是离子流动，主要是钾、钙、钠三种离子，而 SCN5A 基因组的功能，就是编码钠离子内流通道蛋白的一种亚单位物质。这细说起来比较复杂，简单来说，周建设上述三个位点都发生了常见突变，这会导致 SCN5A 表达功能受阻，也就是钠离子内流通道蛋白表达不足，宏观上，这就会导致心电功能受损，从而引起心律、心肌方面的疾病。王所已经跟我沟通过，说周建设生前存在左心室心律异常的情况，依我的经验来看，应该正是由这三个基因位点突变导致的。"

"那这个过程能逆推吗？"王保林问道，"就是说，知道这三个位点突变，能确定心脏有严重隐患吗？能确定缺氧会迅速引起室颤致死吗？"

"我不敢说得那么肯定，毕竟生理是复杂的，很难通过一个细节就确定全局。"贾国华想了想说，"但 SCN5A 对心脏健康的影响的确非常重大，如果能结合生活中对周建设的观察，比如观察到他出现过胸闷、心悸这样的表现，那基本是可以下判断的，至少能判断出很高的窒息致死风险。"

王保林思索着点了点头。

"贾主任，"李星翰揉了揉困倦的脸，问出了最关心的问题，"还有一个 SNP 位点，是不是跟情绪、心理有一定关系？"

"你推测得非常准确。"贾国华点点头，同时再次切换了显示内容，"最后一个 SNP 位点是 rs6311，TT 型。这个位点涉及精神病学和心理学，实在不是我的专长，所以我就简单解释一下好了。咱们的思想、行为、感受、情绪，都是由大脑的活动来决定的，而大脑活动的本质，就是各种神经递质在神经元之间的传递。有一种非常重要的神经递质叫血清素，又叫 5-羟色胺，缩写为 5-HT，其功能非常复杂，目前研究比较多的就是 5-HT 水平下降和抑郁之间的关系。5-HT 有很多种受体，rs6311 影响的是其 2A 受体。一些研究证实，rs6311TT 型等位，会增进 5-HT2A 受体的表达，从而导致神经胶质细胞对 5-HT 再摄取的增加，进而导致 5-HT 在神经通路中的水平下降，抑郁及 5-HT 再摄取抑制型抗抑郁药物的作用降低，它们之间有着明显关联。"

陈小刚问："这会让人更容易产生负面情绪吗？掌握了这条基因信息，能确定周建设存在严重的焦虑情绪，甚至因为焦虑而导致性功能障碍吗？"

"还是那句话，我不敢把话说得太死，但理论上确实会极大增加焦虑风险。"贾国华解释说,"焦虑本质上是向内发生的愤怒,是杏仁核亢奋所引起的神经—内分泌—躯体变化。前额叶对杏仁核有神经抑制功能,宏观体现就是咱们能够用理性化解焦虑。5-HT 水平下降,会削弱这种神经抑制功能,理论上能够升高焦虑风险。而严重的焦虑和心理阴影的确也会导致心因性的勃起障碍,这在泌尿外科还挺常见。当然,这是理论上的。我想说的是,就像SCN5A一样,如果凶手是一个善于观察、精通心理分析的人,在周建设身上观察到明显的焦虑,观察到他有病态的迫切,或者观察到了其他一些咱们现在还不知道的细节,那么再结合 rs6311 位点的形态,是可以一定程度上确认这些问题的。任何医学分析,都需要理论结合实践嘛。"

王保林长舒了一口气,思索着点点头说:"所以,根据这6个SNP 位点的情况,再结合对周建设的长期观察和分析,凶手完全有把握认为,对周建设进行行为训练,并且在心理刺激下过量服用普萘洛尔,能让周建设发生哮喘,而哮喘导致的内循环缺氧,又足以让存在隐患的心脏发生致命室颤。贾主任,您认为这合理吗?"

贾国华点头感叹说:"哎呀,老实说,学医这么多年,我还是第一次碰见这样的事情。我从来没有想过医学还能拿来这么用,真的是匪夷所思啊!可是抛开传统观念去理性看待的话,是的,我可以肯定地说,王所描述的这个过程,在逻辑上还真是成立的。"

民警们纷纷长舒了一口气,会场陷入短暂的安静。紧接着,所有人的目光,都集中到了面色凝重的陈小刚身上。

陈小刚抑制住内心的复杂思绪,用低沉、坚定的声音说:"抓人吧。"

第十六章
精神伤害的法理思辨

7月9日傍晚6点，博士宿舍楼值班室里，中州大学警务处的一名民警正悄悄监视着韩欣悦的行踪。五公里外，一辆黑色越野车载着三名刑警和一名检察官，正悄无声息地朝着宿舍楼驶来。

"宋检，"越野车后排，李星翰关于案件的思索正进一步延伸开来，"韩欣悦的行为，您认为性质上应该怎么界定呢？"

考虑到案情特殊，警方在立案之后，已经提前和检察院方面进行了沟通。而检方经过研判，认为案件可能会涉及大量法理矛盾，因此，也特地派遣了副检察长宋丽萍提前介入，直接参与到抓捕和审讯工作当中。

宋丽萍戴着眼镜，总是笑意盈盈的样子，看上去似乎温和无害，但实际上，她在中州市司法界却是个出了名的狠人。近二十年来，只要是她负责刑事起诉的案件，最终审判结果无一例外都会符合她的起诉意见。再厉害的辩护律师，在她面前也讨不到半点便宜。因此，一些爱调侃的律师给她取了个"刑诉大魔王"的称号，在法庭上击败她，成了中州市所有刑辩律师的梦想。

"嗯。"听完李星翰的问题，宋丽萍温和地笑了笑，条理清晰地说道，"案件本身，性质其实不算复杂。首先，韩欣悦的行为肯定是构成了间接性质的故意杀人，在这个罪名上，因为一部分责任在于周建设自身，所以被认定为情节较轻的可能性很大，依法量刑在三到十年。然后是非法采集我国遗传资源，在这个罪名上，韩欣悦的作为虽然间接导致了他人死亡，但并不是这个条文惩处的重点，所以被认定为情节特别严重的可能性不大，但也达到了情节严重的标准，量刑在三年以下。另外，她杀人的初衷应该会得到不少人的同情和支持，案情特殊，法院也会慎重考虑判决对舆论和社会风气的影响。综合来看，两罪并罚，我个人认为，量刑在七到十年之间会比较合适。当然了，还要看韩欣悦具体的行为训练方式，比如是否存在过于直接的诱导，等等。这些因素，都会影响具体的起诉和审判工作。"

李星翰点点头，道出了心中的困惑："可是，周建设用精神折磨的方式逼死王振江，当初你们却没有刑事起诉。两件事在本质上，难道不是同样的性质吗？"

"我知道很多人都会有这种困惑，韩欣悦一会儿肯定也会这么质问咱们吧，所以单位才会派我过来跟着啊。"宋丽萍点点头说，"但是李队啊，我可以负责任地告诉你，在目前的法理框架下，韩欣悦杀死周建设和周建设逼死王振江，在性质上其实有一个非常明显的区别，那就是预见能力的问题。周建设虽然在精神上严重伤害了王振江，但他并不知道王振江会因此自杀，也就是对作为的后果不具备预见能力，因此对他而言，王振江的死在性质上只能定性为意外。但韩欣悦不一样，她采集、分析了周建设的基因信息，在明知自己行为训练的作为有很大可能导致周建设死亡的情况下，却放任甚至推动了后果的发生，这就符合间接故意杀人的定义了。"

李星翰无奈地叹了口气："也是啊，同样的作为和后果，坏是犯罪，蠢则合法。以前我觉得还算合理，可这次的事情却让我越想越觉得别扭。您说，缺乏同理心、对他人感受毫不在意的道德恶人，在精神上伤害了他人，法律却反倒要因为他们的蠢和不负责任而对他们实施保护，这真的对吗？凭什么他们因为蠢和不负责任就能获得特权，而善良、能够考虑他人感受、对他人负责的人反倒要因为不蠢和负责任而吃亏呢？我真的想不通，这真的公平吗？"

宋丽萍露出刮目相看的神色，点头微笑道："可以啊，李队，你抓住了非常关键的点，其实，这也正是我个人想第一时间跟进这个案子的原因。"

李星翰不解："我不明白。"

"举个例子对比一下，你就明白我的意思了。"宋丽萍说，"拿刀子捅人，有意是故意杀人，无意则是过失杀人。为什么这种行为就算是无意的，也要认定为犯罪呢？原因很简单，因为拿刀子捅人人会死，这是任何一个智力正常的人都明白的道理，是整个人类社会的共识，用精神分析学的术语来说，是一种社会集体潜意识。所以，就算是无意的，法律也必须认为，行为人具备对危害后果的预见能力。相比之下，像王振江和周建设这样，精神伤害或者精神控制致人死亡的，有意则是间接故意犯罪，无意则会被认定为意外。这又是为什么呢？原因也很简单，因为精神力量对人的影响和伤害，目前还没有像拿刀子捅人人会死一样成为社会共识，这种逻辑还没有进入社会集体潜意识，所以法律只能认为，无意中实施精神伤害致人死亡的人对危害后果没有预见能力。这确实不公平，但也是无奈的现实。那么，要怎么才能改变这一点呢？只有一种办法，那就是在社会中广泛宣传精神伤害的危害性，让所有人都认识到这一点，让它像刀子捅人人会死一样成为大家默认的事实，在此基础上，法律才能默认智力正常的人能够预见到精神伤害对他人和社会的危害性，再然后，无意中的精神伤害致人死亡，在法理上才能够被认定为过失犯罪。你想想，是不是这个道理？"

李星翰长舒了一口气，点点头说："原来如此，您讲得真透彻。"

宋丽萍温和地笑了笑："所以啊，你不要以为我们搞司法的都是没有感情的法律机器，有时候在法律上显得很冷血什么的。其实，我们也在关注很多社会问题，也在想办法去改进很多不合理的现象，但这不是一蹴而就的事情。前两年，山东已经有了对软暴力行为的公诉，这就是我们司法人做出的实打实的行动啊。也正是为了推动精神文明建设在法律方面的进步，院里才会让我第一时间跟进这次的案子。我说句不太恰当的话，我其实很佩服这个韩欣悦，甚至想感谢她。她这个案子向社会直截了当地证明了精神力量的危害性，我们可以借这个案子，引导整个社会对精神伤害的危害性进行更加深刻的认知。等认知足够深了，法律就能更有效地对精神层面的无形伤害进行制裁和约束，这个世界才会变得更加美好。李队，你也许还没有意识到，从这个案子开始，一场关于精神伤害的思想改革就要正式拉开序幕了。这个案件，会彻底改变很多东西。"

说着，宋丽萍长长地舒了一口气，仿佛看到了社会更加美好的未来。

李星翰同样长舒了一口气，也看到了那个美好的未来。他不由得想起了妹妹，想起了病床上的蒋芸珊，想起了疑点重重的"7·12车祸"，想起了藏匿在阴影之中的远思，小声地喃喃说道："是啊，一定会改变很多东西。"

单人宿舍里，韩欣悦站在阳台上，望着远处盛开的花丛，望着正在落入地平线的太阳，一时思绪万千。

一切善恶皆有因果。

2021年6月2日下午5点30分，空气中凝聚着强烈的湿闷之气，苍穹深处回荡着震彻人心的轰鸣，一场疾风骤雨即将来临。中州大学生物技术学院里，二十九岁的韩欣悦走出实验楼，远远望着导师周建设的背影，内心深处也在电闪雷鸣。

三年前，周建设杀害了她此生最爱的人，却没有受到法律的惩罚。她处心积虑地接近周建设，正是为了用同样的方式杀死他，为所爱之人实现绝对公平的复仇。

但现在看来，这绝非一件容易的事。整整三年的时间里，这场复仇都显得举步维艰。而今，距离博士毕业只剩下短短一个月，留给她的时间真的已经不多了。

她深吸一口气，再次想起了生命中最重要的那个人。

2000年，母亲因为宫颈癌去世，父亲带着情人不知所终，八岁的韩欣悦开始和体弱多病的奶奶相依为命。无父无母，缺衣少食，性格内向，在那个年代的偏僻小县城里，这种孩子遭受欺凌几乎是一种常态。刚上小学二年级的韩欣悦，在扛起生活重担、努力照顾奶奶的同时，总是被一些同学打骂侮辱，就连老师也会误解、体罚她，她却连个可以拥抱哭诉的人都没有。无望的生活让她日渐抑郁，甚至连情绪都开始麻木。对小小的韩欣悦来说，生活就是纯粹的煎熬，是看不到尽头的黑暗。

这时，一个叫王振江的男孩拯救了她。

2002年夏天，放学路上，几个女生把韩欣悦推进泥坑里百般羞辱，路过的王振江挺身而出赶跑了她们，随后把韩欣悦从泥坑里拉起来，用手小心翼翼地帮她抹去泥水。久违的关怀触动了韩欣悦心底最后一丝柔软，让已经对生活麻木的她热泪盈眶。

"快回去告诉你家里人，让他们告诉老师，别人就不敢再欺负你了。"比韩欣悦大两岁的王振江谆谆嘱咐道。

韩欣悦低头呆滞片刻，憋着眼泪飞快跑开。王振江跟着她跑回家里，从街坊们的谈话中明白了韩欣悦的处境。第二天，他一放学便出现在韩欣悦的教室门口，一路护送她回了家。从那以后，他每天都会准时出现。韩欣悦感受到了连父亲都未给过她的安全感。

但两个孩子都有些内向，所以路上总是相顾无言。王振江偶尔主动引出话题，也总会因为韩欣悦的沉默而归于无声。

就这么过了一个多月，王振江小学毕业了。期末考试结束那天，他终于决定跟韩欣悦好好谈谈。

"我下学期就要上初中了，学校有点远，不能天天陪你放学了。"

韩欣悦心里疼得厉害，却不知如何回应，只是站在原地默默流泪。沉默了一会儿，她才终于鼓起勇气，紧紧抓住了王振江的手腕。

王振江安慰道："但是别担心，能来的话我还是会尽量来的，好不好？"

韩欣悦紧紧抓住他，又是许久之后，才轻轻点了点头，第一次开口跟他说了话："好。"

王振江松了口气，露出灿烂的笑容。他去路边小商店买了一根廉价冰棍塞到韩欣悦手里，那美妙的凉意和甜蜜感，韩欣悦至今记忆犹新。

"欣悦，你有梦想吗？"那天快到韩欣悦家的时候，王振江突然问道。

韩欣悦茫然地摇了摇头。

"人一定要有梦想。"十二岁的王振江像个小大人一样教导说，"有了梦想，人才拥有价值，才有进步的动力，才能过上好日子。你知道吗？我妈也是宫颈癌去世的，所以我的梦想就是当一个科学家，发明出治疗宫颈癌的药，这样就不会有那么多小孩没妈妈了。"

韩欣悦想起只剩下些模糊记忆的母亲，心底生出难以言说的酸楚，憋着眼泪问道："会有那样的药吗？"

"只要有梦想，就一定会有。"

"那我也要把这个当成梦想。"

"太好了，那你知道怎么才能实现这个梦想吗？"

"不知道。"

"要努力学习。"王振江注视着韩欣悦的眼睛说，"只有努力学习，才能发明出厉害的药。而且，努力学习不仅是为了梦想，也是为了咱们自己。咱们这样的人想过上好日子，就只有学习一条路可走。等你成了科学家，有了别人都没有的知识，别人就要依靠你、尊敬你，就不会再欺负你了，明白了吗？"

韩欣悦用力点点头："嗯，明白了！那我以后一定努力学习！"

王振江在阳光下笑得无比灿烂。

从那以后，学习就成了韩欣悦最重要的事。无论生活多么艰难、多么磨损人的斗志、多么让她想要放弃，无论同学们如何嘲笑、老师们如何无视，只要一想起王振江的笑容和教导，她就有了坚持下去的力量。短短半年之后，她的成绩就从班级垫底飞跃到了年级前列。老师们开始夸奖她，同学们不再欺负她，邻居们也开始对她和奶奶格外关照，她获得了梦寐以求的尊严和尊重，甚至有了新的朋友，一切果真和王振江说得一模一样。

黑暗的生活泥沼中，是王振江小心翼翼地把她拉了出来。如果没有王振江，她的一生怕是早就毁了。这份恩情，她永远都会铭记于心。

时光荏苒，在两人不间断的通信往来中，韩欣悦已经上了高中，成了亭亭玉立、内敛而又自信的大姑娘。王振江也上了大学，从青涩的小男孩变成了干练的小伙子。高二暑假，情窦初开的韩欣悦终于鼓起勇气表达了对王振江的爱慕之情，王振江却当面拒绝了她。

"丫头，这么多年了，你对我来说就像亲妹妹一样，不是吗？"

韩欣悦先是有些沮丧，紧接着便又释然了。是啊，对她而言，王振江很大程度上的确扮演了哥哥甚至父亲的角色，这种金子般珍贵的亲情关系，不去打破，其实也好。

只要王振江能幸福，她就心满意足了。

可即便是如此简单的理想，最终也没能实现。

时光继续飞逝，2016年，王振江考上中州大学著名教授周建设的博士，开始致力于HPV疫苗方面的科研工作。为了最初的梦想，他倾尽心血，废寝忘食，日夜操劳。这样的学生，本应受到导师的器重与呵护，可他的导师周建设却好像对他有着与生俱来的敌意，总是想尽办法刁难他、打击他，给他带来了无休止的精神折磨。

王振江对酒精敏感，喝一次酒就会好几天没有精神甚至陷入抑郁，周建设明明知道这一点，却总是带着他去酒局强迫他喝酒。他一旦表现出一点抗拒或者不舒服，周建设就会四处宣扬他没出息，说他不像个男人。一年多的时间里，王振江设计了很多出色的科研计划，却被周建设一一否定。周建设还总说王振江是个蠢货，根本吃不了科研这碗饭，活着就是浪费粮食。辱骂之后，周建设又总会把王振江的科研计划稍加修改，名正言顺地纳入自己名下。王振江好不容易申请到了自己的项目，周建设又总是找各种借口给王振江安排繁重且没有意义的任务，导致王振江的项目长期停滞不前。王振江喜欢一个名叫陈璐的女同学，陈璐对王振江也有好感，周建设却总是打击王振江，说王振江长得难看家里又穷，根本配不上陈璐，很多时候还都是当着陈璐的面说的。

"一个大老爷们儿,喝点酒就扭扭捏捏的,真是个废物,以后能有什么出息?"

"一点脑子都不长,天天就想着跟我混文章,没用的东西!真不知道我当初为什么要收你。"

"什么叫你有项目要做?让你干活是给你脸,多少人想要还没有呢,知道吗?一点都不上进,你到底还想不想毕业了?"

"就你这又矮又丑又穷的样子,还好意思喜欢陈璐呢?你看看自己配吗?她这种女生也是你这种人能妄想的吗?"

类似的话语,王振江几乎每天都会听到。但周建设在学校位高权重,他根本没有多少反抗的能力。

日积月累的精神伤害,逐渐消磨着王振江的自信和意志。韩欣悦跟他见过两次面,能明显感觉到他抑郁加重。但王振江不想给韩欣悦传递负面情绪,每次都只是强挤出笑容说没事,说一切挫折都会过去。

可是这种折磨持续一年之后,他终于还是没能撑住,在一个凄冷的秋夜,从实验楼楼顶一跃而下。一个原本有着高远理想的年轻人,就这么被周建设毁了。

尽管已经有了各自的生活,不再像从前那样亲密无间,但得知王振江的死讯时,韩欣悦还是产生了强烈的窒息感,那感觉丝毫不亚于幼年丧母。虽然有感情很好的男朋友,但在多少个无人的深夜里,韩欣悦都会梦见王振江,都会流着眼泪从噩梦中惊醒,情绪几近崩溃。

那个拯救了自己人生的人,那个自己生命中最重要的亲人,永远都不会再回来了!

王振江在遗书中提及了周建设的精神虐待,事后,遗书被曝光到网上，引发了舆论对周建设的声讨。紧接着，王振江的父亲也对周建设提起了诉讼。可是，精神伤害的事实和过程都难以证明，法理上也充满矛盾，所以周建设最终没有承担任何法律责任。胜诉之后，周建设更是公开表示，听几句不好听的话就去寻死，这种脆弱的窝囊废，活着也是浪费粮食。

在判决结果的引导下，舆论风向也发生了微妙的反噬。开始有越来越多的人认为，王振江的确是个脆弱的窝囊废，就算没有周建设，遇到其他挫折他也一样会撑不下去。所以，他的死全怪自己玻璃心。周建设只是个比较严厉的导师而已，本身并没有做错什么。

对于判决结果和舆论风向的改变，韩欣悦完全无法认同，因为她知道，在成为周建设的学生之前，王振江一直有着坚定的理想和信念，否则以他的能力，硕士毕业就完全可以进入大型药企拿高薪，而不会在这个时代还一心扑在清贫的科研上。而且，如果他是个脆弱、没有担当的人，当初小小年纪又怎么会挺身而出，去拯救一个素不相识的小女孩的人生呢？

不，他不是那么脆弱的人。也许多年的艰苦生活的确磨损了他的一些意志，但那绝不足以彻底抹杀他活下去的希望。

如果周建设是个有责任感、懂得体恤学生的人，甚至说，哪怕他只是个正常一点的人，更甚至，哪怕打击王振江的话他能稍微少说几次，那王振江也不至于这样啊！

所以，明明是周建设害死了王振江，至少也应该承担主要责任，可为什么法律却拿他无可奈何，甚至一部分舆论还要对王振江进行攻击呢？

韩欣悦真的不服。

她特意去找学法律的同学咨询，同学是这么说的："抛开取证的困难不谈，光是法理上就很难走通。现代司法体系认为，人类具有自由意志,只要没有受到直接的胁迫或者教唆,那么咱们所思所想、所作所为,都会被认为是基于个人的主观意愿。周建设的确存在道德上的恶行,但从法理上讲,他也的确没有对王振江实施过任何直接的、有危害性的犯罪行为。所以,王振江的自杀行为完全是他本人主动做出的选择,主要责任自然在于本人的脆弱。"

"可是,他自杀时的脆弱是周建设的精神伤害一手造成的啊,这难道不是显而易见的逻辑吗?法律真的就管不了这种事情吗?"韩欣悦如此问道。

"很遗憾,真的很难管。"同学说,"你是搞科研的,那你有没有想过,司法其实也是一项严谨的科研工作。司法程序不是想当然,每个步骤都需要有确凿的科学依据才能进行,而心理学和神经科学的发展,目前还不足以阐明精神伤害的发生过程,不足以阐明他人言行导致受害者心理脆弱的必然性,更不足以阐明心理脆弱导致自我伤害的必然性。所以对于精神层面的伤害,比如周建设这种精神打击,还有其他各种形式的精神伤害、精神虐待、冷暴力等,法律目前能做的真的非常有限,主要还是需要道德去约束。"

尽管法理上的确是这个逻辑,但在更广阔的社会层面上,韩欣悦却依然难以接受……她想了很多,也想得很深,终于在一个寂静无人的深夜里,冒出了一个大胆的想法。

既然你们认为人拥有绝对的自由意志,既然你们认为精神伤害无法证明,那好,如果我用同样的方式让周建设也死掉,是不是就能帮振江哥哥讨回公道了呢?

在这个想法的驱使下,韩欣悦放弃了原本的人生规划,在激烈的竞争中考上了周建设的博士。她要找到周建设的把柄或者弱点,摧毁这个逍遥法外的恶人。她要为王振江讨个公道,为王振江实现绝对公平的复仇。

可这事说起来简单，做起来谈何容易？

三年来，韩欣悦一直在处心积虑地接近、了解周建设，也多次尝试过影响周建设的精神和情绪，可事实证明，不是每个人都会轻易被PUA的。周建设有钱有势，生活无忧，性格也并不像王振江那样细腻、敏感、内敛，想用精神伤害的方式摧毁他，越来越像一项不可能完成的任务。

日子一天一天过去，转眼已经临近毕业，可复仇的计划依然毫无进展。2021年6月2日下午5点30分，韩欣悦望着导师周建设的背影，深深叹了口气，内心电闪雷鸣。

只剩下一个月了，这条路到底该怎么走下去呢？

在越发迫近的雷声中，她思绪杂乱地向前走了几步，无意间抬起头，突然看见了一个熟悉的身影。

第十七章
代价

那个身影,是心理学院的一位教授,名叫张焕然。

张焕然三十四岁,学术造诣极深,年纪轻轻就被聘为教授,还出版过多部深入浅出的心理学科普书籍,帮助很多读者克服了心理障碍,是个才华横溢、充满社会责任感的人。

这种学术大牛往往会给人一本正经的印象,张焕然却跟学生相处总是嘻嘻哈哈没个正形,讲课的时候也喜欢插科打诨,经常讲着讲着就把课堂变成了相声专场。可要真说他不正经吧,他玩世不恭的形象背后却又总是充满了正能量。心情低落的人只要跟他聊上几句,就总能生发出振奋积极的力量。

这种老师自然很受学生喜欢,所以他的课总是堂堂爆满,连每周一次的公开课也是座无虚席。

为了摧毁周建设,韩欣悦一直在苦心研究心理学,也因此慕名去听了一次张焕然的公开课,从那以后就再也刹不住车了,几乎每堂必到。她在课上跟张焕然讨论过不少很有深度的问题,彼此颇为欣赏，自然也就成了朋友。

韩欣悦真的很羡慕张焕然，他拥有这种乐观开朗、无忧无虑的性格，一定是生长在特别幸福的原生家庭吧。哪像自己，历尽艰辛，总是忍不住一副苦大仇深的样子。

电闪雷鸣之下，张焕然远远挥了挥手，韩欣悦也满怀心事地挥手致意。

"欣悦，"离得近了，张焕然笑着问道，"原来你们家这么有钱啊。"

"啊？"韩欣悦一头雾水地皱了皱眉。

"不是吗？"张焕然继续笑道，"你这表情，怎么看都像是刚被人骗走了几百万的样子啊！"

韩欣悦不由得扑哧一笑，但也着实没有开玩笑的心情，只能心不在焉地保持着礼貌的微笑，点点头说："张教授好。"

"啊，韩博士好。"张焕然如此称呼道。

韩欣悦有些无语："干吗这么叫我？"

"谁让你叫我教授呢。"张焕然一脸嫌弃地嗔怒道，"说过多少次了，叫老师，叫老师就行啦。"

韩欣悦实在没心思争辩，叹了口气，说："好吧，老师好。"

"所以你到底是有什么心事啊？"张焕然有点委屈地说，"都听了我两年多的课了，还是我最有天分的学生，要是还有心事想不开，那作为心理老师，我会感觉很失败啊。"

韩欣悦无奈地笑了笑，一时间低头不语。

复仇之路看不到尽头，她也的确很想跟张焕然这种学术大牛谈谈自己最真实的信念。但她也知道，自己的想法太可怕也太离奇了，是绝不可能对外人说的。何况就算想说，她也根本不知该从何说起。

张焕然注视着她，虽然仍是嘻嘻哈哈的样子，目光却突然比平日深邃了许多，似乎已经看透了她的一切。

韩欣悦下意识地回避了他的目光，沉默两秒后松了口气，道："我……是有点心事，不过没关系，我自己能消化。您忙吧，老师，我就先走了。"说着向前走去。

在她走出两步之后，张焕然突然从身后叫住了她："欣悦，还是找不到办法吗？"

韩欣悦心中微微一沉，犹豫着停下脚步，回过头谨慎问道："您……您说什么？"

张焕然露出狡黠的笑容："我说，你一直想做的那件事，还是没找到办法，是吧？"

韩欣悦心底狠狠一沉："我……我不明白您的意思……"

"话都说到这个份儿上了，还运不明白我的意思，这样就真的太没意思了。"张焕然心照不宣地笑道，"想从精神上摧毁一个人，并没有想象中那么容易，不是吗？"

韩欣悦顿时瞪大了眼睛，愣在原地。

"欣悦，恕我冒昧啊，"张焕然松了口气，稍微严肃了一点，"我对人类心理的好奇心太重了，闲着没事的时候就喜欢到处探索一下。凭咱们的交情，这个福利肯定得优先你来啊。"他看着她说："这还有一个月就要毕业了，可你既没有向任何企业投简历，也没申请任何博士后项目，我觉得很奇怪，就稍稍调查了一下你的过去，结果发现你真是大有来头啊——你和王振江居然是一个小学毕业的。"

韩欣悦喉咙发紧，本能地意识到，自己在张焕然面前已经没有秘密可言。

"你之前问过我不少心理问题，其中一些我仔细一琢磨感觉挺奇怪的。"张焕然接着说道，"所以我就进行了一些比对和总结，结果惊讶地发现，那些问题居然都能精准对应到你的导师周院长身上。"

"你是北航的本硕,关系和资源都在那边,而且读研二的时候就已经拿到三家制药公司的工作邀请。你男朋友是北京人,家里条件非常好,你们之间的感情也很深。可是三年前,你却突然放弃一切,来咱们学校申请了并不十分对口的周院长的博士。这真的很奇怪,不是吗?而在你作这个奇怪的决定前不久,王振江刚刚在周院长长期的精神虐待之下自杀,周院长却没有承担任何法律责任。

"以我这两年对你的观察和了解,你是个爱较真、讲道理、责任感很重、凡事都追求绝对公平而且天不怕地不怕的人。所以,综合以上所有这些因素,我就冒昧绘制了一幅你的社会心理图景。我想,王振江对你来说一定是个非常重要的人,而你放弃一切拜入周院长门下,显然不是为了自己的前途,而是想用他对待王振江的方式置他于死地,实现绝对公平的复仇。"

"欣悦,"张焕然口气郑重起来,"我说得对吗?"

韩欣悦本能地想逃避和否认,下一秒又瞬间意识到,张焕然似乎并无恶意。再者,以张焕然的聪明才智和洞察力,自己也没有必要装傻充愣兜圈子,那不是聪明人之间该有的沟通方式。

于是静默片刻之后,她释然地点了点头,大大方方承认道:"对,这就是我的目的。"

张焕然点点头,露出调侃又暗藏意味的笑容:"一个项目拖了三年都还没启动,这种拖拖拉拉的性格可不像你啊!所以,为什么一直不动手呢?"

韩欣悦微微叹了口气:"您不是已经看出来了吗?我还没找到办法。但我不会放弃的。"

"我绝对相信你的决心。"张焕然笑道,"可是当年国民党也很有决心剿灭咱们呢,光有决心有什么用呢?"

"我知道,我已经认识到自己的浅薄和无能了。"韩欣悦想起复仇无望，心中不免一阵沮丧，有点不耐烦地说道，"那您现在问我这么一堆废话，就能比我的决心有用了吗？"

"准备投资一家企业的时候，还不能多了解一下企业的情况吗？"张焕然笑道，"别着急啊，欣悦，我是来帮你的。"

韩欣悦再次愣在原地，头皮有些发麻。

"别担心，"张焕然继续笑道，"我不会给你灌鸡汤，劝你说什么人生还长、放下仇恨这些无聊的废话。我说帮你的意思是，我可以帮你掌控周院长的思维和行为，帮你复仇。"

韩欣悦下巴微微抖动了一下，随后本能地、沮丧地摇了摇头："不可能的，我研究了周建设三年，他……他不是那种细腻敏感的人，非常大男子主义，没有任何心事，而且他有钱有势，生活上也没有任何压力，根本找不到任何心理弱点。他不是那种会受别人控制的人……"

"欣悦，这世间的一切善恶皆有因果。"张焕然认真说道，"一个受过高等教育，同时又生活顺利、没有任何心理障碍的人，胸怀一定是宽广包容的，面对谦逊低调、积极上进的下级和弱者，一定是怀有怜惜和善念的，断然做不出把王振江这样一个优秀学生精神折磨致死的恶行。"

"能够做出如此严重的恶行，背后一定有心魔，而只要有心魔，人就不可能永远保持理性，就一定有办法控制他。欣悦，我不会在自己的专业领域里胡说八道，实话告诉你，我已经有了非常具体的方案，就看你愿不愿意用了。"

韩欣悦深吸了一口气，仿佛在无尽的黑暗中突然看到了耀眼的光，身心都控制不住地激动起来。

"您……您真的能做到吗？"

"看来我平时真是太不正经了，说起正经话来都没人信。"张焕然不禁自嘲了一句,随后严肃地道,"好吧,那我就再正经一点。欣悦,看着我的眼睛,你就知道我绝对是认真的。"

韩欣悦看向他的眼睛,一切都来得太突然了,她的心怦怦直跳。但是片刻之后,她深吸了一口气努力冷静下来,问道:"可是老师……您为什么要帮我呢?"

"欣悦,"张焕然的目光突然复杂了许多,"我是有条件的。"

韩欣悦松了口气,她从来不喜欢欠别人什么,所以有条件的帮助反倒让她释然了。

"告诉我您的条件吧。"她露出坚定的神色,"只要能帮振江哥哥讨回公道,我愿意付出任何代价。"

张焕然欲言又止,稍后略显迟疑地问道:"如果代价是牺牲自己的尊严,毁掉自己的人生呢?你也愿意吗?"

韩欣悦一愣,咬住嘴唇犹豫片刻,很快用力地点了点头:"愿意。"

"别着急承诺,先听听具体的内容吧。"张焕然已经完全进入了严肃状态,"想要让我帮你,你需要付出的代价有三个。第一个,你需要跟周院长开启一段感情。"

韩欣悦的脑袋嗡的一下炸裂开来:她怎么都想不到代价会如此恶心,如此巨大。

"为什么!?"她强忍着冒犯感,带着些许怒气皱起了眉头。

"说来话长,我后面会跟你详细解释。"张焕然说,"但是相信我,如果想从精神上摧毁周院长,这是绕不开的一步。你能做到吗?"

韩欣悦清了清嗓子,恶心地摇了摇头:"不,我想到他,就只有恶心和痛恨,我真的……老师……就没有别的办法吗……"

"看来是做不到,确实很难接受吧?"张焕然满怀歉意地说,"没关系,我完全可以理解。欣悦,请一定原谅我的冒昧,我真的没有冒犯你的意思。那么,咱们就当这次对话没有发生过,好吗?"说着，他礼貌地点头致意，转身便要离开。

韩欣悦真的无法想象和周建设在一起的画面和感受，那简直比死还要难受。可是想起含恨而终的王振江，想起看不到未来的复仇计划，她也知道，自己无论如何都要抓住最后的机会……

"不，等等！"一瞬间，她急切地叫住张焕然，硬着头皮道，"老师，我……我接受，只要能帮振江哥哥讨回公道，我什么都可以不在乎。"

张焕然用敏锐的目光打量着她："真的吗？"

韩欣悦也看着他："真的，我能豁出去，我肯定能做到的。"

张焕然点点头，似乎对她的决心表示认可，接着说："那么，下面是第二个条件。用精神控制的方式摧毁周院长，我可以做到天衣无缝，我可以让所有人都认为事情是意外或者自然死亡，但是我不想这么做，我想故意露出破绽让警方怀疑并介入调查。而你需要付出的第二个代价，就是在警方查到你的时候主动认罪。"

韩欣悦目光中满是困惑，片刻后却又如释重负地笑了："老师，虽然不明白您这么做的目的，但这一点我是绝对不会介意的。因为这对我来说不是代价，而是奖励啊！如果真的能通过精神控制的方式摧毁周建设，那我一定不会把真相藏在心里。因为我的根本目的并不是摧毁他这件事本身，而是要为振江哥哥讨个公道，要个说法。我要让整个社会都知道，精神伤害的危害不亚于刀枪和毒药，我要让人们明白，周建设对振江哥哥的死负有不可推卸的责任。所以，就算您不说，我也会主动认罪的。"

张焕然看着她："可是这样一来，你可能会坐很长时间的牢，一辈子就毁了。以你如今的学历和能力，在药企研发部门找个年薪五十万往上的职位还是很容易的。欣悦，我知道你从小吃过多少苦，知道你走到今天有多不容易，现在，美好的生活已经触手可及，你真的愿意为了一个对自己毫无实际意义的目的，放弃自己苦尽甘来的人生吗？你真的甘心吗？欣悦，本着对你负责任的态度，我必须再次提醒你，请一定要慎重考虑。"

"老师，如果我自己的生活比振江哥哥更重要，那我三年前就不会来了。"韩欣悦说，"而且我到时候倒要公开地问问，为什么都是通过精神折磨的方式害死了人，我会被判刑，周建设却可以逍遥法外？"

张焕然再次确认道："事关重大，一旦开始就没办法回头了。我必须再啰唆一句，欣悦，你真的拥有不可动摇的决心吗？"

"是。"韩欣悦用力点头，目光灼灼，语气坚定，"多年以前，是振江哥哥拯救了我的人生。如果没有他，我可能早就沉沦到社会最阴暗的角落，在无知和痛苦中浑浑噩噩地过完一生。是他让我走向了光明，让我见识了太多难以想象的美好。能够这样走到今天，我真的已经特别知足了。振江哥哥是个好人，我必须为他较这个真儿，这是我这辈子最重要的事情，没有之一。"

"好。"张焕然默契地点点头，"下面说第三个条件——你听说过远思生物吗？"

韩欣悦深吸了一口气，在张焕然眼眸深处，她隐约看到了一种难以言说的黑暗与悲壮。

一道耀眼的闪电划破长空，一场积蓄已久的暴风骤雨，终于降临大地。

第十八章
认罪直播（一）：不可磨灭的亲情

半小时之前，三个同学都通过电话和微信委婉询问了韩欣悦在哪儿；十几分钟前，校警务处的民警也突然进了宿舍楼，再也没有出去。韩欣悦心里很清楚，警察应该已经在来的路上了。

这一刻等了太久太久，可真正到来的时候，韩欣悦却反倒没那么坦然了。她艰难地奋斗了二十多年，眼看就能过上舒适的生活，却为了给王振江讨个说法而放弃一切，这样真的值吗？就算讨到了公道，王振江也不能活过来，这真的有意义吗？

韩欣悦到底也只是个有血有肉的普通人，而且还是个年纪轻轻的女孩，所以面对可能到来的牢狱生活，面对自毁人生的残酷选择，当一切真正到来的时候，原本无所畏惧的意志，也难免因为自利的本能而动摇起来。

实际上，她仍然是有退路的。即便警方找到了那封邮件，只要她不承认自己对周建设做过什么，那么警方就只能追究她非法采集遗传资源这一项罪名，而对她间接故意杀人的行为无可奈何。只要不承认，她顶多只会被判三年以下的有期徒刑、拘役或者管制，甚至有可能单处罚金了事。她仍然有选择的余地，可以选择不去毁掉自己的人生。

摆在她面前的，是一个无比艰难、残酷的最终决定。

正思索时，她看见了那辆黑色越野车，看见李星翰和另外三个人一起下了车，看见他们径直朝宿舍楼走来。现实如泰山压顶般狠狠砸下，韩欣悦必须尽快做出决定，她心里像压着千斤重的石头，像是在被无尽的利刃狠狠切割。她颤抖着推开门回到房内，来回踱了几步。她口干舌燥，忍不住舔了舔嘴唇，端起杯子准备喝水。就在端起杯子的瞬间，她舌尖突然感觉到一丝记忆中的清甜。她回想起2002年那个夏天，想起了王振江给她买的那根两毛钱的冰棍，想起了王振江在阳光下灿烂的笑容，想起了那根冰棍的清甜滋味。

那是她这辈子吃过的最好吃的东西。

振江哥哥，我真的好想你啊……

她哽咽着流下眼泪，心底的火再次燃烧起来。门外响起越来越近的沉重脚步声，她擦掉眼泪努力克制住情绪，终于下定决心打开手机，登录了租来的高人气直播间账号，颤抖着修改了直播间的标题："是我杀了周建设。"

只是几秒的工夫，弹幕就充满了疑问与惊叹，直播热度开始飞速上涨。韩欣悦鼓起勇气推开门，和东侧楼梯口的李星翰一行人短暂对视之后，朝着西侧楼梯快速跑去。李星翰愣了一下，随后紧追而去。

7楼天台边缘，韩欣悦背对外部而坐，对着手机说道：

"是的，没有骗你们，是我杀了周建设。今天，我就告诉你们我为什么要杀他，告诉你们我是怎么杀掉他的。"

李星翰冲上天台，看见韩欣悦的位置和坐姿，心里瞬间咯噔了一下。韩欣悦很可能是揪出远思、为妹妹伸张正义的唯一希望了,他绝不能让韩欣悦出事,绝对不能。

他压制住拼命奔跑之后的粗重呼吸,做出冷静的手势,用尽可能平静诚恳的语调说道:"韩欣悦,你别激动,咱们冷静下来好好谈谈,好吗?"

宋丽萍、崔智鹏和王雨涵也努力屏住呼吸站在一旁,生怕对韩欣悦造成什么刺激。

"你们别过来!"韩欣悦激动地喊道,"再往前一步我就跳下去!"

"好,好,咱们都先冷静下来,好吗?"李星翰停住脚步,继续做出冷静的手势,同时为了拉近心理距离,改变了称呼劝慰道,"欣悦,你也知道我们的来意了,是吗?"

"我知道早晚要来的,早晚有这么一天。"韩欣悦继续惊慌地说道,"我知道会有这么一天……"

"听我说,欣悦,听我说,"李星翰继续劝慰道,"我身边这位是市检察院的副检察长宋丽萍同志,你可能不了解她,但我可以负责任地告诉你,她是中州市司法领域最权威的专家之一。刚才来的路上我们已经讨论过了,你做的事情也许涉嫌犯罪,但真的没有到罪无可赦的地步。这对你的人生来说只是一次小小的风浪而已,你还年轻,你依然有着美好的未来,千万不要因为激动而做出让自己后悔的事情,好吗?"

他说着看了一眼宋丽萍,宋丽萍忙点头说道:"是啊,欣悦,你的作为在性质上真的很特殊,一切都有待商榷。你是为了给王振江报仇,才选择了这样一条路,是吧?我能感受到你内心的光明和正义,就个人而言,我真的很佩服你。"

想起王振江，想起自己一直追寻的公平和正义，尤其是听到宋丽萍说出这样的话，韩欣悦顿时激动得热泪盈眶。

李星翰观察到了她的内心变化，稍稍松了口气，说道："欣悦，你先下来吧，咱们好好谈谈，一起来解决咱们彼此面对的问题，好吗？"

"不，你别过来！"韩欣悦再次激动地对他做了个禁止靠近的手势，"要谈就在这儿谈，既然要谈，我希望全世界都能听到我接下来要说的话。"

"欣悦……"

"可以谈，但必须在这儿谈，而且我要全程直播。"韩欣悦把手机屏幕对准李星翰，"你们不同意的话，我马上就转身跳下去。而且，如果平台掐断了直播信号，我也会马上跳下去。我说到做到！"

这肯定是违反规定的，但李星翰看得出韩欣悦的坚定和勇气，也知道事情很难迂回，一时有些纠结。

"那就在这儿谈吧，李队。"宋丽萍对他肯定地点了点头，"这个案子史无前例，可以说，对社会进步有着重大意义。让整个社会都充分了解案件背后的真相和法理，也不失为一种负责任的选择。"

她毕竟是大系统内的上级领导，李星翰一下子就有了主心骨。更何况，王振江当年的死，以及社会中其他一些精神伤害致死的事件，在李星翰看来也的确有失公允。所以，他内心其实也希望能够把"周建设案"的真相公之于众。再者，事情影响越大，就越有助于揪出藏在背后的远思。因此，他没有过多犹豫，就顺着宋丽萍的建议，同意了韩欣悦的要求。

"可以，欣悦。"他不再试图接近韩欣悦，点点头说，"咱们就在这儿谈，把你想说的一切都告诉全社会，咱们一起探讨什么是真正的正义，好吗？"随后他对崔智鹏说："智鹏，你马上跟陈局汇报情况,一定要避免直播信号中断。"

崔智鹏点点头,立刻拨通了陈小刚的电话。

韩欣悦松了口气,一边抹泪一边把手机对准四名公职人员:"另外,还有很多人不相信这是真的,觉得咱们在演戏,请你们先出示一下证件吧。"

"当然。"李星翰和其余三人一起在镜头前出示了证件。

"我没有骗你们吧?"韩欣悦对着镜头说道,"真的是我杀了周建设。别着急,所有事情我都会一一说清楚的,我等这一天等得太久了。"

弹幕如瀑布一般飞速流动,直播间人气正在快速上涨。韩欣悦坐在夕阳的壮美余晖之中,内心百感交集。但最为主要的感受,始终都是爱与激昂。

振江哥哥,咱们终于等到这一天了。

韩欣悦情绪不再激动,李星翰的情绪也总算随之平静下来。平静之后,他也理所当然地意识到了韩欣悦行为背后的一些疑点。从韩欣悦的言行来看,她是真的希望为王振江要个说法的,可如果真是这样,她为什么不主动投案自首呢?自首,既可以更快地向社会发声,也能最大限度地为自己争取宽大处理,对她有百利而无一害,她为什么会一直等到今天呢?

或许,是她自己没有能力复仇,而远思恰好能帮她这个忙,而帮忙的条件之一就是禁止她公开真相?所以她才没有自首,却在暴露之后急切地想要把真相告诉全社会?又或者,她从一开始就抱着公开真相的打算,是碍于远思的某种威胁而一直不敢付诸行动?

无论如何,李星翰都更加深切地感受到,事情背后一定藏着远思的影子。

而帮助韩欣悦为王振江发声,尽可能获取她的好感和信任,对揪出远思来说就显得更加重要了。

"欣悦,"李星翰迅速考虑完了这些,用低沉但诚恳的声音说道,"既然话都说开了,那咱们就接着往下聊吧。我们已经查清楚了很多东西,但碍于职责,还是需要你亲口来讲述整个案件的动机和过程,希望你能积极配合。"

"当然。"韩欣悦点点头,欲言又止后说道,"但是李队,心里的话太多了,一时间也不知道该从何说起。"

"没关系。"李星翰继续诚恳地说,"我们来问,你只要回答就行了,好吗?"

韩欣悦点点头:"明白了,你问吧,李队,我一定知无不言。"

"好。"李星翰点点头,"那咱们就从动机开始吧。我们现在怀疑,你涉嫌以间接故意的方式杀死了周建设。你承认吗?"

韩欣悦坦然地点了点头:"承认,是我做的。"

"好。"李星翰松了口气,继续问道,"那么,你为什么要杀害周建设?你和他之间有什么矛盾吗?你杀害他的动机是什么?"

韩欣悦看了一眼手机摄像头,随后再次抬头看向对面的四个人,满怀感慨地问道:"你们还记得四年前被周建设逼死的王振江吗?"

弹幕瞬间刷起了王振江这个名字,还有不少人对当年的事件进行了科普,几秒之后,各大平台的热搜榜上,也都出现了王振江三个字。

"记得。"李星翰默契地点头说道,"2017年10月,王振江因为周建设长期的精神打击,在你身后不远处那座实验楼顶楼跳楼自杀。我参与了当时的调查和调解,所以对此印象很深。"

"是的。"韩欣悦瞬间有了鼻音,"振江哥哥被周建设精神折磨了一年,等于是被周建设活活逼死的,可法律却没有为他主持公道,网上还有很多人说他是个脆弱的窝囊废。我不服气，所以我要用同样的方式杀了周建设，一方面为振江哥哥报仇，另一方面也是想向全社会要个说法。"

"你跟王振江是什么关系？"李星翰继续问道，"你叫他'振江哥哥'，你们关系肯定不一般吧？"

"是的。"韩欣悦点点头，"我们之间……不是亲人，胜似亲人，他是我这辈子最亲的人。"

李星翰点点头："请详细描述一下你们之间的关系。"

韩欣悦深吸了一口气，一边回想起王振江曾经温暖的笑容，一边开始回忆自己的人生。她讲述了母亲的死和父亲的抛弃，讲述了被肆意欺负的黑暗岁月，讲述了2002年夏天王振江对她的拯救，讲述了两个人之间微妙、美好的宝贵亲情，最后，自然也讲起了周建设对王振江的精神虐待，流着眼泪讲述了王振江的死。

讲完一切，她已经泪如雨下："振江哥哥绝不是那么脆弱的人，他只是责任感太强，对理想太执着罢了。他视周建设为导师，在周建设身上寄托了太多东西，周建设却吸他的血，打击他的自信，侮辱他的人格，当着他喜欢的女生的面羞辱他，在他伤口上撒盐。是这些无数次的折磨和打击，让振江哥哥终于无法承受生活的重压和理想的破灭，他才会在绝望中选择自杀。

"明明是周建设这个恶人害死了他，可法律却无法为他讨回公道，舆论甚至还要对这么一个善良有担当的逝者进行抨击和污蔑，这个世界到底是怎么了？为什么总是恶人占便宜，好人吃亏呢？

"我不服，我真的不服。

"所以，我决定用一种绝对公平的方式帮他讨回公道。

"既然你们认为人做出的行为都是自己的心理因素决定的，对此存在心理影响的他人不必承担责任。那好，我不跟你们做口舌之争，因为那毫无意义。但是，如果我能用心理影响的方式让周建设也做出杀死自己的行为，那你们又会怎么看呢？到底是周建设像我一样有罪，还是我像周建设一样无罪呢？我相信，你们在这个问题上是不会双标的吧？

"我真的很期待你们的回答。

"2017年，我改变了人生规划，考上了周建设的博士。我用三年时间找到了他的心理和生理弱点，用精神打击的方式，让他因为病态心理自己做出了过量服药的决定，从而自己杀死了自己。自始至终，我都没有对他进行过任何强迫或者直接诱导，所有决定都是他按照内心的选择自己做出来的。

"所以，如果周建设害死振江哥哥是无罪的，那我相信自己也是无罪的。"

讲述至此，韩欣悦停顿下来，内心已经无比坚定，目光中满是追寻真理的力量。

宋丽萍和民警们陷入短暂的沉默，他们有太多东西需要消化。网络上，"是我杀了周建设"这一直播间的热度，已经在短时间内飙升到实时排行榜第一位，估计在线观看人数超过百万，并且仍在持续上涨。

孟县一小家属院四楼的赵丽敏，在北京某药企工作的韩欣悦的前男友，各怀心事的梁雪融和周暖知母女，远思生物总部大楼的郑远思，还有千千万万身处各地的人们，都通过韩欣悦的讲述，了解到周建设之死背后一段幽深曲折、令人感慨的人生故事。

而接下来的故事，则更加令人期待。

"你提出的问题确实很尖锐，"短暂的沉默之后，李星翰说道，"但我向你保证，宋检一定会给你一个有说服力的回答。而为了理清这个案子背后的法理逻辑，我们就必须了解全部真相，一个细节都不能漏掉。杀人动机你已经说得很清楚了，下面交代一下具体的过程。你说你让周建设自己做出了过量服用普萘洛尔的行为，没有对他进行过任何强迫或者直接诱导，这具体是怎么做到的？请你详细描述一下。"

韩欣悦点点头，回想起了过去一个月发生的一切。

第十九章
认罪直播（二）：酒店里的试探

2021年6月3日晚上7点，包厢里觥筹交错，热闹非常。周建设习惯性地接受着药企方面的恭维，同时频繁地看向坐在身旁的韩欣悦，内心有种难以控制的忐忑。

尽管已经是"985"大学的学院院长，而且在制药领域身兼要职，但面对女人，周建设还是会控制不住地心慌。当局者迷，虽然早就隐约意识到了这种反应和妻子梁雪融有一定关系，但这种想法并没有上升到明确的意识层面。在大多数时间里，面对女人的忐忑和心慌，都会被周建设误认为是强烈爱情导致的激动。

正如此刻。

从2018年春天面试时第一次相见，周建设就被韩欣悦深深迷住了。这个女孩算不上特别漂亮，但从容、坚定的眸子里却写满了神秘与优雅，有种让人难以抗拒的强烈吸引力。秋天开学之后，周建设就开始不断找机会接近她，试探她的性格和底线。她经常会主动和周建设交谈，却又总能游刃有余地回避周建设的骚扰，让两人表面上一直保持着正常的师生关系。这种若即若离的暧昧态度，进一步加深了周建设对她的迷恋。周建设疯狂地想要得到她，可是想到她，却又总是有种莫名其妙的敬畏之心。周建设并不知道，那是内心深处梁雪融带给他的强烈自卑和焦虑在作祟。

总之，在这种微妙心态的驱使下，周建设只是一直对韩欣悦抱着试探态度，而不敢用强硬的态度或者方法去得到这个女人。

他试探韩欣悦的最常见方式，就是以介绍韩欣悦和药企高层认识为由，提出让韩欣悦跟自己参加应酬。将近三年的时间里，这样的邀约不下三十次，韩欣悦每次都是婉拒。转眼临近毕业，周建设对此已经不抱希望了。

可他怎么都想不到，就在临近毕业的时候，韩欣悦却主动找他聊起了找工作的事，并且破天荒地答应了跟他参加酒局的邀约。

到底还是思想成熟认清了现实，知道要傍我这棵大树了吧。

2021年6月3日晚上7点，周建设看着身旁从容优雅的韩欣悦，内心忐忑，但也满怀憧憬。

"韩老师，"有人突然带着暧昧的笑容提议道，"我们都敬了两巡酒了，周院长这么器重您，您是不是也该对周院长表示表示啊？"

韩欣悦微微一笑，带着复杂的思绪举起了酒杯。面对周建设，她内心真的满是憎恨和抗拒。但为了替王振江讨回公道，她必须克制这些情绪。在张焕然的帮助下，她已经花了一整天的时间对自己进行情绪训练，确保和周建设亲密接触时能够轻松控制情绪变化。

她必须抓住一切机会，去控制周建设藏在内心深处的致命弱点。

"啊，抱歉，我不是特别懂敬酒的这些规矩。"她举起酒杯看向周建设，用理性营造出崇拜爱慕的神色，"不过，我也真的有很多话，想借着这个机会跟老师说说呢。"

那闪着星光的眸子，让本就忐忑的周建设更加激动起来。

"老师,我不是个擅长社交的人,也不怎么会说话,但这三年来,我真的从您身上学到了太多宝贵的东西。对我来说,您就像我人生中的指路明灯,照亮了我原本一片黑暗的前路。另外,您对我的照顾我也都是知道的,我真的特别感动。我……"韩欣悦低下头,"我也不怎么会说话,只能说,可惜我生得太晚了。"

酒桌上瞬间响起了暧昧的起哄声。

周建设惊讶地看向韩欣悦,怎么都想不到,这个看似孤傲的小女人,居然会对自己有着如此深厚的感情。

人心还真是难以看透啊!

他深吸了一口气,看着韩欣悦那双星辰般的眼睛,他感受到强烈的冲动,但习惯性的激动情绪导致儿茶酚胺水平迅速升高,让他再次产生了有冲动却倍感无力的尴尬状况。这种让人沮丧的生理反应,又进一步加重了激动和焦虑。

尽管如此,韩欣悦直截了当的暧昧暗示,还是让周建设无比受用。

不着急,只要她喜欢我,床上的事情可以慢慢解决。千万别着急,千万别着急……他这么想着,心理负担稍稍轻了一些,松了口气举起酒杯。

"老师,"韩欣悦红着脸羞涩地说,"我真的不太会说话,都在酒里了,我敬您。"说着举起酒杯一饮而尽。

周建设内心波涛汹涌,表面则维持着与地位相匹配的云淡风轻,点头笑道:"你有这份心意就好,现在不知道感恩的人太多了,你这种心态真的很难得啊!"说着,也举杯喝了一口酒。

他本来只想喝一小口的,可是入口之后,在心底的焦虑驱使下,他突然觉得自己应该在韩欣悦面前表现得更男人一点,于是仰起脖子,也把杯中酒一饮而尽。在酒精的强烈刺激下,他发现韩欣悦看他的目光更加痴迷了。

酒足饭饱，醉意十足，代驾把车开到酒店，韩欣悦挽着周建设走进房间，一切都是那么水到渠成。刚关上房门，周建设就脱去道貌岸然的皮囊，一把把韩欣悦拽到怀里。

韩欣悦感到一阵强烈的恶心，恶心得差点就吐出来了，但她已经为此做足了训练，所以迅速冷静下来。她没有表现出过于明显的抵触，以免引起周建设的怀疑，同时也没有做出任何迎合，因为她害怕迎合会削弱周建设的心魔。

她要先观察一下周建设的反应和状态。

周建设急不可耐地把韩欣悦推到床上，没有做任何铺垫，就直接掀起了她的裙子。韩欣悦有着本能的抗拒冲动，但她克制住了。一切正如之前所料，掀开裙子之后过了整整两分钟，周建设那边都没能再有任何进展。

"老师？"韩欣悦松了口气，试探着看向周建设。

周建设觉得身体里有团火在燃烧，如此美好的夜晚，自己却这么不争气，当真是令人沮丧到极点。

"老师，您怎么了？"韩欣悦带着失望甚至鄙视的语气问道。

多年以前，这种语气，周建设也在梁雪融那里听到过。他内心深处的脆弱悄悄褪去了覆盖其上的淤泥，在水下若隐若现。他突然觉得有点想哭，但想了很久，却依然不知道那委屈究竟来自何处。

"没事儿。"他坐到床边深深叹了口气，"今天身体状态有点不好……"

"没关系，老师，应该是酒喝太多导致的吧。"韩欣悦分析说，"酒精会阻碍血管充血，所以这也很正常。"

这个台阶让周建设颇为受用，他连忙略显释然地点了点头："是啊，酒精会让人麻痹，也会影响血管充血，而且我到底还是年纪大了，年轻时候可不会这样……"

"没关系。"韩欣悦说道，"今天还是先好好休息吧。"

周建设叹了口气，在沮丧的心情中，在酒精的强烈麻醉下，不知不觉睡了过去。

凌晨两点，韩欣悦睁开眼睛，小心翼翼地坐起身，轻手轻脚地下了床，从包里取出了一盒试管。此时正是人睡眠最深的时刻之一，是时候动手了。

她把窗帘拉开些许缝隙，让窗外的城市灯火在周建设脸上映出微光，随后小心翼翼地用手触碰了几下周建设的嘴唇。她必须绝对谨慎，因为一旦让周建设有所察觉，那整个计划就彻底泡汤了。

多次触碰嘴唇之后，周建设依然毫无反应。韩欣悦松了口气，开始试探着掰开周建设的嘴。或许是酒精麻醉的原因，这个过程比想象中要容易很多。只费了一分多钟，周建设的口腔，就暴露到了可以用拭子勘探的程度。

韩欣悦取出拭子，稳住手腕，开始采集周建设的口腔上皮细胞。第三次采集的时候，周建设突然哼了一声，韩欣悦的心瞬间提到了嗓子眼。好在周建设并没有合上嘴，也没有做出其他更剧烈的反应。韩欣悦静待了半分多钟，才开始继续采集。

六份口腔上皮细胞样本采集完毕，接下来是皮肤组织样本。这个步骤也并不困难，韩欣悦用手机照射着周建设的腿部，很快就取下了几片皮肤碎屑。再然后是毛发样本，这个更是毫无难度，直接在床上就能搜集到。

但是外周血液样本就稍微费了点力气。韩欣悦小心翼翼地翻动周建设的身体，以厘米为单位认真检查了他全身每一个角落，最终在腹股沟里发现一处淋巴肿大导致的溃烂。溃烂已经结痂，她小心翼翼地用针刺破结痂，周建设哼哧了一声，本能地抓了一下溃烂附近，把她着实吓了一跳。好在周建设醉得太厉害了，并没有因此苏醒过来。等待许久之后，韩欣悦终于松了口气，用纤细的微量采血管，从结痂的细微破口上取得了周建设的外周血液样本。

她长舒了一口气，擦了擦额头上的汗，如同刚做完一场精密的手术。她把样本一一放进PVC试管，最后把试管小心翼翼地放回盒子里。做完这些，她终于如释重负地站在窗边，在城市灯火的背景中出神地看着试管盒里的样本，再次想起了王振江。

振江哥哥，不管付出多大的代价，我都一定会帮你讨回公道。

第二十章
认罪直播（三）：鱼饵和鱼钩

第一次的失败，进一步加深了周建设对韩欣悦的迷恋。随后三天，他开始频繁接近韩欣悦，希望跟她继续未完成的亲密。可是，尽管已经有了同榻而眠的经历，韩欣悦对周建设却依然是若即若离的样子。对周建设而言，那种失落不亚于在感情中被抛弃，滋生出了无比强烈的不甘。因此，他暗暗发誓，一定要不顾一切地征服这个女人，无论付出何种代价。

2021年6月6日，机会再次出现，一家周建设持有暗股的药企设了酒局，一方面向周建设汇报经营状况，一方面希望周建设推荐一些优秀的毕业生。周建设再次邀请韩欣悦陪同，韩欣悦犹豫许久之后才同意了。

周建设以为是绝佳的就业机会诱惑了韩欣悦，但他并不知道，韩欣悦态度的转变，只是因为基因检测当天下午出了结果。

当晚，一样的觥筹交错、一样的互相恭维，不同的是，酒局开始没多久，韩欣悦就把手放到周建设腿上，在他耳边说了一句悄悄话:"老师,今天少喝点吧,一会儿得好好表现呢。"

如此直截了当的暗示,瞬间就让周建设的心脏像是被一只沾满柠檬汁的手狠狠揉捏着,压抑、紧张,又有种难以形容的酸痛。但令人沮丧的是,这种过于强烈的激动情绪,也再次让他焦虑不堪。而焦虑情绪又一次开始恶性循环。

潜意识里,周建设早就知道自己的问题和情绪关系密切,所以在前往酒店的路上,他一直努力让自己放松。可病理性的焦虑往往不是单纯的心理疏导能够解决的,尽管他想象了许多平静的画面,也试图在理性上劝自己不要这么没出息,可一番努力之后,他的心脏就再次控制不住地急躁、酸痛起来,依然不行。

他想象着韩欣悦不久之后的失望神色,越发焦虑了。

进入酒店房间,关上房门之后,周建设再次急不可耐地扑倒了韩欣悦。但他这次没有急于掀开韩欣悦的裙子,而是一边亲吻她,一边继续努力对抗紧张情绪,希望自己状态能好一点。在韩欣悦的配合下,周建设突然有种强烈的心理满足感。在这种心理的影响下,他惊讶地发现,自己的状态居然好了起来。

幸亏是夏天,韩欣悦第一时间就觉察到了周建设的状态。她心中有些惊讶,但并未因此过于慌乱,因为对这种情况早就做了预案。

韩欣悦迅速回想了预案中的细节,轻微抗拒,这有效地唤醒了周建设心底和梁雪融有关的自卑和焦虑。他用力地想按住韩欣悦去征服她,可是仅仅几秒之后,韩欣悦的反抗就让他再次紧张、烦躁起来。

"你干什么?你怎么了?"他暂停下来,喘着粗气看着她,声音里满是急躁与怒火。

"我……对不起老师……"韩欣悦翻身坐起,"我有点紧张,特别紧张……"

好不容易渐入佳境,却被韩欣悦突然打断,这种反差带来的沮丧,比上一次的沮丧要更加强烈。周建设深吸了一口气,差一点就要骂人了,只是他实在不想撕破脸皮。

"紧张什么?"他克制住怒火问道。

"我,我已经快四年没有……"韩欣悦低头喘了口气。这是实话。

"没关系,这是一件很美妙的事情啊。"周建设表面故作镇定,嘴上却还是忍不住抱怨起来,"你说说你啊……我刚才状态那么好,你非要打断我,你知不知道这氛围多重要啊。"

"对不起,老师,真的对不起。"韩欣悦捂住胸口,却暗暗下了决心,深吸一口气说,"那个,等一下老师,我得吃点药,吃点药应该就好了。"

周建设眉头一皱:"吃药?吃什么药?"

"哦。"韩欣悦起身下了床,从包里取出一瓶普萘洛尔,"我经常容易心慌焦虑,每次吃几片普萘洛尔就好了。"

"药可不能乱吃啊。"周建设带着长辈的威严教育道,"你自己就是制药行业的,难道不明白是药三分毒的道理吗?生理系统那么复杂,调节了一方面的平衡,就必然会影响到其他方面的平衡啊。"

"道理是懂,可这个药真的特别有效果啊。"韩欣悦一边吃下三片药一边说。"我这个人有点社恐,跟人接触的时候特别容易紧张,心跳得特别快,还会有种酸酸的感觉,身体也特别紧绷,而且——"她咬着嘴唇看了一眼周建设,"一紧张状态就不太好……所以我才那么害怕……"说着又松了口气笑道:"不过没关系,吃了药就好了。"

尽管性别不同,但她的相关描述,还是精准戳中了周建设心底的关键点。

普萘洛尔？他眉头微微一沉，对啊，β2受体阻断剂，能够有效缓解心慌和紧张情绪，或许——我也该来一点？

不——他很快就否定了这种想法——他很清楚普萘洛尔的药理和功效——这药会起阻碍作用。但是很快，他在焦虑和纠结之中转念又想，阻断β2受体，有没有可能通过心跳的减缓而逆向抑制儿茶酚胺水平，从而控制紧张导致的躯体障碍呢？仔细回想的话，也不是没有可能。而且韩欣悦可以称得上制药行业的天才了，连她都认可普萘洛尔对紧张焦虑的缓解作用，或许，普萘洛尔真的存在意想不到的效果呢？

自己的状态和情绪关系密切，是不是也该尝试一下呢？

一颗种子悄悄埋进周建设心田，短时间内就已经开始发芽。

但这一切都只发生在潜意识中；意识层面，周建设依然沉浸在病态的偏执之中。韩欣悦背对着他吃药时，美妙的身形让他再次产生了强烈的征服本能。他喘着气再次把韩欣悦推到床上，却再也无法找回方才的状态。而且，韩欣悦也继续维持着不甚明显的抵触，这再次悄悄点燃了他的紧张。

你到底在慌什么？平静，别紧张，今晚她是你的。周建设不停地质问自己，想要说服自己，可那种已经在心底筑了三十年的魔障，不是凭着自我疏导就能有效解决的。甚至越是去想，他就越容易因为分心而加深焦虑。他努力了很久，最终却只能沮丧地松开韩欣悦，深深叹了口气。

"老师，"韩欣悦问，"您没事儿吧？"

"都是你啊，"周建设带着沮丧和轻微的愠色说道，"弄得我都有点紧张了。"

"没事儿，咱们慢慢来。"韩欣悦起身跳下床，"您先休息一下，我想去洗个澡。"

周建设不置可否。等浴室传出淋浴声，他看向了茶几上那瓶普萘洛尔。他能明显感受到自己的心慌。他试着想象了一下，知道自己在自然状态下已经不可能恢复到方才十分难得的渐入佳境的状态，沮丧之情充斥全身。但浴室的水声、磨砂玻璃背后的身影又是如此令人着迷，为了征服韩欣悦，周建设可以不顾一切，可以做出任何尝试。

他深吸了一口气，拿起普萘洛尔看了又看。

梁雪融、陈雨桐和其他一些女人都提过建议，希望他服用一些药物改善状态。但对周建设而言，服用药物，就等于承认自己不行，所以他每次都是愤怒拒绝。他知道自己并非能力不足，毕竟和梁雪融结婚之前，他这方面都还是挺正常的。他潜意识里早已觉察到问题出在精神、神经方面，也尝试过通过自我疏导的方式来改善，只是从来没有考虑过使用这方面的药物。而韩欣悦方才的言行，则醍醐灌顶般瞬间点醒了他。

没错，也许自己早就应该使用药物克服紧张情绪了。也许，低剂量普萘洛尔的降压和收缩外周血管作用不会那么严重，只要克制住了焦虑，状态也许就能改善了。而且，吃这种药不代表承认自己能力不足，只是代表自己的情绪需要调整而已。所以这种药物，周建设主观上是完全可以接受的。

他盯着普萘洛尔看了一会儿，随后再次顺着水声看向了磨砂玻璃后方的韩欣悦。心理冲动再次上涌，他已经在欲望和焦虑中彻底迷失，突然，一股热量从心底直冲头顶，终于激起了破釜沉舟的决心。

管他呢，反正这么耗着八成也是不行，倒不如死马当活马医了。

他深吸了一口气，终于下定决心，在杂乱心绪的驱动之下，从药瓶里倒出三片普萘洛尔，带着忐忑和期待吃了下去普萘洛尔起效很快，短短一分多钟过去，心慌症状便已彻底消失。周建设觉得肢体不再那么紧绷，头脑虽然昏沉，但思维不再那么凌乱。他觉得自己的状态似乎比之前好了那么一点点，而且能明显感受到越来越好的趋势。

又过了半分钟，普萘洛尔持续发挥作用，让他浑身都迟缓下来。他惊讶地发现，一直困扰自己的焦虑居然不知何时彻底消失了，好像从未存在过一般，世界似乎缓慢了一下，一切都不再那么焦躁不安了。再次隔着磨砂玻璃看向韩欣悦时，他不再有任何紧张感，而是感受到了一种久违的平静和满足。

谨慎起见，韩欣悦还是在浴室待了二十分钟之久。离开浴室的时候，她依然不敢确定周建设是否已经吃了药。不过，一看到周建设那双明显平静下来的眼睛，她心里就多少有了底。

周建设走上去想要扯开浴巾，韩欣悦轻轻推了他一下："老师，您也去冲一下吧，身上全是酒味儿。"

"行。"这一次，遭到韩欣悦的轻微抵触之后，周建设居然没有急躁，而是带着十足的平静信步走进了浴室。

水声响起后，韩欣悦拿起普萘洛尔倒进手里，用练习过多次的方式迅速检查了药片数量。她带来的那瓶药一共有34片，此时还剩下28片。自己吃了3片，那么剩下的3片……她小心翼翼地把药放回瓶中。

周建设走出浴室的时候，初次服用普萘洛尔带来的安慰剂效应已经褪去，虽然焦虑情绪短时间内并没有复燃之势，但服药导致的自信也已经不复存在。他能感受到想要征服韩欣悦，那力量显然还远远不够。

但是，看向韩欣悦时，周建设感受到了另一种意想不到的奇妙力量。

韩欣悦看向他的眼神中，突然有了一种无比奇妙的光芒，让周建设眼眶瞬间温热起来。曾几何时，他也只是个心怀梦想的纯真男孩，希望靠努力改变命运，希望能遇到一个真正爱自己的人，组建一个温暖的家庭。虽然三十多年过去，他的灵魂早已在权势和钱色中腐化，他早已对爱情嗤之以鼻，只剩下本能的征服欲。可爱情来临的那一刻，他原本坚硬的心还是像三月的春风一样顷刻间柔软起来，软得让他想要流泪。

在韩欣悦眼中，他看到了绝对的崇拜和接纳，看到了从未领略过的美好的爱。

四目相对，情感迸发，虽一真一假，却也碰撞出了动人的火花。他们默契、深情地拥吻在一起，周建设觉得，自己一生仿佛都在为这一刻做准备。

爱情是如此美好，能让人忘记一切烦恼，让人感受到真正意义上的惬意，让人身心都得到绝对的放松。惬意、轻松的氛围中，身体也开始发生微妙的变化。尽管普萘洛尔降低了血压，但其对焦虑的克制及爱情所散发出的惬意空气，总体上，还是让周建设的身心久违地真正放松下来。拥吻片刻之后，周建设才突然意识到，自己不知何时已经展现出了难得一见的最佳状态。韩欣悦也明显察觉到了这一点，主动解开两人身上的浴巾。

一夜缠绵。周建设像个情窦初开的小男生一样，疯狂地陷入爱情之中。

讲述至此，韩欣悦停顿下来，她有太多思维和情绪需要整理。在场的四名公职人员也纷纷陷入复杂的思索。手机和电脑前，数以万计的人们也纷纷停下手中的其他事务，开始思考自己的生活。

"所以，你通过这种方式，让周建设的行为状态和普萘洛尔之间建立了联系。"沉默片刻之后，李星翰继续问道，"但你的迎合也起到了非常关键的作用，你怎么能确定周建设会认为完全是普萘洛尔的功劳呢？"

"当然不能确定。"韩欣悦说，"从6月8日到29日，类似的事情又发生了7次。只要他主动吃普萘洛尔，我就给他爱和接纳，不主动吃就不给。从22日开始，每一次他都会主动吃药，情况已经比较稳定了。29日那次，我觉得时机成熟了，所以在他吃药之后也没有对他迎合。然后，他做出了我预期中的行为，就是想服用更多的普萘洛尔改善状态。这种倾向证明，他已经在二者之间建立了稳定的心理关联，我知道，是时候动手了。"

"29日？"李星翰思索着问道，"但周建设的死亡日期是7月2日啊。"

"因为我29日并没有直接动手。"韩欣悦说，"一方面，如果让他死在跟我在一起的时候，那我的嫌疑就太大了，我当时还是有点侥幸心理的。另一方面，如果让他当着我的面过量服药，个人感觉上，我好像还是过于直接地谋杀了他。我希望他的死亡性质和振江哥哥越接近越好。振江哥哥是一个人跳楼自杀的，所以，我也必须让周建设一个人死掉，至少不是死在我面前。所以29日他想继续吃普萘洛尔时，我阻止了他，并且直截了当地提示他，这种药物过量服用会有风险。为了给振江哥哥讨回公道，我绝对不能直接教唆他过量服药。我必须在阻止过他的情况下，让他自己做出过量服药的决定，这才足够公平。"

宋丽萍眉头一皱，此前建立的法理框架，突然有了一丝松动。

"明白了。"李星翰点点头，"那就接着说吧，7月2日那天到底发生了什么？你究竟是通过什么方式，让周建设一个人过量服药，还死在了家里呢？"

"抓住他最脆弱的伤口,在精神上狠狠摧毁他,就像他当年毁掉振江哥哥一样。"

韩欣悦扭头看了一眼越发低沉的夕阳,轻轻叹了口气,再次陷入回忆之中。

第二十一章
认罪直播（四）：无形之刃

爱情是如此美好，如此奇妙，能让最深刻的伤痛被悄悄抹平，能让无意义的灰色生活突然变得多彩，能让深陷黑暗的人们看到光明。

出身于多子女的贫寒之家，潜意识中，周建设从小就对被爱有着深切的渴望。虽然总是做出一副钢铁直男、没心没肺大老爷们儿的姿态，但那只是社会强加给他的标签和定位而已，试问，就算内心再强大，又有谁会不想得到一份毫无条件、毫无保留的真挚爱情呢？

80年代，年轻的周建设只身来到大城市，对这里的一切都既心怀憧憬，又不可避免地心生敬畏。而面对漂亮优雅的城里姑娘时，这种心态就更加强烈了。

贫穷和责任感碰撞到一起，往往会滋生出最深刻的自卑。周建设渴望遇到一个出众的好姑娘，给她最美好的爱情和家庭，但也知道以自己的初始条件是做不到的。所以他保持着谦卑之心，比任何人都努力地默默奋斗着，期待能触碰到自己理想中的生活。

他一度以为自己做到了——以专业第一的身份考上中州大学生物制药专业研究生，读研期间就在国内外多家刊物发表大量高质量论文，甚至和当时世界上顶尖的学者们有了书信往来；毕业后留校任教，深受领导器重；亲手参与建设了中州大学的生物实验系统，年纪轻轻就受邀参与药品安全的相关工作……他依靠自己的努力，亲手书写了一个寒门贵子的励志故事。

但事业的成功，未必就能带来生活上的幸福。

1990年，经人介绍，周建设认识了梁雪融。这个姑娘出身书香门第、品貌出众，举止有度，琴棋书画无所不能，而且温柔内敛的气质之下，还深藏着一种神秘坚定的力量。对年轻的周建设来说，她就是梦想中女神的模样。虽然梁雪融似乎对周建设没有特别的感觉，但她的父亲梁文韬却非常欣赏周建设。最终，一场看似和谐、暗中却充满矛盾的婚姻，在1991年开启了坎坷历程。

新婚之夜，周建设怀着紧张、谦恭的心情，准备迎接和心爱之人的灵魂触碰，可不知为何，梁雪融却对他表现出了明显的抵触，甚至做出了推挡和躲避的动作，说太累了想直接睡，周建设心底炽热的火焰瞬间被冷水浇灭，原本跃跃欲试的身体，像是突然被冰山堵住了出口。在基因缺陷的影响下，困扰他半生的魔障，从那一刻就开始萌芽。

因为基因缺陷，周建设比一般人更难以控制负面情绪。面对梁雪融的自卑早已在心中扎根，自卑演化成了对心爱之人毫无底线的包容。所以面对梁雪融这种表现，他想到的不是沟通和争取，而是接受和隐忍。

我这个样子，她这种女神看不上我也是正常的，但至少我已经娶了她，一切都会慢慢变好的。

新婚之夜，面对背对自己睡去的妻子，周建设心里居然是这么想的。

第二天，梁雪融或许是觉得对不起周建设，又或许是接受了现实，终于同意了周建设的求爱。尽管同意，她却没有太多热情与迎合，反而多次有意无意地回避了周建设的亲吻。那种敷衍和冰冷又一次无形地刺痛了周建设的心，给他带来了明显的焦虑和躯体障碍，让原本年轻气盛的他最终气力不济，草草了事。而事后，梁雪融因此而产生的本能鄙夷，又进一步加深了他的自卑。后来虽然有过短暂的甜蜜，但女儿出生之后导致的生活矛盾，让本就不怎么亲密的夫妻之间更生隔阂。恶性循环开始加速，周建设的问题日益明显。

在漫长的生活中，问题逐渐被深深刻进了周建设的神经突触之中，刻进了他的灵魂深处。年轻时，这种障碍还能因为身体机能的强盛而有所遮掩，但是四十岁之后，问题就陡然严重起来，尽管周建设非常注重身体锻炼，但是依旧开始感到有心无力。

事实证明，自卑、畸形的爱，不公平的爱，姿态低下的爱，注定不可能长久。在心理和生理持续的折磨下，结婚的第十三个年头，周建设对婚姻和梁雪融的态度终于发生了极端变化。他放下了对梁雪融执着、艰难的爱，再也做不到从前那样的感情付出了。任何事物最终都会趋向于平衡，所以梁雪融的冷漠，最终也导致了他的冷漠，这是一种必然。

但周建设没有提出离婚，他依然需要岳父的助力；而且，梁雪融事业和名声都很好，跟她离婚在舆论上没有好处；此外，梁雪融形象气质出众，带出去还是很有面子的。而且退一步说，就算离了婚，自己就能找到更好的女人吗？就能保证找到的女人真的爱自己吗？

不，没那个必要，婚姻和爱情是两码事。既然你不爱我，我也没必要继续惯着你。咱们就在一个屋檐下各过各的好了,这样反而让人更自在。

面对无奈的现实,周建设的生活理念终于实现了病态的成熟。

生活和情感失去支柱,自我不断膨胀,缺乏更加高级、坚定的信念,这样的人手握权势,面对数不尽的诱惑,堕落成为一种必然。

他内心不再坚定,逐渐失去了专注于学术的淡泊之心,失去了对共产主义的信仰和对事业的责任担当。他开始不择手段地追逐权势与名利,开始用威逼利诱的方式征服其他女人,在短暂、勉强的肉体欢愉中获取虚假的满足。同时在身心障碍和扭曲心理的驱使下,他也开始对那些轻易得到幸福的人,尤其是被年轻女人喜欢的年轻男人——产生难以抗拒的嫉恨——王振江便是其中之一。

一切善恶皆有因果。

2017年,他被学生陈璐所吸引,但陈璐在情感上对他不屑一顾,而是对王振江表现出了十足的好感。于是,扭曲的心理左右着周建设的心智,让他有意无意地对王振江进行了百般刁难与折磨,最终导致了王振江的死。

尽管王振江本人和他无冤无仇,甚至还是个很不错的学生,可是逼死王振江,却让他觉得特别解气。得知王振江的死讯时,他居然有种在竞争中大获全胜的快乐。

但他到死都没能意识到,这种驱使自己伤害他人的扭曲精神力量,最终会通过另一种方式反噬自身。

近二十年来,虽然通过威逼利诱和在企业的安排之下阅女无数,其中也有过一些动情的时刻,但利益主导的男女关系,终究不可能让人得到真正的满足。即便是最让周建设心动的陈雨桐,也始终没能融化他内心深处扭曲的坚冰。虽然陈雨桐已经非常努力,而且气质和梁雪融也有些相似,但她不是个特别敏锐、聪慧的女人,所以无论如何假装动情，周建设都还是能感觉到她在逢场作戏。

不，逢场作戏并不是真的爱和接纳，反而是另一种形式上的厌恶和抵触，逢场作戏的虚假爱情只会让情感越发空虚，只会在潜意识中进一步加深周建设的问题。周建设需要的，是真正的爱，是真正充满爱的性，是那个从小就存在却迄今都没能得到满足的最基本，也是最难以实现的需求。

无条件被一个女人深爱的需求。

而在韩欣悦身上，这种需求终于第一次得到了真正的满足。对压抑多年的周建设而言，这是一种完全无法抗拒的奖赏，一种可以为之付出一切的诱惑。周建设甚至已经开始认真考虑和梁雪融离婚的事情，无论世人如何唾弃，他都决定要走出这一步。

但他并不知道，自己已经被人蒙着眼睛，带到了人生的悬崖边缘。

2021年7月2日下午4点，周建设一边阅读着第二天毕业典礼上的演讲稿，一边控制不住地思念着韩欣悦。虽然已经年近六十，虽然距上一次见面刚刚过去三天，周建设却像个情窦初开、血气方刚的小男生一样，迫不及待地想要再次得到韩欣悦的接纳。

而就在此时，韩欣悦的电话打了过来："老师，你在办公室吗？我想见你。"

周建设本应在学校有所避讳，但实在按捺不住内心的渴望，毫不犹豫地同意了。放下手机之后，他本能地拉开抽屉取出普萘洛尔，心满意足地吃下了三片。

尽管韩欣悦的爱和接纳对改善他的身心状态起着更加关键的作用，他潜意识里也早已认识到了这一点，但毕竟心理扭曲太久太深，加上压抑的雄性本能反噬，所以在意识层面，他还是习惯用更加粗俗、更加大男子主义的方式去看待自身的改变。

果然只是状态问题，只要吃点普萘洛尔就能解决了，我能力还是很强的，我要狠狠征服韩欣悦，让她永远爱我崇拜我。

长久的扭曲心态，早已让周建设失去了拥抱理性、高尚之爱的能力，尽管对这种美好的爱情有着强烈需求，可是意识和主观能动性层面上，他却只能通过宣泄动物欲望的方式去实现爱的满足。

所谓当局者迷，认识自我，的确是一件非常困难的事情。

几分钟后，韩欣悦推门而入，周建设带着满心欢喜向她看去，理所当然地认为能从她眼中再次看到爱和接纳，然而那一刻，韩欣悦眼中却写满了距离感，似乎满怀心事。

尽管已经吃了三片普萘洛尔，但深刻的焦虑还是在神经通路中敏感地高亮起来，周建设的心控制不住地沉了一下。

"小丫头，怎么看着这么不高兴呢？谁欺负你了吗？"他起身迎上前去，同时用亲昵的语气试探道。

韩欣悦克制住内心的紧张，回想着和张焕然的计划。"老师，"她故作慌张地深吸了一口气，"我……我男朋友好像知道了……"

周建设顿时愣住。

那一刻，充斥在周建设内心的，是难以抗拒的情感委屈和本能愤怒。不，欣悦是我的，其他人谁也不能拥有她！

"你男朋友？"周建设一边在潜意识中这么想着，一边深吸了一口气克制住已经蹿到咽喉的怒气，"你怎么没跟我提过？"

"唉，我本来以为他不可能知道的。"韩欣悦微微叹了口气。"他在北京工作，中州这边又没什么认识的人。可没想到他这么聪明，跟我视频聊了几句，就感觉到我不对劲了，说我一脸出轨的表情。不过还好——"韩欣悦说着又长舒了一口气，满不在乎地微笑道，"他昨天来找我了，我跟他在外边过了一夜，他这会儿已经被我安抚住了。"

嗡的一声,继而是持续的耳鸣,周建设浑身僵硬,大脑炸裂。他对韩欣悦已经动了真情,在心理上已经把她视为共度余生的人,所以尽管是自己睡了别人的女朋友,但那一刻,他却产生了遭受背叛的强烈煎熬感。而韩欣悦和别人在一起的画面,激活了因梁雪融的偏见和抵触带来的强烈焦虑,给他带来了比死还要痛苦的精神折磨。

"你……"他愤怒地吸了口气,"你为什么不早点告诉我你有男朋友!?"

"为什么要告诉你啊?"韩欣悦露出略感意外,同时又不满在乎的笑容,"咱们就是随便玩玩嘛,又不是真的要怎么样,该做的戏肯定要做足啊!"

随便玩玩?

周建设回想起韩欣悦表现出的真挚、深切的爱,在本能的愤怒中,也开始迸发出强烈的情感委屈:你不是说过爱我吗?难道都是骗我的吗?你为什么要欺骗我的感情?你知不知道,我都已经把你纳入我的人生版图了?你知不知道你对我来说有多重要?

周建设真的想愤怒地质问韩欣悦,但这种质问形式,实在不符合他高高在上的身份,也无法满足他情感需要的征服欲,所以他无论如何都说不出口。

他只是愤怒地看着韩欣悦,心脏像被一双手狠狠揪住,揪得他的世界天旋地转。

"老师,"韩欣悦突然露出恍然的神色,继而惊讶地笑道,"你不会是当真了吧?"

是啊,我是当真了,你不知道我有多爱你,你对我来说真的太重要了,我不能允许你被别人拥有!

周建设心里这么想着,却始终说不出口。

"不会吧,"韩欣悦继续不可思议似的笑道,"都这么大的人了……哎,那我把话挑明了吧,老师,我真的只是玩玩而已。那个,要是影响到了您的情绪和生活,那我给您道个歉,您千万别往心里去哈。"

周建设身体持续颤抖着,内心根本无法接受韩欣悦的话,他无比痛苦。但在痛苦之中,他对韩欣悦也真的难以割舍。韩欣悦的轻浮和背叛,进一步激起了他的强烈征服欲。你是我的!

"跟你男朋友分手吧。"尽管无比痛苦,周建设还是在强烈的情感和本能需求下说道,"欣悦,我真的很喜欢你,我愿意为了你离婚!"

"别别别,您开什么玩笑啊?"韩欣悦连忙摆摆手,"老师,对不起,我没想到您会陷这么深,我真的诚恳地跟您道歉……"

"不行!"周建设愤怒地提高了音量,"就算不愿意跟我,你也必须跟你男朋友分手!听见了吗?让他滚得远远的,他不配碰你!你听见了吗?"

"哼,"韩欣悦露出鄙夷、傲慢的微笑,"老师,这您就说错了。我男朋友又高又帅,家庭和工作都特别好,而且关键是,他那方面能力真的特别强,他怎么不配碰我呢?至于你,你不会觉得自己很厉害吧?说实在的,你真的不怎么行!哎,我就事论事啊,你千万别往心里去。"

直截了当的轻蔑与打击,精准刺中了周建设最脆弱的地方。情感遭遇欺骗与背叛,自尊被狠狠践踏,双重打击之下,他的征服欲也越发强烈。他绝不能允许韩欣悦被他人占有,他必须狠狠地征服韩欣悦,才能释放自己的委屈和怒火。

他一边辱骂,一边愤怒、粗暴地把韩欣悦推到沙发上,想要征服她。可是尽管已经吃了普萘洛尔,但焦虑还是铺天盖地,席卷了周建设的全部精神。努力许久之后,他彻底绝望了。他起身坐到沙发上,呆滞、沮丧地看着地面,大脑一片空白。

韩欣悦整理好衣服,带着忐忑的心情离开了办公室。她已经完成了所有任务,但事情成败与否,还是要看周建设自己。

但愿张焕然是对的吧。

愤怒、委屈、孤独、沮丧,复杂的负面情绪充斥在周建设体内,让他麻木、消沉,甚至有了抑郁倾向。但他不能任由这些黑暗的东西控制自己,他必须为心理和需求寻找出路。好在他并非无能之辈,而是有着充足的资源和条件。他必须尽快通过其他方式证明自己的能力,满足被爱的需求,哪怕是虚假的满足也好。于是,他理所当然地想到了陈雨桐。尽管能感觉到陈雨桐是在逢场作戏,但至少自己可以短暂地获取满足。

晚上7点45分,过于激烈的情绪总算稍稍平复,周建设犹豫许久之后,还是给陈雨桐发了微信:"去老地方开好房等我。"

一次能赚两万,陈雨桐自然不敢怠慢,立刻回复:"好的,马上就去。"

仅仅几个字透出的不敢违抗的态度,就让周建设心里舒服了不少。他随手删掉微信聊天记录,坐在沙发上感到了久违的惬意。

但韩欣悦的精神伤害还远远没有消失,片刻之后,想起陈雨桐,想起陈雨桐偶尔不经意间嫌弃甚至厌恶的神色,周建设心里就再次控制不住地慌乱起来。

于是,他理所当然地想到了普萘洛尔。

尽管过去一个月状态的改善,很大程度上得益于韩欣悦的迎合,但因为普萘洛尔和状态改善这种现象之间被刻意建立了因果关系,所以在周建设意识中，药物的作用才是关键。他能明显感受到焦虑的窜动，能感受到焦虑对身体的阻碍作用。所以，尽管之前已经有过咳嗽、憋气的症状，潜意识里早就明白过量服药存在一定的危险性，但为了满足不可阻挡的心身需求，他还是没有过多犹豫，再次取出普萘洛尔吃了三片。

吃完之后，他心里稍稍踏实了一些，很快穿好衣服下了楼，开始在越发明显的憋闷中憧憬和陈雨桐的鱼水之欢。但是想起那些画面，韩欣悦和男朋友缠绵的画面也再次像无处不在的病毒一样，难以控制地浮现出来，焦虑再次冲破药物的限制，攻占了周建设的身体和灵魂。

不，不能这样，2021年7月2日晚上7点52分，周建设在地下停车场停下脚步，感受着身心再次浮现出的焦虑，陷入了人生最后一次纠结。

没关系，再吃点也没什么问题。我需要一个好状态，只要把陈雨桐收拾得服服帖帖的，一切就都会好起来的。

他深吸了一口气憋闷地咳嗽两声，带着体内隐约的异样感返回家中。他没有过多犹豫，就再次吃下了三片普萘洛尔。吃完之后，他终于感受到了彻底的放松。

这下应该没问题了。

他起身准备出门去见陈雨桐，但是还没走到玄关，过量普萘洛尔对β2受体的阻断作用就终于彻底爆发出来。隐约的憋气转变成了明显的胸闷，继而是越发严重的呼吸无力。强烈的眩晕感袭来，他茫然地坐回沙发上，觉得咽喉和胸腔之间像是突然塞满了辛辣的火药，又堵又烫。他当然明白这是普萘洛尔的副作用，终于后知后觉地意识到自己犯下了大错。但为时已晚，等他想明白的时候，身体已经连拿起手机求助的力气都没有了。他痛苦地卧在沙发上，觉得心脏像是在被一只布满尖刺的手狠狠揉捏。躯体越发无力，世界逐渐暗淡。他茫然地在沙发上挣扎片刻，随后无力地滚落到地板上，眼前逐渐开始模糊。

　　生命的最后一刻，他突然有了一种通透感，一下子想明白了很多东西。如果能够再来一次的话，他想，他一定能做出更好的选择，一定能放下内心深处的执念，让自己更简单、更纯粹也更幸福地活着。

　　但一切都晚了，黑暗很快便彻底侵袭了他的世界。

　　2021年7月9日晚上7点，壮美的夕阳之下，韩欣悦坐在天台边缘释然地松了口气，从回忆中缓缓抽身出来，但站在她面前的四名公职人员，以及手机和电脑前数百万的观众，却依然深陷在她的回忆之中，久久难以离去。

　　一场无比精巧的谋杀，一次在形式上绝对公平的复仇，一连串难以捋清的法理、道德和认知矛盾，都让事情蒙着一层比其本身更加复杂的迷雾。周建设的死亡，对他本人来说是生命的终结，但对整个社会来说，或许，很多事情才刚刚开始。

第二十二章
关于自由意志的思辨

"所以,你们认为是我杀了周建设吗?"在众人的沉默中,韩欣悦看了一眼手机,随后看向四名公职人员,再次道出了心中的困惑,"你们认为我是有罪的吗?如果我是有罪的,那么周建设逼死振江哥哥,就应该跟我一样有罪,没错吧?"

狭小的单人宿舍中,热闹喧哗的饭桌前,拥堵路段的汽车里,高大的写字楼内,熙熙攘攘的地铁沿线,再次面对韩欣悦提出的问题,数百万人都陷入了更加深刻的沉思。

李星翰看向原本自信满满的宋丽萍,但宋丽萍眼中,此刻也写满了困惑。

"请你们回答我这个问题。"韩欣悦再次问道。

"我需要再确认两个细节。"宋丽萍看向她,"第一,你真的没有直接教唆过周建设服用普萘洛尔,甚至还在他准备过量服用的时候明确阻止了他吗?"

"我没有证据能够证明自己的说法,但我真的是这么做的。"韩欣悦无比诚恳地点了点头，"因为杀死他并不是我的真正目的，我只是想用绝对公平的方式为振江哥哥要个说法而已。周建设没有教唆过振江哥哥自杀，所以我也不会教唆周建设服药，相信我，这种公平对我来说非常重要。"

宋丽萍点点头，思索着继续问道："第二个问题，7月2日下午对周建设进行精神打击之后，你有多大把握认为他会继续服用普萘洛尔？你能确定他会服用三倍剂量吗？"

"我不能确定，我也没有非常大的把握。"韩欣悦回答，"但我知道他还有其他女人，有很大可能通过其他女人发泄情绪，而我对他的精神打击一定很深，所以面对其他女人，他很可能会再次表现出障碍，很可能会继续服药。但我没有百分之百的把握，这种事情需要尽人事听天命。我做了自己能做的一切，最终结果如何，还是要看周建设自己。"

宋丽萍再次点点头，思索许久之后，缓缓舒了一口气，说道："你还真是给司法体系出了一道难题啊。我现在可以严谨地回答你提出的问题了。就个人而言，我认为你只涉嫌非法采集遗传资源这一项罪名，你对周建设行为训练的作为，并不涉嫌故意杀人。"

此言一出，包括韩欣悦在内，所有身处直播镜头内外的人，都露出了惊讶的神色。

"宋检，"李星翰扭头看向她，"您不是说……"

"是的。"宋丽萍点点头说，"来之前，我很有自信地认为她的作为会构成间接性质的故意杀人，但现在看来是我太草率了。自由意志，自古以来就是司法体系的基石。韩欣悦没有对周建设进行明确的教唆和诱导，无论是服药、把药物和需求建立联系，还是在压力之下过量服药，自始至终，这些都是周建设在具备主观能动性的情况下做出的自由选择。他完全可以不去吃普萘洛尔，也完全可以用理性去掌控自己的欲望和行为，不是吗？如果要认定这种自由选择是韩欣悦间接故意导致的，那就等同于否定了周建设具有主观选择的能力，从而等于否定了人类的自由意志。李队，你知道这意味着什么吗？"

李星翰陷入沉思，隐约领会到了宋丽萍的意思。

"意味着司法体系会彻底乱套，意味着一切犯罪行为都是无可奈何。"宋丽萍说，"杀人是因为受了气，盗窃是因为承受不了痛苦没办法干正经工作，受贿是因为抵挡不住对金钱的渴望，强奸是因为控制不了性欲。否定自由意志，就意味着一切行为的动机都是导致该行为的充分条件，个人没有其他选择。如此一来，所有犯罪分子在主观上都应该被认定为缺乏自我控制的条件，那么，难道要因为他们主观上难以控制的狭隘、懒惰和贪婪，就对他们网开一面吗？不，答案当然是否定的。尽管精神病学和神经科学正在不断证明人类本质上只是一种血肉机器，并不具备普遍的理性和高尚，但今天，以及在未来相当长的一段时间里，我们都必须认为人类具有自由意志，具有理性和主观能动性，能够对心理和本能上的诱惑加以控制。那么，周建设过量服用普耐洛尔的行为，虽然一定程度上受到了韩欣悦的影响，甚至通过心理分析可以发现，他也的确很难做出其他选择，但就像我们不能因为做出其他选择过于艰难就原谅杀人犯一样，周建设做出过量服药的选择，其责任也必须由自己承担。所以就个人而言，我认为韩欣悦只涉嫌非法采集遗传资源，并没有涉嫌故意杀人。哪怕真的一定要追究，我也认为，她的行为最多构成间接故意杀人未遂，她的间接故意行为性质，在对周建设进行训练的过程中或许是成立的，但7月2日和周建设分开之后，就已经和周建设接下来的行为没有任何逻辑关系了，所以是未遂。而周建设的死，在性质上依然是一场意外。"

"不，周建设就是我杀的。"韩欣悦坚定地说，"是我掌握了他的基因信息，又通过观察和分析，总结出了他的心理和生理弱点。是我知道他难以抵挡对爱和性的强烈需求，从而对他进行了精准的行为训练。是我知道他难以承受精神打击，所以7月2日下午狠狠精神折磨了他，才让他做出了过量服药的选择。这的确是他自己做出的选择，我的精神伤害也不是他这种选择的充分条件，但至少是必要条件。二者之间还是存在因果关系的。请你们一定要定我的罪。"

宋丽萍眉头微皱，陷入复杂的思索。

"但同时，我也希望你们能公平对待振江哥哥。"韩欣悦接着说道，"自杀虽然也是他自己做出的选择，周建设的精神伤害不是他自杀的充分条件，但同样，至少也是必要条件。所以抛开预见能力这方面来说，两件事在性质上是完全一致的，不是吗？我真心希望你们能定我的罪，同时也在法理上追究周建设的罪行。就算他已经死了，但他也必须对振江哥哥的死承担责任。我所做的一切，就是为了证明这个道理。希望你们不要双重标准！"

弹幕里也已经对此进行了激烈的讨论。

"宋检，"李星翰想起妹妹，想起隐匿在黑暗中的无形邪恶力量，深吸了一口气说道，"法理上当然要讲道理，但从现实角度出发，利用基因和心理学实施犯罪的行为是真实存在的，法理矛盾并不能成为这种犯罪逍遥法外的借口，不是吗？"

"是啊，"宋丽萍点点头，"所以我才说，这个案子给现代司法体系出了一道难题。很多人也许觉得人类社会现在已经很发达了，但站在更广阔的视角来看，人类目前其实还处于一种相当原始的阶段，很多问题是没有能力解决的。这个案子提出来的，就是这样一个超前的社会、科学问题，恐怕一时间，我真的没有能力给出有说服力的答案。"

"您比我想得更深远。"韩欣悦长舒了一口气,"无论如何,感谢你们听我说完了这些,我已经没有遗憾,也不想再多说什么了。我希望你们能定我的罪,但如果司法真的认为我无罪,那我也无话可说,我只期待一个公平、公正的结果,只希望不要对同样的事情采用双重标准。"

说完,她毫不犹豫地关掉了直播。她再次深吸了一口气,回想起2002年那个永生难忘的夏天,回想起王振江当初的灿烂笑容,回想起那根冰棍的清甜滋味,大颗的泪珠在眼中晃动。

振江哥哥,我终于做到了,我为你发出了声音,无论别人怎么看,无论最终结果如何,你在天之灵都可以安息了。我这辈子没能保护好你,希望下辈子咱们还能遇见,让我好好报答你吧。

振江哥哥,我爱你。

7点,夕阳没入天际,连残存的幻象都已经彻底消失,天色终于稍稍暗沉下来。黑色越野车缓速行驶在中州大学校园里,必经之路上,张焕然驻足等待。天色已晚,而且李星翰和韩欣悦各怀心事,车里的他们都没有注意到他。他平静地望着越野车消失在道路尽头,像一段乐曲尾声渐远。

他的计划再次迈出了重要一步,但接下来要做的事情还有很多。

他打开手机,屏幕上显示出一个年轻女人的照片。女人目测三十过半,长相虽然颇为柔美,但目光深处,却又似乎有种难以言说的偏执和凶狠。

手指滑动,照片之后是一张文本截图,截图上,是三行由数字和字母组成的信息:

rs1883832CC;

rs696217AA;

rs53576AA。

天色越发暗沉。须臾，张焕然收起手机，沿着绿树成荫的人行道缓步离去，身影逐渐隐没在呼之欲出的夜色之中。

第二十三章
暗流汹涌

"周建设案"的成功告破改变了很多东西。经由此案，社会终于直观地认识到，精神伤害不仅有着超乎想象的危害，更是能够用来作为武器行凶的。无论是网络上还是现实中，越来越多的人开始进一步关注心理学，开始思索善与恶的真正边界究竟在何处，开始倡导建立更加友善的网络和社会环境。一场潜移默化的社会思想变革，通过此案正式拉开了序幕。

而对于国内外的公检法系统来说，长久以来围绕"自由意志"逻辑所产生的法理和伦理矛盾，也终于被此案彻底摆到了桌面上，再也无法忽视。法律专家们开始集思广益，探讨该如何在尊重人类意志自由的前提下，建立有效机制应对精神层面的新型犯罪行为。

这注定是一场旷日持久的社会学探索。

但李星翰要追求的不止于此，他必须继续深挖下去，为妹妹和其他死难者们伸张正义，也一定要让蒋芸珊亲眼看到真相大白的那一天。

2021年7月10日上午8点,金河区派出所女子候问室里,在一名女民警的陪同下,李星翰再次和韩欣悦见了面。9日晚上,他因为各种顾虑,很多事情都没能深究到底。但此刻,此案已经得到上级认可,韩欣悦也已经平静下来,看起来不会再有自杀的风险,是时候从她身上查找关于远思的线索了。

他并不知道,韩欣悦也早就为此做足了准备。

"欣悦,"李星翰把一份早餐递到了韩欣悦面前,"昨天晚上太忙了,没顾上来看你,让你受委屈了。"

"您这话说得——"韩欣悦一边接过早餐一边惭愧地摇了摇头,"我是杀人犯啊,接受任何惩罚都是应该的。"

"法律的惩罚当然是必需的,但嫌疑人的基本权利也必须得到保障。"李星翰坐在她对面低声说道,"而且你不是无可救药的恶人、烂人,甚至从个人身份上讲,我是真心很佩服你的。这个时代,知恩图报的人太少了,愿意为了真理较真甚至自我牺牲的人更是屈指可数,而这两件事居然同时发生在了你身上,换成是我的话,我也未必就能做到。"

"您言重了。"韩欣悦眼神复杂地笑了笑,"其实我也很害怕,也有过后悔,我其实并没有您想象中那么勇敢。"

7月7日中午12点,中州大学教职工1号餐厅,张焕然端着餐盘坐到韩欣悦对面,把一份清蒸鱼放到了桌子中间。

"多吃点鱼,为即将到来的法理辩论做做准备吧。"

"啊,谢谢老师。"韩欣悦礼貌地点了点头,随后笑道,"不过,老师,您知道吃鱼补脑是没有科学依据的吧?"

"哎呀,你们这些理工科的真没意思,就不能有点浪漫主义吗?"张焕然嗔怒道。

韩欣悦扑哧一笑，一边夹起一块鱼肉，一边说道："不过仔细想想，只要相信吃鱼能补脑，那么起到的安慰剂效应，应该是真的能增强自信，激活副交感神经，避免儿茶酚胺对大脑的损伤。从这个逻辑上说，吃鱼还真是能补脑的。"

"是啊，安慰剂效应是生活中最普遍也最容易被忽视的心理现象。"张焕然也夹了一块鱼肉。

"是啊，所以人的心理才能被掌控。"韩欣悦出神地点了点头，"老师，其实有个问题我憋在心里很久了，到现在还是想不明白。"

张焕然看了她一眼："你在想，周建设是不是无辜的。"

韩欣悦眼中充满惊讶："您真的是一眼就能洞穿一切。那么，您觉得他是无辜的吗？我这几天一直忍不住在想，从更广阔的社会视角来看，他……他也只是个受害者而已，但是我又……我是说……"

"我明白你的意思。"张焕然点点头，不紧不慢地接过了话题，"虽然周建设rs6311是TT型等位，但基因并非人生命运百分之百的决定性因素。如果梁雪融对他没有偏见和歧视，而是承担起婚姻和感情的责任，给了他一个幸福的家庭，那他未必会产生严重的心身焦虑以至于出现问题，也许就不会在焦虑之下变得性格暴戾，变得对年轻男人心存嫉恨了，那他也许就不会对振江那么恶毒，振江也许就不会被他害死了。你在想，虽然是周建设把振江折磨致死的，但他也只是复杂命运力量的一环而已，错误的根源并不在他自身。这两天，这种想法肯定深深困扰着你，对吧？"

韩欣悦目光紧紧盯着他："您比我想得更透彻，那么客观来说，真是这样的吗？"

"欣悦，"张焕然摇摇头，"这个问题过于复杂了，从不同的角度来看会有不同的答案，我不提倡在哲学思辨中陷得太深，那对解决实际问题帮助不大。还是那句话,一切善恶皆有因果。绝大部分情况下,可怜之人都必有可恨之处,可恨之人也都必有可怜之因。但我们现在还没有能力对此寻根问底。你想想看,那些残暴的杀人犯真的都是天生残暴吗?不,世上没有无缘无故的恨,也没有无缘无故的凶残,但社会并不会关心他们究竟受过什么样的心理伤害,也没有资源和精力去关心,更不可能因此去原谅杀人犯。所以我的意见是,也许从广阔的视角上看周建设也只是一名受害者,但从现实角度出发,他依然必须为自己的错误承担责任,你无须为这场复仇而在道德上自我谴责,只要能直面自己的责任,就可以无愧于心了。"

韩欣悦心情复杂地叹了口气。

张焕然思索片刻接着说道:"欣悦,你可能觉得人类现在已经很先进、很发达了,但其实,站在更广阔的、包含未来在内的历史视角看,人类目前还只处于一个相当落后、原始、愚昧的阶段。人类在每个阶段都有每个阶段的使命,在目前阶段,还只能处理和应对最浅显的社会逻辑,无法从最底层的根源上阐述真正的是非对错,正因如此,生活中才会存在那么多难解的矛盾,但我们不应该也没有能力去钻这个牛角尖。

"如果非要在这个阶段追寻哲学意义上的极致真理,最终只会在现实面前迷失自我。听我一句劝,放开这个问题,关注眼前的现实吧。做好准备,做好即将到来的法理辩论,启发更多的人去思考人类、社会、善恶的本质,也许在不远的将来,社会才能更公正地看待善与恶,这才是你能为社会做出的最大的现实贡献。"

韩欣悦长舒了一口气:"我现在才明白,罗曼·罗兰说得真是太对了,看透生活真相之后依然热爱生活,真的是一种巨大的勇气。"

"而咱们,都将带着这种勇气直面一切。"张焕然注视着她认真说道,"欣悦,别怕,一切都有我在呢。"

韩欣悦看着他,心底某些东西似乎狠狠动了一下。

"不。"李星翰摇摇头说,"这世上并没有真正无所畏惧的人,很多面临危难和困境的人其实和普通人一样害怕,但这并不妨碍他们是真的勇士。因为真正的勇敢从来都不是无所畏惧,而是一边畏惧,一边又能为了崇高的信念硬着头皮往前走。勇敢是一种理性的力量。"

韩欣悦露出意味深长的浅笑:"您也是一样的,不是吗?"

李星翰不置可否,随后定了定神说道:"欣悦,我今天过来,是希望咱们之间能更加坦诚一点。"

韩欣悦一副慌乱却又故作镇定的样子:"我不明白您的意思。"

李星翰知道,韩欣悦是个有着强大意志力和理性思维能力的人,她对幕后黑手的隐瞒一定有某种苦衷。既然前一晚直播的时候没有说,那么此刻也必然不会轻易说出来。所以他绝不能直接亮出底牌询问韩欣悦和远思之间的关系,而是必须先让韩欣悦露出破绽,然后才能通过逻辑追问出幕后黑手的存在。

"欣悦,"李星翰定了定神问道,"我有个问题一直不太理解,你昨天直播的那个账号是花了很多钱租来的,而且根据调查,是周建设死亡当天就谈好了租赁条件。也就是说,你其实早就为公开认罪做足了准备,不是吗?"

韩欣悦坦然点了点头:"是的。"

"那你为什么不在杀人之后直接公开自首呢?"李星翰进一步问道,"直接公开自首,既能尽快帮王振江发声,又能最大限度地为自己争取宽大处理,这是两全其美的事情,你为什么要拖到我们找上门了才承认呢?"

当然是为了让你们怀疑背后另有隐情。

韩欣悦这么想着,嘴上却故意支支吾吾:"嗯,这个的话,我……还是因为害怕吧。我是很早就做好了准备,可真的要毁掉自己人生的时候,我还是怕了,所以我才一直拖到昨天。"

这番说辞合情合理,李星翰一时也难以反驳。但他并不着急,因为接下来的试探才是杀手锏。

"还有一个问题,"他顿了顿继续问道,"周建设携带有哮喘易感基因,就算是正常剂量的普萘洛尔,也有可能诱发哮喘。那你就没有担心过,如果训练过程中,普萘洛尔直接诱发了轻中度哮喘,让他及时去医院就医,你的计划不就彻底泡汤了吗?"

"是有这种担心,但任何计划都是有风险的嘛。"韩欣悦说着看了一眼李星翰,已经大概知道李星翰接下来会说什么了。关于医学知识和技能的试探,是张焕然早就交代过的一个要点。韩欣悦必须在这次试探中主动露怯,从而加深李星翰对幕后黑手的怀疑,并且以此作为说服上级领导的证据。

"我觉得不是很严谨。"李星翰不出所料地说道,"要是我的话,可能会用非选择性的环氧合酶抑制剂去抵消普萘洛尔的一部分作用,反正普萘洛尔对周建设来说主要起的是安慰剂效应,这么做更安全,不是吗?"

环氧合酶抑制剂是指以阿司匹林、布洛芬为代表的解热镇痛药,这类药物能够阻断 β 受体阻断剂的作用,但同时也会通过另一种机制导致哮喘。对韩欣悦来说,这是很基础的药理知识。正常情况下,她可以轻易地指出李星翰这种假设的错误之处,但是此刻,她必须假装不懂,以显示自己学术能力的不足。

"啊,对啊。"她迟疑片刻,故作恍然地点点头,"非选择性的环氧合酶抑制剂……能阻断 β 受体阻断剂的作用是吧?哦,对,我怎么就没想到呢?"

李星翰打量着她继续问道:"那么,你觉得我这种想法合理吗?"

韩欣悦露出认真、敬佩的神色:"您比我高明多了。"

李星翰深吸了一口气,心底的直觉越发强烈起来:"可是,难道你不知道,非选择性环氧合酶抑制剂除了能阻断β受体阻断剂的作用,也会增加体内白三烯的水平吗?白三烯是引起支气管收缩的重要物质,其水平激增同样有很大的风险诱发哮喘,这叫阿司匹林哮喘。所以,用非选择性的环氧合酶抑制剂,只会让计划失败的风险提高啊。这么基础的专业知识,你不会不知道吧?"

韩欣悦勤奋刻苦,而且学术态度十分严谨,这种药理知识当然知道。但她也知道,一些混日子的药学工作者,未必就能掌握这个知识点。而她,必须在李星翰面前把自己包装成这样的人。

"哦……"她假装恍然,又假装试图掩饰恍然,"啊,对啊,确实是这样,我……这两天脑子太乱了,一时没想起来……"

"欣悦,"李星翰用沉稳的声音打断了她的"狡辩",终于问出了真正想问的那个问题,"恕我直言,谋杀周建设的方案非常专业,非常严谨,无论阅历还是学识,你显然都没有能力设计出这个方案。所以,我希望你能坦诚地告诉我,到底是什么人在背后指使你?"

韩欣悦假装惊慌僵住,片刻之后深吸了一口气故作镇定地说道:"您把我搞糊涂了,这是我自己的事情,怎么会有人指使呢?"

"不,欣悦,"李星翰坚决地摇了摇头,"你连阿司匹林哮喘的机制都不懂,根本不可能掌握普萘洛尔罕见的辩证药理。而且你还这么年轻,只交往过一个男朋友,不可能对男性的心因性勃起障碍有那么深刻的了解和掌握。欣悦,谋杀周建设的方案不可能是你设计出来的,如果你有这个能力,早在三年前就动手了。不,你做不到,是有其他人也想要周建设死,于是给你提供了行动方案。我知道你可能在害怕什么，但是欣悦，请相信我，想要真的让自己摆脱你害怕的东西，你就应该把真相告诉我。我向你保证，一定会保护你的安全。"

他用诚恳、笃定的目光看着韩欣悦，那一刻，韩欣悦想起李星翰这些年来的压抑和坚持，发自内心地敬佩和心疼这个男人。她真的想告诉李星翰，没错，是远思在背后指使了我，你们快去调查远思吧。但她不能这么做，因为张焕然说过，通过诬陷的方式是不可能让远思露出马脚的，反倒会提高他们的警惕，让后续的调查更加困难。只有用模棱两可的方式不断往远思身上引导，让远思自乱阵脚露出破绽，张焕然和李星翰，才有可能抓住机会揪出他们的狐狸尾巴。

所以，韩欣悦必须让李星翰继续经受挫折，对此，她真的有心无力。

"李队，我觉得您真是想多了。"她从容说道，"药学是很复杂的，每个研究者都有各自的侧重，不可能每个知识点都懂。所以，一时没想起来阿司匹林哮喘的机制，并不代表我就不懂普萘洛尔的辩证药理。而且，我连自己的人生都可以毁掉，还有什么东西值得我害怕呢？"

"那就是感激？"李星翰猜测道，"指使你的人帮你为振江讨回了公道，那么出于道义，你要替他们隐瞒罪行，是吗？"

"没有……"

"欣悦，"李星翰压抑住内心的怒火说道，"我希望你能明白，也许那些人是帮了你，是对你有恩，但客观来看，他们已经对全人类都构成了巨大威胁。你是个有责任、有担当的人，你真的愿意见到越来越多无辜之人的命运乃至生命都被他们悄悄掌控吗？"

"李队，"韩欣悦深吸了一口气，坚定地道，"这件事真的是我一个人做的,没有任何人指使。"

李星翰深吸了一口气,看着韩欣悦坚定的眼神,知道空口无凭地问下去已经毫无意义。但是经过此番谈话,韩欣悦背后那股若隐若现的神秘力量,已经越发清晰了。

"你是说,你怀疑韩欣悦是被人当枪使了?"7月10日上午10点,市公安局局长办公室,陈小刚站在窗边,困扰于心底的黑暗再次浮现出来。

"是的,陈局,我几乎可以肯定这一点。"李星翰分析说,"韩欣悦的行为和说法乍一看好像没什么问题,但从心理学角度细想的话,疑点真的太多了。首先,根据我的试探,她根本没有能力独立设计出谋杀周建设的计划。其次,她认罪的时候态度那么坚决,那么从容,之前还放弃所有人生规划和资源,甚至放弃了感情很好的男朋友回到中州接近周建设,这种毅力和决心,可以说是舍弃一切了。在这种情况下,到了最后关头,她怎么可能又突然害怕失去自己的生活而犹豫着不敢自首呢?这一点真的太矛盾了。我认为她背后一定还有其他人,她一开始就想公开真相替王振江发声,因此做足了准备。杀人之后,她又迫于那些人的压力——或者是出于对那些人的感激而不敢或者不愿那么做,直到咱们查到她身上,她才被迫地也是顺理成章地坦诚了真相。我想,这应该是她矛盾行为背后唯一合理的解释。"

"嗯。"陈小刚踱着步子沉思片刻,随后停下脚步深吸了一口气,抛出一个尖锐的问题,"那你认为,可能是什么人在背后指使她呢?"

四目相对,两人对答案已经明了了。但事关重大,如此大胆的猜测,陈小刚作为市局局长是不能轻易说出来的,只能由李星翰来开这个口。

李星翰鼓起勇气说道:"陈局,我有一种强烈的直觉——黄明宇那个组织卖淫案您肯定已经详细研究过了,最近半年,为了一款新药的上市,远思制药一直在对周建设实施性贿赂,但据我所知,他们近期并没有新药上市,也就是说,周建设并没有帮他们办成事。远思是全球顶尖的医疗科技企业之一,之前还传出过窃取公民健康信息的传闻。无论是背景、动机还是能力,远思都非常符合幕后黑手的条件。"

陈小刚深吸了一口气,内心那个不敢深想的问题更加清晰地浮现出来。是啊,一切线索都指向了远思,他自己又何尝不明白呢?可是——

"星翰,"他抑制住内心的复杂思绪问道,"我明白你的想法,可是事关重大,我问你,你有任何证据吗?哪怕是间接的呢?"

李星翰叹了口气:"没有。"

"那现在说这些就没有任何意义。"陈小刚面色越发沉重起来,"就像你说的,远思是全球顶尖的医疗科技企业之一,对社会有着重要贡献,想对他们提出这么严重的指控,和'周建设案'完全不是一个性质的事情,你明白吗?"

"明白。"

"所以啊,你的意思我懂,但暂时没有往下说的必要了。"陈小刚说,"除非找到牵涉远思的直接证据,否则的话,咱们就什么都做不了,懂了吗?"

"陈局……"

"行了,"陈小刚摆摆手打断他,随后又带着欣慰的笑容拍了拍他的肩膀说道,"星翰啊,下午还要给你开表彰会呢。先别想那么多了,快点去补个觉吧,啊,我可不想让媒体看到咱们的功臣一副被

'996'压榨的样子,那以后还怎么给公安系统吸引人才啊!"

李星翰叹了口气露出无奈的笑容:"那陈局,我就先过去了。"

"去吧,去吧,好好睡一觉,给你放两天假,把精神给我养好。"陈小刚笑着说道,目光欣慰慈爱。

但就在李星翰走出办公室准备关门的瞬间,他又突然叫住了李星翰,带着心照不宣的神色对李星翰说道:"星翰,别放弃,咱们都不要放弃,好吗?"

李星翰嘴唇不由抖动了一下,面色依然沮丧,但也十足坚定地点了点头。

上午11点,高新技术开发区,远思生物集团总部大楼24层,又一场全体股东会议正在进行。

"这个韩欣悦到底是什么来头?"轮值董事长打量着股东们质问道,"一个普通背景的小博士,怎么可能掌握HDCS的技术呢?"

"谢总,我也想不通。"外勤部门经理惭愧地说道,"但根据目前掌握的信息,她真的跟咱们的内部人员没有任何牵扯。"

"不可能。"一名身材明显缺乏锻炼的股东接口道,"谢总说得没错,外人不可能有这种能力,你肯定还有什么信息没挖出来。"

"怕不是没挖出来,是故意替某些人隐瞒吧。"一名身着法式长裙的女股东话里有话地笑道,"王经理是谁的人,在座的各位还不清楚吗?"

"于总,你这话是什么意思?"戴金丝眼镜的儒雅股东说道,"个人社交的事情轮不着别人去管,这不会影响到集团大局。而且你也别得意,你上次从科研部门偷偷调取基因信息的事情可还没完呢,别是贼喊捉贼吧?"

"不管怎么说,HDCS外人不可能掌握,百分之百是出了内鬼。"

一名个子很高、声音浑厚的股东一边打量其他人一边说道,"内部调查不能停,这个事情必须彻查到底,地毯式搜查。谁要是不同意,那就不得不认为他心虚了。远思如果想继续发展,成为世界性的垄断企业,这种小作坊式的思维就必须彻底根除。"

"查就查,怕什么。"另一名微胖的股东冷笑道,"我们家都可以让调查组随便进,我反正是问心无愧。"

"你别绑架我们。"女股东嫌弃地摇了摇头,"查个内鬼查到股东家里,这种事情你也真敢想。"

"好了好了,诸位。"轮值董事长叹了口气,努力叫停了越发激烈的争执,"不管怎么说,咱们都必须团结一心才行。周建设和咱们有关的传言在网上到处都是,必须想办法控制一下了。内部调查也会扩大规模,一定要尽快揪出内鬼。另外,咱们也必须想办法从根源上解决问题了。那个韩欣悦来路不明,也已经被警方控制,现在不太好动,但是那个李星翰,咱们可真的该注意一下。我已经了解到,他妹妹是'7·12车祸'的死者之一,也难怪他一直紧追不舍。无论周建设的死是谁干的,咱们目前最大的威胁都来自李星翰,如果他还要深挖下去,就必须对他采取一些措施了。"

"可他能查出周建设的死因,对 HDCS 怕是会有防备的吧?"儒雅股东不无担忧地说,"想杀他怕是没那么容易,难道要再设计一场'7·12车祸'吗?这可不是小事啊。"

轮值董事长一脸冷笑:"如果他还是死死咬住不放,那咱们也没其他选择,只能找人给他陪葬了。"

"哎呀,你们能想到的就只有杀人吗?"女股东不屑地冷笑道,"对付公职人员还不容易,动用舆论力量泼点脏水让他丢了工作不就行了吗?"

"嗯,于总说得也有道理。"轮值董事长点头看向外勤部门经理,

"不管怎么说，王经理，这个李星翰是当务之急，一天之内，务必把他的背景和黑历史给我挖出来。"

郑远思自始至终一言不发，会议结束后，他回到19楼的办公室，望着窗外阳光灿烂的城市景观，眼前却总是涌动着一股难以言说的暗流。

他再次想起了那位故人。

门被推开，吴佳慧走了进来，显然也是打算跟老师谈谈昨晚发生的事情。

"老师，那个韩欣悦……"

"佳慧啊，"郑远思打断她说道，"我又想起你的师兄了。"

吴佳慧一愣："您怀疑……"

"我不知道，但我们不能排除这种情况。"郑远思回头看向她，"如果是他的话，咱们必须弄清楚他到底想干什么。佳慧，你得替我找到他，了解一下他的近况和经历。"

"好。"吴佳慧点点头，"我下午就去联系王经理。"

"不能让内部的人知道。"郑远思摇了摇头，"佳慧，你得亲自去查。以我对他的了解，他是不会轻易动用这种力量的。如果真是他的话，那事情就不可能那么简单，我这几天越来越能感觉到，一场暴风雨就要来临了……"

"老师……"吴佳慧出神地看着郑远思，"告诉我师兄的名字和大致信息吧，我下午就着手开始调查。"

郑远思点了点头，复杂的往事瞬间如喷泉般涌现出来。

"你的师兄——"他深吸了一口气，回头看着吴佳慧的眼睛说道，"叫张焕然。"

第二十四章
下一个目标

7月10日上午,蒋芸珊再次接受了电场治疗,虽然成功延缓了肿瘤细胞的分裂,但也仅仅是延缓而已。所有人都清楚,死亡已经离她越来越近了。

11点30分,张焕然和刘晓斌沟通完毕后回到病房,蒋芸珊虽然无比虚弱,但还是努力打起精神对爱人露出了温暖的笑容。五年来,张焕然的积极和乐观早就深深感染了她。

"焕然,刘主任怎么说?"

"特别成功,把肿瘤小细胞们打得落花流水的。"张焕然握住爱人的手笑道,"看这帮臭小子以后还敢不敢再嘚瑟了。"

蒋芸珊灿烂地笑着,把张焕然的手拉到枕头上,轻轻枕了上去。

"焕然,可能是因为治疗,我有点累了。"她无力地喘了口气说,"你能在这儿陪着我吗?"

"我当然会陪着你呀。"张焕然抚摸着她的头发,轻轻吻了吻她的额头,带着灿烂的笑容柔声说道,"我永远都会在你身边。"

蒋芸珊露出虚弱但安心的笑容，又依依不舍地看了一眼张焕然，随后闭上眼睛，呼吸很快变得缓慢而均匀。

等确定她睡着之后，张焕然感受着她皮肤的温度，想起即将到来的分离，泪水终于从眼里悄悄漫了出来。

模糊的视线中，从初二到此刻，和蒋芸珊共度过的二十年美好时光在脑海中悲喜交加地流淌而过，在心底汇聚成极致的酸楚。他真希望能回到初见的那天啊！虽然彼时的生活满是痛苦，但只要有蒋芸珊在，一切痛苦就都不复存在了。

他无声地流着泪水，但是片刻之后，又努力让自己冷静下来。现在还不是多愁善感的时候，他还有更重要的事情要做。

他打开手机，再次翻出了那张偏执女人的照片，以及那三条基因信息。

他知道，周建设和远思之间有着直接的利益关联，只要让韩欣悦自称是受到了远思指使，那么官方就必然会对远思展开调查，这不失为一条掀翻远思的捷径。

但问题在于，这么做未必能一举成功。2015年，远思曾直接曝出过行贿丑闻，网络上的传言铺天盖地，官方也用了很大力度去对待，可是远思藏得太隐蔽了，最终并没挖掘到任何更深层的东西。远思只是进行了半年的自查自纠工作，就顺利度过了那场风波。那么，仅凭周建设的死就想把远思连根拔起，谨慎地看，应该是有点想当然了。

更何况，无论网上的传言多么厉害，都是要讲证据的。周建设的死和远思之间的确毫无关联，韩欣悦也没有任何能够指向远思的物证，空口无凭。所以早在一年前开始设计整个计划的时候，张焕然就直接否定了嫁祸远思的方案。

他知道，远思的融资情况错综复杂，HDCS 技术又充满了诱惑，那一定会有股东悄悄将其作为私用,而未经统一研究私下实施的精神控制杀人行动存在更高的暴露风险,所以其他股东对此肯定会非常不满。

也就是说,远思的管理层内部肯定会相互猜疑,周建设的案子很可能会加深他们的猜疑,激化矛盾。再加上网上传言带来的危机感,那有可能让他们自乱阵脚。一旦他们慌乱之下对李星翰、韩欣悦或其他相关人员采取行动,到时候,张焕然就有办法引导李星翰发现他们行动的罪证了。

逼迫远思自己犯错,这才是计划的真正核心所在。

整个上午,他都在等待远思的动作,他为此已经设计好了全部预案,只要远思敢动手,他就一定能揪住远思的狐狸尾巴。但截至此刻,他尚未发现远思的任何行动。

看起来,仅凭周建设的案子,还不足以让远思彻底乱掉。这其实也在预料之中。远思和周建设之间的关系可能被当成巧合,远思可能也会认识到这一点,知道案件不会继续发酵,李星翰短期内也没有继续深挖的能力和条件,因此不会贸然做什么。

如果真是这样,张焕然就必须趁热打铁,继续把水搅得更浑。最为合适的目标,就是这个名叫徐婉清的女人。

2015年贿赂案曝光之后,曾有自媒体声称,之所以贿赂金额远超利润,是因为远思的目的并非利润本身,而是窃取我国公民的健康数据。当时,跳得最欢、最早发表这种说法的自媒体人之一,正是这个徐婉清。

但是很快,她和其他一些自媒体人就删除了相关言论。据说,正是远思花钱堵住了他们的嘴。而这种说法,李星翰和公检法系统的很多领导都是知道的。也就是说,徐婉清和远思之间,有着虽模棱两可但又众人皆知的利益关联。一旦徐婉清出了事，人们的目光必将再次集中到远思身上。

与此同时，一年前，徐婉清还曾经卷入一场备受关注的网暴事件，导致了知名自媒体人李梦瑶的猝死，那件事至今仍然充满热度和争议。所以，如果徐婉清莫名其妙死去，也必将引发全社会的广泛关注。

2010年左右，正是自媒体开始迅猛发展的时期。彼时，在母亲王小娟的榜样作用与支持鼓励下，年轻的女医生李梦瑶开始在博客上写专栏为女性发声，在优酷和土豆等网站上发布视频，后来又转战微博、微信公众号等平台，努力为处境不好的女性引领自强之路，逐渐成长为极具影响力的自媒体人。

她的名声越来越响，收入也水涨船高。但她有着崇高的理想和使命感，从未将这些收入用于个人，而是把每一分钱都投在帮助女性自立自强的事业上。从2011年到2020年，她先后资助过超过300名失学或贫困少女，对超过100名遭受家暴的女性进行法律和经济援助，还和妇联等单位组织过多次培养低学历女性工作技能的公益活动。而她自己，却始终只凭着本职工作的收入过着最寻常的生活，有些时候，她甚至还会为了公益事业倒贴工资。

她做这一切都是出于崇高的信念，不仅没有想过牟利，甚至连名气都毫不在乎。她想尽可能地低调做人，但如此无私的好人在这个时代毕竟太稀缺了，因此，她还是不可避免地成为舆论焦点，还被媒体炒作起来。所谓树大招风，人一旦有了名气，无论本身多么崇高、多么伟大，都难免遭到猜疑和嫉恨。到了2020年，网上质疑李梦瑶的声音已经多到不可忽视了。

很多自私自利的人认为，这世上不可能有如此无私的人，所以李梦瑶一定是在炒作人设牟利。一些同样为女性发声但逐渐把这项事业做成生意的人，因为经常被拿来和李梦瑶的无私作对比，就对李梦瑶心生怨恨，有的甚至将李梦瑶视为眼中钉。再者，所谓"升米恩斗米仇"，一些受过李梦瑶帮助的女性，逐渐把李梦瑶的帮助视为理所当然，当大学毕业或者拥有独立能力之后无法继续得到资助时，她们居然也对李梦瑶产生了畸形的怨恨。

种种复杂的嫉恨，逐渐凝聚成一把无形之刃，悄悄悬在了李梦瑶头顶。

最终握住利刃刺向李梦瑶的，是徐婉清和一个名叫王丽的女孩。

徐婉清从事自媒体工作多年，却一直不温不火。在她眼中，李梦瑶没她漂亮，没她社交能力强，也没她有内涵，可这样一个处处不如自己的女人，却通过炒作人设逐渐火了起来，这真的很不公平。嫉妒之火熊熊燃烧，她发自内心地想要这个女人一败涂地。同时，她还认为李梦瑶通过炒作人设的方式敛财，欺骗了整个社会，也因此产生了一种为社会打假的扭曲正义感。在这些扭曲心理的驱使下，早在2018年，她就开始暗暗寻找李梦瑶的"黑点"，希望让这个"恶心虚伪"的女人跌下神坛。

2020年6月，她盯上了一个名叫王丽的女孩。

王丽自幼失去父母，跟着收入微薄的外公外婆艰难度日。初中毕业后，外公外婆希望她嫁入邻村的富裕家庭改变命运，遭到她激烈抵抗。李梦瑶得知此事之后，亲自上门说服两位老人，并资助王丽读完了高中和临床医学本科，让这个女孩真正改变了命运。

本科最后一年的时候，王丽想要接着读研，希望李梦瑶继续资助她，但李梦瑶坚决拒绝了。

"丽丽，你已经长大了，到了该自食其力的年纪了。"2019年10月，二十七岁的李梦瑶对二十三岁的王丽说道，"我帮你的时候自己也才大三呢，读研的时候，我都已经开始同时资助五个女孩了。女性想获得真正的幸福，就一定要尽早独立自主。你现在已经有充足的知识和技能，可以独立生存了。我可以给你介绍一些收入还不错的兼职，但绝对不能再直接给你钱了。这既是为了你好，也是为了让社会委托给我使用的钱能够用在更需要的地方。时至今日，还是有很多女孩因为经济或者父母观念问题而失学，有很多女性因为没有自立能力而处境艰难，我必须把钱拿来帮助她们，希望你能理解。"

王丽是李梦瑶最早资助的女孩之一，也是受李梦瑶资助最多、时间最长的人，七年多的时间里，李梦瑶几乎已经把她当成了亲妹妹。这一切都是无偿的奉献，她本应对李梦瑶一辈子心怀感激，但李梦瑶的拒绝却让她产生了被抛弃的感觉，自此对恩人怀恨在心。

但善良的李梦瑶对此却毫无察觉，为了进一步帮助王丽，她不仅跑前跑后帮王丽找合适的兼职，还在2020年5月主动带王丽参与了自己的一个科研项目，让刚刚研一的王丽就拿到了3.5的SCI分数，算是亲手为王丽铺好了人生的康庄大道。另外，2020年4月的时候，王丽的外公突然生病，李梦瑶还自掏腰包给了王丽两万块钱。她对王丽真的已经仁至义尽，但王丽却认为这一切都是自己应得的，甚至更加恨李梦瑶，她认为自己应该得到更多才对。

她开始用李梦瑶给她买的手机，在微博上用小号发泄对李梦瑶的怨恨。2020年6月，同样对李梦瑶心存嫉恨的徐婉清偶然注意到了这些微博，主动联系王丽见面。一番畅谈之后，她不仅牢牢抓住了王丽的怨恨心理，还从王丽提供的信息中，终于找到了摧毁李梦瑶声誉的办法。

"所以，她给你转账两万是今年4月，你们一起发那篇SCI是今年5月，没错吧？"2020年6月的一个午后，徐婉清再次确认道。

"没错，"王丽有些不解，"可是这有什么意义吗？"

"哼。"徐婉清再次露出冰冷嫉恨的笑容,"你不用管那么多,接下来不管发生什么,你只要保持沉默就行了。最多一个月,我就能让她彻底跌下神坛。"

"哦。"王丽有些犹豫,"可是……"

"可是什么?"徐婉清愤愤不平地说,"你难道不恨她吗?你不想让她吃点苦头吗?"

"当然想,"王丽也露出愤怒的神色,"她对我太不公平了。"转念她又表现出些许犹豫:"可是,她毕竟是在为女性做好事啊……"

"你可真有意思。"徐婉清不屑地笑道,"她为别的女人做好事,你能捞到一丁点儿好处吗?对自己没好处的事情,你有什么好担心的?"

"唉……"王丽叹了口气,"可是说到底,她也的确为女性事业付出了很多……"

"付出?哎呀,我的傻妹妹,那都是生意,是包装出来的假象啊!"徐婉清恨铁不成钢地怒道,"这个年代,怎么可能有无私付出的人呢?大家不管干什么,无非都是为了名利二字。包装得越伟大,来钱那就越快啊!她这种级别的流量,一年赚的钱够你花一辈子的了。人都是自私的呀,面对金钱的诱惑,她不可能抵挡得了的。你信不信,她肯定在哪个地方悄悄买了别墅,说不定在国外哪个银行存了很多很多钱呢。等赚够了钱,人家到时候就会找个地方逍遥自在。你还真以为她是在无私付出呀?那都是假的,是做给大家看的罢了!你说说,这种又当又立的人,咱们难道就看着她欺上瞒下、逍遥快活吗?你觉得这真的公平吗?"

王丽想了想,坚定地摇了摇头。

"对嘛。"徐婉清宽慰地松了口气,"所以啊,她把自己捧得越高,咱们就要让她摔得越惨。你就听我的,不管过几天发生什么,你只要保持绝对沉默就行了,记住了吗?"

王丽咬咬嘴唇,想起李梦瑶拒绝资助自己时那冷酷无情的样子,想着她可能悄悄敛了好多财却不肯分给自己一点儿,义愤填膺地点了点头。

2020年7月5日,网名为"千言婉语"的自媒体公众号突然发文,称李梦瑶于4月悄悄向王丽转账两万元,5月就和王丽一起发表了一篇高达3.5分的论文。虽然没有直言二者之间的联系,但弦外之音已经再明显不过了。

李梦瑶对此毫不心虚,坦然讲述了事实,表示二者之间毫无关系,并且表示王丽可以对此加以证实。然而,作为关键证人的王丽却迟迟没有发声,甚至直接拉黑了李梦瑶的所有联系方式。消息一出,舆论哗然。大家想当然地认为,王丽一定是因为心虚而不敢站出来作伪证,所以,李梦瑶一定是从她手上买了一篇高分论文。

一直以来,李梦瑶都在主张女性的强大和独立,而买论文事件彻底颠覆了她的形象,并引发了一系列连锁反应。很多自媒体早就对她心怀嫉恨,便抓住这个机会各种落井下石。原本就讨厌她的人更是借机肆意发泄怒火,关于她的谣言满天飞,把她越描越黑。她看起来的确很像是犯了错,原本很多坚定的支持者们也变得犹豫了,表示需要"让子弹飞一会儿"。在种种因素的驱使下,短短两天时间,李梦瑶的无私付出都已经被彻底遗忘,在很多人心里,她已经沦为弄虚作假、靠人设敛财的邪恶人士。

铺天盖地的辱骂包围了李梦瑶,她读评论和私信读到失声痛哭,却无法证明自己的清白。更让她心寒的是,自己一直视为亲人的王丽,居然在这个时候沉默不语,等同于选择了对她背刺,她觉得自己一直以来的努力和奉献都没有了意义,甚至生活本身都开始失去意义。在医院,一些同事看她的眼神也开始充满鄙夷,甚至一起值班的护士都阴阳怪气地说她存了那么多钱这辈子吃喝不愁。可她真的奉献出了一切呀！

尽管母亲王小娟一直在努力陪伴她，开导她，但委屈和焦虑还是像巨石一样重重压在她胸口，压得她越发难以喘息，悄悄在她体内埋下了致命隐患。2020年7月11日凌晨3点，在前往急诊科会诊的路上，她捂住胸口突然晕倒，在经历了半个多小时的抢救之后，还是因为严重的心梗离开了这个她热爱的世界，年仅二十八岁。

李梦瑶的死再次引起轩然大波，一些心理学和医学专家认为她的死和网暴导致的压力有着直接关系，在互联网上引发了深刻反思。7月12日，王丽忍受不了内心的煎熬，终于鼓起勇气发文坦诚了一切。刚刚反思过网暴的网民们，又再次对她实施了网暴。7月12日深夜，在良心的谴责和网暴的压力之下，王丽选择用自杀结束自己糊涂而短暂的一生。有人为此叹息，但也有人认为这是恶有恶报。

王丽虽然以死谢罪，但逼死李梦瑶的真正推手徐婉清，却始终没有表现出一丝一毫的愧疚。对于王丽的指责，她声称自己是受了王丽的欺瞒和误导，也只是王丽报复李梦瑶的工具而已。再者，她认为自己曝光的事情也都是事实，并没有任何造谣的嫌疑，如何理解是网友们自己的事，和她本人无关。作为自媒体，她有权利也有义务把了解到的事实公之于众。

她的这些言论招致了很多人的声讨，但除了声讨和谴责外，人们对她似乎也毫无办法。同时，一些极端思想人群也坚决站在她那边，认为她并没有做错什么，甚至依然认为李梦瑶死有余辜。

随后，为徐婉清洗地的声音越来越多，认为她真的没有做错什么。即便徐婉清有做得不对的地方，网暴也是成千上万的网民自己发起的，和徐婉清并无关联。而且，又有一些医学和心理学专家开始发声，认为人的心理和生理复杂多变，并没有证据能证明是网暴压力导致了李梦瑶的猝死,实际上,经常值夜班的医生群体,猝死率本来就高于常人,李梦瑶的死,很可能和网络暴力没有直接关系。

短短几天,徐婉清就被洗白。短短两周,这件事就开始被人们淡忘。一个曾经怀着一腔热血和责任感、真正想让女性自强、想让世界变得美好的斗士,就这么被遗忘在了时间的洪流里。

杀死徐婉清,不仅仅是为了对付远思,也是为了伸张正义,让李梦瑶九泉之下得以安息。

2021年7月10日上午11点30分,张焕然看着手机里徐婉清的照片,回想着早已铺垫好的一切,决定开始下一步的行动。

第二十五章
旋涡边缘

11点40分,李星翰捧着素雅的花束走进神经内科一病区时,突然又产生了那种隐蔽、奇特的异样感。他回想起过去几天发生的事,尤其是7月5日晚上和张焕然、蒋芸珊之间的谈话,总觉得"周建设案"的侦破像是命运的安排,每一个线索出现得都是那么恰到好处,这一切真的只是巧合吗?

几天以来,萦绕心头的那种不安再次悄悄浮现,已经快要冲破潜意识的边际了。

但是推开门,看见病床上的蒋芸珊时,心底的苦涩瞬间就掩盖了那种不安,只剩下悲伤与沉重了。

蒋芸珊刚刚睡去,张焕然怕吵到她,没有像往常一样嘻嘻哈哈地调侃李星翰,只是带着阳光的笑容竖起大拇指点了点头,意思是治疗比较顺利。

李星翰松了口气,但同时也注意到张焕然眼角不起眼的泪痕,又不禁微微叹了口气。

他知道，为了让蒋芸珊保持积极的心态从而延长生存期，张焕然一直把悲痛藏在心里，已经太久没有倾诉过了。他其实很想跟张焕然推心置腹地聊聊，让张焕然在他面前好好哭一场，但他也知道，那对两个人来说都实在太尴尬了，是打死也不可能发生的。

　　他欲言又止地看着张焕然，稍后把花束拆成两份，两个人默默地开始往几个花瓶里插花。

　　明媚的阳光、温馨的病房、怡人的花香，这久违的美好瞬间，让李星翰突然回想起了过去几年的时光。在蒋芸珊确诊脑癌之前，三个人的生活虽然也充满痛苦和压抑，但多少还是有些色彩的。那时，他们经常会聚在一起，做做饭啊，喝喝啤酒，看看足球比赛什么的，也会像大部分朋友一样讨论八卦和最新的电影，被很多网络热梗逗得笑出眼泪。他们会一起自驾出门旅行，有时候也会一起去听个音乐会或看个话剧。当然，作为男人，张焕然和李星翰也会经常一起打游戏，尤其喜欢一起靠在沙发上玩XBOX或者Switch。

　　想到打游戏，李星翰嘴角不禁扬起一丝久违的幸福笑容，是啊，和张焕然一起打游戏，可能是他过去几年最美好的回忆之一了。只有打游戏的时候，两个人才会彻底抛下现实的种种枷锁，像孩子一样怀着纯真与好奇，全身心地去探索未知世界。只有在这种氛围里，他们才会彼此敞开心扉，在最真心的鼓励和埋怨中开怀大笑。

　　思绪至此，李星翰原本压抑不安的心不由得稍稍安定了一些。虽然蒋芸珊很可能不久于人世，巨大的痛苦和挫折即将来袭，但至少，他和张焕然还有彼此，他们一定会继续成为对方的依靠，一起熬过即将到来的艰难时光，一起走完剩下的人生旅程。

　　他松了口气，带着呼之欲出的泪水，下意识地抬头看向了张焕然。可就在对视的瞬间，他心底却狠狠咯噔了一下，好不容易平复下来的心绪，再次被某种东西狠狠揪住了。

在张焕然眼里,他再次看到了那个难以言说的巨大黑色旋涡,似乎想要把他乃至整个世界都吸入其中。

站在旋涡边缘,他有一阵触电般的恍惚,再次想起了"周建设案"的侦破过程,一切都像是被精心设计好的……他也突然想起了韩欣悦言行上的种种疑点,心里仿佛突然被插进了几颗钉子,疼得喘不过气来。

他下意识地屏住呼吸,已经隐约窥探到了黑色旋涡的巨大轮廓。

他茫然、慌乱地看着张焕然,张了张嘴,几度欲言又止。

就在此时,蒋芸珊大概是嗅到了花香,深吸一口气睁开眼睛,精神似乎好了不少。

"星……星翰……你来……你来了呀?"她努力恢复着语言能力说道。

李星翰松了口气,瞬间被带回现实,终于还是没能彻底走进旋涡之中。

"这么快就醒了呀?"张焕然笑道,"看来这次效果是真的不错。"随后他看向李星翰抱怨道:"你看看这个人,大中午的,过来也不知道带点好吃的。亏我前几天还大半夜跑去接你,要没有我啊,你说不定在大街上就被人给劫色了。"

李星翰思绪纷乱地看着他,两秒之后才彻底定了定神,白了他一眼说道:"那你不是坏了我的好事儿吗?"随后坐在床边握住了蒋芸珊的手:"芸珊,你看起来精神真的好多了,上午的治疗很顺利吧?"

"嗯。"蒋芸珊露出灿烂的笑容,"毕竟是新技术,把肿瘤小细胞们电得落花流水的,再也不敢嘚瑟了。"

张焕然露出会心的微笑,李星翰也被她逗笑了。

"欸欸欸,手往哪儿放呢?"张焕然稍后嗔怒道,"这可是我媳妇儿,要摸摸你自己媳妇儿的去。"

李星翰懒懒地把手伸到他面前："那我让你摸我一下，算是还回来，行了吧？"

蒋芸珊乐得合不拢嘴，张焕然一脸嫌弃。

"说起来，李大队长今天怎么有空来视察我们小老百姓的生活啊？"张焕然阴阳怪气道，"单位里没给你开庆功大会吗？"

"下午开，想去的话，我可以带你去见见世面。"李星翰用老父亲般的神态和语气说道。

"那还是算了，一介草民，不懂上流社会的规矩，去了丢人怎么办？"张焕然笑道，"我说真的啊，大白天的，够亮堂了，你就别在这儿当电灯泡了行吗？那天晚上代驾的钱还没给我结呢，还有打扫你那猪窝的钱，你怎么着也得意思意思，请我们好好吃一顿吧。"

李星翰无奈地白了他一眼，看向蒋芸珊："芸珊想吃点什么？想吃鱼吗，清蒸多宝鱼怎么样？附近有家店做得特别好，我可以让他们做个无油低盐版的。"

"好啊，那就麻烦你了。"蒋芸珊安心地点了点头。

李星翰起身就要离开，张焕然连忙抱怨道："欸，你还没问我呢。"

李星翰一边出门一边白了他一眼："一介草民，就跟着吃点残羹冷炙得了。"

张焕然无奈同时又会心地笑着摇了摇头。

附近的菜馆里，李星翰点了清蒸多宝鱼和小米糕，随后又点了金汤肥牛、杭三鲜和麻椒鸡，后三道都是张焕然最喜欢的菜。

等待出餐的过程中，李星翰望着窗外灿烂的街景，身心再次逐渐舒缓开来。近日积压的疲惫一股脑浮现出来，不知不觉中，他靠在椅子上已经半梦半醒。蒙眬中，他再次回想起了过去几年的快乐时光，想起了和张焕然一起打游戏的美好场景，想起了张焕然那双虽然悲伤却总是努力发光、希望能照亮他人的眼睛，那双让人无比心疼的眼睛……

为什么一个这么好的人，却要遭受如此的悲惨命运呢？

灿烂的光晕之下，李星翰眼角涌出泪水。

但是仅仅几秒之后，一团黑色就开始恍惚浮现，让李星翰察觉到了一种虽不明确却令人无比抓狂的恐惧感。随后，恐惧感从远处迅速迫近，像残暴军队的铁蹄一样踏平了他心底每一寸平静的土地，扬起漫天黑色沙尘。他浑身都微微颤抖起来，最后深吸一口气睁开了双眼。就在他睁眼的瞬间，恐惧的铁蹄已狂奔至眼前，让他在梦境与现实的边界之上，第一次看清了那恐惧的样貌。

他茫然但又不安地揉着脸，比以往更清晰地回想起了张焕然眼中那个巨大的黑色旋涡。是的，那种庞大的黑暗似乎并不单纯，而是透着某种极其复杂的阴谋。

他盯着桌面思绪杂乱。他想起了张焕然和蒋芸珊之间能够战胜一切的深情，想起了张焕然无与伦比的心理判断力，想起了韩欣悦那让人难以理解的矛盾言行，最后，又再次想起了"周建设案"过于巧合的侦破过程。为什么每个线索和细节甚至包括思维模式的转变，都精妙得如同命运的安排呢？真的有命运这种东西吗？如果不是命运的安排，那为什么会出现这种安排呢……

他心底狠狠一沉，再次想起了7月5日晚上和张焕然、蒋芸珊聊天的场景，一瞬间，又一幅离奇却又合理的社会心理图景，在他眼前缓缓铺展开来……

热气腾腾的菜肴在折叠餐桌上一一摆好，张焕然把鱼肉剔成均匀的小块，又用勺子刮掉肉眼能见的所有调料，最后整齐摆放到蒋芸珊的餐盘里。蒋芸珊一边催促他赶紧吃饭,一边也把肥牛和麻椒鸡夹到他的餐盘里,当然,她也给李星翰夹了不少菜。

李星翰把一块鸡肉放进嘴里缓缓嚼着,久久都没有下咽。他望着面前这对受尽折磨却对彼此始终如一的爱侣,一边感动,一边也再次被紧紧揪疼了心。

他冲破一切艰难查明了"周建设案",既是为了妹妹,也是为了蒋芸珊,甚至可以说,如今这种状况下,蒋芸珊对他而言比妹妹更加重要。只要能让蒋芸珊不留遗憾地离开,他甘愿付出一切,哪怕是生命。

而张焕然的决心,恐怕只会比他更加坚定啊——他早该想到这一点的。

是的,张焕然有足够的心理洞察力,有足够的心理学和医学知识储备,有出众的思维和很深的城府,最重要的是,他也有比任何人都坚定的决心,去为了爱人而牺牲所有。如果是他在参与甚至策划一切,那很多细节和直觉就都说得通了,如果是他……

李星翰出神地望着张焕然,心如刀割。

一方面,他了解张焕然的执着和坚定,知道这个人一旦下定决心做某件事,那就没有任何力量能拉得回来。他也知道,蒋芸珊对张焕然来说实在太重要,无论张焕然为了蒋芸珊做什么,他都完全可以理解,甚至情感上无比支持。

可另一方面,他也有着最坚定的正义感,绝不能接受用犯罪或者阴谋的方式去对抗罪恶,否则,正义和邪恶又有什么分别呢?他也心疼蒋芸珊,愿意为蒋芸珊付出所有,但他宁愿正义迟到,宁愿多年以后再告慰蒋芸珊,也绝不能容忍正义通过罪恶的方式到来。那是他的底线。

五年来,他和张焕然一起经历了太多风雨,早已成为彼此生命中不可分割的一部分。他的人生已经够孤独了，绝不能再失去唯一的朋友。而且，张焕然是他见过的最善良、最温暖的人，他也绝不能允许这样的人毁掉本来就已经千疮百孔的人生。他此生最大的愿望之一，就是陪着张焕然熬过难关，看着张焕然的生活重回正轨，帮助张焕然找到后半生的幸福。

他出神地望着张焕然，心脏上像是缠满了带刺的钢丝，无论生理还是心灵，都疼得要命。

他一言不发地吃完了饭，随后和张焕然一起收拾了桌子，把餐盒和厨余垃圾打包进了两个垃圾袋。他拎起一个垃圾袋，用神色示意张焕然拎起另一个，张焕然却直接把垃圾袋递到了他手上，调侃道："那我就不送了啊，请人民公仆替人民把垃圾扔了吧。"

蒋芸珊被逗得忍俊不禁。

李星翰却完全没有接手的意思，打了个哈欠挠挠头说："太累了，拎不动。"

张焕然扑哧一声笑了，一副"你在逗我"的无语表情。

但李星翰态度坚决，头轻轻一摆示意一起走，张焕然稍稍一愣，从他眼中读出了些许沉重的东西。

两人各怀心事，一前一后地进电梯。眼看着电梯开始下降，为了尽可能挽救张焕然，李星翰终于还是决定有话直说。

"焕然，"他用控制不住的颤抖声音问道，"你是不是有事瞒着我？"

张焕然瞬间僵了一下，心几乎跳到了嗓子眼。他了解李星翰的聪明和敏锐，知道李星翰迟早会觉察到什么，为此已经足够谨慎和隐蔽，就是希望尽量避免和延缓李星翰的怀疑，却没想到，李星翰还是这么快就有所察觉。

"啊？"他克制住心底的慌乱露出疑惑的样子，"什么瞒着？瞒你什么了?"

李星翰看着他眼眸深处的巨大黑色旋涡,知道模棱两可的试探不可能起作用,于是深吸了一口气,决定直接摊牌。

"是你吗?"他看着张焕然的眼睛问道,"周建设是你杀的吗?"

张焕然再次僵住,他没有想到,李星翰居然这么快就已经觉察到了全局。

他不想对李星翰撒谎。但他也明白,李星翰有着坚定的正义感,他也知道,李星翰无比珍视两人之间的感情,绝不会允许他自毁人生。如果不说谎,那自己设计好的一切就都会终止,蒋芸珊必将带着巨大的遗憾离开人世——他绝不能接受这一点,这是他的底线。

"你在说什么莫名其妙的鬼话?"半秒过后,他就用强大的理性克制住心底的一切杂乱思绪,露出看傻子的表情笑道,"你刚才去买饭的时候脑子是不是被那家店的旋转门给夹了一下啊?周建设是那个韩欣悦杀的,跟我有什么关系?"

"韩欣悦没有那个能力,但是你有。"李星翰直直地注视着他,眼中已经有泪花闪烁,"焕然,别骗我,求你了,到底是不是你?"

一瞬间,张焕然看着那双疲惫又真诚炽热的眼睛,过去几年和李星翰在一起的美好时光,也像温暖的泉水一样在心底最柔软的地方喷涌而出。因为特殊的成长环境,他从小就没有遇到过真正的朋友,但是认识李星翰之后他才知道,原来兄弟之间的感情也可以如此美好,也可以成为彼此最坚定、最踏实的依靠。他和李星翰早就是对方生命中不可分割的一部分了,如果没有蒋芸珊,他一定会愿意为李星翰付出一切的。

所以,他真的不想欺骗李星翰,那对他来说是难以承受的痛苦折磨。可命运如此,他真的别无选择。

李星翰的真诚质问,让无数情绪在他心底紧紧揉作一团,揉得他眼眶炽热，泪水升腾。

李星翰瞬间就觉察到了他的挣扎和眼眸深处的泪光，心底再次狠狠一沉，知道自己的直觉可能是对的。"是你，真的是你……"眼泪已经涌入眼眶，"你为什么……"

"你到底在干什么啊？"张焕然努力抑制住泪水笑道，"突然神经兮兮的……"

"回答我的问题，"李星翰眼眶已经通红，"到底是不是你杀了周建设？"

面对那双眼睛，张焕然真的做不到欺骗，那会让他心如刀割。可是想起蒋芸珊，他又迅速坚定下来，知道无论有多难，这条黑暗之路都必须走到底。尽管浑身每一个细胞都因为这次欺骗和委屈而无比酸痛，但他还是抑制住一切痛苦，对李星翰道："不是，他的死跟我没有任何关系。"

李星翰愣了一下，他明白张焕然对自己的友情，相信张焕然不会对他说谎，一时间，他也开始怀疑自己是不是又犯了病，又开始胡思乱想了。但是下一秒，他就再次想起了张焕然和蒋芸珊之间不可动摇的深情，意识到了张焕然的挣扎和抉择。

可他也明白，如果张焕然决心否认和隐瞒，他几乎不可能找到证据戳穿谎言。不，不行，他不能让张焕然陷入黑暗之中，他必须把张焕然拉回来。

他想起过往的点点滴滴，深吸了一口气，带着泪水看着张焕然的眼睛说："那你发誓，如果周建设的死跟你有关系，就让我不得好死！"

尽管有着强大的理性，对封建迷信从来都不屑一顾，但那一刻，张焕然却是如此相信命运，如此抗拒发这种毒誓。他绝不能对李星翰发出如此恶毒的诅咒，那同样是他不可突破的底线。

"你到底发什么神经呢！？"内心无尽的挣扎和痛苦开始难以控制，他不由激动起来，下意识地提高了音量，"突然说这么一堆莫名其妙的话，你清醒一点行不行！？"

"你发誓，发完我就不再说了。"李星翰也激动地看着他，"发啊，你到底在怕什么！？"

"我什么都不怕！"张焕然终于按捺不住内心的折磨，大声吼了出来。

"那你为什么不敢发誓！？"李星翰抓住他的肩膀吼道，"你到底在怕什么！？"

"你能不能别发神经了啊！？"张焕然用力把他推开，他重重砸到了身后的电梯墙上。

五年来，两个人还是第一次发生如此激烈的冲突，他们都挣扎但又坚定地看着对方，都明白对方的想法，却又真的无法像往常一样达成默契。

李星翰看着他，想起和命运有关的一切，泪水终于难以抑制，奔涌而出。

"焕然，"他看着电梯不断下降的层数哽咽着说，"我的人生已经够孤独了，不能再失去你了，你明白吗……"

张焕然鼻子一酸，泪水也几乎无法克制，但他绝不能让掀翻远思的计划受到任何影响，于是强行把泪水憋了回去，只是小心翼翼地吸了吸鼻子。

"不管未来发生什么，只要咱们一起面对，就没有什么好害怕的。"李星翰哭着看向他，"只要你好好的就行，好吗？不管你做过什么，都立刻收手吧，我真的求你了……"

张焕然用最后的意志绷住情绪，依然没有让眼泪流出来。电梯抵达一楼，李星翰最后看了一眼张焕然，拎起两个垃圾袋，径直出了电梯。张焕然望着他的背影,心理防线终于彻底崩塌,蹲在地上哭了出来。

他又何尝不想像李星翰说的那样好好地生活下去呢?可是蒋芸珊命在旦夕,李星翰也因为妹妹的死备受煎熬快要无法支撑,而远思,很可能也在无数个不为人知的角落里继续荼毒着这个世界,制造着无数看不见的残忍杀戮。他又怎么能假装这一切都不存在,一个人安心地、好好地生活下去呢?

能力越大,责任也越大。无论多么痛苦,无论要经受多少地狱般的心灵煎熬,他都必须在自己的黑暗之路上坚定地走下去,永不回头。

对不起,星翰,我真的别无选择。

第二十六章
自然死亡

7月11日中午12点,某高档住宅区,李墨拉着行李箱走出电梯,心里萦绕着强烈的失落感。妻子徐婉清本来约好去机场接他的,可是她不仅没有如约出现,而且从9点多开始就怎么也联系不上了。李墨有种不好的预感。

他心烦意乱,开锁推门,没有换鞋便急忙往客厅走。

"婉清?婉清?"

他喊了两声,依然没有任何回应。突然,他隐约闻到了一股类似烂苹果的腐败酸味,眉头一皱,循着气味往里走了两步,气味越发浓了。他扫视一周,发现书房的门半掩着,透过门缝,瞥见了地板上酒红底色的深蓝蝴蝶印花。他愣了一下,马上意识到那似乎是妻子的一件长裙。他深吸了一口气走上前,忐忑地推开房门,心里顿时咯噔一下。

书房内,徐婉清头冲着书柜趴在地板上,右臂前伸,浑身的皮肤都呈现出苍白的死亡之色。

不知为何，惊恐之余，李墨居然感觉到一丝奇怪的释然。

10日下午开完庆功会之后，陈小刚给李星翰放了两天假，让他务必把精神养好。李星翰早已疲惫不堪，但是想起生命所剩无几的蒋芸珊，想起张焕然眼里的巨大黑色旋涡，还是打起精神在单位里熬了个通宵，把过去五年调查过的可疑死亡事件重新过了一遍，希望能挖掘到新的东西，堂堂正正地揪出远思的狐狸尾巴。

只可惜，一夜都没有任何收获。

11日天快亮的时候，他终于顶不住疲惫趴在办公桌上睡了过去。不知过了多久，他隐约感受到手机的震动。他半梦半醒地把手机摸过来，打起精神看向屏幕，发现已经是下午1点多了，电话是崔智鹏打来的。

"喂，智鹏。"他靠在椅子上努力揉了揉眼睛。

"呃，李队——"豪华大平层东南角的宽阔书房里，崔智鹏看了一眼徐婉清的尸体，又再次和宋莹莹对视一眼，略感为难地说道，"我知道您可能在休息，是真的不想打扰您。但是这边有个自然死亡事件，莹莹觉得不太对劲，我们想来想去，觉得还是跟您汇报一下比较好。"

李星翰心中一沉，瞬间清醒了不少："自然死亡？什么情况？"

"死者叫徐婉清，三十五岁。"崔智鹏介绍说，"莹莹初步判断，死因是DKA（糖尿病酮症酸中毒）导致的心脏骤停。家属反映死者两周前刚刚确诊了轻度的2型糖尿病，当时测的空腹血糖只有7.3（毫摩尔/升），然后还有什么……呃，胰岛B细胞功能也没有失代偿，总之就是，病情真的很轻。所以莹莹觉得，这么短的时间里，病情发展是不是有点过于迅速了……"

李星翰心中一沉，瞬间想起了当年的孟海洲，紧接着，他又迅速注意到了徐婉清这个名字，心里再次一沉。

"当然了，除了病情迅速之外，别的倒也没什么疑点。"崔智鹏顿了顿继续说道，"就是跟您汇报一下，也可能是我们想多了吧。"

"等一下，"李星翰一边揉脸一边谨慎确认道，"你说死者叫徐婉清？马上跟家属确认一下，是不是网上那个很有名的自媒体'千言婉语'。"

"千言……婉语？"崔智鹏疑惑地重复了这个名字，同时走出书房看向坐在椅子上神色复杂的李墨，"李总，你爱人的网名是叫'千言婉语'吗？"

李墨肯定地点了点头："是她，她还算有点名气的。"

"是她。"崔智鹏回到书房说道，"李队，您认识她？"

李星翰心底剧烈震动起来："等着我，我现在马上过去。"

下午1点55分，徐婉清家中，技术员们已经完成了现场的勘查工作，宋莹莹也做完了全面的体表尸检，进一步确认了自己的判断。

"外表没有任何中毒和受伤迹象。"她起身对崔智鹏说，"所有体征都显示，应该就是突发DKA导致的心源性猝死。家属愿意的话最好解剖确认一下，但其实也没有多少必要。"

崔智鹏知道又到了上课时间，说："解剖的问题等李队来了定夺吧，先跟我讲讲，这个DKA到底是什么意思吧。"

"Diabetic Ketoacidosis，中文全称叫糖尿病酮症酸中毒。"宋莹莹耐心解释说，"鹏哥，糖尿病的基本病理你应该了解吧，就是内源性胰岛素分泌不足或者利用率降低导致血糖持续性偏高。这一般来说是个慢劲儿，所以大部分糖尿病，尤其是轻中度的2型糖尿病，通常都是慢性的。但有些时候，出于一些原因，比如酗酒、用药不当或者精神压力过大等，分泌胰岛素的胰岛B细胞功能突然受到严重抑制，那么在糖尿病的基础上，血糖系统和代谢系统就有可能在短时间内发生严重紊乱，从而引起一些急性并发症，DKA就是最常见的一种。"

崔智鹏思索着点了点头。

"病理过程大概是这样的。"宋莹莹接着说道，"出于某种原因，胰岛B细胞功能严重抑制、A细胞功能高度亢进，组织细胞——主要是脂肪细胞和肌肉细胞——就会在过量胰高血糖素的作用下大量分解，产生大量糖类从而引起高血糖。然后呢，除了生成糖类之外，脂肪细胞分解还会产生一种叫乙酰辅酶A的物质。正常情况下，乙酰辅酶A会和一种叫草酰乙酸的物质结合，通过一种叫三羧酸循环的过程转化成其他营养物质，这是咱们体内一种非常重要的营养平衡机制。但问题在于，草酰乙酸在体内生成和储备都非常有限，一旦乙酰辅酶A短时间内产生过多，草酰乙酸很快就会消耗殆尽。这个时候，大量乙酰辅酶A没办法进入三羧酸循环，就会因为过多而产生缩合——相当于被挤压到了一起，结果就是，缩合成一类叫酮体的酸性物质。酮体积累过多，就会消耗掉血液中储备的碱性物质，从而降低血液pH，导致代谢性酸中毒，所以这个病就叫糖尿病—酮症—酸中毒。"她说着嗅了嗅空气："鹏哥，你闻到一股类似于烂苹果的腐败酸味没有？那是从呼吸道里溢出来的丙酮的气味，丙酮就是酮体的主要成分之一。"

崔智鹏也跟着嗅了嗅，恍然道："哦，我说怎么有股怪味，原来是这么回事啊。"

"是的，所以她的症状真的很典型。"宋莹莹接着说道，"然后，酸碱平衡是体内最重要的平衡指标之一，我刚才测了她的血液pH，已经降到了6.9，属于非常严重的酸中毒了。这种程度的酸中毒会高度抑制呼吸和神经中枢功能，诱发严重的心律失常。另外，尸体颈部两侧能触及略微肿大的甲状腺,虽然目前还不能确定GD(弥漫性毒性甲状腺肿)和DKA之间的因果关系,但我怀疑死者生前也存在一定的甲亢症状。但我刚才问过家属,家属说死者从来没有对甲亢进行过确诊和治疗,所以我怀疑,长期、隐蔽的甲亢毒症,很可能对死者心脏造成了慢性损伤。所以DKA发生之后,她应该是短时间内就发生了严重的心脏病变,连120都没来得及打。"

崔智鹏迅速消化着这些知识,同时又问:"从糖尿病发展到DKA,两周真的算是很短的时间吗?"

"非常短,可以说是闻所未闻。"宋莹莹看着尸体说道,"从我有限的认知来看,首先,DKA多发生于1型糖尿病,因为这类糖尿病经常会突然严重发作。2型糖尿病一般来说都是慢劲儿,很少自然发生DKA。就算发生DKA,一般也都是发生在后期重症病人身上,而且即便发生在后期重症病人身上,通常也都需要物质因素诱发。DKA常见的物质诱因有三种形式,分别是酗酒、滥用激素药物或者长期使用胰岛素之后突然停用。但我刚才跟死者家属确认过,死者并不存在上述三种情况。所以,两周前刚刚确诊2型糖尿病,空腹血糖刚刚过7.3,没有任何物质诱因,两周后却突然发生严重DKA猝死,自然情况下,这种病情发展速度真的太不正常了,就像……"宋莹莹说着停顿下来,犹豫着把话咽了回去。

崔智鹏眉头一皱,思虑片刻后也略显犹豫地说道:"你是想说……就像当年孟海洲的情况,是吗?"

"是啊……"宋莹莹呼出一口气,心情复杂,"不过这种话不好乱说,毕竟'7·12车祸'早就有了定论。但作为了解医学的人,那件事在我心里一直都是个疙瘩。另外,你知道吧,那件事对李队的影响也非常非常大。他之所以能不顾一切地把周建设的案子查到底,就是因为一些传言,和那场车祸有关的传言。他能破掉周建设的案子,想必这几年对这方面研究很深。所以我想,最好还是让他来现场看看,听听他的意见吧。"

"也是啊。"崔智鹏点点头,想了想问道,"莹莹,根据你的认知,你觉得,真的有可能通过精神压力,精准地制造一场重病甚至制造一场自然死亡吗?"

"我不知道。"宋莹莹神色越发复杂起来,"当年,'7·12车祸'的联合调查组里可都是全国顶尖的专家,好几位都是我的偶像呢,他们的结论我肯定是信服的。尸检报告王所也让我看过,可以说,从法医和医学角度也的确挑不出毛病。可是经过周建设这个案子,我又一直控制不住地在想,如果人的思想和行为可以被人力所掌控,那生理变化是不是也有可能……"

崔智鹏看着尸体问道:"生理变化也能被情绪影响吗?"

"那当然。"宋莹莹解释说,"医学上对情绪导致的疾病有专门分类,叫心身疾病。拿DKA来说,严重的精神压力或者精神刺激,会高度激活下丘脑—垂体—肾上腺轴,导致儿茶酚胺水平剧增。过量儿茶酚胺作用于胰岛 B 细胞的 α 受体,会严重抑制 B 细胞的胰岛分泌功能,造成胰岛功能短时间内严重不足,同时作用于胰岛 A 细胞的 β 受体,引起胰高血糖素激增。在二者共同作用下,组织细胞大量分解,就有可能引发DKA。"

崔智鹏深吸了一口气,思绪越发凌乱起来:"我去,也就是说,理论上,真的可以通过心理干预制造一场自然死亡啊!"

"是的,但也只是理论上。"宋莹莹皱眉思索道,"虽然机制本身并不复杂,但精神因素这个东西是很难量化的啊。也就是说,就算你掌握了患者的生理甚至基因缺陷,可又凭什么认为一种压力或者刺激能百分之百激活神经-内分泌系统呢?凭什么就认为这种压力患者无法承受呢?心理和精神层面的东西,真的太难以把握了啊!"

崔智鹏陷入沉思，随后松了口气露出期待的表情："也许李队会有办法吧……"

"就算他对这些东西研究很深，可是……"宋莹莹看着徐婉清的尸体，心底浮动着一股难以形容的压抑感，"可是这跟周建设的案子还是有很大区别的。就算真的存在自然死亡形式的谋杀，在当前阶段，这种案子真的有办法查下去吗？"

崔智鹏再次陷入沉思。

第二十七章
自然死亡的侦查悖论

虽然徐婉清最出名的行为是制造了李梦瑶猝死事件，但其实早在2015年年底，李星翰就已经注意到这个人了。

2015年10月，一附院贿赂案中暴露出了重重疑点，当时出现了很多传言，而最耸人听闻的一种，就是远思付出如此高昂的代价，其实是为了窃取我国公民的健康数据。

而这种传闻，正是徐婉清第一个曝出来的。

奇怪的是，这一言论发表不到一天，还没来得及广为流传，徐婉清就突然删除了相关信息。之后不久，包括徐婉清在内的大量自媒体就开始发文攻击三名已经落马的医院领导，称必须尽快惩治这些医疗体系的蛀虫，还人民一个干净安全的医疗环境。他们言辞激烈，煽动大众把注意力集中在受贿方医院上，而在很大程度上忽略了对行贿方远思生物的关注。案件当时没有继续朝着远思深挖下去，和这种舆论环境有着脱不开的关系。

李星翰当时就意识到，这很可能是远思对舆论的一次操纵，而操纵的目的，恐怕是要掩盖一些尚未查明的东西。而徐婉清这一连串的行为着实有些矛盾，他怀疑，徐婉清有可能被远思收买了。

到了2020年，因为徐婉清对舆论的恶意引导，年轻善良的李梦瑶在舆论压力之下心梗猝死。之后，李梦瑶的母亲王小娟在网上发文质问网络暴力，舆论的矛头一时指向徐婉清。但奇怪的事情再次发生了，又是仅仅几小时后，大量自媒体又开始引导舆论，让人们认为李梦瑶死亡是自作自受，徐婉清反倒被塑造成了网络暴力的受害者。如此明显的舆论操纵，让李星翰再次对徐婉清的背景产生了怀疑。她虽然有些名气，但也只是个粉丝三四百万的寻常自媒体罢了。操纵整个网络舆论，绝非她凭一己之力能做到的。

于是，李星翰再次想到了她和远思之间值得怀疑的关系，或许，正是远思的力量在背后保护她。而一个这么大的企业愿意尽全力去保护一个普通的自媒体人，一定不是出于道义或者共赢，而是因为别的什么——比如受到了要挟。

是的，或许，徐婉清当初对远思的指控并非捏造，而是真的握有远思的把柄。

而一个握有远思把柄，很可能要挟、勒索过远思的人，如今又突然像孟海洲一样短时间内从健康发展成为猝死，疑点已经再清晰不过了。或许，徐婉清对远思的勒索从未停止过，远思正是为了彻底解决这个麻烦和隐患，才决定杀人灭口。

是的，也许周建设的死和张焕然之间的确存在某种关系，但徐婉清的死，则毫无疑问地、无比清晰地指向远思，应该和张焕然完全无关。

为了揪出远思，也为了挽救张焕然，这次机会，无论如何都要紧紧抓住。

下午2点，李星翰在物业的带领下进入事发现场，又在崔智鹏的带领下走进了书房。

"师兄，"宋莹莹摘下手套打了招呼，"体表尸检已经做完了，没有中毒或者外力伤害迹象，体征很典型，可以确认是自然死亡，DKA诱发室颤致死。另外，死者两侧甲状腺有轻微肿胀，因此也怀疑存在一定的甲亢毒症，甲亢毒症可能也参与了室颤的发生。"

"嗯。"李星翰看了一眼尸体嘴唇的紫绀和略微凸起的甲状腺，嗅了嗅空气中依然存在的丙酮气味，信服地点了点头，随后看向崔智鹏，"背景和现场有什么发现吗？"

"也完全符合自然死亡的推测。"崔智鹏汇报说，"外面坐着的那个是尸体发现者，即死者配偶，也是报警人，叫李墨，是一家游戏公司的老板。他今天中午刚出差回来，据他反映，死者本来答应去机场接他，但是不仅没有如约出现，而且从今天上午9点30分左右就开始联系不上了。这些情况都已经得到了证实。另外，根据莹莹的推测，死者死亡时间在今天上午9点到10点之间，和他的描述也比较吻合。现场和周边我们都查过了，没有争执、搏斗痕迹，没有第二者出入的迹象。"

李星翰再次把目光转向了宋莹莹："死者的病历了解了吗？"

"了解了。"宋莹莹简要汇报说，"死者是两周前才确诊的2型糖尿病，确诊当天，空腹血糖只有7.3，胰岛B细胞功能检测也证明有完整代偿能力。然后，我跟家属也进行了详细沟通，确认死者生前不存在酗酒、使用激素药物或者长期使用胰岛素又突然停用的情况。也就是说，死者的DKA恐怕只剩下一种诱因，那就是——"

"应激。"李星翰接过话点了点头，随后谨慎确认道，"冻伤、中暑、营养缺乏、噪声，这些物质性的应激诱因也都排除了吗？"

"我全跟家属确认过，都可以排除。"宋莹莹说，"目前看来，恐怕只有心理应激一种解释了，可是……"

她没有接着把话说下去，但她的顾虑，李星翰怎么可能会不明白呢？

可是……精神因素难以量化，要如何证明是压力导致了这场猝死呢？而且，这如果真的是一场利用精神控制实施的谋杀，那又到底该怎么查下去呢？

李星翰看着徐婉清本身毫无疑点的尸体，陷入越发复杂的思索之中。

因为生命的复杂性，人类社会创造出了"自然死亡"这个微妙的概念，它把客观存在但目前过于复杂的生命逻辑进行了模糊处理，用"自然"一词来强调其难以捉摸且不具备主观危害的性质，从而让全社会都可以名正言顺地忽略这种死亡形式背后的无形伤害，继而忽略和这些伤害有关的复杂的伦理、心理、生理和法理逻辑，以适应人类现阶段没有足够资源和能力深度处理这种死亡的无奈现实。

于是，一个人突发疾病死亡，排除了中毒和器质伤害之后，事情就会理所当然地终结，没有社会程序会对死因继续深入挖掘，没有人会在意死亡背后的精神伤害，更没有人会被追责。在所有人眼中，自然死亡就是自然而然、理所应当的死亡，是一种责任应归于不可抗力的死亡。

"7·12车祸"发生之前，在社会集体潜意识的影响下，李星翰也一直秉持着这种观念。

但是那场车祸颠覆了一切，让他意识到，或许，一件"自然发生"的事情，其规律也是可以掌控的。过去五年，他和张焕然携手调查过十几起可疑的自然死亡事件，并因此对医学进行了系统学习。自然死亡，在他眼里早就不再"自然"了。而今，面对徐婉清的尸体，这种非自然的感觉更是前所未有地爆发了出来。

是的，仅仅两周，就从轻度糖尿病发展成DKA致死，DKA诱因又极有可能是强烈的精神刺激，加上和远思纠缠不清的背景，这场死亡，无疑有着重大的他杀嫌疑。这很可能又是一场精神控制谋杀。

恍惚中，李星翰再次看到了那幅熟悉的画面：徐婉清好端端地坐在家里，一股黑暗力量突然钻入她体内，让她浑身无力、呕吐不止。在医院确诊糖尿病之后，药物暂时压制住了那股力量，但是两周后，那股力量又再次冒出来，狠狠撕咬了她的灵魂，转瞬便夺去了她的生命。而后，那股黑暗力量又再次销声匿迹，仿佛从未存在过一般。

面对"7·12车祸"和周建设尸体时那种强烈的黑暗直觉，再次狠狠揪住了李星翰的心。

可是话说回来，直觉再强烈又有什么用呢？

内心一番慷慨和振奋之后，李星翰逐渐冷静下来，开始直面现实中的困难。过去五年的调查经验早就让他明白，通过精神刺激制造自然死亡，这种极端特殊的杀人手段在侦查程序上的困难程度，要比周建设那种案子高出无数个量级。

是的，你说徐婉清死于凶手刻意施加的精神压力，可你凭什么这么认为？证据呢？

人的心理世界无比复杂，又不像周建设那样存在明显异常的行为，你凭什么就认定这不是一起真正的自然死亡呢？你要怎么去证明？怎么说服其他人？

再者，就算能找到压力来源，你凭什么证明压力就是别人故意施加的呢？

而且法律和程序应当具备普遍适用性，如果这个案子要从心理的角度查到底,那每年数以百万的自然死亡病例,是不是也都要建立程序彻查到底呢?那要增加多少人力成本?社会能够接受这种变革吗?你一个小警察,真的有资格对社会秩序提出如此巨大的挑战吗?

面对徐婉清在生理和行为上毫无疑点的尸体,李星翰压抑地深吸了一口气,一时没有了方向。他心里很清楚,仅凭一种似是而非的直觉,他根本不可能阻挡社会秩序的庞大车轮。直觉再怎么强烈,在证据和程序层面,事情恐怕最终还是要以自然死亡结案的,任谁也阻止不了。

是的,在现有的社会秩序下,就算真有人能通过精神控制制造一起自然死亡,整个社会也似乎都毫无办法。

更何况眼下,连证明这场死亡存在谋杀嫌疑都完全没有可能啊。

李星翰回想起"7·12车祸",进一步感受到了调查组当年的无奈。

"师兄,"思绪至此,宋莹莹的声音把他带回了现实,"这种情况……咱们到底该怎么办……"

李星翰看向她,随后发现,在场所有人的目光都集中到了自己身上。

是啊,作为金河区刑侦工作的一把手,作为年纪轻轻就屡破奇案的神探,尤其是作为刚刚破获"周建设案"的大功臣,面对这种无比复杂的情况,他才是所有人的主心骨啊。同事们都在等着他指明前路,可谁又知道,他自己眼前也是一片漆黑呢?

"李队,"崔智鹏从没有出路的复杂思索中挣脱出来,几经犹豫后终于鼓起勇气,问了一个在常人听起来匪夷所思,也让李星翰根本无法回答的问题,"您真的认为,这会是……会是故意杀人吗?"

李星翰沉默不语,但他也知道,自己必须做点什么。

别着急,不要慌,从长计议,先把现场情况捋一遍再说吧,就当拖时间也好……

"先不着急考虑这些。"他一边这么想着,一边定了定神问道,"尸体你们挪动过吗?"

"啊,挪动过。"宋莹莹说,"因为尸检需要,所以翻动了一下。"

李星翰扫视着书房内的环境,进一步问道:"尸体最初是什么姿势?"

宋莹莹想了想说:"趴在地上,应该是前行中失去意识摔倒了。"

李星翰点头看向崔智鹏:"初始现场的照片给我看看。"

崔智鹏对一名技术员挥了挥手,技术员把相机递给李星翰。李星翰打开相机,从不同的角度观察了尸体的初始位置和姿势。死亡时,死者头部朝向书柜趴在地上,右臂有明显的前伸趋势。正如宋莹莹推测的那样,应该是前行中突然失去意识摔倒所致。

等一下,右手前伸……

一个DKA发作、极度痛苦的人,为什么不打120求救,而是在书房里右手前伸,她难道是要找什么东西吗?

李星翰眉头一皱,心底突然浮现出一种奇特的异样感。他戴上手套,蹲在地上,一层一层地拉开书柜下方的抽屉。在最下方的抽屉里,他看到了两件令人触目惊心的东西。

一支胰岛素笔和一盒尚未开封的胰岛素针头。

他把胰岛素拿在手里,心底再次剧烈震动起来。

他终于找到了可能存在价值的线索。

第二十八章
线索之一：胰岛素

"胰岛素？"看清药品名之后，崔智鹏也有点头皮发麻，只是意味和李星翰截然不同，"我去，我说怎么那种姿势，原来是来找药的啊。"随后他忍不住深深叹息道："唉，真可惜啊，差一点就能救活自己了……"

"不会的，"李星翰盯着胰岛素意味深长地说，"如果注射了胰岛素，她只会死得更快而已。"

"啊？"崔智鹏一头雾水，"胰岛素不是治疗糖尿病的特效药吗？"

李星翰沉浸在复杂的思索中，一时没有回应。

"鹏哥，你忘了吗？就像周建设的案子一样，医学是辩证的啊。"宋莹莹默契地替师兄做出了解释，"正常情况下，补充胰岛素确实能稳定血糖，是糖尿病的特效药，但 DKA 的情况有点特殊。DKA 发生之后，脂肪和肌肉细胞都会大量分解嘛，除了生成糖类和乙酰辅酶 A 之外，细胞里的各种离子也会跑到血液里，其中影响最大的就是钾离子。大量钾离子从细胞进入血液，会导致临时性的高血钾。高血钾和酸中毒都会引起渗透性利尿，所以死者发生DKA之后，应该是在短时间内连着去过好几趟卫生间，大量钾离子随着尿液排出体外，然后血钾就会暂时回归平衡。但你要明白一件事，这个时候，体内钾元素的总量已经严重不足了。"

崔智鹏眉头微皱，露出似懂非懂的神色。

"咱们体内某种元素的总量，都必须维持在一定范围内，才能维持生理系统的健康。"宋莹莹继续解释道，"所以这个时候，必须先补充钾元素，然后再补充胰岛素，而且一般也都是采取静脉缓慢滴注的方式，避免对身体造成严重刺激。如果在没有补钾的情况下，直接补充大剂量的胰岛素，尤其还是这种速效胰岛素，就会高度激活细胞膜表面的钾离子酶活性，促进细胞糖原合成。后果就是，虽然血糖得到了控制，但原本分解的组织细胞又开始大量重建，血液中的钾离子向细胞内大量回流，在体内钾元素总量严重不足的前提下，这就会引发严重的低血钾。低血钾环境会降低心肌细胞膜对钾离子的通透性，变相提高钠离子的通透性，从而导致心肌细胞过度兴奋，在兴奋中受损坏死，然后诱发严重的心律失常。这种情况对心脏的损伤，要比酸中毒更加迅速和直接。所以就像李队说的，就算死者真的注射了胰岛素，也只会死得更快。"

崔智鹏这才恍然大悟："我去，医学可真是够复杂的啊。"随后又十分不解："可是不对啊，既然如此，为什么死者要来找胰岛素呢？"

是啊，她为什么不打120求助，却要跑到书房里，想给自己注射更加致命的胰岛素呢！？

李星翰深吸了一口气，心底发生了一场连环爆炸，而炸裂后生成的思维碎片，又在潜意识的逻辑力量之下，逐渐拼凑出一条黑暗的因果链。

如果这真的是一场谋杀，那这盒胰岛素，会不会是一招后手呢？毕竟，就算凶手再厉害，通过精神压力诱发DKA致死，也或多或少会存在一些不确定性吧？而既然选择大费周章地杀掉徐婉清，那就务必要确保她必死无疑才行。那么，这盒胰岛素会不会是一种保险机制，是万一在DKA没有迅速致死的情况下，也能让徐婉清必死无疑的保障所在呢？

是的，这盒胰岛素，也许正是凶手故意设计、只是未能用到的凶器。

思绪至此，李星翰突然再次想起了张焕然眼中的巨大黑色旋涡，心底又不禁浮现出另一种离奇却又合理的可能：会不会这次又是张焕然所为，而现场这盒胰岛素，正是他特意留下的疑点和物证，就是为了避免这种死亡事件无从查起呢？

是啊，如果是远思所为，他们一定会尽可能做得自然吧，为什么要留下这种不容忽视的疑点呢？难道真的是张焕然……不，也不一定，毕竟制造自然死亡这种杀人手法极其隐蔽，就算留下胰岛素这种疑点，也未必真的就能查下去。所以如果是张焕然，一定会留下更明确的疑点才对，反倒是远思很可能过于自信，所以才对这种模棱两可的疑点毫不在意。

是的，综合来看，还是远思的嫌疑更大。

而且不管真相如何，这盒胰岛素都是唯一的潜在切入点，无论如何，都要尽可能抓在手里。

短时间内的复杂思索过后，李星翰终于有了大致的方向感，复杂的心绪逐渐平静下来。他思索片刻，理清逻辑之后，摘下手套走出书房，对坐在椅子上目光茫然的李墨说道："李总，我是金河区派出所刑侦大队的队长李星翰，有些情况可能需要跟你了解一下。"

李墨回过神来，打起精神站起身："好的，你要了解什么？"

李星翰刚要发问，突然觉得什么地方不太对劲。从李墨看似空虚茫然的目光中，他总觉得能看到一丝释然和解脱。这似乎……不太对劲……

"李队？"李墨意识到了他的出神。

"嗯。"李星翰暂时平复了内心的细微涟漪，声音低沉地问道，"我想问一下，你爱人确诊糖尿病具体是哪一天？"

"啊，算是两天吧，上个月26号和27号。"李墨从身旁一个设计精巧的装饰桌上拿起几份纸质报告，"这些都是当时的检查内容，我刚才已经给那位法医警官看过了。"

李星翰接过检查报告，对徐婉清确诊糖尿病的时间和过程有了全面了解。报告显示，徐婉清6月26日下午因为突然乏力干呕，前往中州大学第一附属医院就诊，被分诊到内分泌科专家一诊室，出诊的是内分泌科一病区副主任何俊伟。当天测定静脉随机血糖为8.4，怀疑但无法确诊糖尿病，因此需要第二天进行静脉空腹血糖测定。

27日上午，徐婉清再次前往一附院，出诊的大夫为内分泌科大主任王木森。当天，测定空腹血糖为7.3，同时根据胰岛B细胞功能等检测结果，最终确诊为轻度的2型糖尿病。

处方显示，王木森当时开具的药物，只有一种常用的口服降糖药"达美康"。

李星翰心中一沉，目光转向李墨确认道："大夫当时只开了达美康缓释片，并没有开胰岛素，是吗？"

"是的。"李墨非常肯定，"其实，婉清当时也问到了要不要开点胰岛素，王主任说她的情况完全不用，说只吃降糖药就能控制住。另外，他还非常认真地警告我们，说千万不要私自使用胰岛素，因为药物的作用很复杂，乱用会很危险。他是一附院内分泌科的大主任,应该算是全省最好的内分泌科大夫了吧?所以他说的每个细节我都记得特别清楚。"

李星翰心中的疑虑越发强烈起来:"既然他都特意强调了,那书柜抽屉里这盒胰岛素是哪儿来的?"

"不知道。"李墨摇了摇头,随后似乎想起了什么,张了张嘴,但最终又把话咽了回去。

"你想到什么了吗?"李星翰敏锐地注意到了他的神色细节,"李总,你每多提供一点信息,对我们查明真相的帮助就越大,你明白这个道理吗?"

李墨再次欲言又止,随后松了口气说道:"我主要是,唉,我是不想当着婉清的面说她不好……但其实也没什么大不了的,就是她……她对医生一直都有种明显的不信任。比如平时不舒服什么的,她很少主动去医院,都是自己买点药吃吃对付过去。体检倒是每年都做,但也只查一些很基础的项目。一旦大夫让她做深入检查,她就会坚决拒绝,说自己身体好得很,根本不需要检查。27号那天表现也很明显,她先是一直质疑不给她开胰岛素的事情,好不容易被说服之后,王主任又说她甲状腺有点肿胀,心电图也有点轻微异常,想让她做一下其他检查,但她还是怎么都不同意,说自己的身体自己清楚。"

"所以,应该是不相信大夫,又自认为胰岛素是糖尿病人必备的药,才会擅自买了一盒吧。"崔智鹏如此推测道。

"有可能,这种讳疾忌医、自以为是的心理还是挺常见的。"宋莹莹对此表示赞同,"所以都发生DKA难受得不行了,还只想着来书房找胰岛素,都没有想过打120求救啊。"

"应该是吧。"李墨深深叹了口气,"唉,她一直都是个特别自负的人,我现在终于明白,什么叫性格决定命运了。"

那叹息看似悲伤，但李星翰再次觉察到了一种释然，一种解脱，甚至——

一种李墨自己都没有察觉到的喜悦？

李星翰一时说不清楚，但这并非当务之急，当务之急是藏在这盒胰岛素背后的东西。

是的，尽管像崔智鹏和宋莹莹所说，胰岛素有可能是徐婉清在讳疾忌医、自以为是等心理的驱使下购买的，但是，在全省最好的内分泌科专家已经特意强调过私自使用胰岛素具有危险性的情况下，却还是坚持储备了胰岛素，DKA发生后又坚持想要使用胰岛素，这种行为是不是有点超越了正常的讳疾忌医范畴呢？这种不合逻辑的行为背后，是否会存在某种——

某种来自凶手的心理干预呢？

李星翰眉头一皱，心底再次震动了一下。

是的，虽然暂时还没有头绪，虽然一切都只是直觉，但手中这盒胰岛素，绝对值得深挖下去。

可归根结底，这也只是一个似是而非的疑点，并不足以直接证明什么，更不足以作为立案侦查的依据。如果拿不出有说服力的证据和逻辑，这个事情就必须按照自然死亡的流程往下走。可如果现在就往下走，李星翰就没有深入挖掘的理由和时间了。

虽然只是疑似，但考虑到死者和远思之间复杂的关系，李星翰绝不能放过这个机会。眼下，他必须想办法在程序上拖延一下。

思索片刻后，他心里有了主意。

"李总，"他回过神来提议道，"我谈谈自己的看法吧。目前来看，虽然死因比较明确，但说到底也是经验之谈，如果想切实证明死因，并且推断出发病的具体原因，我建议进行解剖。当然，这的确是一场自然死亡事件，所以是否解剖，决定权在你手上。"

"啊,这个……"李墨为难地说,"死者为大,人都已经没了,还是让她安息比较好吧?"

"李总,"李星翰接着说道,"确实是死者为大,可是你想想看,如果真的尊重逝者,不是应该让她走得清清楚楚、明明白白的吗?很多人可能会觉得,解剖是对逝者的冒犯,但其实正好相反,查明真相,才是对逝者真正的尊重,家属心里也会更踏实,你说是这个道理吗?"

"哦,您说得也对啊。"李墨点点头,"事情查得清楚一点,确实也是应该的。"

李星翰松了口气。

"只是……"李墨紧接着又露出为难的神色,"我倒是能接受,可婉清的父母不知道会不会同意……"

"那就让我跟他们沟通一下。"李星翰问,"她父母在本地吗?"

"他们是徐远人。"李墨说,"我已经通知他们了,但他们说明天下午才能赶过来。"

李星翰不解:"徐远离中州也就七百多公里,高铁也不过几小时就到了,为什么明天下午才能赶过来?"

"您不知道……"李墨为难地说,"要不是我刚才极力劝说他们,他们压根就不想来的。"

李星翰更加不解:"自己女儿去世了,为什么会不想来?"

"唉,一言难尽啊。"李墨叹了口气,"我岳父岳母思想传统,特别重男轻女。婉清有个小她三岁的弟弟,然后……你应该懂的吧,婉清在原生家庭受过很大伤害。很多女人可能也就忍了,但婉清是个特别自负要强的人,所以没有委曲求全,和父母关系闹得特别僵。我们结婚的时候,她父母不仅没有来参加婚礼,甚至连回门宴都没有办,基本算是不认这个女儿了。婉清这些年也基本不理他们,实质上等于是断绝关系了。但是血浓于水,说到底也还是他们的女儿啊。解剖这样的大事,我觉得还是需要当面征求一下他们的意见,您说是吧?"

李星翰点头看向书房,他怎么都想不到,徐婉清这样一个冷血强势、社会背景复杂的女人,居然会来自这种病态的原生家庭。

那么,家庭给她造成的伤害,是否会和她 DKA 的心理诱因有关呢?另外,李墨目光深处那种释然又到底是怎么回事?再者,既然生长在严重重男轻女的家庭,她该对为女性发声的李梦瑶抱有极大的同情和敬佩才对呀?为什么一年前会那么冷血地把李梦瑶逼死呢?

李星翰的思绪越发复杂起来。

但还是那句话,这些现在并不重要,眼下最重要的,是尽快确认胰岛素的来源,看看能否挖掘到更加明确的疑点,以确认这真的是一起刑事案件。

徐婉清父母的漠然虽然令人心寒,却也正好帮了忙。在两人抵达中州之前,李星翰正好可以名正言顺地拖延死亡认定流程。

"那就等他们来了再说吧。"思索完毕,他看向李墨确认道,"在此之前,程序上咱们就先不往下走了,这一点你没有意见吧?"

"当然,您做主就行了。"李墨充满信任地对李星翰点了点头。

在他目光深处,李星翰又一次观察到了那种奇怪的释然。

第二十九章
线索之二：女大夫的默契目光

7月11日下午4点，徐婉清的尸体被暂时转移至市殡仪馆，等待是否解剖的决定。随后，民警们根据手机支付记录，在徐婉清住所附近的一家药店里确认了胰岛素的来源。经过走访和比对，书房中的胰岛素笔和针头，均为徐婉清本人6月28日晚上7点左右在这家药店购买。

民警们查看了药店监控，没有从画面里发现异常。李星翰也亲自跟药店工作人员进行了谈话，询问徐婉清当天是否存在异常言行，但店员们均表示徐婉清一切正常。随后，经李墨同意，李星翰和民警们也一起对徐婉清的通话和微信聊天记录进行了研究，但同样没能发现任何疑点。

在殡仪馆走流程的时候，李星翰也对李墨进行了询问和试探。但因没有正式立案，李星翰本人也暂时没有明确的心理调查方向，询问只能浅尝辄止。

于是，虽然暂时拖延了自然死亡的处理流程，但一直忙到晚上

9点多，围绕胰岛素这个疑似的突破口，李星翰和同事们都始终没能取得任何进展。尽管刚刚才破获"周建设案"，但服药致死和自然死亡在性质上毕竟还是不同的，因此，已经有一些民警开始偷偷抱怨，觉得这其实就是一起正常的自然死亡事件，是李星翰老毛病又犯了，在这儿没事找事。

这种话当然不可能对李星翰明说，但李星翰完全感受得到。

晚上10点，他拖着疲倦的身躯回到家里，径直去浴室洗了个澡。流水温润了疲倦、压抑的身体和灵魂，让黑暗、复杂的世界恢复了些许真实色彩。洗完澡对着镜子擦头发的时候，李星翰突然产生了一种强烈的恐惧感。他回想起自己一下午的所作所为，回想起一部分同事质疑的神色，突然觉得，自己是不是精神分裂发作，是不是真的已经无法区分现实和妄想了呢？

是啊，理性地想一想，自己没有任何证据，仅凭一些模棱两可的背景和直觉，就先入为主地怀疑徐婉清死于谋杀，还因此动用了大量警力进行调查。可查了这么久，事情却没有暴露出任何疑点，徐婉清买药的行为，真的像由讳疾忌医或者自负的心理导致的，甚至可以说，就算不讳疾忌医，一个不懂医学的人得了糖尿病去买胰岛素储备起来，不也是一种很合理的自我安慰，一种出于安全感考虑的人之常情吗？一盒胰岛素，真的能成为所谓突破口吗？

这个案子真的会有突破口吗？

这……这真的会是个刑事案件吗？

李星翰对着镜子里时而陌生时而熟悉的自己深深叹了口气，一时陷入了深深的茫然。

不过很快，另一件事就把他带回了真切的现实之中，因为第二天，是"7·12车祸"五周年的日子，也是死难者们的共同祭日。

五年前，除了五名死者被运回家乡安葬外，其余十二名死者都被家属们安葬在了中州市北郊墓园。每年的清明节，家属们都是各自祭奠，但到了7月12日这天，他们都会默契地在墓园碰面，共同缅怀逝去的亲人，并交换关于那场车祸和远思的调查进展。而作为公安系统的领导，李星翰自然是当天的主角。

7月12日上午9点，中州市北郊墓园东南角，家属们早早就从各地赶了过来。他们身着黑色服饰，互相缅怀、互相勉励，为死难者们一一献上了鲜花。往年，这场集体祭奠的氛围总是肃穆而压抑，但今年不同，"周建设案"的告破，让家属们都感受到了正义的临近，感受到了期盼已久的希望。所以，他们脸上最主要的已经不再是悲伤，而是欣慰、振奋，当然，还有对李星翰的深刻依赖与信任。

"谢谢你，李队。"一名失去丈夫和儿子的中年女人泪流满面，紧紧抓住李星翰的手激动地说，"我们都知道你有多不容易，是你在扛着所有人的希望，真的谢谢你了。"

"李队，"一名失去女儿的深沉男人问道，"网上都说周建设和远思有矛盾，这个案子你们会接着往下查吗？会查到远思身上吗？"

"对啊，对啊，"中年女人更加激动地问道，"会查远思吗？"

其他家属们也都停下相互交谈，把目光集中到了李星翰身上。

"没有直接证据，怕是难了。"李星翰心事重重地看了一眼站在远处的张焕然，随后看向人群，"请大家理解，毕竟这不是小事，不可能那么简单就能做到。但也有好消息，我也是才知道，领导们也一直在盯着远思呢，请大家相信我，查明真相只是时间问题。"

家属们不免有些失望，但大部分还是充满信赖地点了点头。

"李队，"一个失去了哥哥的高中女孩站在父母身边问道，"您知道那个徐婉清的事情吗？网上都说她和远思也有关系，还说她的死不太正常，这个案子您会去查吗？"

李星翰脸上闪过一丝压抑和茫然，但他不能把这份焦虑传染给其他人，因此只是平静地说："这目前还算不上案子，但也确实是个机会，有消息我会通知大家的。"

小女孩抓住母亲的手，看着哥哥的墓碑点了点头。

人群角落里，蒋芸珊坐在轮椅上，虽然像往常一样虚弱无力，但也展现出了一丝久违的朝气。她的化疗方案里没有用到会导致脱发的药物，而且来之前特意让张焕然帮她做了清洗，因此头发依旧像曾经那样优雅柔美。她在一名护士的帮助下化了淡妆，还穿上了许久没有穿的充满青春气息的碎花长裙，远远看去，如同一朵在风中从容安静的花。

医生其实不建议她长途奔波，但她很清楚，这很可能是对亲人们的最后一次拜祭了，无论如何都是要来的。

她倚靠在张焕然身上，双手努力举起来，轻轻挽住了张焕然的右臂。张焕然用左手温柔地抚摸着她的长发，同时，也一直在悄悄观察着李星翰的神色变化。他需要判断出李星翰是否已经注意到了他留下的疑点，以及是否通过疑点找到了通往其他证据的调查方向。

在高中女孩问起徐婉清事件的时候，李星翰脸上表现出了短暂的压抑和茫然，显然，他至今还没能找到正确的调查方向。案件性质特殊、程序时间紧迫，尽管可能会进一步加深李星翰的怀疑，但张焕然也必须考虑出手引导了。

九点半，家属们在相互的关怀和鼓励中一一离去。送别他们之后，张焕然带着蒋芸珊，和李星翰不约而同地走到了几座墓碑前方。

缘分有时候真的是天注定的吧，在三个人相识之前，蒋芸珊的父母和弟弟，以及李星翰的妹妹，就巧合地被葬在了相邻之处。

蒋芸珊无力地流着眼泪，李星翰抚摸着妹妹的墓碑，总觉得妹妹就在自己身边。气氛庄严而沉重，即便是张焕然也不想继续说笑了，只是用纸巾不断地帮蒋芸珊拭去眼泪。

不过片刻之后，他还是决定阻止气氛继续沉重下去，开口问道："徐婉清的死有疑点吗？"

李星翰思绪复杂地看着他，许久之后才低沉地说道："有一个，但比较牵强吧。"

他说着看了一眼蒋芸珊，犹豫片刻，最终还是介绍了自己关于胰岛素的发现和推测，以及迄今为止毫无进展的调查。

不出张焕然所料，李星翰果然还没有嗅到最关键的方向。时间紧迫，无论如何，张焕然都必须出手了。

"确实挺奇怪啊。"他一边思索，一边像是随口说说似的道，"全省最好的专家专门强调过的事情，她却非要背道而驰，真不知道是怎么想的，她对这个专家是有什么意见吗？"

"是啊，这也是我最想不明白的地方——"

李星翰随口回应了一句，片刻之后却突然一愣，脑海深处似乎发生了某种震荡。

对啊，在全省最好的专家一再强调的情况下还是执意地不听警告，背道而驰，这真的非常不符合正常的心理逻辑啊。难道，徐婉清对给她看病的王木森有什么不满吗？而如果购买胰岛素的行为真的源于凶手的精神控制，那么这种不满，是否也和精神控制有关呢？

虽然一时想不明白，但李星翰突然有种强烈的直觉，觉得在王木森身上或许能找到某种心理线索。

但与此同时，他心底也猛然一沉，再次从张焕然眼中看到了巨大黑色旋涡的轮廓。焕然，你这句话是故意说给我听的吗？和"周建设案"一样，又是你在暗地里悄悄指导我的调查吗？真的是你吗？

他胸中憋着千言万语，却不能在蒋芸珊面前说出来。而且他也知道，如果张焕然死不承认，他也不可能问出真相。

而且理性地想想，张焕然刚才那句话，其实也真的完全符合正常情况下的交流逻辑，自己会不会是多心了呢？自己看到的黑色旋涡，会不会是自己内心的投射，而非真实情况呢？

思绪太多太杂，一时间让李星翰无比茫然。

他看着命在旦夕的蒋芸珊，看着眼前的妹妹和众多死难者，心绪又迅速坚定下来。站在这里空想是没有任何作用的，无论真相如何，眼下他唯一能做的，就是顺着线索一点一滴地摸索下去。他必须回到现实，做出能真正改变现实的事情。

思绪至此，他深吸一口气定了定神，抚摸着妹妹的墓碑，深情地看了一眼妹妹的照片，随后对张焕然和蒋芸珊说了句"我得先走了"，就头也不回地快步离开了墓园。

张焕然松了口气，知道李星翰已经走上了正确的道路。蒋芸珊看着李星翰，随后又抬起头，出神地看着身边的爱人，眼中隐约浮动着某种黑暗的东西。

上午10点，中州大学第一附属医院门诊楼，内分泌科专家一诊室，大主任王木森亲自坐诊，当天跟随他学习的，是二十七岁的本院住院医生张倩雯，以及三十九岁的县医院进修大夫胡海峰。

排在李星翰前面的，是一个名叫吴小花的六十五岁女患者，诊室的门并未关严，所以医患沟通在门外还是听得很清楚的。

"王主任，这是我妈昨天的检查结果，您看看。"吴小花的儿子把几份报告恭敬地递了上去。

"嗯。"王木森看也不看张倩雯一眼，直接把报告递给了胡海峰，"小胡，你先看看。"

"是。"胡海峰恭敬地接过报告，一边看一边对吴小花分析，"哎呀，难怪你觉得心脏不舒服，是大动脉粥样硬化了，长时间的2型糖尿病，本身确实容易引起动脉粥样硬化……"

"呃。"张倩雯打断他说，"胡老师，其实，2型糖尿病本身是不会引起动脉硬化的。2型糖尿病人群更容易发生肥胖、高血压和血脂异常，这些才是动脉粥样硬化的易患因素，您的结论是没错，但可能因果上……"

"因果上怎么了？"王木森打断了她的分析，"因果上，确实是2型糖尿病人群容易动脉粥样硬化嘛，你这是医患沟通，不是学术研究，小胡说得没什么问题。"

张倩雯咬着嘴唇点了点头，完全不敢反驳大主任。胡海峰显然意识到了张倩雯指出的问题非常正确，对她满怀歉意地点了点头，但同样，他也不敢对大主任的话予以反驳。

"接着说吧，小胡。"王木森再次看向胡海峰。

"啊，是。"胡海峰翻到另一份报告再次分析说，"这个，肾小球滤过率明显升高，很可能是糖尿病导致的微血管肾病……"说着，他不甚自信地看了一眼张倩雯。

张倩雯也看着他，犹豫片刻后说道："这个其实不一定啊。"随后看向吴小花："你看，患者2型糖尿病病程已经超过十三年，可是至今都没有明显的视网膜病变，这提示微血管病变并不严重。虽然肾小球滤过率明显升高，但也可能是暂时性的。我建议今天再查一次，如果滤过率快速下降，应该就能排除糖尿病肾病，考虑合并其他慢性肾病的可能……"

"书背得不错，但临床上，话不能说得太死。"王木森对她的分析评价道，"微血管病变症状因人而异，没有表现为视网膜病变，不代表就不会发生糖尿病肾病。"

"主任，"胡海峰实在是不好意思，连忙帮张倩雯说话，"我觉得张大夫说得很对啊！谨慎起见，确实应该考虑合并的慢性肾病，应该做一下这方面的检查，您……您觉得呢？"

"嗯。"王木森点头肯定道，"小胡考虑问题还是挺全面的嘛，确实应该再查一下肾病……"

诊室门外，李星翰漫不经心地听着此番对话，思绪依旧沉浸在徐婉清的事情上。不知过了多久，吴小花在儿子的陪伴下走出诊室，广播里响起了提示音："第133号患者，请到专家一诊室就诊……"

李星翰进入诊室坐下，王木森一边打量他一边问道："你是怎么不舒服了？"

"您好，王主任，我不是来看病的，时间比较紧急，所以只能用这种方式来见您了。"李星翰亮出证件说，"我是金河区派出所刑侦大队的，想跟您确认一下上个月27号上午，一个名叫徐婉清的患者的就诊情况。"

王木森和张倩雯瞬间眉头微皱，胡海峰却似乎觉得很有意思，露出兴奋的笑容想要搭话。但他到底还算有点眼力见儿，看见另外两人表情严肃，自己也迅速敛起了笑容。

"你一个人来的？"王木森质疑道，"刑事案件调查走访，至少需要两个刑警同时在场吧？"

"是。"李星翰解释说，"但事情比较复杂，目前还没有正式立案，所以，我算是私下来跟您确认的。"

"这不是胡闹吗？"王木森摇摇头，"从来没有听说过私下办案的，而且我们这边也没有接到上级通知，我也不敢确认你的身份啊！而且就算你真是刑侦大队的队长，没有正式渠道，我也不可能擅自把病人的信息透露给你，你说是这个道理吧？"

"您说得都非常对，但这个事情——"李星翰思虑片刻，说道，

"您是内分泌科的顶尖专家,我也不妨跟您交个底吧。上个月26号下午,有个叫徐婉清的三十五岁女患者来咱们科就诊,当时是一病区副主任何俊伟老师坐诊,因为静脉随机血糖不是特别高,所以怀疑但无法确诊糖尿病。27号上午,徐婉清又来了一次,当时是您亲自坐诊。通过空腹血糖和其他一些检查,您帮她确诊了轻度的2型糖尿病,开了几盒达美康让她先吃着观察两周。情况是这样没错吧?"

王木森的表情显然是默认了这些情况,但他又反问道:"你怎么会知道得这么详细?"

"是徐婉清的家属向我反映的。"李星翰话里有话地说,"而且,他也给我看了徐婉清的检查报告和处方。"

王木森自然听出了言外之意,不禁眉头一皱:"出什么事了吗?"

李星翰声音低沉地说:"昨天上午九点半左右,徐婉清在家里突发DKA猝死了。"

王木森顿时一愣,接着倒吸了一口凉气说:"不可能啊,我记得这个患者,她确实是确诊了2型糖尿病,但症状非常轻,怎么可能才过去两周就发生DKA呢?"

"是啊,我也觉得很不正常。"李星翰顺着他的话说道,"虽然法医已经认定为自然死亡,但我希望把事情查得更清楚一点,所以才来跟您当面确认一些情况。"

王木森摩挲着下巴问道:"你是怎么考虑的?"

"我们的法医水平还是很高的,而且我自己也懂点医学。"李星翰解释说,"所以首先,突发DKA导致心源性猝死的结论没有任何问题。经过排查,我们也排除了DKA的其他常见诱因,认为唯一可能的诱因,是死者受到了某种精神刺激,或者经历了某种难以承受的精神压力。"

王木森再次皱了皱眉："你是说心身疾病？现在这个社会，人的压力确实都比较大，压力导致DKA倒也不是没有可能。可这说到底也是自然死亡，你到底想调查什么呢？"

"剩下的东西，恕我暂时不便跟您透露了。"李星翰说，"总之，出于其他一些原因，我们——我怀疑，导致死者突发DKA猝死的精神因素，有可能是有人故意施加给她的。"

王木森愣在原地，胡海峰如听天书，张倩雯则双目微垂，稍后恍然道："啊，我想起来了，那天那个韩欣悦直播认罪的时候，您就是审讯她的那位警官，对吧？"

李星翰点点头："对，是我。"

"我说看您怎么这么眼熟呢。"张倩雯困惑又略带恍然地说，"所以，您怀疑这个徐婉清跟周建设一样，都是受到了某种精神控制？"

李星翰看向她："你真是个思维敏锐的人。"

张倩雯谦逊又满心困惑地笑了笑，随后低头不语。王木森则略显不屑地看了她一眼，随后把目光转向李星翰说道："小李，李队啊，你这个想法是不是有点太胡来了？看你的样子确实是懂点医学，那你就该明白，疾病的发生和发展是一个非常复杂的过程，充满了偶然性和不确定性，而精神因素比生理还要复杂得多，根本就没办法量化。所以，精神因素的确可以作为DKA的诱因，但那只能在自然情况下发生。至于你说的，故意用精神因素精准诱发DKA致死，在我看来不是人力能够做到的。我看，会不会是你想多了啊？"

"您有这样的看法我完全理解，"李星翰不想在这个问题上过多纠缠，"我自己也的确不敢确定，所以只能私下来调查了。总之，希望您相信我没有任何恶意，我真的只是想尽可能查明真相，还希望您能帮帮我。"

王木森思虑片刻，一边松了口气，一边赞许地点点头说："好吧，你这小伙子倒是有一股打破砂锅问到底的精神，这种精神现在很难得了。那你说说吧，你到底要跟我确认什么？"

"第一件事，"李星翰说，"27号那天，您是否跟徐婉清强调过不要擅自使用胰岛素？"

"那自然是强调过的。"王木森不假思索地回答道，"胰岛素可不是随随便便谁都能用的，用不好会造成危险。但因为网上信息的影响，很多初次确诊的患者，都会觉得胰岛素是糖尿病的万能药，经常会问我为什么不给他们开，所以这个问题沟通频次还是很高的。徐婉清也是一样，我说让她先吃点达美康观察一下，她马上就问我难道不开胰岛素吗？我耐心跟她解释了好几遍，她才总算打消了疑虑。李队，你问这个问题是什么意思？"

张倩雯也好奇地看向李星翰，同时不知为何，她心中突然产生了某种难以言说的异样感。

"因为——"李星翰心情复杂地说道，"在死亡现场，我们找到了一盒没有打开的胰岛素。从现场情况来看，徐婉清发生DKA之后，曾经拼命地想要拿出胰岛素给自己注射，只是没来得及而已。"

张倩雯瞪大了眼睛："可单纯注射胰岛素只会让她死得更快啊……"说着她突然一愣，隐约明白了李星翰的疑虑所在。

"是的。"李星翰点点头，再次看向王木森，"所以王主任，我想了解的第二件事就是，27号那天，徐婉清真的被您说服了吗？您觉得，在听完您的警告之后，她还会因为讳疾忌医或者过于自大之类的心理，擅自购买胰岛素并且随时准备使用吗？她当时有什么奇怪的表现吗？"

张倩雯突然愣了一下，隐约感觉到了什么，却又一时说不清楚。

王木森皱眉思索片刻，摇摇头说："小李，人心似海深啊。我可以负责任地说，我再三解释之后，她当时有过点头认同的表现，而且也没有继续追问,像是被说服了。但也正如你所说,她确实会给人一种讳疾忌医的感觉,比如好几次打断我的话,用很幼稚的医学观点进行反驳。而且,我当时还注意到了她甲状腺和心电图的小隐患,提出过让她深入检查,但她好像不愿意承认自己有问题,非常执拗地拒绝了这些提议。"说着,王木森看向身旁的两名大夫:"那天,小胡和小张也恰好都在,他们可以证明这些细节。"

"啊,是是是,没错没错!"胡海峰肯定、兴奋地点了点头,"那女的确实是个挺难缠的患者,而且很害怕承认自己身体不好似的!"

李星翰把目光转向张倩雯,张倩雯也点点头。只是目光对视的一瞬间,两人都突然感到一种非常奇怪的默契,像是一些潜意识里都有所感知却始终难以跃入意识的思维碎片。潜意识里,李星翰知道,自己很可能已经触摸到了某种关键线索。

但在意识层面,当天的走访却依旧令人沮丧,三名大夫最终还是没有反映出任何明显的异常,而且都证实了徐婉清的确存在明显的讳疾忌医和自负心理,这和李墨对徐婉清性格的描绘精准照应,如此一来,那盒胰岛素的来源就完全可以通过常规逻辑进行解释。这一死亡事件想继续深挖下去,依然没有任何可行的方向。

但愿在徐婉清的父母身上能挖掘到什么有价值的东西吧。

下午3点45分,市殡仪馆冷藏库,徐婉清猝死整整三十个小时之后,相距并不遥远的父母才终于姗姗出现。见面的一瞬间,李星翰就彻底相信了李墨的说法,因为从徐婉清的父母脸上,竟然看不到哪怕一丁点儿的丧女之痛。

即便是打开冷藏柜,亲眼看到女儿冰冷苍白的尸体时,两口子也只是微微叹息,并没有像正常父母一样悲伤流泪。

"人没就没了,该怎么办怎么办,还非要把我们专门叫过来。"

徐婉清的父亲对李墨抱怨道，"家里一大堆事儿呢，有话赶紧说吧。"

李墨刚张嘴准备解释，李星翰就忍不住瞪了他们一眼："自己亲闺女去世了，你们怎么跟没事儿人似的？"

"嫁出去了又不是我们家的人，还指望我们怎么样啊？"徐婉清的父亲冷冷说道，"而且是她自己不听家里的安排，非要跟我们对着干。啊，非要嫁这么远，我们跟她早就断亲了。"

"什么叫嫁这么远？"李星翰气不打一处来，"徐远和中州也就几百公里，这也能算远吗？"

"女的就该留在父母身边啊！"徐婉清的母亲撇着嘴嫌弃地说道，"她不听我们的，死活不愿意留在徐远，那不就是不孝顺吗？她自己不孝顺，还指望我们惯着她吗？"

李星翰摇了摇头："她不是有个弟弟，让儿子陪着你们不也一样吗？"

徐婉清的母亲一脸不解地看着李星翰："你也是男的，就应该明白男儿志在四方啊！我们儿子可是要走出去闯世界的，怎么可能窝在我们身边啊？"

李星翰深深叹了口气，拳头下意识地握了起来。他早就听说徐远重男轻女的风气十分严重，但怎么都想不到会严重到这种程度，严重到父母竟然可以对去世的女儿毫无情绪波动。现实真的往往比电视剧还要魔幻。

"别说那么多了，"徐婉清的父亲再次看向女婿，随后又看了一眼李星翰，"叫我们过来到底是要干啥？"

"我们怀疑婉清的死另有隐情。"李星翰说，"所以希望对她的尸体进行解剖。但事情性质比较复杂，所以这种情况必须征得家属同意……"

"哎呀，我当什么大事儿呢。"徐婉清的父亲面露不屑，大手一挥,"这事你们做主就行了,根本不用跟我们商量。"

"哎呀,不是。"徐婉清的母亲突然面色一沉拉住丈夫,用神神叨叨的语气低声道,"解剖会不会坏咱们家的风水啊?会不会对俊峰的事业有影响啊?"

"欸?"徐婉清的父亲恍然道,"你这话说到点子上了啊,晓丽虽然不是咱们家的人了,但说到底还是流着咱们家的血,人死了还动刀子,那肯定是要坏风水的啊!"

李星翰眉头一皱,李墨连忙小声解释说:"李队,晓丽是婉清的原名,婉清这个名字是她上大学之后自己改的。"

李星翰点了点头,对徐婉清的形象有了更加立体的认识。

"就是啊,所以我说不能解剖。"得到丈夫的认同之后,徐婉清的母亲拍着大腿兴奋地说道,"俊峰最近事业已经开始有起色了,咱们不能在这个时候耽误他的前程啊!"

"嗯,对,不行,不行。"徐婉清的父亲用力点了点头,随后对李星翰露出坚决的神色,"我们不同意解剖,人已经没有了,还是早点入土为安吧。"

"是啊。"徐婉清的母亲露出假到不能再假的心疼笑容说道,"到底是自己的孩子,这都已经不在了,我们哪能忍心让她再受折腾呢?"

亲生女儿冰冷的尸体就在眼前,老两口唯一担心的,却是解剖会不会破坏儿子的风水。这一幕是如此魔幻,却又如此现实。李星翰再次下意识地握紧了拳头,如果不是警察的话,他真想把这两个人臭骂一顿。

但无论如何,徐婉清死因明确、体征清晰,解剖的提议原本就只是为了拖延程序而已,如今两口子坚决不同意,加上胰岛素的来源方面也没有挖掘出更多疑点,所以李星翰也没有再对解剖进行争取。

会面匆匆结束后,殡仪馆的工作人员再次询问了徐婉清死亡的手续问题。社会秩序的车轮滚滚而来,李星翰也知道很难再拖下去,只能承诺第二天会尽快办理死亡证明。

沟通完手续流程之后,李星翰和李墨一同走出殡仪馆大厅。站在大厅外的台阶上,望着远处灿烂的夕阳,李星翰满心感慨,同时也思绪万千,忍不住停下脚步,和李墨聊起了徐婉清的原生家庭问题。

"李总,你爱人这种家庭情况,你一直都非常了解,是吗?"

"啊?是的。"李墨似乎怀着某种心事,隔了两秒才停下脚步回头叹了口气,但神色中,依然带着那种难以言说的释然和喜悦,"这些事婉清并没有瞒我,我也是因此特别心疼她。"

李星翰走到他身边继续问道:"原生家庭肯定给她带来了很大的痛苦吧?"

"是啊。"李墨点点头,"她父母从小就特别偏心儿子,不管儿子多不争气,不管儿子闯了多大的祸,父母都从来没有打过骂过。婉清呢,从小就被父母各种冷落,父母稍微不顺心,就会把她狠狠骂一顿。她曾经很努力地想表现得乖巧优秀,希望能争取到父母的爱,可不管她怎么做,父母都始终把她当外人看待。甚至她还在上初中的时候,父母就明确跟她说过,家里的财产跟她没有一丁点儿的关系。"

李星翰问道:"说到这个,他们家是不是条件挺好的?"

"是。"李墨解释说,"前些年全国都在城市改造嘛,徐远虽然是个小县城,但这方面也是声势浩大。婉清的父亲搭上了这趟快车,靠拆迁和做建筑垃圾的生意发了大财,所以婉清后来自豪地跟他们介绍我的时候,他们根本就不把我看在眼里。"

"难怪他们对你也这么冷淡。"李星翰点头继续问道,"婉清对原生家庭一定很绝望吧?"

"是啊,"李墨叹息道,"高中的时候,婉清就已经对父母彻底死了心,双方的矛盾也逐渐爆发出来,从上大学开始,她就基本不跟家里联系了。换作我是女的,这种原生家庭带来的伤害,怕是一辈子都难以消除了吧。"

"重男轻女的愚昧思想,真的是害了太多的人啊!"李星翰忍不住感慨了一句,随后定了定神继续问道,"那么,原生家庭带来的痛苦,直到现在——直到你爱人生前——还一直都让她难以释怀吗?她最近表现出过这方面的强烈痛苦吗?"

"这倒没有。"李墨不假思索地说,"您有所不知,婉清其实不是那种特别脆弱的人,至少成年后不是,甚至可以说,她是我见过的内心最强大的人之一。刚开始接触的时候,她就跟我详细讲过家庭情况,第一次听的时候,我本来想礼貌地安慰她几句,她却主动说没有必要安慰,因为她已经不在乎了。她说她很崇尚欧美的家庭关系模式,就是子女成年后和父母之间高度独立,所以她在人格上非常独立,不会去依赖任何人。也正因如此,她大学还没毕业,就有勇气和父母彻底翻脸了。这种高度独立的人格、这种与众不同的勇气和魅力,也是她最吸引我的地方之一。原生家庭或许曾经给她带来痛苦,但那些痛苦肯定早就被她自己弥合了。"

李星翰松了口气:"那你认为,她有可能遇到其他方面难以承受的精神压力吗?"

"我认为不可能吧。"李墨肯定地摇了摇头,"就像我说的,她真不是那种脆弱的人,有时候——你知道李梦瑶的事情吧——有时候,我甚至觉得婉清都有点冷血了。日常生活中,她在我面前也挺强势的。所以你说她被某种压力压垮，恕我真的难以想象。"

李星翰点点头，对着远处的灿烂夕阳陷入沉思。

调查至今都没有发现任何实质性的疑点，死者又是个内心强大、人格独立的人，或许，这真的只是一场单纯的自然死亡吧。至少，他真的已经找不到其他值得调查的方向了。

他也再次想起了张焕然，想起了自己对张焕然的怀疑。如果这真的是单纯的自然死亡，那自己对张焕然的怀疑显然也完全站不住脚。难道说，自己对张焕然的怀疑是错的吗？自己真的陷入了偏执思维而不自知吗？

他望着远方的夕阳，思维世界越发凌乱。

但在内心深处，他却又隐隐觉得，一股奇异的思维力量正在缓缓升腾起来。

第三十章
李星翰的危机

7月12日下午5点，远思生物集团总部大楼19层，郑远思站在落地窗前望着洒满世界的金色光辉，突然产生了一种恍如隔世的感觉。每当这种时刻，他都会有种命运的迷茫感，难以认清自己到底是谁。他害怕那种感觉，而按照曾经那位忘年之交的说法，这种害怕的感觉，往往代表了人们对当下自我的否认。

郑远思深吸了一口气，想起理想在资本力量下不知不觉地堕落，隐隐意识到，那位故友说的也许是对的。

但是，他已经没有勇气否定当下的自我了。

脚步声响起，吴佳慧推门而入，脸上带着一种难以形容的复杂情绪，感动、不安、以及——

一种悲壮。

"老师，"她把一沓资料放到办公桌上，顿了一下后谨慎地说道，"师兄的近况已经查清楚了，几乎可以肯定是他了。"

郑远思心中悬着的石头终于落了地，但与此同时，更多巨石被一股无名力量搬了起来，不知会砸向何处。

"您这些年果然是跟他彻底决裂了啊。"吴佳慧轻声说道，"您大概到现在都不知道吧？他女朋友叫蒋芸珊，是那个蒋启南的女儿。"

"蒋启南……"郑远思心中微微一震。

"是的。"吴佳慧深深吸了一口气，"蒋启南，他们一家三口都死于'7·12车祸'，只留下了一个女儿，而这个女儿，正好就是师兄的女朋友——或者，按照我目前的感觉来判断，说是一生挚爱也不为过。"

"他是为了……"

"是的。"吴佳慧带着复杂的情绪点了点头，"车祸发生之后，蒋芸珊患上了严重的精神分裂，师兄一直在照顾她。一年前，蒋芸珊又确诊了胶质母细胞瘤，据说时间已经不多了。另外，师兄和那个李星翰这些年也因为'7·12车祸'的关系来往密切。如果他的思维能力真像您说得么可怕，那就必然是他在幕后推动了这一切。可是我想不明白，他为什么要这么做呢？如果是想揭露远思的秘密，他为什么不直接说出来呢？"

"因为他很清楚，说出来也没用。"郑远思沉思着分析道，"这些年来外面的谣言根本没断过，但只要没有证据，政府拿咱们是没有任何办法的。也正因如此，虽然周建设的案子传得那么邪乎，他也没有让韩欣悦说是受了远思指使，他知道那是没有用的。"

"那——"吴佳慧更加不解了，"那他做这些是为了什么呢？"

"他想让远思的管理层感受到威胁，然后忙中出错。"郑远思太了解自己的故友了，瞬间就识破了对方的意图，"他一直在等着管理层对李星翰或者其他什么人出手，一旦出手，就会落入他的圈套，让他捕捉到某种形式的证据，到时候，官方就有足够的理由彻查远思了。"

"原来如此,他的心思还真是够深的啊。"吴佳慧长舒了一口气,眼中闪过一丝奇怪的恍然。

郑远思深深叹了口气。

曾几何时,他也是一腔热血的有志青年,发誓要用科学的力量造福社会,让这个世界再也没有矛盾与纷争。可他低估了现实的残酷以及人类本能的贪婪,在资本力量的诱惑和裹挟之下逐渐迷失了自我。时至今日,曾经的理想已经显得太过稚嫩和可笑了,他已经不可能像从前一样,为了曾经的理想而像飞蛾一样扑向现实的火焰了。

他很佩服张焕然,但也绝不能允许张焕然毁了自己苦心经营的一切。

董事会会议室里,股东们的脸色都不怎么好看。周建设的事情已经够让他们提心吊胆了,现在又冒出来一个徐婉清,而且同样在网上谣言四起,大有风雨欲来的架势。这些年来,为了企业发展和各自的私利,他们用HDCS干了太多反人类、反社会、危害国家安全的勾当,一旦暴露,后果将不堪设想。

"事态比想象中还要严重。"轮值董事长面色凝重地说道,"本来以为周建设的死只是独立事件,是咱们内部有人在滥用权力。可事情还没有彻底平息,就又冒出来一个徐婉清。我不知道跟自媒体通气的工作当年到底是谁负责的,但现在,徐婉清和咱们之间的微妙关系已经在网上被翻了出来,谣言是铺天盖地啊。作为轮值董事长,出于职责所在,我不得不做出一个大胆的猜想。我现在有种直觉,我觉得这个内鬼要做的绝对不是牟取私利那么简单,他(她)这是要把整个集团都带到沟里,是想让咱们翻船。"

股东们纷纷点头,显然也都感受到了这种威胁。

"所以，咱们绝对不能坐以待毙。"得到肯定后，轮值董事长更加自信地说道，"与其被动挨打，不如主动出击彻底铲除根源。"

"可根源到底在哪儿呢？"唯一的女股东今天穿了一件优雅长裙，一边打量其他人一边意味深长地说道，"查了好几天也没有任何眉目，告诉我们，根都没找到，你要怎么才能斩草除根呢？"

"于总，内鬼虽然是事情的推手，但真正的根源并非在咱们内部。"轮值董事长说着看向外勤事务部经理，"王经理，把你调查到的情况跟各位股东汇报一下吧。"

"是。"外勤事务部经理把调查材料一一呈交给股东们，随后汇报说，"各位领导，经过这两天的详细调查，我们已经可以肯定，这个叫李星翰的警察，才是这场危机的真正根源。"

股东们露出了不同程度的疑问神色，随后开始从容地审阅调查材料。

"李星翰在'7·12车祸'里失去了妹妹，因此受到刺激，产生了严重的偏执思维。"经理继续说道，"这是他一直坚持调查，并且能成功查明'周建设案'的核心所在。领导们，咱们对 HDCS 知根知底，知道这个系统的强大力量，所以听到精神控制杀人、制造自然死亡这样的概念，不会觉得有什么奇怪。但如果站在正常人的角度，这些说法听起来其实是非常离奇的。正是因为这个，李星翰这些年来一直都是在孤军奋战，别说公安系统的领导了，就是他的下属也没几个服他的，连父母和前妻都不愿意相信他。少数肯相信他的，也就只有车祸的一部分死者家属了，但他们都对咱们构不成威胁。那么，只要按住李星翰，那就相当于釜底抽薪，把一切问题都解决了。"

股东们审阅着详细材料，先后点头表示了赞同。

"今天这么急着请大家过来，就是为了对这个问题进行表决。"

轮值董事长接过话说,"徐婉清的死,李星翰也已经开始深入调查,万一真的让他查到什么,揪出那个内鬼,那整个集团都不可能独善其身。是时候把这根刺给彻底拔掉了。"

"可是在这个节骨眼上对他出手,不是会更引起舆论的猜测吗?"戴眼镜的儒雅股东不无担心地说道。

"赵总,你多虑了,靠念经是念不死人的。"轮值董事长分析说,"这些年来,咱们又不是没遭受过舆论风险,哪一次掀起过大的风浪呢?舆论吵得再厉害也都无济于事,只要没了这个李星翰,那他们爱怎么说就怎么说,咱们根本用不着在乎。"

儒雅股东思索着点了点头,其他股东也纷纷点头。

"那么,咱们还是进行不记名表决吧。"轮值董事长提议道。

"谢总,就不用搞这种形式主义了吧。"声音浑厚的高个子股东说道,"难道咱们还有其他选择吗?"

"您说得也是啊。"轮值董事长笑道,"那么,动用HDCS除掉李星翰,在座的各位有反对的吗?"

"我。"一直沉默不语的郑远思平静而自信地开口道,"我反对。"

股东们不约而同地向他投去异样的目光。

"郑老,您这是什么意思?"轮值董事长面色凝重起来。

"相信我,没有人比我更害怕远思出问题。"郑远思不紧不慢地说道,"但关于这次的危机,你们可能从一开始就做出了误判。"

股东们的神色越发警惕起来,但也不由产生了些许疑惑。

轮值董事长说道:"郑老,您有什么高见,还请赐教。"

"这次的危机不是内鬼滥用权力,而是有外人想搞垮远思。"郑远思不紧不慢地分析说,"你们难道还没有意识到吗?那个韩欣悦如果想隐藏自己,是绝对不可能被警方查到的,更不可能提前做好准备,把精神控制杀人的过程告诉全世界。这一切都是早有安排的啊。

这个徐婉清的事情虽然还没有后续进展，但不出所料的话，那个李梦瑶的家属或者哪个喜欢过李梦瑶的男人，迟早也会像韩欣悦一样站出来，把真相告诉全世界的。所以，这次危机绝对不是来自内部，而是来自外部。有人想告诉全世界，精神控制杀人是可行的，他想把舆论和官方的目光引到咱们身上，让咱们自乱阵脚，忙中出错。请相信我，他肯定一直在盯着李星翰，一直等着咱们出手呢。一旦咱们情急之下对李星翰采取精神控制手段，或者像'7·12车祸'一样借刀杀人，相信我，他是一定会找到咱们的外勤人员，抓住牵扯到咱们的有力证据的。到时候让官方拿到证据，那才是咱们真正的危机。"

股东们面面相觑，但随后，也都或多或少地露出了担忧之色。

"可是，外人真的有能力复制 HDCS 吗？"一名年轻的股东不禁提出疑问。

郑远思想起故友，一时陷入沉思。他不能让其他股东知道张焕然的存在，否则他们对自己会产生更深的怀疑。

片刻之后，他意味深长地反问道："你不能保证这一点，不是吗？"

"可是，"轮值董事长也提出了疑问，"难道咱们就放着这个李星翰不管吗？万一真的是内鬼干的，李星翰要是顺着那个韩欣悦或者这次徐婉清的事情查到咱们内部，那咱们——"

"别担心，会叫的狗不咬人。"郑远思肯定地说，"如果制造这次危机的人真的能靠自己查到咱们身上，那他就不会搞得这么大张旗鼓，想尽一切办法让咱们忙中出错了。所以，咱们只要以静制动，他就没有任何机会。"

"可万一不是外人呢？"儒雅股东不由摇了摇头，"咱们不能冒这个险啊！"

"你们一定要相信我的直觉。"郑远思的态度十分坚决，"以静制动才是唯一选择。"

其他股东虽然仍有担忧，但警惕之色也再次浮现在脸上。郑远思跟他们到底不是一路人，他们终究还是无法信任这个人的。

"我来说两句吧。"女股东看着调查材料思索着说道，"一方面，郑老的担心不无道理，你们想想，这次舆论的势头来得确实过于凶猛了，确实让人不得不怀疑，背后是不是有人在推波助澜。可另一方面，万一真的有内鬼怎么办？或者，万一操纵这一切的人真有办法让李星翰查到咱们内部，那又该怎么办？在这个问题上我同意赵总的看法，咱们不能冒这个险。"

轮值董事长皱了皱眉："于总，正反话都让您说完了，那您的意思是？"

"你们啊，真是让 HDCS 给惯坏了，遇到问题脑子里就只想着杀人。"女股东胸有成竹地冷笑道，"可是在我看来，对付这个李星翰根本就用不着杀他，只要让他没办法再查下去不就行了吗？"

股东们露出了更深的疑惑之色，只有郑远思若有所思地点了点头："你的意思是，用舆论把他整垮？"

"郑老高见。"女股东拿起调查材料，继续胸有成竹地说道，"材料里不是写得很清楚了吗？李星翰这几年为了调查'7·12车祸'，频繁地在未立案的情况下私用警力，调查了几十起已经定性的意外事故或者自然死亡事件。当然，这里面的确有咱们的手笔，可关键是社会并不知道啊。所以，凭着这些行为，完全可以让舆论给他扣一个滥用职权、侵犯公民隐私的帽子。"

"再者，他父亲李行舟是司法部门领导，而他呢，不到三十岁就当上了金河区刑侦大队的队长，提升如此之快，不也能拿来做一番文章吗？老百姓们最恨的，就是这种'拼爹'的。另外，就像王经理刚才说的，没有领导相信李星翰，同事们也基本没有服他的，那么可想而知，他这些年来私自调查，一些领导和同事估计也早就看他不顺眼了吧。所以一旦舆论开始攻击他，上级单位开始调查他，那么不用想，绝对会有人趁机落井下石给他穿小鞋的。

"综合上述，我认为，只需要让舆论把这些东西炒作起来，就可以毁掉李星翰的工作，那他自然也就对咱们没有威胁了。

"而且你们知道最重要的是什么吗？我提的这个办法，炒作的全是板上钉钉的事实，没有任何虚假造谣的成分。就算老百姓们骂李星翰'拼爹'，那也是他们瞎猜的，不是咱们手底下的自媒体说的。所以从根本上，这是一种不会留下任何把柄的手段，官方没有任何理由对这次舆论展开调查。无论效果如何，咱们都可以从容地置身事外。你们说呢？"

"高啊！"轮值董事长不由赞叹道，"您这一招借用事实的刀杀人，确实高。"

"哎呀，也不是我多高明，就是你们啊，遇到事情总是沉不住气。"女股东冷笑道，"现在这个时代，杀人很多时候根本就用不着见血啊。另外还有啊，让李星翰人设翻车，也会让人们对他产生本能的全面逆反心理，那么，他一直在主张的精神控制杀人这个概念，在社会和民众看来，也就更加不可信了。这可以说是一石三鸟了。"

"高见，高见。"轮值董事长发出由衷的赞叹，随后看向郑远思，"那么郑老，您怎么看？"

就事论事，女股东提出的应对方案的确堪称良策。但郑远思还是觉得，按兵不动才是最佳选择。

"我觉得，咱们还是慎重为好。"他沉吟着说道。

股东们面面相觑，片刻之后，儒雅股东露出恍然的神色，微微冷笑道："郑老，您别怪我多心，您这么反对对李星翰采取行动，不会是心里有鬼吧？"

郑远思严肃地看着他:"这个时候,咱们必须团结一心,绝对不能相互猜疑。"

"说到团结,那还是做个表决吧。"女股东提议道,"到底谁团结谁不团结,会一目了然。"

郑远思试图争取:"你们一定要相信我……"

"那就开始表决吧。"轮值董事长使了个眼色,外勤事务经理心领神会,开始恭敬地把表决票放到每一名股东面前。

表决结果可想而知,又是只有郑远思一个人投了反对票。资本的进驻不仅腐蚀了他,也在不知不觉中逐渐削弱了他对远思的独立掌控权。此刻,眼看着董事会把远思置于危险境地,他却无可奈何。他突然产生了一种强烈的宿命感,觉得这世间的一切都是有因果循环的。

过去种下的因,决定了未来的果。

他深深叹了口气,本想继续争取一下,但也知道一切都是徒劳,最终还是作罢。

其实仔细想想,女股东的计划还是非常完美的。就算张焕然再厉害,对此怕也无能为力吧。

焕然,你能接得住这一招吗?

第三十一章
线索之三：情感重现

一整天的调查之后,"徐婉清案"依旧找不到任何明确方向,7月12日晚上9点,李星翰坐在办公室里盯着白板上的已知信息,最终还是深深叹了口气。

长久的思维煎熬磨损了他本就所剩无几的自信,他沮丧地感觉到,这个案子大概真的没办法查下去了。

想起妹妹和蒋芸珊,抑郁和焦虑再次深深困住了他。他又一次去超市买了酒,又一次醉倒在了大街上。

他也知道,张焕然肯定又会把他带回家的。

不知过了多久,耳边响起一阵嘈杂的射击声,他经历过一次枪战,虽然和嫌疑人加起来一共只开了五枪,但那种箭在弦上的极度紧张感还是深深刻进了他神经深处。他本能地惊醒起身,准备迅速观察情况然后找掩护,但一秒之后又突然发现,是张焕然正坐在他旁边,在他的XBOX上玩着一款叫《无主之地3》的射击游戏。

他瞬间松了口气,也再次情不自禁地回想起了过去几年的欢乐时光。他和张焕然、蒋芸珊相互陪伴，一起做饭、看剧、打游戏，简直就是天堂般的生活。他多么希望生活还是那时候的样子啊。

但是很快，残酷的现实又扑面而来，他想起蒋芸珊的病，想起张焕然眼中的黑色旋涡，想起"徐婉清案"已经无路可走的调查，整个世界都黑暗且压抑。

张焕然瞥了李星翰一眼，知道他此刻是何种感受。张焕然并不是真的想玩游戏，更不想勾起李星翰的惆怅，他只是通过李星翰醉倒在大街上这件事，判断出了李星翰调查受阻，因此必须再次通过不动声色的方式，把破案的关键思维模式植入李星翰思维之中。

而为尽可能地避免李星翰的怀疑，他决定把和游戏有关的话题作为植入载体，因为只有谈到游戏，两个人之间才会彻底放下戒备。

因为枪声的刺激，李星翰的酒已经醒了大半，他颓废地躺在沙发上，茫然地看了一会儿电视屏幕，随后下意识地说了一句："你自己不是有XBOX吗。"

"你以为我愿意玩你这老掉牙的上一代机器啊？"张焕然抱怨道，"还不是怕你挂了，只能在这儿盯着。"

李星翰这才想起之前的事情，也再次想起了无望的调查，深深叹了口气，已经没有心情继续说话了。

张焕然再次瞥了他一眼，决定开始进行思维植入。

"不过也正好，《无主之地3》我一直没时间玩呢。"他用闲聊的语气说道，"我对《无主之地》感情挺深的，欸，你觉不觉得这个系列跟《魂斗罗》特别像。"

李星翰本来懒得说话，但听到这么可笑的言论还是眉头一皱："你是不是也喝多了啊？《魂斗罗》是早期科幻风格的横版射击游戏，《无主之地》是废土和赛博朋克背景、带有一丁点儿roguelike要素的开放世界射击游戏，除了都有射击两个字之外，确定有像的地方吗？"

"这么一说倒也是啊。"张焕然笑道,"那可能是感情的原因吧。我小时候一直都住在别人家里,特别想玩一玩游戏机,但我表弟从来不让我碰。后来有一次,有个同学叫我去他们家玩了一次,那天玩的就是《魂斗罗》。那可能是我小时候最美好的回忆之一了。"

"后来自己长大有钱了,我还是会在电脑上偶尔玩一下《魂斗罗》,每次都能产生和那天特别相似的美好感觉。《无主之地》对我来说可能也有着类似的意义吧,芸珊精神出问题之后,生活真的挺累的。你还记得吗?2017年过年的时候,是你带着XBOX去我们家,给我介绍了《无主之地2》。那天真的特别开心,我到现在还能回想起来,那种和别人一起畅快、放松探索世界的感觉,跟小时候第一次玩《魂斗罗》的感受几乎一模一样。"

李星翰想起2017年的那个夜晚,想起一边和张焕然一起玩游戏,一边和精神正在好转的蒋芸珊轻松聊天的情景,心中也不禁感慨万千,眼睛也有些湿润。

他真的好希望生活能回到那个时候啊!

"嗯,可能就是这样吧。"张焕然继续感慨道,"很多时候,两种东西本身一点都不像,但因为给人带来过同样的感受,源于神经的可塑性,人在接触其中一种的时候,和另一种有关的情绪和思维也就会自然浮现出来。所以,面对《无主之地》,我才总会产生和面对《魂斗罗》同样的感受,也总会忍不住产生一些同样的想法,甚至想说一些同样的话、做一些同样的事情。大脑真的是有意思啊,同一种情感,在几乎完全不同的两种东西上,居然能不可思议地重现出来。"

李星翰沉浸在悲伤和惆怅之中,下意识地浅笑了一下,想起即将离世的蒋芸珊,心里越发不是滋味。但是须臾,一种奇妙的直觉就压制住了一切悲痛,让他总觉得像是看见了某种光。

某种真相之光。

但一时间,他却说不清楚那光到底是什么。

张焕然再次瞥了他一眼,并且迅速意识到,思维移植已经开始发挥作用。

"我说你这破机器真的该换换了。"他一边退出游戏一边抱怨道,"性能差就不说了,还一卡一卡的,要不是太无聊了,我真是懒得碰。"随后他起身嫌弃地看向李星翰:"行了,你还活着就行,我先撤了,破机器你自己收拾吧,啊!"说着放下手柄走到门口,转头又倒了杯水放到茶几上,这才一步三回头地离开。

李星翰端起水杯灌了一大口,意识进一步恢复了正常。他随后才发现,屋子又被张焕然认真打扫了一遍。

他瘫坐在沙发上,望着电视屏幕出神片刻,困意和醉意再次袭来。他本想倒头继续睡,却再次感受到了心底那团模糊又奇怪的真相之光。可是思索许久,他始终想不明白那光到底是什么。不知过了多久,他看向电视,看向XBOX,心底微微一震,突然觉得那光似乎和游戏有关。

他拿起手柄,茫然地在游戏库里来回翻动。一个多月前,他买了一款新游戏《生化危机:村庄》,但因为忙碌和情绪的关系,还一直没怎么动过。他此刻也并没有玩游戏的心情,可不知道为什么,最终还是鬼使神差地打开了游戏。

这款游戏是经典游戏《生化危机》的第八部,讲述了在逃脱梦魇几年之后,主角前往一个神秘村庄,寻找被抢走的女儿的故事。虽然只是玩了一会儿开头,还没有遇到过什么印象深刻的怪物,但在玩的过程中,一到七部中各种怪物的影子,还是在李星翰脑海中不断闪现。而这些记忆,就不知不觉地成为张焕然所移植的那种思维在梦境中的伪装。

11点，李星翰依然握着手柄，但已经不知不觉地躺倒在沙发上，迎来了一个乱中有序的噩梦。

几个杂乱的梦境过后，他突然喘息着睁开双眼，发现自己正置身于一附院门诊大厅之中。但大厅的装潢却是华贵的美式家居风格，有点像《生化危机：村庄》的城堡前厅。

耳边垂下一缕柔顺长发，他本能地意识到自己是个女人，却并不觉得有什么不对。虽是白天，但门诊大厅里空无一人，营造出直抵内心的孤独和阴森之感。

他深吸了一口气四下张望，天色突然不可思议地暗沉下来。走动几步之后，通往检验科的走廊映入眼帘，走廊尽头，闪动着昏暗、神秘的黄色灯光。灯光之下，隐约有怪物的影子在晃动。

李星翰心底蹿出一股强烈的恐惧感，好像本能地知道有人想伤害他。果不其然，片刻之后，虽然相距甚远，他却清晰地听到了晃动光影处的对话声。

"俊峰快不行了，他的心脏不行了！"

"怕什么，不是还有晓丽呢吗？她就站在大厅里等我呢。别担心，我现在就去把她解剖了，把她的心脏挖出来给俊峰安上，俊峰不会有事的。"

"不会坏了咱们家的风水吧……"

话音未落，一只看不清模样的臃肿怪物哼哧哼哧地沿着走廊向大厅冲来，没等李星翰有所反应，就一把把李星翰死死按到了地上。它扬起爪子，暗红色的、布满恐怖纹理的手指迅速伸长，让李星翰感受到了难以承受的极端恐惧。慌乱之中，李星翰向上方看去，突然发现大厅的天花板居然是一面平整的镜子，而镜子之中，清晰地呈现着他的倒影，但那不是他自己，而是——

徐婉清躺在尸体冷藏柜里毫无血色的模样。

错乱的自我意识让李星翰忘记了一切,自然也忘记了防御,怪物畸形的爪子趁此落下,狠狠刺入了他的胸口,沉闷压抑之中,鲜血飞溅。

"晓丽,我需要你的心,你的心必须为了咱们家的香火做出贡献……"

怪物黏稠的声音砸在李星翰脸上,恐惧和恶心冲撞着他浑身每一个细胞。一阵呆滞过后,李星翰不知道哪儿来的力气,突然一个灵敏的翻身挣脱了怪物的控制。他回头看去,终于看清了怪物的脸,那是——

徐婉清的父亲面对女儿尸体时那张冷漠、暴戾的脸。

怪物咆哮着追了上来,李星翰拼命朝着不知名的方向奔逃而去。不知过了多久,怪物的嘶吼逐渐消失,再抬起头时,天色又已经亮如白昼,走廊里也充斥着喧闹的医护和患者。李星翰稍稍有了点安全感,一边求救一边推开身旁的每一个房间,但医生和患者们似乎对他的求救毫无反应,惶恐之感再次缓缓浮现出来。

又不知过了多久,他突然听到了熟悉的广播声:"第133号患者,请到专家一诊室就诊……"

他本能地走进眼前敞开的房间,发现两男一女三名大夫正在屋子里认真讨论着什么,虽然看不清他们的脸,但李星翰本能地知道,他们分别是王木森、张倩雯和胡海峰。他刚要开口向三人求救,却突然听见一阵骨肉撕裂的可怕声音,回过神才发现,原本坐在中间的王木森,不知何时也变成了之前追赶自己的那种怪物,亮出畸形的血色巨爪,狠狠撕开了张倩雯的胸口,鲜血溅射开来,迅速模糊了整个世界……

强烈的压抑和窒息感充斥内心，李星翰喘息、挣扎着睁开双眼，伴随着强烈的失重感，发现自己滚落到了地板上。

原来是一场梦。

他松了口气，揉了揉脸，随后下意识地回想起方才的梦，突然心中一震，觉得心底有什么东西正在剧烈燃烧。一时间，和王木森会面时的情景，殡仪馆冷藏柜里徐婉清父母那种如刀子般冷漠的脸，以及徐婉清临死前拼命跑进书房的画面，在心底剧烈搅拌在一起。与此同时，白天听过的来自王木森、徐婉清父母的一些话，以及李墨不经意间的只言片语，也突然在一种奇特力量的指引下，反复在耳中回荡起来。

"她确实会给人一种讳疾忌医的感觉，比如好几次打断我的话，用很幼稚的医学观点进行反驳……"

"而且是她自己不听家里的安排，非要跟我们对着干。啊，非要嫁这么远，我们跟她早就断亲了。"

"她不听我们的，死活不愿意留在徐远……"

"从上大学开始，婉清就很少跟家里联系了……"

等等，打断，反驳，对着干，不听话，很少联系……所有这些行为的内核，有没有可能都是出于同一种心理呢？

李星翰的头皮突然狠狠炸裂开来，浑身都起了鸡皮疙瘩。一场诡异却又暗藏力量的梦，悄悄把他带到了一扇大门前，那是一扇一直存在却又一直被忽略的逻辑之门。

李星翰站在门前，耳边又突然响起了张焕然昨夜那段意味深长的话："很多时候，两种东西本身一点都不像，但因为给人带来过同样的感受，源于神经的可塑性，人在接触其中一种的时候，和另一种有关的情绪和思维也就会自然浮现出来……"

李星翰深吸了一口气，终于亲手推开了那扇尘封的、极有可能通往真相的大门。

是的,事情也许还存在最后一线希望。如果这真的是一场谋杀,那么,凶手会不会做过那样的事情呢?凶手会不会在那个细节上暴露出什么呢!?

窗外,天已微亮。

第三十二章
线索之四：王小娟

2021年7月13日早上7点30分，一附院内分泌科一病区，张倩雯和主治医生赵晶晶顺利完成了夜班交接，还忍不住聊了几句从妇产科听到的八卦。一阵嘻嘻哈哈之后，张倩雯揉着困顿的眼睛回到值班室，餐桌上照例摆好了包子、鸡蛋和豆浆，以及一张手绘的早安卡片，不用说，又是消化科那个叫周奕辰的小帅哥托人悄悄送来的。她微微一笑，带着甜蜜的心情坐到了餐桌前。

吃饭的时候，她像往常一样惬意地刷起了手机，突然，一则新闻引起了她的注意。

新闻标题是：天才刑警队长被曝多次违法乱纪。

她一边慢条斯理地嚼着鸡蛋一边点开热搜链接，发现标题里的天才刑警队长指的正是昨天见到的那位李星翰。根据文章的描述，在过去五年时间里，李星翰虽然破获了不少疑难案件，更是侦破了史无前例的"周建设案"，但因为疑似的精神问题，他也多次违反纪律规定，做出浪费警力、公权私用、侵犯公民隐私等行为。文章还列举了多起事例,甚至还有部分当事人的证词。另外文章还披露,李星翰的父亲是中州市司法系统的高官,而李星翰不到三十岁就升任金河区刑侦工作的一把手,虽然没有明说,但言外之意不言而喻了。

文章发布于12日晚上9点左右,一夜之间已经被大量自媒体评论和转发,相信很快就会登上热搜。

此刻,网络上对李星翰的攻击也已经铺天盖地。

"虽然有功,但违法乱纪的人还是不要用了吧?人品不行,能力再强也没有意义啊。"

"你怎么知道他能力强?人家可是有爹呢,破的案子八成是当爹的给儿子贴的金吧?"

"我们单位好几个人跟他打过交道,确实都觉得他神经兮兮的。"

"有个好爹真好啊,精神病都能当大官,呵呵。"

"看看这次有什么说法,可别又糊弄老百姓。"

张倩雯看着评论深吸了一口气,想起李星翰12日上午的种种言行,心底再次浮现出一种难以言说的异样感。

但她和李星翰毕竟只有一面之缘,对她而言,事情归根结底也只是一个事不关己的八卦而已。片刻之后,她就被别的八卦吸引,在吃瓜的快乐中吃完了早饭。收拾好餐桌,她从储物柜里取出昨天下午刚刚完成的手办,打算回家补觉之前跟周奕辰见上一面,再次推动一下双向奔赴的进度。

她一边想着周奕辰,一边带着无比轻松的心情走进电梯间,却突然心中一震,心思瞬间被拉到了别的地方。

她看见了李星翰那双颓废沉重又略显病态的眼睛。

"张大夫。"李星翰有气无力地走上前,用低沉的声音打了招呼,"能跟你聊几句吗?我知道你刚上完夜班很累,但不会耽误你太久的。"

"啊，没关系。"张倩雯思绪瞬间复杂起来，"您还是为了那个徐婉清的事情吗？"

李星翰一边再次梳理着复杂的思路，一边点点头说："是的，但我今天的问题可能会比昨天还要奇怪，希望你能理解。"

听完这番话，张倩雯瞬间想起了那条热搜，神色一时有些纠结。

李星翰敏锐地觉察到了什么，谨慎地问道："张大夫，有什么不方便的地方吗？"

"呃，那倒不是……"张倩雯犹豫片刻鼓起勇气问道，"李队，我想问问啊，您……您这么做合法吗？"

李星翰摇摇头："算不上合法，但也并不违法，因为事情真的非常特殊……"

"我不是不相信你，但是——"张倩雯再次鼓起勇气，打开手机展示出了那条新闻，"这个你怎么解释？"

李星翰接过手机看了一眼，顿时眉头一皱，头好像被狠狠砸了一下。随后，他又取出自己的手机搜索片刻，发现相关信息在网上已经铺天盖地，舆论的攻击已经毫不留情地向他袭来。

"前几天看直播的时候还以为是个很负责任的领导呢，没想到也会这么目无法纪，真是人不可貌相啊！"

"真要是负责任的话，会同意把审讯犯人这种事情公开直播吗？这件事本身就够目无法纪的。我当时就说这个人有问题了，你们还不信呢，快去我主页看看吧。"

"一个精神病人竟然年纪轻轻就当上了刑警队长，有爹真好啊。"

"爱出风头的人果然容易翻车，哈哈，翻得好啊，就喜欢看这种真相反转。"

"看看他爹这次能怎么保他。"

李星翰的一切成绩和地位都是靠努力得来的，甚至父亲曾经想要帮他在领导面前说一些好话,他都因此跟父亲大吵了一架。虽然过去五年的确有过度侦查的嫌疑,但他也都是为了揪出远思不得已为之,他并没有愧对这个社会。所以,看到网上这些新闻和言论,怒火本能地燃烧起来。

但是很快,他又努力克制住了愤怒,因为他已经迅速意识到,这突如其来的舆论攻击可能并非偶然。

过去五年,为了寻找"7·12车祸"的真相,对于一些看似正常的意外或者自然死亡事件,他的确以个人身份进行过深入挖掘,也的确得到过同事们的帮助。但每一次调查,他都保持着绝对的谨慎与坦诚,都是在征得家属同意后,以完全合法的方式进行的。滥用警力他有嫌疑,但公权私用、侵犯公民隐私这两项指控,完全是对他的污蔑。

但他也明白,自己毕竟做出过规定职责之外的侦查行为,网上曝出的那些事件也的确都真的发生过,所以硬要把这两项指控往他身上扣的话,想要洗清嫌疑,恐怕也需要大量的时间和努力。也就是说,短时间内,在舆论层面,他必然要承受这些污蔑。

事情已经持续了五年,为什么偏偏在这个时候突然曝光到了网络上呢?如此铺天盖地的讨论,没有推手怕是不可能的吧?那么,推手会是谁呢?

李星翰突然想起了2015年的贿赂案,是的,在那次事件中,舆论对现实产生了巨大的干预作用,直接导致案件无法继续深挖下去。那么这一次——

李星翰倒吸了一口凉气,再次感受到了隐藏在社会深处的那股黑暗力量。

是啊,自己通过直播公开了"周建设案"的真相,如今又介入了徐婉清事件的调查,如果这两件事都和远思有关,那么远思怎么可能无动于衷呢?

思绪至此,他一方面感受到了巨大的社会压力,另一方面却又感受到了一种轻松。显然,"徐婉清案"背后的推手一定就是远思,那么张焕然至少在这个案子里就没有嫌疑了。想到这一点,他内心越发坚定起来。

手机震动,是所长赵长林打来的电话。李星翰深吸一口气,知道眼下可能是自己最后的机会了。只要徐婉清之死还有一丝可疑、一丝希望,他都必须想尽一切办法抓住这次机会。

"张大夫,"他拒接了电话放下手机,定了定神抬起头诚恳说道,"我知道你可能对我存在怀疑,老实说,我也不止一次地怀疑过自己,怀疑自己是不是精神出了问题。"他露出颓废但又无比坚定的目光:"但是现在——我可以向你保证,事情绝对不是网上说的那样。我确实犯过一些错,但那只是为了追寻一个藏得非常深的真相。现在,我离那个真相已经越来越近,很可能只有一步之遥了,想要迈出最后一步,我就需要你的信任和帮助,眼下,只有你才能帮我了。"他努力打起精神,直视对方:"你愿意相信我吗?"

无论是前一天在门诊还是此刻,张倩雯都能从李星翰身上嗅到一些精神异常的气息,加上那条热搜的影响,正常情况下,她真的会怀疑李星翰有严重的精神问题,是个靠"拼爹"上位的"官二代"。但是在她心底深处,前一天见面时那种奇怪的默契感却又始终难以消散,让她总是隐隐觉得,自己和李星翰之间存在某种共鸣,某种和徐婉清死亡真相有关的共鸣。

看向李星翰的眼睛时,共鸣终于还是冲破了怀疑的阻隔。

"明白了。"她深吸了一口气点点头,"您想从我这儿知道什么?"

李星翰松了口气,再次理了理复杂的思路,随后用低沉的声音问道:"我想问一下,你觉得王主任这个人怎么样?"

张倩雯对这个问题显然颇为意外:"王……王主任?"

"是的,王木森老师。"李星翰确认了自己的问题,"他给你的感觉怎么样?"

"呃,"张倩雯一脸茫然地回应道,"他……他很厉害啊,跟着他总能学到很多东西……"

"我的意思是——"李星翰打断她说,"你对他有什么不满的地方吗?比如,你有没有觉得他……怎么说呢?他是不是对女性抱有偏见?"

张倩雯再次一愣,随后恍然地看向李星翰,松了口气说道:"原来如此,您是昨天感觉到什么了吗?"

"嗯。"李星翰解释说,"在门外候诊的时候,我无意中听到了你们的对话。在你们科室的信息栏里,我没有找到那位男大夫的信息,他应该是下级医院或者诊所来进修的吧?你是本院大夫,年纪轻轻就能进一附院,肯定是同龄人中的佼佼者。而那位男大夫——"

"他叫胡海峰。"张倩雯介绍说,"是郑县二院来进修的,他人其实还是挺不错的。"

"看得出来。"李星翰回想着描述道,"但业务能力好像不怎么行,甚至一些基础的东西都搞不清楚,是这样吧?"

张倩雯小心翼翼地扫视了周围,点点头说:"可以这么说吧。"

"所以——"李星翰进一步确认了自己的推测,"昨天排在我前面那位患者,明明你每次的分析都更加合理,可王主任却总是否定你。而胡大夫明明连很多基础的东西都搞不清楚,王主任却总是想尽办法肯定他。我当时并没有十分在意,但是现在回想起来,王主任好像对你存在什么偏见,结合他对胡大夫的态度来看,王主任——是对你的性别存在偏见吗?"

张倩雯犹豫片刻，做了个请的手势，带着李星翰走进空无一人的楼梯间里，随后才点点头坦诚道："是的，王主任确实对女大夫有偏见。"

李星翰觉得难以理解："他可是内分泌科的大牛，这么有见识、有思想的学者，怎么也会重男轻女呢？"

"您误会了，他不是那种愚昧导致的重男轻女，而是有别的原因。"张倩雯解释说，"具体的我也不是特别了解，但我们病区的陈主任跟我提过几句，说是90年代的时候，有个女大夫因为算错药量，然后又一再试图掩盖自己的错误没有及时补救，结果导致王主任的女儿严重感染，大脑发育受到了明显影响，现在三十好几了，还是缺乏基本的生活和社交能力，也没办法结婚，只能跟着父母生活。您应该能明白，这种事情对独生子女家庭来说意味着什么吧？这些年来，王主任一直都承受着巨大的痛苦。而长期的痛苦，也难免会扭曲一些东西吧。陈主任说，王主任就是因为这样产生了心理阴影，才会控制不住地对女大夫抱有偏见和敌意，我其实是能理解他的。"

李星翰不禁深深叹了口气，将心比心，如果自己遭遇同样的事情，怕是未必能比王木森做得更好吧。

介绍这些的时候，张倩雯突然回想起李星翰前一天的一些话，心底有些东西似乎被剧烈点燃了。是的，昨天和李星翰见过面之后，6月27日面对徐婉清时的画面就总会时不时地浮现出来，似乎想向她提示什么。此刻，随着和李星翰沟通的不断深入，那种提示也越发呼之欲出了。

"李队……"她一时捋不清思绪，又按捺不住内心的异样感，不禁主动问道，"您问我这些到底是为了……"

"张大夫，"李星翰从一时的感慨中回过神来，继续低声问道，

"王主任说,6月27日那天接诊徐婉清的时候,你和胡大夫也都在场,是这样吗?"

"嗯,我们排班还是比较固定的,最近都是王主任带我们俩。"

"那天,王主任也对你表现出明显的偏见,是这样吗?"

"是的,难免会这样嘛。"

"那你觉得,徐婉清有没有注意到这个细节呢?注意到之后,她有没有对王主任展现出某种敌意呢?"

张倩雯顿时一愣,头皮一阵发麻,心底原本在暗处燃烧的思想火花,终于冲破阻隔,迸发出直冲云霄的炽热火焰。

"我的天哪,您怎么会知道!?"她不可思议地深吸了一口气,对李星翰产生了更加强烈的信任感,"老实说,27日那天我就总觉得什么地方不太对劲,还以为是那个徐婉清精神不正常呢。听您这么一说,我好像多少明白过来了。是的,那天刚开始问诊的时候,徐婉清对王主任的态度还是挺恭敬的,可就在王主任蛮横否定了我的判断,又把我的判断归功于胡大夫之后,徐婉清好像就憋着一股怒火似的,跟王主任说话特别冲,还总是反驳他,就好像……就好像——"

李星翰深吸了一口气点点头:"就好像特别想跟王主任对着干,像孩子对父母的叛逆那样,是吗?"

张倩雯再次露出不可思议的神色:"就……就是这种感觉……那个徐婉清不是已经去世了吗?您……您是怎么知道这种细节的?"

李星翰心中一沉,知道自己离真相越来越近了。他思索片刻继续问道:"那天,警告徐婉清不要擅自使用胰岛素的话,都是王主任自己说的吗?你和胡大夫有补充吗?"

"没有,都是王主任自己说的。"张倩雯介绍说,"因为我们门诊经验都不丰富,只是跟着学习的嘛,所以在门诊上只能发表一些看法。至于下结论啊、跟患者沟通啊这些,都是由副高以上的老师们来做的。像王主任这种级别的专家,就更没我们说话的份儿了。"

李星翰进一步确认道:"我记得王主任说,徐婉清当时被他说服了,那在你看来,他真的说服徐婉清了吗?"

"嗯。"张倩雯努力回想片刻说道,"徐婉清表面上倒是没什么明显反应,但现在回想起来,真的一直都有种压抑怒火的感觉,特别想否定王主任那种感觉,只是被理性克制住了吧。我们都是女性,有些东西相互间还是挺敏感的,所以我基本可以肯定这种判断。对,就是这样的,我昨天就觉得不太对劲了,您今天真是让我恍然大悟。那个徐婉清到底是……"

李星翰深吸了一口气,原本凌乱的逻辑碎片在心底不断拼凑。徐婉清的人生心理图景,逐渐展露出了更加清晰完善的面貌。

是的,未成年时期的一些深刻情感,往往会因为在突触中雕刻过深,而对人的一生造成巨大影响。生长在严重重男轻女的家庭中,徐婉清从小就受到了极其严重的心理伤害。她曾经对父母的爱抱有幻想,后来却幻想破灭。爱而不得,自然就会滋生出仇恨吧。而在真正经济独立之前,她必须依赖父母才能生活,所以肯定无法直接地表达这种仇恨,那么这种仇恨会以何种形式出现呢?

徐婉清的父母都强调过徐婉清不听他们的话。这一点是否意味着,未成年时期的徐婉清,把对父母的恨意伪装成了反抗和叛逆呢?

恐怕只有这一种合理的解释了。

而这种叛逆之心、这种"对着干"的复杂心理,必然会因为痛苦而深深刻在徐婉清的神经之中,一旦外界出现类似的应激源,这些神经就必然会被激活,从而导致徐婉清产生类似的反叛心理,做出类似的反叛行为。

王木森虽然不是真的重男轻女,但徐婉清并不了解他的人生。在徐婉清眼里,王木森的表现无疑就是重男轻女,而且是毫无掩饰、高度病态,甚至有些极端,极端到令人恶心的那种重男轻女。这无疑会激活徐婉清最敏感的神经和心理,导致她面对王木森的时候,产生和面对父母时完全一致的神经活动和心理感受。张倩雯对当时情景的描述,无疑就是这种心理反应的有力证据。

正因如此,在全省最好的内分泌科专家一再警告不得擅用胰岛素的情况下,徐婉清才会完全不听劝阻,执拗地购买了胰岛素,并且在DKA发生之后第一时间就打算使用。尽管她理性上明白胰岛素可能真的存在风险,但和王木森对着干,能够满足她对父母的反叛,能够释放她对父母深刻的恨意,那是她心底深处最为迫切的心理需要之一,她真的抗拒不了这么做的爽感和诱惑。

而在此基础上,事情或许就能找到真正的突破口了。

是的,如果徐婉清的死真是一场谋杀,那么胰岛素就很可能是一招保证她必死无疑的后手。也就是说,她购买胰岛素的行为一定是受到了凶手的心理干预。如果真是这样,那么她对父母的仇恨和反叛心理,也就一定在凶手的掌握之中。

按照这种逻辑推断,王木森就很可能是凶手对徐婉清进行精神控制的工具。而如果是工具,那么王木森6月27日接诊徐婉清这件事,恐怕绝非偶然,而是凶手特意安排的。毕竟,如果换一个并不重男轻女的大夫,就算徐婉清真的讳疾忌医,恐怕也不会在医生一再强调胰岛素的危险性之后,还依然和医生对着干。

是的,徐婉清是26日进行的初诊,也就是说,凶手完全有条件知道她27日上午会再次前往一附院进行诊疗。如此一来,凶手是完全有可能对接诊大夫的人选进行干预的……

思绪至此,李星翰深吸了一口气,抑制住内心的不安和期待,问出了那个至关重要的问题:"张大夫,我想再问一个问题,27日那天上午的门诊安排,有过某种形式的临时调整吗?"

张倩雯顿时瞪大了眼睛,又一次不可思议地看向李星翰:"我的天哪,您是怎么……这种事情您怎么也会知道呢!?"

李星翰心中再次一沉,忍不住深深吸了一口气。夏日晨光原本灿烂柔和,但世界在他眼中,却瞬间阴暗、压抑起来。

"说来话长。"他注视着张倩雯追问道,"能跟我详细讲讲那天到底发生了什么吗?"

张倩雯的思绪在惊讶中停滞了片刻,随后稍稍松了口气,一边回忆一边说:"那天上午,专家一诊室本来安排的是陈主任坐诊,但是早上7点多她来上班的路上,好像是被一辆电动车碰瓷了,就没能及时赶到。然后,王主任就替她坐诊了。"

"陈主任?就是你刚才提到的那位陈主任吗?"

"对,陈莹老师,我们一病区的主任。"

"是位女大夫吗?能简单介绍一下她这个人吗?"

"啊,是女大夫。"张倩雯介绍说,"名字是晶莹剔透的莹。她人特别好,对年轻大夫都很照顾的,总之就是个特别好的人。"

李星翰思索着点点头:"所以,如果是她坐诊的话,徐婉清应该就不会看到重男轻女这样的事情,对吗?"

"那是自然的。"张倩雯不假思索地肯定道,"陈主任很善良,也很理性,心胸又宽广,一丁点儿重男轻女的毛病都没有。而且她对患者也都特别温柔,患者基本没有对她不满意的。"

李星翰松了口气,思索片刻后,又进一步谨慎确认道:"还有一个问题,那天如果陈主任有事耽搁了,顶替她的一定会是王主任吗?"

"基本是的。"张倩雯依然是十分肯定的语气,"虽然王主任确实对女大夫有偏见，但作为大夫来说，他真的是值得所有人学习的楷模。他不仅学识渊博、经验丰富，而且特别有责任心。就像门诊这件事吧，平时只要有老师遇到突发情况赶不上，王主任都会主动顶上去。而且他也不在乎钱，挂号费也还是会记到原本安排的大夫身上。总之，王主任真的是个特别优秀、特别无私的大夫。"

李星翰松了口气，最后问道："再请问一下，陈主任今天是坐门诊还是来科里？"

7点45分，门诊楼大厅里已经排起了长队。四楼内分泌科候诊区，李星翰向护士出示了证件，随后在引导下进入了专家一诊室。

"是的，那天确实发生了一点小剐蹭。"听完李星翰的问题之后，四十九岁的陈莹一时有些不解，"可那天已经处理好了呀，而且这应该不归刑警管吧？"

"您误会了。"李星翰解释说，"事情细说起来有点复杂，总之，事情跟您没有直接关系，我只是出于别的原因，希望了解一下那天具体发生了什么。"

"哦，原来如此，吓了我一跳。"陈莹松了口气，露出灿烂、温暖的笑容，随后带着些许困惑回忆道，"哎呀，说起来这个事情，倒还真的有点奇怪。那是在中山路和中原路交叉口东边的一条斑马线前方，我在停车让行嘛，离斑马线两三米呢，环境安全得很。可不知道为什么，那个电动车愣是直直地撞到了我的车上，当时也就掉了几块漆，稍微有点凹陷吧。我不想影响交通，就跟那个大姐说，你看撞得也不严重，要不你就赔我五百块钱算了，去4S店基本也就是五六百的样子嘛，可是她死活都不同意。僵持了一会儿之后，我看时间越来越晚，干脆就算了，就当吃亏积德了吧。我就说大姐，算了，我不追究了，咱们赶紧各忙各的去吧，然后就很奇怪，那个大姐竟然还不同意,一直缠着我说一些语无伦次的话,就是不让我走。又耗了一会儿,我心说这可能是遇到有精神问题的人了吧,就耐心地跟她沟通,问她要家里的联系方式,想让家人把她接走。可是跟她沟通真的挺费劲的,她后来还坐到我车的引擎盖上哭个不停,怎么都哄不好。我是真的不想因为这点小事报警,可又实在拿那个大姐没办法,最后还是只能报警处理了。可是交警到了之后,那个大姐好像又突然恢复了正常,一直说我是个好人,在那儿不停地跟我道歉,弄得我真的哭笑不得。"

李星翰心底的逻辑框架越发完整起来,不出所料的话,陈莹所遭遇的奇怪碰瓷,很可能又是凶手的一场设计。顺着这条线索查下去,很可能会有所收获。

思绪至此,他内心越发振奋起来,进一步确认道:"陈主任,您报警具体是那天早上几点几分?另外,您还记得那个大姐叫什么名字吗?或者有她的身份信息吗?"

"啊,"陈莹打开手机翻了翻通话记录,随后说,"报警是8点03分的事情,交警是8点08分赶到的。""那个大姐的其他信息我不知道,但名字我还是记得的,毕竟交警会查身份证的嘛,她叫——"陈莹停顿片刻稍加回忆,随后说出了一个让李星翰头皮发麻的名字,"嗯,她叫王小娟。"

第三十三章
舆论之力

在前往交警一大队的路上，李星翰再次陷入凌乱而黑暗的思维旋涡之中。

他不是没有怀疑过王小娟，实际上，得知徐婉清自然死亡的消息时，他第一个想到的就是王小娟。毕竟有"周建设案"作为先例，抛开幕后主使的问题不谈，单就执行者来说，王小娟为了给女儿讨个公道，用与女儿同样的受害手段杀掉徐婉清，和韩欣悦的杀人动机几乎如出一辙，猛一想真的非常合理。

但也只是一瞬间，李星翰便又迅速打消了这种设想。因为一年前，他曾深度关注过李梦瑶事件，知道王小娟只有初中文化水平，而且心思远远算不上细密，无论在学识上还是思维上，她显然都不具备设计一场自然死亡谋杀的能力。

再者，就算有远思或者别的什么人在背后策动一切，他们应该也不会找王小娟这种水平的人执行任何一个环节。毕竟这事和"周建设案"不同，在"周建设案"中，幕后主使需要一个在周建设身边的聪明女人去控制周建设，人选十分有限，选择韩欣悦这样一个容易引起怀疑的人，应该也是迫不得已。而在徐婉清事件中，虽然谋杀她的具体过程尚未探明，但李星翰相信，应该没有什么必须使用王小娟才能完成的环节才对。再说即便有，因为她和徐婉清再明显不过的关系，幕后主使也一定会尽力避免。所以从一开始，在这场复杂艰难的调查中，李星翰就自动忽略了王小娟这个人。这种忽略是深思熟虑之后的思维决策，无论从什么角度看，都完全合情合理。

可是现在，现实却给他的深思熟虑来了重重一击。

是啊，如果徐婉清的死真的是一场谋杀，那么让她在逆反心理之下储备胰岛素，就是确保这场谋杀万无一失的保险机制。那么，27日由王木森为她接诊就是至关重要的一环。也就是说，凶手必须在27日早上拖住陈莹。从陈莹的表述来看，王小娟当时的拖延意图已经不能更明显了。毫无疑问，她制造的那场剐蹭，正是凶手的设计。

可是，王小娟绝不可能是凶手啊，而如果是远思，又为什么一定要用王小娟呢？这种事情，换成别的人不是一样能做到吗？换成一个聪明、演技好一点的，不是能做得更加自然、隐蔽吗？为什么非要让王小娟来做，让事情平添暴露的风险呢？

思绪至此，李星翰心底一沉，再次想起了张焕然眼中的巨大黑色旋涡。虽然网上铺天盖地的舆论攻击显示"徐婉清案"很可能是远思主导，但王小娟在案件中发挥的作用，却和这种推断存在极大矛盾。

而如果是张焕然的话，一切就都说得通了：一方面，选择让王小娟亲自执行复仇，符合张焕然对公平正义的追寻；另一方面，故意让城府不够深的王小娟参与并且暴露，也更容易帮助李星翰查明案件真相。

可如果真的是张焕然，为什么远思反应如此激烈呢？如果不是远思做的，那就不存在指向他们的证据，他们为什么要这么害怕呢……

一时间，无数的细节和逻辑矛盾像装在口袋里的耳机线一样紧紧缠在一起，无论生拉硬拽还是一根一根尝试抽离，都始终无法理清。

但无论如何，王小娟的行为都绝非常理能够解释的，只要顺着她挖掘下去，真相或许已经不远了。

只是想起网上的攻击，接下来的路，恐怕会更加泥泞难行。

上午8点20分，李星翰走进市交警一大队时，再次感受到了舆论的强大力量。因为平日里一见面就会跟他嘘寒问暖的亲切同事们，此刻或多或少都流露出了怀疑和警惕的目光。

"抱歉，李队。"事故科办公室里，得知李星翰的来意后，一向对他深怀敬意与信任的科长宋江涛摇摇头说，"没有上级指示的话，我们是不能向你提供任何信息的。"

"我不需要事故详情，"李星翰争取道，"只要确认一下那个王小娟的身份证号就行了。"

"那也不行，"宋江涛再次摇了摇头，"我们一点信息都不会泄露给你的。"

"可是以前……"

"以前是以前，以前的事情就别再说了。"宋江涛叹了口气，"李队，我一直认为你是个有能力、有担当的人民公仆，所以才会尽可能支持你的工作。可是没想到，你竟然……李队，听说市局已经派人去单位找你了，我劝你还是尽快回去配合调查吧，该怎么着怎么着，咱们心里都踏实。以前为你做的涉嫌违规的事情，我都会主动向上级交代的。"说着他拿起一份文件苦笑道："你看，检讨书都已经写好了。但我不会怪你的，只能怪我自己对你过于轻信，做事不够谨慎。"

李星翰叹了口气："江涛，你一定要相信我。这种案子真的太特殊了，很多东西必须确认了才有可能立案，我做的一切都是迫不得已，现在有个案子到了最关键的节骨眼上……"

"李队，别再说了。"宋江涛打开办公室的门，做出了请的手势。

李星翰叹了口气走出办公室，赵长林的电话也再次打了过来。

上午9点10分，金河区派出所会议室里，在赵长林幸灾乐祸的目光注视之下，市局警务督察支队队长陈敬义带着同事，向李星翰说明了此行的目的。

"李队，"陈敬义把一沓资料徐徐摊开，说道，"昨天晚上8点左右，有群众通过市局的微博进行举报，反映你在2016年到2021年期间，多次做出滥用警力、公权私用、侵犯群众隐私等违纪违法行为。你是刑侦系统的重点培养人才，所以上级对此非常重视。从昨天晚上到现在，我们对群众举报的情况进行了详细核实，现在对调查结果进行说明。这不是审讯，是内部调查，你可以为自己申辩，但我劝你不要狡辩，对于真实存在过的违纪违法行为，我们对你也遵循坦白从宽的原则。"

李星翰深吸了一口气，心情压抑地点点头。

"2016年11月7日晚上9点，西三环和金河路交叉口附近发生一起车祸。"陈敬义打开一份资料继续说道，"司机杨云伟醉驾导致汽车失控，和另一辆轿车正面碰撞，导致另一辆轿车的司机马忠新当场死亡。交通事故本应由交警部门处理，但你得知事故之后，却多次前往交警一大队，以事故涉嫌刑事案件为由调取双方详细身份信息，随后又多次骚扰杨云伟和马忠新的亲友家属。经多方查证，我们确认上述情况属实。李队,你对此作何解释?"

"是。"李星翰明知事情会走向何处,还是不得不硬着头皮开始配合调查,"事故发生之后引起了网络热议,我从网上了解到,杨云伟并不擅长喝酒,而且也基本不会酒后驾车,当晚之所以喝得大醉还自己开车,和一个名叫孟海洋的人有直接关系。是孟海洋在饭局上变着花样劝酒导致了杨云伟喝醉,又是孟海洋一再强调几公里的路开车没问题,并且表示自己交警队有熟人,杨云伟才会被洗脑成功,做出了酒后驾驶的危险行为。"

"是的,这一点的确属实。"陈敬义看着资料回应说,"事后,孟海洋作为危险驾驶罪的共犯也遭到了起诉,承担了相应的法律责任。可这说到底也只是一起交通事故,你调查的目的到底是什么?"

"我当时怀疑,事故是由孟海洋一手策划的。"李星翰解释说,"根据搜集到的网络信息,我逐渐了解到,虽然杨云伟和死者马忠新并不存在直接的社会关系,但孟海洋和马忠新却存在直接的利益矛盾。当时正值城中村大范围拆迁改造,两人做的都是房屋拆迁和建筑材料回收的生意。当时吴庄一个区域的拆迁项目正在招标,两个人是直接竞争对手。马忠新的公司技术更好,工作周期短,费用也低,有明显优势。他这么一死,公司的经营受到严重影响,吴庄拆迁的生意就落到了孟海洋手里。虽然事情看上去只是一场意外,但我认为,社会关系和时间节点上过于巧合,所以很可能不是巧合。我怀疑,那场事故是孟海洋一手策划的。"

赵长林带着无奈的神色对陈敬义摇了摇头,陈敬义也心照不宣地摇了摇头,随后继续问道:"那么,你调查的结果是什么呢?"

李星翰微微叹了口气,知道自己落入了一个精心设计的陷阱,硬着头皮回答道:"我……我没有找到孟海洋涉嫌策划这场车祸的证据,事情……应该真的只是一场巧合……"

"当然是巧合,根本就用不着调查吧?"陈敬义再次无奈地摇了摇头,"孟海洋就算有天大的本事,还能算准杨云伟驾车失控的时候正好撞上马忠新吗?"

"是的。"李星翰对此不想辩解,"我当时……状态不好……想得太多了。"

"你以为一句想得太多就能蒙混过去了吗?"陈敬义语气严厉起来,"因为一个牵强附会的巧合,你就擅自调用警力,从交警系统骗取隐私信息,这已经涉嫌公权私用。同时,你还多次以个人身份对群众进行骚扰,也已经涉嫌侵犯群众隐私。事情的性质可比你认为的严重多了,你明不明白!?"

李星翰深吸了一口气,鼓起勇气解释说:"陈队,我知道事情很严重,也知道杨云伟事件的确是一场巧合。但调查这类事件,是为了挖掘社会深处的一种黑暗力量,就像'周建设案'一样,'周建设案'的真相,证明了精神控制谋杀是真实存在的,不是吗?"

"你不要试图混淆概念,也不要幻想以功抵过!"陈敬义更加严厉地说道,"'周建设案'你的确付出了很多,但这和你的违纪违法行为是两码事,不能混为一谈!"

"可是如果没有对那些疑似案件的挖掘经验,没有那些积累,'周建设案'根本就破不了……"

"你够了吧!"赵长林一脸不耐烦地说道,"'周建设案''周建设案',一个案子你要在嘴上挂一百年是吧?现在是在对你进行审查,不是给你开庆功大会!你这居功自傲的心态该好好收一收了!"

李星翰欲言又止。他心里很清楚,尽管早在2015年部委就明文规定,办案民警在特殊情况下可以对案情越级上报,尽管"周建设案"侦破之后,他也并未通过书面形式反馈过赵长林在办案过程中的种种阻挠和不作为,甚至为了缓和关系,还特意在文书里强调了赵长林的领导之功，但无论如何，越级上报侦破这起史无前例的案件，还是狠狠打了赵长林的脸。

赵长林一向心胸狭隘，怎么可能会就此作罢呢？这突然冒出来的舆论责难，无疑成了他顺势打击李星翰的工具。李星翰知道，对自己过往行为的调查进展如此之快，和赵长林的推波助澜一定脱不了关系。

但他此刻最担心的倒也并不是这个，而是徐婉清事件的调查，接下来怕是会难上加难。

"赵所说得没错。"陈敬义严厉的声音打断了他的思绪，"李队，坦然面对自己的过错吧，不要再试图狡辩了。"说着打开了另一份资料："咱们继续往下说，2017年5月，一个名叫周蔷的女律师在深夜加班时突发心源性猝死，在法医已经证实其为自然死亡的情况下，你却一直对死亡流程进行拖延和阻挠，并同样多次骚扰死者的亲友和家属。经过核实，上述情况也完全属实，你对此又有什么解释？"

"和杨云伟事件的怀疑相似。"李星翰无奈地解释说，"周蔷的猝死也在网上引起了热议，网上关注的重点在于由此引申出的对过度加班的抗议，但我关注到的是周蔷本身。据知情人在网上透露，周蔷当时有一个交往了六年的男朋友名叫陈卓伟，两个人关系很好，周蔷的父母原本也比较支持这段恋情，双方家庭也已经对结婚有了计划。但就在猝死发生之前一个多月时，周蔷的父母却突然对女儿的恋情产生了严重不满，甚至不惜以辱骂等方式逼迫女儿和陈卓伟分手。周蔷的朋友们都表示，周蔷因为这件事产生了极大的心理压力，频繁失眠而且多次酗酒，这可能正是她猝死的重要原因。"

陈敬义再次无奈地摇了摇头："你不会是想说，周蔷的父母是故意用这种方式害死亲生女儿的吧？"

"如果事情仅仅如此，我肯定不会妄加怀疑。"李星翰解释说，

"但网上还有另外一些信息。当时网友们把这件事挖得很深,有知情人爆料,周蔷的父母之所以突然对陈卓伟不满,是因为一个名叫冯玉华的朋友跟他们透露了很多关于陈卓伟的黑历史,而且一直在撺掇他们拆散女儿的恋情。冯玉华和周蔷的父母是多年的朋友,和周蔷之间也没有矛盾,但是,冯玉华另一个名叫陈新科的朋友却和周蔷存在直接矛盾。周蔷猝死之前大概两个月,陈新科和前妻离婚,周蔷作为女方的代理律师,让陈新科因为离婚损失惨重,陈新科在法庭外就对周蔷进行过威胁。根据这些社会关系和时间节点,我当时怀疑,事情很可能是陈新科一手策划的。"

赵长林露出看傻子一样的不屑笑容,陈敬义则继续问道:"那么,这件事的调查结果又是什么?"

李星翰知道自己正在继续落入陷阱,但也不得不继续配合调查:"根据后面发现的一些细节,我认为谋杀的可能性不大,事情应该是一场巧合。"

陈敬义恨铁不成钢地摇了摇头,接连翻了翻剩下的四份材料,统一问道:"这么说的话,2017年9月的赵晓玲猝死事件,2018年10月的王浩景区坠亡事故,去年7月绕城高速徐春光疲劳驾驶导致的车祸,还有去年12月的程序员杨自立猝死事件,你之所以介入调查,也都是出于类似的怀疑吗?"

"是的。"李星翰点点头,"我一直在挖掘类似的事情,因为这些事情背后,很可能隐藏着类似于'周建设案'这样的新型犯罪。"

赵长林不屑地哼了一声,陈敬义继续问道:"那这几年,除了'周建设案'外,你真的找到过其他的所谓新型犯罪吗?"

李星翰心中一沉,硬着头皮说道:"以前没有,但现在有了。"

陈敬义眉头一皱:"你这是什么意思?"

"嘻,"赵长林不屑地说道,"不就是前几天那个徐婉清猝死的事情嘛。人家自己在家里发病猝死,现场已经证实没有其他人出入过,刑科所也已经给了自然死亡的明确结论,可李队却坚持认为这是一起刑事案件。我本来想劝劝他的,可人家刚破了周建设的案子,现在可是陈局面前的大红人呢,我何德何能敢劝他啊。"

"这次真的不一样。"李星翰的思绪再次回到了王小娟身上,"陈队,您应该有印象吧,去年这个时候,徐婉清曾经为了制造流量话题,用舆论力量逼死了一个名叫李梦瑶的年轻大夫。这次徐婉清猝死本身虽然还没有查清楚,我们在现场却发现了一盒胰岛素,而且徐婉清临死之前,显然想要给自己注射胰岛素。但DKA发生的时候,注射胰岛素只会更快地害死她,所以,胰岛素很可能是确保她必死无疑的保险机制,很可能来自凶手的设计。"

"然后根据调查,一附院内分泌科的王木森主任曾经再三叮嘱徐婉清,不得擅自使用胰岛素。而从目前的一些迹象来看,王木森会勾起徐婉清对父母的恨意和逆反心理,这很可能就是她储备胰岛素的心理动因。而确诊那天,原本坐诊的应该是内分泌科一病区的主任陈莹,如果是她的话,徐婉清就不会对她的叮嘱产生逆反心理,也就不会储备胰岛素,也就没有必死的保险机制了。而那天王木森之所以会代替陈莹出诊,是因为陈莹在上班路上被一个名叫王小娟的人胡搅蛮缠拖延了时间,而一年前被逼死的李梦瑶的母亲,名字就叫王小娟。如果这两个王小娟真的是一个人,那就绝对不可能是巧合……"

"怎么不可能是巧合?"赵长林质问道,"杨云伟和周蔷的事情看起来也都不像巧合,可实际上呢?"

"是啊,"陈敬义评价说,"没有任何证据就牵强附会,妄加怀疑,这不是典型的阴谋论思维吗?"

"我明白你们的感受。"李星翰解释说。"我也知道,有过去这些调查作为失败的先例,你们一定很难相信我这次的判断,但是……"李星翰鼓起勇气说,"但这可能正是有些人想要达到的目的……"

"你这被害妄想真是越来越严重了。"赵长林不屑地摇了摇头,"自己听听自己的话,像是精神正常的人能说出来的吗?"

陈敬义对此赞同地点了点头,随后说道:"李队,根据你刚才的表述,我也不得不怀疑你陷入了某种妄想。我知道'7·12车祸'对你造成了很大打击,而人在打击之下,通常都会产生一些不切实际的幻想去抵挡内心的痛苦。你想象了一个黑暗势力,认为是他们害死了你的家人,你希望抓住幕后黑手给家人报仇。在这种思维模式的驱使下,你就难免会对一些比较巧合的事件产生过度联想。

"但你要知道,人类之所以能发明出'巧合'这个词,就是因为巧合在现实中是一种常见现象,你过去几年的违规调查也充分证明了这一点,不是吗?

"但是另一方面,我也完全理解你的感受。正是这种偏执的信念帮你撑过了最艰难的时期,让你避免了消沉和崩溃。所以李队,你过去几年做的那些事情,虽然违纪违法,但我个人是完全理解你的。可是现在,你已经撑过了最艰难的时期,是不是该调整一下自己了呢?虽然我无权干预你的生活理念,但作为多年的同事,我真心建议你,是时候振作起来向前看了。"

这番话字字如针,精准地戳中了李星翰内心最柔软感性的部分。妹妹的声音在耳边回荡,车祸现场的可怕景象在眼前浮现,过去五年的复杂心路历程以客观的方式得以呈现,这些思维和陈敬义的话,像一盆冷水突然泼到了李星翰头上,让他产生了一种难辨真假的陡然清醒。

尽管王小娟的身影依旧徘徊在心底,但真实的力量却越发强大起来。

是啊，自己对徐婉清事件存在怀疑的唯一根据，就是王小娟制造的那场剐蹭。事情看起来确实不是巧合那么简单，可是杨云伟、周蔷以及其他更多类似的事件，也确实证明了这个世上是存在高度巧合的啊。王小娟在剐蹭现场胡搅蛮缠，看似难以理解，但细细想来，她可是一年前痛失优秀的女儿而且两次自杀未遂的人啊。存在精神问题并且在发生剐蹭之后突然发作，做出不合逻辑的行为，不也是非常合理的吗？

自己……会不会真的陷入妄想了呢？

他深吸了一口气揉揉眼睛，一时间，自我怀疑正在难以克制地高速膨胀。

"星翰啊，"陈敬义改变了称呼，叹了口气语重心长地说道，"说这些真的都是为了你好，希望你能理性地想一想，好吗？另外，你要知道法纪是不讲人情的，你已经承认涉嫌公权私用和侵犯群众隐私的情况，那么我就必须履行督察职责，代表市局暂时将你停职，并向上级汇报具体情况。在进一步调查和确认之后，上级会对你做出相应的处理。星翰，你真的是个优秀人才，这些年也为公安工作呕心沥血，做出过不可替代的贡献，我们会尽可能想办法保护你。但还是那句话，法不容情，有些责任你该担还是要担的，总之，希望你做好心理准备吧。"

李星翰没有回应，一时间，他已经无法分辨现实和妄想之间的界限，他像一个在黑暗中行走的人，眼前已经没有任何明确的方向。

上午9点，一附院神经内科病房里，蒋芸珊刚刚从虚弱中醒来，二姑开始给她热饭，张焕然则开始细心地帮她洗漱。

把她抱在怀里给她刷牙，耐心地喂她喝水帮她漱口，小心地擦干净她嘴边的牙膏沫,用毛巾、湿巾和洁面巾帮她洗脸,给她轻轻拍上水乳,检查她身上有没有红肿或者其他异常,对张焕然来说,一切都熟练且自然。最近半年,蒋芸珊偶尔还会大小便失禁,清洗身体、换洗内衣和床单被褥这些事情,也基本是张焕然来做。

命运虽然残酷,但也给了蒋芸珊很多美好的东西,她真的已经很知足了。她当然也舍不得张焕然,但有时候,她也会希望死亡早点到来,那样张焕然就能更早开始新的生活了。

她食欲已经开始明显减退,但为了让她尽可能延长生命,张焕然还是非常耐心地一口一口陪她吃完了早饭。她躺了没多久就吐出来一大半,张焕然又小心翼翼地帮她清理干净,随后照例给她讲各种段子逗她开心。

她还是太虚弱了,很快就不自觉地睡了过去。张焕然轻抚着她的头发,轻轻叹了口气,越发深切地感受到离别的临近,也越发对李星翰充满了期盼。

他拿出手机,再次查看了网上对李星翰铺天盖地的攻击。

他知道,如果没有这种舆论力量,那么李星翰借着"周建设案"的势头,很可能会再次得到上级支持,用快刀斩乱麻的方式把"徐婉清案"一举侦破。而有了这种舆论力量,那么李星翰此前一些模棱两可的过错就一定会被翻出来,自己精心设计的线索,很可能就会被当成一次巧合。

甚至,在舆论和领导同事的影响之下,李星翰本人也很可能陷入强烈的自我怀疑和消沉之中。

张焕然并不清楚远思内部如今的状况,但显然,管理层并没有如他预想的那样忙中出错,而是选择了一种几乎完美的应对手段。他看着手机,不由想起了自己曾经的忘年之交。

老师,你应该已经知道是我了吧?这一招确实很完美,很可能会把我的计划从根源上彻底扼杀。看来，远思考虑问题还是非常周全的。

不过很可惜，终究还是没有我考虑得周全。

思绪至此，张焕然如释重负地松了口气。

他是个做任何事情都力求万无一失的人，所以当初设计计划的时候，就已经考虑到了一切可能发生的情况。

曝光一些事实，用这种无法追究责任的方式引导舆论攻击李星翰，从而釜底抽薪地切断社会对精神控制犯罪的调查，的确非常高明。但远思并不知道，张焕然为此也早已准备好了陷阱，就等着他们往里跳呢。

张焕然打开一部新买的手机，把早已准备好的一些信息发送给了几家经过甄选的自媒体，随后长舒了一口气。在远思乃至整个社会都难以察觉的角落里，他终于成功埋下了足以揪出远思的思维炸药。

但这并不意味着计划已经成功，因为想要引爆这些炸药，"徐婉清案"的真相就必须公之于众。不出所料的话，李星翰应该已经查到了王小娟身上，但也应该在舆论的攻击之下陷入了自我否定和消沉。所以接下来最重要的，就是李星翰必须顶住来自整个社会的压力，坚定地走完最后一步。唯有如此，远思的罪行才会最终得到证明。

张焕然深吸了一口气。

星翰，最后一条线索，我早就已经在李墨身上埋好了。请你一定不要放弃，努力把那条线索挖出来吧。

这不是一条好走的路，但我相信，你是唯一能够做到的那个逆行者。

第三十四章
不可磨灭的决心

　　走出办公楼的时候，盛夏骄阳映入眼中，带来了一种夹杂着复杂回忆的强烈真实感。恍惚间，李星翰眼前浮现出一个时间久远却又真实得如同昨日的画面。那也是一个灿烂的盛夏，似乎是午后的样子，十二岁的他牵着六岁的妹妹走过大街小巷，要带妹妹去吃一家很有名的冰沙。

　　"哥，你走慢点，我腿都酸了！"李若晴噘着小嘴抱怨道。

　　"不行不行，那家店生意特别好，去晚就没有了。"李星翰回头看向妹妹，"我好不容易攒够了钱，你到底还想不想吃了啊？我跟你说啊，那个水蜜桃味儿的，吃一口就透心凉，水蜜桃的味道在喉咙里和胃里慢慢化开，哎呀，那感觉啊，啧啧啧……"

　　话音未落，妹妹就拼命往前跑了几步，一边用力拽着哥哥的手，一边回头嗔怒道："那你还不快点走，还说自己腿酸呢！"

　　李星翰被妹妹拽着往前跑起来，脸上露出最简单、最纯真的笑容。阳光透过茂密的梧桐树，在路面上洒下点点斑驳……

2021年7月13日上午9点45分,金河区派出所办公楼前方的梧桐树下,三十四岁的李星翰望着地面上的斑驳阳光,美好的回忆把思绪也彻底带回了真实世界。

是的,关于徐婉清死亡事件的所有直觉,此刻都显得那么脆弱而缥缈,像一个根本无法看清的梦。眼前这一切才是真实的,妹妹的死才是真实的,自己无法接受间接害死妹妹这件事才是最最真实的。

真实……

他去了儿时生活的街道,一边漫步一边继续汲取着真实的力量。和妹妹成长的回忆一点一滴地浮现出来,像画笔上慢慢流淌出的颜料,悄无声息地给现实抹上了更美的色彩。原本有些灰暗的梧桐树叶变得翠绿欲滴,仿佛随时会像瀑布一样流淌而下,原本总是蒙着一层灰尘的花丛露出初开时的美妙色泽,甚至还折射出了清新的光,原本压抑阴暗的街景,突然像冬霾过后的初春一样焕发出勃勃生机,就连人们无意中看向李星翰的眸子,似乎也比平日里更黑更亮了。

美好的真实世界啊,我终于要醒悟过来了吗……

李星翰深吸一口气,一边继续在街上漫步,一边发觉了眼眶的炽热。美好的世界、美好的回忆、仍有悲痛但也充满希望的现实,这些东西在心底缓缓搅拌,酝酿出了炽热的生活动力。泪水打转,呼之欲出。李星翰知道,等哭出来,他也许就有力量彻底摆脱心魔和妄想,勇敢面对真实的生活了。

来吧,不要再硬扛了。他深吸了一口气,准备彻底踏入真实。

就在泪水将要涌出的瞬间,手机突然震动起来,是交警一大队的民警吴月婵打来的电话。吴月婵对李星翰一直很有好感,而且对他非常信任。

"喂，月婵。"

"星翰，"吴月婵声音里满是关切，"事情我都听说了，你现在还好吗？"

"嗯，没事儿。"李星翰叹了口气，"被暂时停职了，不过也挺好，有正当理由摆烂了，正好最近买的游戏还没玩呢。"

"你还真是乐观啊。"吴月婵带着嗔怒抱怨道，"那你是彻底放下了？徐婉清的事情不打算接着查了吗？"

李星翰抬头望向远处，世界依然被真实和多彩填充着，但在更远处某些不起眼的角落里，黑暗和压抑却并未彻底褪去。

"我不知道……"他望着那一抹遥远的黑暗出神地说，"月婵，我现在什么都看不明白了，也许真的应该放下执念了……"

"放下吧，放下也好，是该好好过日子了。"吴月婵欣慰地松了口气，同时随口说道，"那我就不跟你说那些有的没的了。"

李星翰眉头一皱，远处的黑暗突然开始了迅速扩张。

"有的没的？什么意思？"

"没什么，我就是担心你，想问问你现在心情怎么样，晚上你要是有空……"

"不，月婵。"李星翰敏锐地感知到了什么，"你刚才到底打算跟我说什么？"

"你不是不打算查了吗？"

"所以，跟我早上去你们单位想查的事情有关系吗？"

吴月婵了解李星翰的执着，松了口气说道："是啊，你猜对了。早上的事情我刚才听别人说了。你现在这种情况，单位从上到下都不想跟你扯上关系，所以没人跟你提这个事。但你可能不知道，你要调查的那起剐蹭事故，在我们看来其实也挺奇怪的。所以我就想着，要不要跟你说一声。"

远处的黑暗已经悄悄渲染到了道路尽头，李星翰深吸了一口气努力打起精神，觉得心底某些力量再次被唤醒了。

"你说吧。"

"嗯。"吴月婵理了理思路说道，"其实本来也不归我管，是那天中午在食堂吃饭的时候，出现场的曹正阳当成闲话跟我们说的。首先，当事人之一的王小娟，的确就是那个李梦瑶的母亲，你早上就是来确认这一点的，对吧？"

"对。"李星翰点点头，黑暗继续朝他快速蔓延。

"这一点我已经替你确认了。"吴月婵接着说道，"然后曹正阳还很认真地跟我们说，那个王小娟当时给人的感觉真的特别奇怪。怎么说呢？她一开始真的像是精神不正常，一直坐在对方车的引擎盖上不动也不说话。曹正阳他们打算强制把她拖下来的时候，她就开始大声哭喊、撒泼打滚，说一些语无伦次的话。但曹正阳出警经验还是挺丰富的，注意到了一个奇怪的细节。"

"咱们也经常能接触到精神病人或者醉酒闹事的人嘛，你应该知道，一般在这种失去自我控制的状态下，你对他们动粗，他们肯定会对你有攻击性的，而且绝对不会主动去控制攻击行为。可这个王小娟看似处于严重的精神失常状态，行为上却特别有分寸似的，就算用力拽她推她，她再怎么张牙舞爪，也都没有碰过曹正阳一下。曹正阳甚至还说，一开始强行拽她的时候可能有点用力把她的胳膊弄疼了，她脸上好像还产生了强烈的愤怒，伸出手想去抓曹正阳的脸，可还没伸到脸上呢，就又主动把手缩了回去——这不是很典型的自我控制吗？曹正阳当时就觉得这个人清醒得很，根本就不可能有精神问题。"

"然后过了一会儿就更奇怪了，王小娟前一秒还在发疯呢，可是突然间就平静下来，特别理智地跟对方当事人和曹正阳都道了歉,说给他们添麻烦了,然后还毫不犹豫地赔了对方五百块钱。根据曹正阳的说法,他当时有种特别强烈的直觉,总觉得王小娟像是在——"吴月婵顿了顿,说出了一个直抵李星翰心坎的词语,"演戏。"

转瞬间,黑暗便已席卷了大半个街道,朝着李星翰俯冲而来。

"我本来也没太在意这个事情。"吴月婵接着说道,"可是早上听说你对这个事情特别感兴趣的时候,我就越发觉得不对劲。这么多年了,你的本事没有人比我更清楚了。你去年不是还调查过李梦瑶猝死的事情吗?所以我就想着还是跟你说一声吧。另外,双方当事人的手机号我也发到你微信了,实在不行的话,你就直接打电话跟她们谈谈吧。"

黑暗蔓延到了几米之外,李星翰在压抑中陷入沉思。

"星翰,"吴月婵最后说道,"我不了解具体情况,但我相信自己看人的眼光。不管发生了什么,我只想说,我一定会做你的坚强后盾,而你,也一定要相信自己……"

而你,也一定要相信自己……

"哥,你一定要相信自己。"恍惚间,李星翰再次听到了妹妹的声音。

再抬起头时,黑暗已经再次覆盖了整个世界,直抵眼前,李星翰深吸了一口气,任凭黑暗钻入自己眼中,虚假的真实再次被替换为真实的妄想。

是的,你们说得对,我一定要相信自己,我应该相信自己。所谓的自我认知和清醒,无非是在社会逼迫之下的妥协和退缩罢了。不,我绝不会轻易向困难妥协,绝不会为了自己的轻松而逃避责任。无论为了若晴、芸珊、焕然,还是为了整个社会,我都必须拥有撞破南墙的勇气,哪怕这条路真是错的,我也要到了黄河才能死心。

心底的思绪开始迅猛复燃。

从吴月婵的描述来看,王小娟的事情恐怕真的不是巧合。但问题在于,因为舆论的引导,以及自己此前的多次莽撞调查,在上级眼中,王小娟的行为已经和之前一样被视为纯粹的巧合,自己没有任何其他证据,已经很难让上级改变这种思维模式了。而他目前被停了职,也已经无法用刑警身份展开名正言顺的调查了。如此困难的情况下,到底要怎么才能把事情继续往前推进呢?

这个案子,还存在其他可以推进的方向吗?

李星翰坐在路边的长椅上用力搓揉着面部,再次陷入了没有出路的茫然之中。

突然,心底正在复燃的思绪似乎蔓延到了某个自己此前从未在意过的思维碎片上。火焰点燃了碎片,火光之中,隐约映出了一种豁然之感。

那到底是什么?

李星翰眉头一皱,继续朝着那块碎片摸索,却始终难以看清碎片的样貌。但那渺茫的光还是深深吸引、激励着他,让他再次有了坚定的力量。

别着急,从长计议,从长计议。

繁华的街道上,他深吸了一口气静下心来,决定重新梳理一遍自己对徐婉清事件的全部直觉和认知:徐婉清复杂的社会背景、和王小娟之间的仇怨关系、对父母的强烈仇恨、对她感情似乎非常复杂的李墨——

等等,李墨?

李星翰头皮一阵酥麻。

对啊,见到李墨的第一眼,李星翰就从他身上察觉到了某种不对劲的释然。自己刚才注意到的那块思维碎片,就是这个细节吗?

李星翰带着激动的情绪朝着远远燃烧的碎片看去，不禁有些失望。

不，也许这个细节和心底燃起的火光有些关系，但显然并非火光的全貌。真正让思维燃烧起来的，一定还有更重要的细节。

别着急，先接着往下梳理看看。

李星翰出神地望着远处的梧桐树，思维逐渐转向了徐婉清本人：令人心寒的原生家庭、母亲的冷漠和父亲的暴戾、成年后的独立人格、面对王木森时被高度激活的逆反心理、一年前逼死李梦瑶的冷血……

等等，思索这些的时候，他似乎看到了那块思维碎片的样子！

可到底是什么呢？

他打开手机，把刚才思索过的全部内容打在了备忘录里，然后一行一行地详细剖析。突然，心底的火光像泼了汽油一样迅猛升腾起来，直冲大脑和眼眶。因激动而突然炽热的眼眶中，李星翰的双眸，最终锁定在了两行相互矛盾的信息之上。

成年后的独立人格。

面对王木森时被高度激活的逆反心理。

李星翰深吸了一口气，终于彻底看清了那块思维碎片的全貌。

李墨说过，徐婉清成年后已经彻底修复了来自原生家庭的痛苦，成为一个坚强的、拥有独立人格的人。可如果真是这样的话，她怎么可能因为王木森一些不起眼的举动，而爆发出那么强烈的、来自父母的逆反心理呢！？

不，不，李墨一定是判断错误，或者试图隐瞒什么，总之，徐婉清一定依然深陷在原生家庭带来的痛苦之中，而这种痛苦，或许正是凶手真正的凶器！自己执着于王小娟这个间接疑点，竟然一时忘了回归事情本身。现在看来，这才是案子真正的突破口啊！

紧接着，李星翰又再次想起了李墨那种奇怪的释然，思维越发活跃起来。

当一个人难以从内部化解痛苦的时候，必然会把情感寄托到外界、发泄到某个人身上吧？徐婉清是否对李墨发泄过什么呢？那么，李墨的那种释然，会不会也和徐婉清的痛苦和发泄有关呢？

李星翰皱眉愣在原地，所有粗略的思维模块仿佛都被压上了一台石磨，在他的努力之下艰难朝前移动着，逐渐流淌出星星点点的思维细节碎末。这些碎末在心底缓缓沉淀，像地基和底稿一样，逐渐预示出一幅庞大社会心理画卷的模糊轮廓。

或许，李墨才是案件真正的突破口。

第三十五章
李墨的人生图景

2021年7月13日上午10点30分,一栋高档写字楼24层,茶色的落地玻璃墙内,李墨和公司技术骨干们正在举行会议,讨论一个新单机项目的底层逻辑架构。这个项目难度很大,项目组成员在很多核心问题上都矛盾重重,因此在会议上爆发了多次激烈争执。

以前,李墨其实有着相当严重的社恐,特别害怕和别人产生观点冲突,每次遇到类似的讨论,他也都是默默聆听,只有遇到不可能会被反驳的时机,才会偶尔发表一下自己的观点。

可是这一次,他却表现出了不可思议的自信和坚定,不仅加入激烈的讨论,甚至和一名老前辈不卑不亢地辩论了许久。同事们都觉得他变了,他也知道自己变了。而且他还知道,自己的变化和妻子的死亡之间,有着非常直接的逻辑关联。

是的,自从妻子死后,他整个人都突然变得自信了,他开始敢于直面冲突,敢于表达和强调自己的观点,敢于重视自己的情绪感受。他早就隐约感觉到,妻子的存在对他而言是一种残酷的情感枷锁,他一直都渴望打破这种枷锁。妻子死后,他感受到了无比美妙的释然,就连每天早上看到的阳光,似乎都比以前更加明媚了。

他隐约明白这是怎么回事,但碍于伦理和道德的束缚,在意识层面,他又并不愿意直面自己真实的内心。

只是这两天,他也一直有种潜在的倾诉欲望,渴望有人能分享他的美妙改变,分享他的释然和喜悦。

一番激烈争论之后,他带着十足的气势说服了那位前辈。前辈心服口服,同事们看他的目光也越发崇拜和信赖了。李墨心满意足地举起杯子喝了口茶水,随后不经意间抬起头,看见了李星翰坚定的目光。

他隐隐感觉到了什么,心中的倾诉欲望更加呼之欲出。思虑片刻之后,他对李星翰点头打了招呼,示意同事们继续讨论,随后起身走出了会议室。

"李队,"他走上前去露出自信的笑容,大大方方地主动说道,"你们单位刚才给我打过电话了,说下午让我去开死亡证明,你怎么还亲自过来了?"

李星翰心中微微一沉,敏锐察觉到了李墨在气质上的变化,不由得说道:"李总,你看起来真是容光焕发,跟之前简直判若两人。"

"啊。"李墨坦诚地笑道,"我想,我大概终于摆脱掉了一些枷锁吧。"

李星翰心中再次一沉,用试探的语气、内心却又带着十足的笃定问道:"是你爱人给你的枷锁吗?"

李墨一愣,心底一直蠢蠢欲动却碍于道德而难以看清的角落里,似乎突然照进了几缕阳光,倾诉欲望因此越发强烈起来。

"我想是吧。"他松了口气坦诚地点了点头,"不怕你笑话,婉清去世之后,我好像突然活明白了。"

李星翰趁势问道:"我来其实就是为了这个,咱们能坐下来好好谈谈吗?"

"我不太明白,李队。"李墨露出不解的神色,"事情都已经定性了,还有什么需要了解的吗?"

"事情还没有彻底定性。"李星翰自信地说,"相信我,李总,已经有证据显示,你爱人私自购买胰岛素的行为是受到了某种精神控制,就像周建设在韩欣悦的控制之下过量服药一样。你也知道胰岛素的危险性,这很可能是控制者的一种谋杀手段。"

"谋杀?"李墨露出不可思议的神色,"怎么可能呢?就算有人能控制婉清私自购买胰岛素,可病是婉清自己得的啊,她不是也没有中毒什么的吗?怎么可能是谋杀呢?"

"李总,你有没有思考过一个问题。"李星翰不紧不慢地问道,"人为什么会生病呢?"

李墨愣了一下,随后思索着摇了摇头:"突然这么一问的话,这好像还真是个复杂的问题。"

"其实也很好理解。"李星翰解释说,"本质上,人的身体和机械设备并没有太大区别。世上没有完美的机械设备,任何一种机械系统,在设计之初都会不可避免地存在缺陷和隐患。在使用过程中,如果操作不当,就有可能放大缺陷、加深隐患,最终导致设备出现致命性的故障。人也是一样,世上没有天生十全十美的人,任何一个人,从受精的那一刻起,都会不可避免地存在某些基因层面的缺陷。如果生活因素对生理造成了伤害,就有可能放大缺陷,最终导致疾病甚至死亡。"

李墨点点头:"很有趣也很贴切的比喻,但我还是不明白,婉清并没有中毒和外伤啊,她是怎么受到损伤的呢?"

"也很简单。"李星翰继续解释说,"在机械系统中,软件和硬件是能够相互影响的，硬件出现损坏，会让软件失去运行的基础，而软件如果出现损坏或者使用不当，也有可能损伤硬件。一个最简单的例子就是，让一台处理功能有限的电脑在散热不足的情况下运行过多的软件，那么主板、显卡、内存等部位，都有可能因为负荷过重而出现故障，甚至直接损毁。人也是一样的，精神和生理也会像软件、硬件一样相互影响。过大的精神压力会通过神经内分泌系统改变激素水平从而影响脏器功能，一旦某些脏器长期过于亢进，也会像机械硬件一样发生故障甚至损毁。凶手就相当于针对人类的黑客，能够通过人类的软件系统去攻击硬件。"

李墨若有所思地点了点头："原来如此，我还从来没有从这个角度思考过人的本质，受教了。"

"不敢当。"李星翰回归主题说道，"所以李总，咱们必须得好好谈谈，如果真的是这种人类黑客攻击了婉清，那咱们就有责任把他（她）从阴影之中揪出来。"

李墨回想起自己这两天的心理变化，回想起妻子去世前后带给他的一些微妙感受，对生活的认知更加清晰了一些。

"所以，您认为我是最了解婉清软件系统的人，是这个意思吧？"他稍后带着复杂的思绪点了点头。

"你的思维能力真的很强。"李星翰点头感叹了一句，随后解释说，"没错，夫妻是人们除了父母之外相处最久，也是最容易彼此影响的人。两个软件系统如果相互联通而且经常互动，那么就必然会留下对方的深刻痕迹。一个人的性格、心结、梦想、三观，往往都会在伴侣身上用另外一些形式呈现出来。而想要了解婉清的心理奥秘，我就只有来请教你了。李总——我感觉咱们都不是扭扭捏捏的人，有话就直说了，昨天下午见面的时候，关于你爱人的心理情况，你并没有跟我说实话，是吧？"

李墨张了张嘴欲言又止,随后松了口气露出释然的笑:"是啊,但我不是故意想要隐瞒什么。其实直到昨天下午,我还依然没有彻底想明白呢。"

李星翰趁势追问:"想明白什么?"

"想明白……关于自己的……一切。"李墨出神地思索片刻,随后抬起头坦然地看向李星翰,"走吧,李队,去我办公室,我也一直很想找个人好好聊聊呢。"

办公室里,盛夏骄阳经过落地窗的阻隔,在组合沙发中央的地毯上化作明媚的金黄。李墨把一杯水礼貌地放到李星翰面前,同时望着那抹金黄,再次感受到了生活的轻松与美妙,而倾诉一切的欲望,也就更加呼之欲出了。

"昨天晚上我做了很长的梦,很长很长。"他坐在李星翰侧方,摩挲着手里的水杯感慨道,"我梦见了母亲,梦见了婉清,梦见了童年——甚至可以说是梦见了整个人生。我以前一直不相信这世上有顿悟这种事情,但从昨天晚上到现在,我终于发现自己错了。一直以来,关于成长,关于家庭,关于爱情,关于婉清,我真的都处于一种浑浑噩噩的状态。我也不是没有思考过,我思考过,还读过很多关于生活感悟的书,可是,人类的情感有时候就是很愚蠢,尽管你心底知道应该怎么做,可就是迈不过去某些坎儿。我一直浑浑噩噩地活着,直到昨天晚上,我才突然开始想明白很多事情。"

李星翰点点头,决定顺着李墨的思绪开始这次沟通。"跟我讲讲吧,李总,我愿意做你的听众。"

"谢谢。"李墨诚恳地点了点头,"从你眼里,我能看到少见的诚恳。人和人之间的交流其实真的不用那么复杂,只需要诚恳就能双赢,可是人啊,总是有着这样那样的自私和卑劣,以至于诚恳这种简单的东西都成了稀罕的宝贝。人啊……"

他露出饱含生活沧桑的微笑,思绪回到了自己的童年时代。以下,是李墨的自述。

我想,我前半生的悲剧,大概在出生的时候就已经注定了吧。

我是个非婚生的孩子。

1985年,我母亲十九岁的时候,爱上了一个有家室的男人。那个男人把她哄得神魂颠倒,可是激情退却之后,却不愿意为了她离婚,而且还两次提出了分手。为了拴住对方,我母亲连哄带骗地怀上了那个男人的孩子,然后坚决地生下了那个孩子,也就是我。她本以为我的出生会给她带来想要的幸福,但那个男人不仅依然不愿离婚,还在拉锯了两年之后举家搬迁,自此杳无音信,连生活费都从来没有给我们汇过。

绝望彻底打垮了我的母亲。她开始茶饭不思,整天躺在床上,要么以泪洗面,要么就是沉浸在一些爱情小说里,靠着幻想勉强支撑。她自己还是个没长大的孩子啊,根本没有做好成为母亲的准备,却为了想当然的目的而生下了我。所以她对我根本就没有爱,我在她心里只是个工具罢了,只是个工具。

那个男人离开之后,她想过让姥姥姥爷养我,自己去远方继续寻找爱情。被姥姥姥爷狠狠骂过几次之后,她又绝望地试图自杀。但她并没有真正自杀的勇气,所以两次尝试都失败了。然后,她想过把我过继给亲戚,但亲戚们也都嫌弃我的出身,没有人愿意要我。再后来,她还想过把我送到孤儿院,甚至想过把我卖掉,连买家都已经找好了,好在最后被民警发现并且阻止了。

她想过很多很多种方案,唯独没想过好好把我养大。

人类的情感真的很奇怪,很多时候甚至堪称愚蠢。面对这样的母亲,我居然从小就没有对她产生过丝毫怨恨,反而因为特别害怕失去她,而成了一个非常非常懂事、非常非常孝顺的孩子。

早在三四岁的时候,我就知道母亲不爱我,我真的很害怕,直到现在还能回想起那种随时可能被抛弃的恐惧。我哭过,可是哭没有用,每次哭都只会换来更多的冷漠甚至打骂。所以我逐渐学会了哄她。是的,从三岁左右开始,我就学会了哄自己的母亲,因为只有哄她、讨好她,我才能多少获得一些母爱——也许是母爱吧。

母亲单独带我的时候,只有在她自己饿的时候才会做点吃的,我每天经常只能吃上一顿饭,饿得头晕眼花。直到今天,我还依然能回想起小时候饿肚子的感觉。

五岁多的时候,姥姥去照顾过我们一段时间。为了讨好母亲,可能潜意识里也是为了自己吧,我开始试着跟姥姥学做饭,开关煤气罐阀门、点火、接水、热馒头、炒简单的菜,甚至煮粥,每一样我都非常努力地去学。但在很长一段时间里,我并没有单独开火做饭的勇气。

直到有一次,母亲又抱着小说在床上躺了一整天,到傍晚的时候,我实在饿得不行了,虽然害怕,但还是硬着头皮开火做了饭。过程磕磕绊绊,我还被水蒸气烫伤了手,所幸没出什么大的事故,总之,我最终还是成功热了馒头，炒了一道番茄鸡蛋。

我饿坏了，但为了讨好母亲，我首先想到的还是喊她吃饭。她看着眼前的情景愣了很久，最后看我眼神突然不再那么嫌弃了，而是饱含了深情，一种让我真正感受到了幸福的深情。她把我抱在怀里说，墨墨，你一定是你爸爸派来拯救我的吧。我很懵懂，不知道怎么回应，但有两点我是非常清楚的：第一，我真的感受到了爱和幸福，我太需要那种感觉了；第二，想要得到母亲的爱，我就必须照顾她，成为她的依靠。这种逻辑开始在我心里扎了根。

在这种思维模式的驱使下，我开始认真地学做饭，再大一点之后开始学洗衣服，站在凳子上晾衣服，我小学就开始给母亲洗袜子和内裤。再后来，她心情不好的时候我会给她捶背揉肩。母亲那时候喜欢用录音机听音乐，录音机出问题的时候，我也会努力学习修理。可能正因如此，我才会从小就对电子设备感兴趣，才会走上计算机行业这条路吧。

总之，我学会了很多东西，把母亲照顾得非常好，邻居和亲戚们都夸我孝顺。可是我母亲却什么都没有学过，不只是生活技能，还有作为母亲的责任。直到去世，她大概都还只是当初那个为爱痴狂的小姑娘吧。

说实在的，我并不恨她，即使现在也不恨她，毕竟她没有虐待我或者把我饿死。她一直在我身边，我真的已经非常感激了。

但直到最近一年尤其是这两天，我才越来越清楚地认识到，她一度剥夺了我获得幸福的能力，我其实是应该恨她的。

李队，我不知道你能不能想象我从小的亲子模式，我也不指望你能设身处地地理解我，但我向你保证，我接下来说的感受和心理都是真的，是我发自肺腑的心路历程。

我的母亲从来没有像其他母亲那样爱过我，她对我的爱，很大程度上只是一种依赖而已。我只有不断付出，不断讨好，才能保证这种爱的持续。我现在越来越能意识到，童年时期的心理模式，只要时间长了，不管合理的还是不合理的都会根深蒂固地保存下来。所以在很长一段时间里，甚至直到前几年，我都并不认为自己的心态有什么问题。

我认为孩子生下来就是为了照顾母亲，而母亲完全有资格什么都不做。甚至，我听到有人说母亲对自己如何如何好的时候，还会产生特别强烈的鄙夷感，觉得他（她）根本就不是合格的孩子。至于人们歌颂的母爱，我从小也都无法理解，甚至特别反感。我觉得母亲就是要孩子去照顾的，母亲就不应该无条件地去爱孩子。听起来很可笑吧？我现在想起来也觉得可笑，可我向你保证，在很长一段时间里，甚至直到一年前，我对这种想法都依然坚信不疑，它在我心里的地位根本无法撼动。

而这种异常的心理，也直接影响了我前半生的婚恋观和择偶观。

无论是学生时代还是工作之后，我都被别人真心地喜欢过。我当然也会喜欢别人，可是因为自己的异常心理，我完全无法接受女人对我的付出。我第一次情窦初开是在高中，有个女孩经常问我数学题，我会特别耐心地给她讲，那种付出让我觉得踏实。我们之间的好感越来越明确，直到有一天早上彻底破碎了。

我母亲不会照顾我，直到高二，我还穿着初一买的保暖衣，而且破了很多洞，早就不怎么保暖了。男孩天生对这种事情不太敏感，所以我也一直凑合穿着，哪怕冻得瑟瑟发抖，也从来没有想过买一件新的。可是那天早上，那个女孩去教室的时候突然带了一套新的保暖衣给我，说早就发现我的保暖衣该换了。我问她哪儿来的钱，她说是自己一个月没吃早饭攒出来的钱。

我当时一下子就哭了，现在回想起来，那种感动依然记忆犹新。可当时除了感动，我还感受到了强烈的别扭和焦虑。我已经习惯了对母亲的无条件付出，并认为对待其他女性也应该那样。第一次有女性对我那么好，我慌了，我心跳加速，头皮发麻，喘不过气，甚至开始眼冒金星。我真的感受到了特别严重的焦虑。

不，怎么能让女的对我这么好呢？这样是不对的，这样是不道德的，这样会被人戳脊梁骨，这是绝对无法容忍的！所以那天，我内心深处虽然很感动，可表面上却被焦虑甚至愤怒所包围。我生气地把保暖衣还给了那个女生，从那以后再也没理过她。因为她真的会让我感到焦虑和愤怒，让我一些根深蒂固的东西发生改变，那种改变让我无比痛苦，我真的害怕改变。

现在回想起来，我错过了多么善良美好的人，错过了多么美好的爱情啊。

但人心就是这样，只要习惯了，哪怕是错的也会继续坚持。我后来又遇到过喜欢的人，也遇到过特别喜欢我的人,可只要对方对我稍微有点大的付出,我就会难以控制地感到焦虑。在遇见婉清之前,我的每一段感情都无疾而终了。

不知道是不是因为长期的情绪低落,我母亲很早之前就患上了肝癌。2016年,我坐在病床边眼睁睁地看着她离世,然后陷入了巨大的空虚之中。我当时已经做了两款卖得还行的游戏,而且已经跟几个朋友合伙开了工作室,也接到过大厂的外包订单,算是事业小成。很多人都很羡慕我,可母亲去世之后,这一切都突然没有了任何意义。因为我真的需要一个能让我付出但不愿意对我付出的人去继续那种已经根深蒂固的生活模式,只有这样我才能感受到生活的意义。也就是那个时候,我遇到了婉清。

当然,我跟她也不是萍水相逢,而是别人介绍的。我当时有一个关系很好的创业伙伴叫王静,母亲去世之后,她帮我介绍过好几个姑娘,都因为我接受不了别人对我的好而没能长久。后来有一次,她就介绍了婉清跟我认识。

婉清坦然地跟我讲述了原生家庭的伤害,说自己很挑剔,真的很渴望有人发自内心地对她好。而我呢,我生活的意义就是发自内心地对别人好。两个奇葩的人就这么凑到了一起,而且还呈现出了一种不正常的和谐。

有些东西也许真的是天生的吧,我和婉清在原生家庭里都没有得到过爱,但我被规训成了只会付出,她则逆反成了只想接受别人的好,不愿意做出一丁点儿的付出——但这正好是我需要的思维模式。我们2017年结了婚,我会把所有钱都给她花,日常家务都是我做,她的所有情绪需要我也都会尽一切努力满足,但她对我总是非常冷漠,甚至还经常骂我、挖苦我。可过去的生活模式是那么难以改变,我竟然特别喜欢那种感觉——也许我就是传说中的极品抖M吧。一直到去年夏天,我们总体上都还算和谐。不过现在回想起来,我的觉醒,以及对她的厌恶和恐惧,或许更早之前就已经开始形成了吧。

是的,虽然我在熟悉的家庭模式里感到放松,但归根结底,她和我母亲还是不一样的。人再卑微、再作践自己,终究也还是需要爱的回馈的吧。我母亲虽然弱小无助又不肯承担责任,但当她真心依赖一个人的时候,到底还是会付出一些温柔的。我想,这也正是我一直心甘情愿被她规训的原因吧。但婉清不一样,她压根就不爱我,她不爱任何人,她在任何情况下都只爱自己。所以,虽然模式是我熟悉的模式,可我却一直得不到从前那种温柔回馈。我逐渐感受到了另外一种焦虑。我开始读心理学和夫妻感情的书,逐渐开始明白一些道理,开始明白自己的过去,开始思索自己的未来。而这一切,在去年7月的时候彻底爆发了。

我一直打心眼里敬佩李梦瑶,因为我觉得,她跟我一样都有着不幸的童年,都有着强烈的责任感,都愿意为他人无条件付出。我收入高了之后,还专门给她汇过款,希望为女性事业做一点贡献。可是去年7月,婉清却为了流量间接害死了她,而且事后还不肯承认自己的错误。

那件事真的很让人下头。我突然清醒了,突然意识到自己对婉清的感觉可能一直处于一种病态的心理之中,她或许没有我想象得那么美好。在一些早已存在的潜在心理的渲染下,这种想法不断扩散,让我开始逃脱自己扭曲内心的束缚，更客观公正地看待婉清和生活。很多东西都开始改变了，虽然我还是不敢反抗婉清，还是对她付出一切、对她言听计从，但我现在才知道，那个时候，我心中的枷锁已经开始不知不觉地松动了。这种松动悄悄发酵着，直到前天中午，终于让我彻底看清了生活的一切。

是的，不瞒你说，前天中午看到婉清尸体的时候，我当然也有恐惧和悲伤，但更多的，却是一种发自肺腑的释然。过去几年，婉清一直在利用我的软肋掌控我，压迫我，欺负我，甚至可以说是霸凌我。我在不断成熟，不断了解生活和自我的真相，也一直在期待彻底反抗她的那一天。而她的死，让这一天提前到来了。

我终于挣脱了枷锁，终于明白了过去的一切。

母亲那么对我是不对的，她不是个合格的母亲，是她让我失去了被爱的能力，让我错过了太多美好的爱情，是她剥夺了我获得幸福的权利。

婉清也并不爱我，她只是希望从我身上索取过去缺失的爱，用我宣泄对生活的仇恨。当然，我其实也并不是真的爱婉清，我只是在心魔的驱使下把她当成了延续生活模式的工具而已，可事实证明，她并不能真正代替我母亲的角色。

人啊，很多时候就是这么愚昧，根本看不清自己的内心。很多时候，我们自以为是的美好爱情，很可能只是对卑劣内心需求的伪装罢了。

而只有撕破伪装，用理性去审视自我，我们才能真正看清幸福，抓住幸福。

是的，我现在终于活明白了，我有资格被爱，有资格接受别人的付出,我不会再被过去的痛苦所牵绊了,我要堂堂正正地去生活,去享受自己应得的一切。每当想到这些,我都会为自己的前半生感到遗憾,但至少,我不会让这遗憾继续下去了。

倾诉至此,李墨顺畅地舒了口气,对李星翰感激地点了点头:"李队,谢谢你听我说了这么多,说出来真的太舒服了。我甚至觉得,自己这辈子就是为了这一刻而活的。这真的……我第一次感觉到生活可以这么美好。"

李星翰感慨地点了点头:"我完全能体会到你的喜悦。虽然你爱人刚刚去世,这么说可能不太合适,但我还是想说,恭喜你,李总。自爱的确是获得幸福的基础,你能够学会爱自己,我真的发自内心地替你感到高兴。这个世界上还有很多不懂得自爱的人,很多人可能终其一生都学不会自爱,一辈子都活在别人的规训和压迫之中。你能够突破自己内心的障碍,不得不说是幸运的。"

"是啊。"李墨长长地舒了口气,"所以我对生活也有了更多感恩之心,命运伤害过我,但最终还是眷顾了我。"

"自助者人恒助之。"李星翰评价说,"你始终没有放弃过对生活的热爱,命运才会眷顾你,你也完全有资格感激自己的努力。"

李墨点点头,对李星翰露出坦诚、充满好感的笑容:"谢谢你,李队,你又让我明白了很多。"

李星翰松了口气,一边继续为李墨的人生感慨不已,一边也再次让思绪回归到了徐婉清的死亡真相上。

如李墨所言,自从李梦瑶被逼死之后,他就开始对徐婉清心生反感。在相当长的一段时间里,李墨显然都能够弥补徐婉清在原生家庭受过的这种伤害,那么这些年来,她是不是也早就对李墨产生了强烈的心理依赖呢？尽管表面上牢牢拿捏着李墨的一切，但在内心深处，她是否才是更无法离开这段感情的那一方呢？

恐怕极有可能。

而李墨的厌恶，会不会通过某些形式有所表现，早就让她感受到了危机和焦虑，从而间接甚至直接导致了她的糖尿病及DKA呢？凶手如果了解到这一点，是否会从中干预，对徐婉清施加更多压力呢？如果凶手有过类似的干预行为，那么，是否有可能从李墨身上挖掘到蛛丝马迹呢？

李星翰隐隐感觉到，自己离真相已经越来越近了。

第三十六章
线索之五：半年前的奇怪短信

"李总，"李星翰端起水杯抿了口水，思索片刻后说道，"感谢你的坦诚，接下来，我想从你爱人的视角了解一下你们的夫妻关系，你能继续跟我坦诚地聊聊吗？"

"当然，没有任何问题。"李墨大大方方地说道，"你想了解什么就尽管问吧，我不会有任何隐瞒的。"

"谢谢。"李星翰松了口气，问道，"昨天下午，你说你爱人已经摆脱了过去的阴影，弥合了原生家庭造成的伤害，你说她是个精神独立、性格坚强的人，我想请问，这些是真心话吗？"

李墨释然地舒了口气，随后带着尴尬的笑容说道："说到这个真的很惭愧，昨天下午我沉浸在对生活的顿悟之中，陷得非常非常深，根本没有心思想别的。对于您当时提出的问题，我其实根本没有怎么思考，只是想着随便敷衍一下算了。但现在，我可以认真回答这个问题了。其实从昨天下午到现在，除了对自己的过去有了清楚的认识之外，对于婉清的心理世界，我也突然看得更清楚了。"

李星翰点点头，做出聆听的姿态。

"我现在终于明白了，婉清非但没有摆脱原生家庭的伤害，反而一直都被那种伤害牢牢掌控着。"李墨带着感慨的语气继续说道，"她对男性有着极端的仇视心理，比如遇到男人伤害女人的事情，她会非常愤慨地骂那个男的，而如果是女人伤害了男人，她也会愤怒地骂那个男的活该。我们曾经讨论要孩子的事情，她很抗拒生孩子，说生孩子是男性对女性的剥削。不过她也说过，如果真的要孩子，就只能生个女孩，是男孩的话就直接打掉。总之，生活中有很多这样的细节，从中可以看出她对男性强烈憎恨。很显然，这种憎恨的主要来源之一，应该就是原生家庭病态的重男轻女，这种判断没错吧？"

李星翰赞同地点了点头。

"所以，她大概一直都被仇恨和痛苦牢牢掌控着吧。"李墨接着说道，"包括她对李梦瑶的反感也和这个有关。李梦瑶一直在提倡女性应该掌握更多的知识技能和社会能力，用这种方式来实现女性权利。婉清对这种思维一直都非常反感，她觉得男的天生就欠女的的，所以理所当然地应该把一切都献给女的——这种想法，在很长一段时间里正好契合了我的心理需求。"

"但这种想法显然也不是正常的心理——我是说，我并不反对男性应该一定程度上多付出一些，毕竟，女性在力量和其他一些方面的确存在天生的劣势，而且，生育这件事也的确会对女性的生理、心理、事业发展都造成影响，我觉得有责任感的男性其实都能认识到这一点，也都会在其他方面多付出一些。但问题在于，婉清在这方面的思想真的过于极端了。这种极端思想的根源，显然还是原生家庭造成的对男性的深刻仇恨。总之，我可以负责任地说，她确实从来没有摆脱过去的伤害。"

"可怜之人必有可恨之处,可恨之人也必有可怜之因,这世间的一切善恶皆有因果。"李星翰感慨道,"重男轻女的愚昧思想深深伤害了她,她又因为这种伤害而伤害了更多的人。仇恨是这个世界上最顽固的精神力量,一旦因为愚昧和自私而滋生,就会像病毒一样难以根除,而且会在更多愚昧和自私的催化之下不断向周围传播,而最终承受这些仇恨力量、试图让这力量不再继续传播下去的,反而都是善良无辜的人,就像曾经的你一样——当然,我不是说你现在——"

"我明白你的意思,李队。"李墨点点头,"自私和愚昧的人制造负能量,善良、有责任感的人去化解和承受这些负能量,几千年来,人类社会始终如此,所以才会有'人善被人欺'的说法。"

"是啊。不过,也许随着心理学教育、社会的进步,李梦瑶这样的人会越来越多,人类社会也会朝着更好的方向发展吧。"李星翰感慨地点了点头,随后又用理性收住发散的思绪,定了定神说道,"聊得好像有点宽了,还是说正事吧。李总,我想再请问你一个问题,在曾经的夫妻关系之中——特别是李梦瑶事件发生之前,你觉得,你爱人对你存在依赖吗?不一定是外在的依赖,而是心理层面的依赖。另外,你觉得从你身上,她能一定程度弥合自己曾经受到的伤害吗?"

稍加思索之后,李墨便肯定地点了点头:"李队,你真的太懂人心了。是的,你的判断非常准确。其实逻辑也很简单,你想想看,婉清那么一个仇恨男性的人,如果不能从我身上消减这种仇恨,又怎么会一直跟我在一起呢?是的,她很依赖我,而且就像你说的,表面上可能没那么依赖,但在心理和生活上,她其实对我非常非常依赖。现在想起来,她应该才是最难以割舍的那一方。"

"婉清平时挺闲的,而我工作非常忙,但日常生活中,除了每周请一次保洁做打扫之外,日常家务都是我负责的,婉清一次都没有做过。开销上,我这几年事业发展不错,平均下来,一年大概入手一百个多一点吧,我自己基本没有花钱的地方,甚至连换个新电脑都有点舍不得,还会专门去问婉清的意见,她同意了我才买。但婉清,虽然做自媒体有几百万粉丝,很多却都是买的僵尸粉,还有不少是看热闹的黑粉和路人粉,她不管怎么引导、怎么营销,每年有七八万的收入就算多了。但因为有我在嘛,她每年的消费随随便便都会接近百万,有时候甚至我赚多少她花多少。甚至有一次喝醉了之后,她还跟我动情地说,除了我之外,估计没有人会这么惯着她了。我想,那应该是酒后真言吧。"李墨说着深深叹了口气,"唉,她大概对我还是有感情的吧,只是绝大多数时候都被仇恨蒙蔽着,而不愿意表达出来。她其实也像从前的我一样,根本没有自爱和爱人的能力。"

李星翰深吸了一口气,觉得自己正在接近某种真相,定了定神继续问道:"那么李总,我想再请问一下,你说因为李梦瑶的事情,你最近一年开始对你爱人产生反感,你觉得她能感受到吗?你觉得你的态度变化,会让她产生不安全感,甚至产生严重的心理压力吗?"

李墨思索片刻,突然一愣,长舒了一口气恍然道:"也许吧。李梦瑶那件事真的太让人下头了,我突然从另一个角度认识到,婉清居然如此冷血自私,甚至连基本的社会正义感都不具备,她根本没有我想象中那么美好。这种心态的转变真的会影响很多东西,我开始反感婉清,一直压抑的自我也开始逐渐觉醒。围绕李梦瑶那件事,我开始反驳婉清的一些极端思想。因为觉醒,我也开始渴望婉清对我付出,我开始要求她做一些简单的家务,希望她也能偶尔给我做顿饭或者用一下洗碗机什么的。

"也许每一件事情单拿出来真的都很小,但日积月累的话,我想,婉清一定是能感受到我的变化的。而且,我也能感受到她由此发生的变化,她情绪低落的次数越来越多,还经常用各种形式说我不爱她了。她喝酒的次数明显增加了,花钱也变得更多了,我想,这些有可能都是压力的信号吧。当然,至于特别严重的压力,这个我就不好判断了,毕竟就算是夫妻,一般也很难彻底看透对方的心思啊。"

李星翰点点头,摩挲着手里的水杯陷入沉思。李墨的描述听上去虽然有些价值,但仅凭这种细微的态度改变,真的足以制造那么强烈的精神压力,强烈到让一个健康的人发病甚至猝死吗?不,事情绝对没么简单。再者,这些变化都是李墨因为李梦瑶事件和自身的觉醒而发生的,也并非有人暗中引导。所以从这个角度上,似乎很难挖掘到什么东西了。

原本充满希望的思路,再次陷入了停滞。

但片刻之后,他又努力冷静下来,决定从长计议。凭着刑警的直觉和经验,他决定再多做一些尝试。

"李总,"他收住思绪再次问道,"那能不能请你再仔细回想一下,除了你说的这种比较微妙、缓慢的态度变化之外,你们爆发过什么大的矛盾吗?"

"大的矛盾——"李墨思索片刻,摇了摇头,"我不记得有,毕竟就我们这样的关系模式,爆发矛盾的话,大概早就过不到一起了吧。"

李星翰依然不肯放弃:"麻烦你再好好回想一下,只要是稍微突出一点的矛盾,事无巨细,都请尽可能告诉我。"

"嗯——"李墨摩挲着下巴,垂眼陷入深深的思索,不久之后眼睛突然微微一亮,点点头说,"哦,要这么说的话,好像还有一次算是比较明显的矛盾吧。"

李星翰心中一沉:"什么矛盾？"

"要孩子的事情。"李墨解释说,"刚认识的时候,婉清就跟我再三强调过,说自己原生家庭不幸,所以对亲子关系没什么信心,希望丁克。我因为家庭的关系,对亲子关系也不太有信心,虽然不至于抗拒要孩子吧,但至少是无所谓的态度。所以,我跟婉清都认同了丁克的理念。"

"可是后来,我突然想到了一件事情,那就是财产继承的问题。那个人——就是……生物学意义上是我父亲的那个人——这么多年来杳无音信,但他是知道我的名字和身份的啊。虽然不知道他过得如何,可如果我和婉清将来不在了,那我的遗产不是会由那个人的后代去继承吗？而且还有婉清那边,她弟弟挺不争气的,吃喝嫖赌样样都干,家里的资产怕是早晚会被败光。如果我和婉清都不在了,那他的后代是不是也有机会争取我们的遗产呢？一想到这个我心里就堵得慌,我绝对不能允许那些恶心的人继承我们的财产。而想要避免这种情况,就只有一个办法,那就是要个孩子。"

李星翰点头陷入沉思,他已经隐约察觉到了某种线索在微微晃动。

"这个事情困扰了我很久,所以我就跟婉清提了一下。"李墨接着说道,"婉清很生气,是真的特别生气那种,把我狠狠骂了一顿,那天晚上甚至还上吐下泻、头晕发烧,我还专门陪她去打了吊针。虽然没有过于激烈的争吵,但她那天真的特别生气,我想,这应该算是一次比较大的矛盾吧。"

李星翰突然意识到,关于"徐婉清案"的逻辑链上,又被填上了一直缺失的重要一环。

是的,虽然暂时还不清楚凶手谋杀徐婉清的具体手法,但是,和"周建设案"不同，"徐婉清案"并不是直接使用药物对健康进行干预，而是通过精神压力进行的。就算凶手再高明，这种事情恐怕还是会带有或多或少的不确定性吧？否则的话，凶手也不会刻意用胰岛素作为后手了。

是的，就算掌握了徐婉清的基因，凶手估计也很难通过量化的方式确认精神压力对徐婉清心理和生理的影响程度。那么在正式行动之前，凶手有没有可能提前进行预演，对徐婉清的反应模式做出初步观察呢？

是的，按照目前虽然不甚确定却合情合理的逻辑来看，这种可能性相当之大。

而李墨只是简单地提了一下要孩子的问题，徐婉清一向对他拿捏到位，为什么会因此就大发雷霆，甚至上吐下泻、头晕发烧呢？上吐下泻、头晕发烧，这些症状都指向了内分泌和电解质的紊乱，这是否和糖尿病有一定关联呢？在掌握基因信息的基础上，凶手是否能够通过这件事做出判断，认定所施加精神压力的有效性呢？如果真是这样，那么，要孩子这个话题究竟会给徐婉清带来怎样的强烈精神压力呢？

思绪至此，李星翰心中突然狠狠震动了一下，想起了李墨在死亡现场说过的一段话："我主要是，唉，我是不想当着婉清的面说她不好……但其实也没什么大不了的，就是她……她对医生一直都有种明显的不信任。比如平时不舒服什么的，她很少主动去医院，都是自己买点药吃吃对付过去。体检倒是每年都做，但也只查一些很基础的项目。一旦大夫让她做深入检查，她就会坚决拒绝，说自己身体好得很，根本不需要检查。27号那天表现也很明显，先是一直质疑不给她开胰岛素的事情，好不容易被说服之后，王主任又说她甲状腺有点肿胀，心电图也有点轻微异常，想让她做一下其他检查，但她还是怎么都不同意,说自己的身体自己清楚。"

紧接着,李星翰又顺着这个细节,想起了12号上午,王木森和胡海峰无意间说过的两句话:"我当时还注意到了她甲状腺和心电图的小隐患,提出过让她深入检查,但她好像不愿意承认自己有问题,非常执拗地拒绝了这些提议。"

"啊,是是是,没错没错!那女的确实是个挺难缠的患者,而且很害怕承认自己身体不好似的!"

……这些话乍一看的确像是寻常的自以为是或者讳疾忌医,可是,如果把这些心理细节和李墨方才描述的那件事结合在一起看呢?

李星翰头皮发麻,在长久的黑暗摸索之中,他第一次隐约窥探到了凶器的模样。

"李总,"他深吸了一口气,继续问道,"我想再请问一下,你开始担心财产继承的事情,大概是从什么时候开始的?"

李墨想了想说:"大概半年前吧,我也就提了那么一次,婉清反应那么强烈,我也就不敢再提了。"

李星翰沉住气继续问道:"那么,你这种想法是自己突然冒出来的呢,还是说——"心底的逻辑链越发清晰起来:"还是说——是突然受到什么人或者什么事的启发呢?"

"哦,这个我记得还是挺清楚的,是因为一些短信广告。"李墨并不清楚李星翰这些问题背后的深意,用闲聊的语气说道,"我手机号不是一直没换过嘛,早些年又因为创业的关系咨询过不少律师事务所,所以个人信息大概在圈子里被卖来卖去吧。总之,大概就是今年年初,我接到过一些法律事务所的广告,里面经常有一些法律科普,其中就提到,兄弟姐妹是遗产的第二顺位继承人,而且同父异母和同父同母享有同等的继承权利。我当时就是被这个细节给提醒了,才会想到我父亲其他后代继承我财产的问题,然后才会想到是不是应该要个孩子。"

李星翰深吸了一口气，黑暗之中，他已经隐约窥探到了真相之光。

"李总，"他满怀期待地问道，"那些短信你现在还能找到吗？"

"应该能吧。"李墨说着拿起手机，一边搜索一边继续说道，"那些号码我都拉黑了，黑名单里的短信应该一直都存着的。稍等，我记得是3月初的时候，啊，不对，是2月末吧，啊——"他说着突然松了口气，把手机递给李星翰："找到了，2月下旬收到的，那几天收到好几次呢，不然也不会让我想那么多。"

李星翰接过手机，发现从2021年2月21日到24日，李墨一共收到过5条涉及兄弟姐妹、同父异母等法律继承问题的短信。短信都是同一个私人号码发送的，内容看起来没有什么特别之处，的确像是广告的形式。

可是仅仅几秒之后，他就突然清晰地察觉到了一种异样。是的，他几乎可以肯定那些短信存在问题，可一时之间，他又无论如何都说不出来问题在哪儿。他望着短信陷入沉思，觉得思绪再次陷入黑暗之中。

但是十几秒后，他突然再次头皮一麻，在黑暗之中看见了耀眼的光。那光刺破了意识的边界，在潜意识中照亮了一个无比细微却又无比重要的角落。角落里，是吴月婵不久之前说过的一句话："另外，双方当事人的手机号我也发到你微信上了，实在不行的话，你就直接打电话跟她们谈谈吧。"

李星翰不禁深吸了一口气，拿出手机打开微信点进和吴月婵的聊天窗口，耳蜗里瞬间便响起了过于激动而导致的轰鸣声。

半年前给李墨发送法律广告的那个手机号，机主正是李梦瑶的母亲王小娟！

李星翰用力搓揉着额头，心底无比激动和澎湃。他终于证明了自己并非妄想，他终于证明了徐婉清的死就是一场谋杀！他已经有足够的理由说服上级彻查此案了，他恨不得立刻飞到市局，把自己发现的一切告诉陈小刚。

但他紧接着又意识到，在此之前，自己也必须彻底确认凶器的形式，确认徐婉清不为人知的心理弱点。唯有如此，他才能有足够的论据和底气说服上级领导。

他松了口气冷静下来，准备继续对李墨进行询问。但是瞬间，他又意识到这似乎不妥。一来，自己尚不能确认心底的大胆猜测，贸然发问，一定会对李墨造成冒犯；二来，如果真有那样的事，以徐婉清的立场和性格，李墨怕是至今都不知情，直接问他，估计也起不到确认的作用。

这件事，必须找一个更了解徐婉清的人才能确认。

思绪至此，李星翰彻底松了口气，对李墨点点头说："谢谢你的坦诚，李总，你今天提供的情况对我帮助很大。"

李墨也微笑着点了点头："这是我应该配合的嘛，你才是辛苦了。"

"李总，"李星翰随后问道，"你说你爱人是之前的一个合作伙伴介绍给你的，她和你爱人关系很好吗？"

"之前是很好，她们是大学同学，四年时间里关系一直都很好，"李墨说，"但是最近这两年好像不怎么联系了。"

李星翰思量着点了点头："能把她的联系方式给我吗？"

李墨略感不解："有什么问题你问我就行了，为什么——"

李星翰解释说："谨慎起见，有些事情最好能从不同的角度去观察和分析。这绝对不是对你不信任，只是工作需要，希望你能理解。"

李墨松了口气点点头："啊，理解，理解。呃，介绍我们认识的人叫王静，也是我们公司的元老之一，不过两年前自己出去创业单干了，现在干得好像也还不错。"他说着把手机展示给李星翰："这是她的手机号，需要谈谈的话你就直接联系她吧。她是个很有担当也很有能力的人，我想，她也一定会配合你的工作的。"

　　李星翰点点头，阳光透过落地玻璃折射到沙发中央的地毯上，映出一种令人振奋的真相之光。

第三十七章
徐婉清的难言之隐

告别李墨之后,李星翰迅速和王静取得了联系,并约在一家餐厅见面。前往会面的路上,他原本正在继续思索徐婉清的心理架构,却突然接到了吴月婵打来的电话。他本以为吴月婵是想继续关心一下自己,没想到,吴月婵却是一副兴师问罪的态度。

"星翰,网上说的都是真的吗?"吴月婵的语气透着失望。

李星翰不解:"月婵,所有事情都是为了调查远思,这些你应该很清楚。"

"乱搞男女关系也是为了调查远思吗?"吴月婵的失望中逐渐升起了怒火,"我知道咱们没有任何关系,你想跟谁怎么着我都管不着。可你明明知道我是怎么想的,为什么不直接跟我说清楚、断干净呢?说什么你有重要的事情要做不能被感情牵绊,还说什么不想耽误我。所以这些都是骗我的话,你只是看不上我,是吗?你之所以没有明确拒绝我,是为了利用我帮你查交通信息,我就是个工具人是吧?我是真的没看出来你是这种人……"

李星翰一头雾水："你到底在说什么？"

吴月婵气不打一处来："你还要装糊涂吗？自己看看网上，人家都曝光出来了！"

李星翰欲言又止，带着疑惑把车停到路边，打开几个社交APP，这才惊讶地意识到，舆论对自己的攻击已经不限于违规调查的陈年旧账，居然还滋生出了大量添油加醋的谣言。

一个关注人数超过500万的UP主发了一段他制服嫌疑人的视频，污蔑他作为刑警队长仗势欺人，殴打无辜百姓。

一个很有名的公众号，言之凿凿地说他进派出所是托了父亲的关系，还声称他父亲给所长赵长林塞了钱，甚至贴出了转账记录。

更过分的是，除了前妻林晓楠之外，李星翰从未和其他任何女性发生过任何亲密关系，可一个有600万粉丝的大V却声称他这些年来一直乱搞男女关系，不仅和多名同事、同学不明不白，甚至还经常利用职权潜规则女嫌疑人。短短一上午的工夫，在网络上，李星翰已经被彻底塑造成一个无法无天的"官二代"和大色魔。

这些年来，吴月婵一直深深喜欢着李星翰，默默体恤着他的痛苦和执念，站在他身后给他一切尽可能的协助。李星翰对她也有好感，但也知道自己这种状态只会拖累他人，所以一直在婉拒她的爱意。但在内心深处，李星翰对爱情或许还是有期待的，又并未完全切断两人之间的暧昧。吴月婵明白他的感受，只是默默守着他，一直在等待他。

所以看见网上那些谣言，吴月婵的委屈和愤怒也就不难理解了。

"月婵，"李星翰看着那些谣言忍不住想笑，"你真的相信那些谣言吗？"

"我怎么知道！？"吴月婵声音里已经带上了哭腔，"反正咱们又没有任何关系，你有你的自由，我哪儿管得着啊！？"

李星翰笑出了声，随后认真说道："月婵，我向你保证，这几年——这三十四年，除了晓楠之外，我从来没有跟任何女性有过越界的关系。"

"真的吗？"

"真的，我用警察的荣誉保证。"

吴月婵沉默片刻，长长地松了口气，说："我就知道你不是那种人。"转念又倒吸了一口凉气："可网上为什么那么言之凿凿的……星翰，你是不是得罪了什么大人物啊？这次舆论攻势来得太不正常了。要不你还是别查下去了，他们会不会害你啊……自己的安全最重要啊……"

李星翰沉重地看了一眼窗外，再次感受到社会深处的暗流涌动。吴月婵的想法和他的直觉不谋而合，只是他有些想不明白，仅靠炒作过去那些违规行为，已经足够让他停职了，那为什么远思还要制造这些毫无根据的谣言呢？难道远思想用精神控制的方式杀掉自己？又或者正在酝酿某种别的阴谋？

他一时想不明白。

但无论如何，这个案子他都势必要追查到底，哪怕付出生命也在所不惜。

几乎同一时间，一附院神经内科病房里，张焕然看着网络上关于李星翰铺天盖地的谣言，不禁长舒了一口气。

星翰，你此刻离真相应该已经很近了吧……

中午12点10分，CBD外环一家轻食餐厅里，三十五岁的王静把一片生菜放进嘴里慢慢咀嚼，一边品味着新鲜汁水的甘甜，一边惬意地欣赏着窗外的美丽街景。

她吃过常人难以想象的生活之苦，这两年，为了创业更是废寝忘食、呕心沥血，赤脚踏过了一片又一片荆棘。而今，公司终于在她的带领下走上了快车道，虽然前路依然漫漫，但她总算可以稍微喘口气，适度地享受一下生活了——不只是物质，更多的时候在于精神。

她有着坚定的共产主义信仰，而且有着不甘于人下的雄心壮志。两种信念看似有些矛盾，在她身上却得到了和谐的共存。

亲手创造一个优质公司，克服本性的贪婪给员工们让利，真诚地关怀每一名员工的生活和感受，让员工发自内心地追随她，同时也把她的爱和责任感朝着更远处传递出去，让世界因自己而增添一分美好的色彩。这种成就感和责任感带来的精神愉悦，对她而言才是最极致的享受。

她在微信里得体地回复了一家大厂的合作洽谈，随后再次夹起一片甘甜的生菜，不经意间抬起头，看见了李星翰复杂却又坚定的目光。

"王总，"李星翰出示了证件，"我是刚才跟你通过电话的李星翰，方便的话，可以跟你聊几句吗？"

"当然。"王静带着从容的微笑点头致意，伸出手说，"请坐。"

"谢谢。"李星翰坐下后道，"李总说，你一个人建立起实力雄厚的优质企业，而且对员工们也都非常真诚，是个能力和担当都特别出类拔萃的人，见到真人之后，我对他的话真是一点都不怀疑。"

"哈，李总这个人啊，是个女人在他眼里都特别优秀吧。"王静意味深长地笑了笑，"我可没他说得那么完美，无非是比普通人有点良心罢了。"

李星翰感慨道："这个时代，有良心就已经难能可贵了。"

"是啊，也许人性中美好的一面，最终都会被资本力量彻底腐蚀掉吧。"王静感慨着点了点头，"想要逆行确实不容易。"随后她又松了口气,神色有些复杂:"所以李队,你是想跟我谈谈徐婉清这个人吗?"

李星翰隐约觉察到了什么,从直呼全名这个细节来看,王静和徐婉清的关系,好像确实没有那么好。

"是的。"他一边思索一边问道,"她的事情你想必已经听说了吧?我在调查她的猝死案,有些细节需要确认。李总说你跟徐婉清是大学同学,而且当初,也是你介绍他们两个认识的。是这样吗?"

"说到这个,我还真是有点尴尬。"王静露出尴尬的笑容,微微叹息着摇了摇头说,"当时把她介绍给李总,其实多少有点报复的意思吧。"

李星翰不解:"报复?"

"是啊。"王静继续尴尬地笑道,"当时两个人都挺让我火大的,我就把他们介绍给对方,让他们祸害彼此去了。"

李星翰琢磨着问道:"你跟他们之间有矛盾,是吗?"

"是啊。"王静夹起一片生菜说道,"跟李总的矛盾主要是生意上的,另外也有点看不起他那种扭扭捏捏的性格吧;至于徐婉清,虽然死者为大,但我也直说了吧,她是个极端利己的人,活着也只会祸害别人而已。"

李星翰隐约明白了什么,试探道:"但我听李总说,你和徐婉清大学时期关系一直很好。"

"年轻时候识人能力还是不行啊。"王静回忆道,"李总说得也没错,我跟徐婉清大学时代关系确实很好,因为我们有过一些比较类似的经历。她的经历你大概已经通过李总有所了解了吧,她爸妈比较重男轻女,从小就对她弟弟特别偏心,她受过不小的伤害,很渴望男女平等,在这一点上,她也的确挺可怜的。

"但可怜不是可恨的挡箭牌。其实在这方面,我受到的伤害比她严重多了,我爸妈也是重男轻女,对我哥哥特别偏心,甚至对亲戚家的男孩都比对我好。我们家是农村的嘛,爸妈都是果农,种了点梨和苹果,勉强能糊口吧。从七八岁开始,我爸妈就会让我大夏天跟着他们,顶着烈日去套袋、摘果子什么的,但是我哥从小就什么脏活儿、累活儿都不用干。

"有一次,小学五年级的时候,也是个特别酷热的天,我记得特别清楚,我正在树上忙活呢,又热又累又渴,我爸妈领着亲戚家的一个表哥来果树地里参观。那个表哥家是县城的,从小娇生惯养的吧,在太阳底下待了不到一分钟就说太热想喝饮料。我妈就给了我两块钱让我去给表哥买健力宝,我说我也很热很渴,我也想喝,我妈就直接扇了我一巴掌,我爸还很鄙视地说一个小妮子事儿还真不少。

"我委屈地跑到镇子上买了健力宝。健力宝拿在手里冰冰凉凉的,很舒服,快到家的时候我终于忍不住打开喝了一口,然后骗他们说是摔到地上自己开了。但这么幼稚的谎话怎么可能瞒得过大人呢?我爸妈就给我来了个男女混合双打。打完之后,我坐在地上哭了半天也没人管,我爸自己又跑到镇上重新买了两瓶饮料,我哥和我表哥每人一瓶;而我呢,被揍完之后还是要被逼着去烈日之下接着干农活儿。

"类似的事情发生过太多次了,所以我可以负责任地说,我从小因为重男轻女受过的委屈和伤害,绝对比徐婉清要严重得多。"

李星翰无奈地摇了摇头:"愚昧的思想几乎是一切恶的源头。"随后他看向从容优雅的王静,不禁敬佩地说道:"你能走到今天,也真的是太不容易了。你现在无论是内在还是外在,都完全看不出遭受过那么严重的伤害,你真的是个让人敬佩的人。"

"多亏了国家对基础教育的重视啊。"王静从容笑道,"就算是我爸妈和徐婉清爸妈那样愚昧的人,也在国家长期宣传影响下,知道女孩也得读书。不过上大学那会儿我还是费了点功夫的,我爸妈当时其实不太愿意给我出学费,是我答应一定还他们,好说歹说求着他们出了一半,自己又跑到县城打了好几份工,开学之后又好几次求老师帮我,才勉强上了大学。

"但不管怎么说,我总归得到了改变命运的机会吧,已经比很多女性幸运多了。上了大学之后,我才发现世界原来这么大,生活原来可以这么美好。我立志要做一番大事业,让自己过上最幸福的生活,让我爸妈那样的人再也不敢看不起女性,也要帮助更多女性掌握实实在在的力量。

"年轻人总会有点偏激嘛,何况我小时候又有过那样的经历,所以我那时候挺嫉恨男人的。再然后,我就在学校的贴吧里注意到了徐婉清。她是个特别极端的人,当时发表了一些非常偏激的言论,比如男人都是低等生物之类的,那些话现在看起来真的很可笑,但当时也真的让我特别解气、特别舒服。然后,我们就自然而然地聊到了一起,成了关系亲密的朋友。"

李星翰一边思索,一边点头表示继续聆听。

"年轻人总是会想当然地以己度人。"王静继续说道,"在很长一段时间里,我都以为徐婉清跟我是同一类人。我以为她像我一样有志气,虽然会口嗨一下,但终究会靠自己的努力去改变命运,去让男人和世界瞧得起。所以我一开始真的跟她特别好,形影不离的那种。可是后来我逐渐意识到,我们大概并不是一种人,甚至是截然相反的两种人。"

李星翰顺着话问道:"你们分别是什么样的人呢?"

"在我看来,按照精神属性划分的话,人其实可以简单粗暴地分为两种。"王静说,"一种人有着强大的意志力和理性能力,并且因此衍生出了对社会和他人的高度责任感；另一种则是内心懦弱、偏向于感性，很容易因为一些不算严重的伤害就深陷仇恨、自怨自艾，从而不愿承担任何责任，其所思所想、所作所为，都完全只从自己的感受和利益出发，对他人的感受毫不在意。前者，是人类未来所需要的、坚定的共产主义战士；后者，就是现在常说的精致的利己主义者。"

李星翰微笑："你属于前者，而徐婉清是后者。"

"我自认问心无愧。"王静也笑了，"从大一开始，我虽然自己也过得紧巴巴的，但打工赚的钱也好奖学金也罢，我都会尽可能地去帮助比我更困难的人——其中主要是贫困的女同学。我一大半的奖学金都分给了条件不好的同学。直到现在，我也在坚持做这方面的公益，目前正在资助十几个山区的女孩。拥有财富的人理应帮助有理想的人去追寻理想，这是我一直以来的信念之一。

"而徐婉清呢？虽然经历过重男轻女带来的伤害，可她在意的却并非重男轻女这种丑恶现象本身，她并没有想过要去改变这种现象，也不是真的在乎女性自立。她所在意的，只是自己因为重男轻女受到了伤害，她只在乎她自己，只是碰巧她是个女的罢了。我甚至非常确信，如果她是个男的，绝对就是那种好吃懒做的家暴男，因为她只是自私自利，这和性别没有任何关系。

"所以，她对重男轻女的所有反应，也完全建立在个人利益之上。最典型的例子就是，本科时期，她们寝室有个也是从农村地区来的女孩，也受过很多伤害，她原本应该和这个女孩很有共鸣，本来应该尽可能帮这个女孩的，至少应该表现出友善。可是她没有，非但没有，她还为了融入小团体，拉着其他人一起排挤那个女孩。那个女孩成绩很好，第一年就拿了国家奖学金，她仅仅因为嫉妒，就从大二开始不断散播关于那个女孩的坏话，不仅让那个女孩错失了很多奖励和资助,甚至还差点把人家整得抑郁退学。搞舆论攻击那一套,徐婉清真的是天生的高手。"

李星翰想起徐婉清对李梦瑶的所作所为,对王静讲述的这件事并不意外。

"类似的事情太多太多了,她只是个纯粹的利己主义者,和为女性争取权利根本沾不上半点关系。"王静继续说道,"她对男人的态度也能反映出这一点。我那时候是真的讨厌男的,所以拼命努力,发誓一定要成为女强人,让男人们看看女人有多厉害。有男生追我,我虽然本能上也有对爱情的渴望,可真的对他们非常反感,每次都拒绝了。

"可是徐婉清呢?一边口口声声地憎恨男人,一边却又从大一开始,就游走于好几个追她的男生之间,用尽了各种手段,不停地骗那些人为她花钱。我劝过她,说这样并不会得到男人真正的爱与尊重,反而会被看不起,而且万一被他们知道她脚踩几条船,遭到报复怎么办?可她却说,她并不需要被男人看得起,只要男人为她花钱,她就觉得是对男人进行了报复,而且她还自信地说,她找的那些都是特别自卑内向、容易控制的男的。

"所以你看,因为精神属性上的差异,在很多观念上,我们其实从一开始就有严重分歧。只是因为年轻,加上责任感让我对她一直抱着深深的同情,觉得自己有责任去让她变得强大,我这才浑浑噩噩地跟她做了几年朋友。大学毕业之后,我跟她的关系其实就已经开始疏远了,去年李梦瑶的事情发生之后,我就彻底跟她断绝了来往。

"李梦瑶比我小,但一直都是我的偶像,她对女性自强做出的贡献真的令人敬佩,她是真正为女性发声的人。正因如此,那件事也终于让我彻底明白,徐婉清从来都不是真的想要为女性奋斗,她心里想的只有自己。为了自己,她甚至可以用舆论和心机把真正为女性发声的人活活逼死。我曾经天真地以为自己能通过以身作则的方式让她也变得强大包容,可惜到头来什么都改变不了。"

李星翰不置可否地点了点头。

"现在回想起来,把她介绍给李总,我其实对李总也是有点愧疚的。"王静接着说道,"但我当时真的是很看不惯李总那个样子,你跟李总见过面,应该知道他是个什么样的人吧?"

李星翰点点头:"他以前有点不懂得自爱。"

"有点?那你可真是太小看他了。"王静再次无奈地摇了摇头,"他对女人的跪舔姿态,已经严重到了在很多女的,甚至在一些'绿茶'看来都有点病态的地步了。面对女人整天唯唯诺诺的,卑微得毫无尊严,稍微正常点的女人都不可能真心喜欢他,就算愿意跟他交往,也无非是图他的钱和服务而已。"

"我一开始还没有意识到这一点,觉得他从小也不容易,应该给他介绍一个善良优秀的女人,帮助他得到真正的幸福。结果呢,我劳心费力地帮他牵了好几回线,介绍了好几个特别好的姑娘,人家姑娘对他挺满意的,也都愿意真心付出,可是稍微对他好一点,他就吓得像欠了人家好几条命似的,整天唯唯诺诺、惶恐不安。哎呀,那个死样子真的太让人下头了,真是没有一丁点男性魅力。所以啊,我本来真心实意给他介绍对象,结果反倒里外不是人。后来我一气之下,就干脆把徐婉清介绍给他了。一个是毫无尊严的终极'舔狗',一个是极端自私的'绿茶',干脆凑一对儿得了,省得出去祸害别人。可我真没想到啊,这两个人还真的是能过到一块儿去。"

"是能过到一起。"李星翰想起李墨的话,心情复杂地点了点头,"但也只是暂时的,万物都将趋于平衡,感情关系也是如此。这种病态关系,迟早会出问题。实际上,最近一年,李总对徐婉清的态度已经在剧烈变化了,就算徐婉清没有猝死,李总也不可能一直坚持这种感情模式。徐婉清的猝死,大概加速了他的觉醒吧。他现在真的想明白了很多东西,也许,他以后应该能学会自爱,应该能更从容地面对女人了吧。"

"但愿吧。"王静不屑地摇了摇头,"但我觉得还是狗改不了吃屎,他根本就没有爱自己的能力,就算真的努力学会了自爱,怕是又要走上自恋的极端。内心不真正强大起来的话,人就一定会走极端,只是方向不同罢了。"

李星翰没再发表意见,重新理了理徐婉清的人生图景后,再次想起了这次会面的真正目的。

"王总,"他试探着说道,"今天跟你见面,除了了解徐婉清这个人外,我可能还需要了解一些关于她的比较隐私的情况,不知道你能不能坦诚相告?"

王静微微一愣,瞬间从李星翰眼中感受到了某种默契,略显迟疑地问道:"比较隐私……具体指什么?"

李星翰再次捋了捋心底的逻辑框架,低沉而自信地问道:"我想知道,徐婉清是否出于某些原因,而在生育能力方面存在问题呢?"

话音未落,王静已经像冰雕一样愣在原地。"你……"稍后她不可思议地看向李星翰,一时无言以对。

李星翰松了口气,他有着丰富的审讯和走访经验,从王静的反应他已经得到了肯定的回答。

"所以王总,我的猜测是对的?"

王静摇了摇头:"这种事情确实太隐私了,而且徐婉清刚刚去世,就算我不喜欢她,但也必须给她应有的尊重……"

"王总,"李星翰慢慢解释道,"我可以负责任地告诉你,徐婉清的死并不是自然发生的,而是有人策划的一场谋杀,一场手段高超的谋杀。而你现在试图保守的那个秘密，很可能就是破案的关键所在。"

王静眉头一皱："谋……谋杀？怎么可能呢，她不是病逝的吗？……"

虽然时间紧迫，但为了说服王静，李星翰还是再次通过软件和硬件那个比喻，大致介绍了自己对"徐婉清案"的推测，以及从李墨那挖掘到的各种线索。

"而我想确认的这个隐私信息，很可能就是徐婉清最主要的压力来源。"介绍完毕后，他目光深邃地看着王静，"王总，我知道你是个正直的人，你不想在徐婉清刚刚去世的时候说她的闲话，我非常能理解你的顾虑。但是多年来的刑侦经验早就告诉了我一个道理，无论在何种情况下，查明真相，才是对死者真正的尊重，你说呢？"

王静沉思许久，最终叹了口气，点点头说："我只是……答应过要替她保守这个秘密，但你说得对，我们应该坦坦荡荡地接受和面对一切。徐婉清生前没有勇气做到这一点，但现在，也许我应该替她坦荡一次了。而且，这件事应该也会警醒那些把生活希望寄托在男人身上的女人吧，也许会让她们明白，女人想要幸福，归根结底还是要靠自己才行。"

李星翰顺着她的意思问道："徐婉清真的有生育障碍？"

"是的，而且我说句大实话，她自己应该对此承担主要责任，甚至说咎由自取都不为过。"王静微微叹了口气，讲起了那个隐藏多年的秘密，"大四实习的时候，我开始跟李总他们一起创业搞项目；徐婉清学习不努力，成绩不好，就只能去一家广告公司做最简单的实习工作。就像我说的，徐婉清口口声声说看不起男的，可内心其实一点都不强大，一直都做着被男人包养的美梦呢。这种脆弱，也最终酿就了她的悲剧吧。"

"她实习的那家广告公司当时效益挺好的,老板叫陈晓峰,长得人模狗样,经济能力也很强。我后来才知道他私生活很乱,跟很多女员工有过不正当关系,实习的女学生基本都被他骚扰过。他当然也骚扰了徐婉清,但徐婉清一直对不劳而获的生活充满向往,那时候又年纪小没见过世面,哪儿顶得住陈晓峰这种人呢?陈晓峰稍微用了点手段,又给她花了点钱,就让她一下子陷进去了。"

李星翰一边认真听着,一边开始在心底建立徐婉清当年的心理框架。

"她第一次动了真情。"王静继续回忆说,"我们见过两次面,她眼睛里居然有光了,说自己找到了真爱,还说,原来这个世界上真的存在温柔善良的男人,原来男人也不是都那么恶心。有时候我会想,如果她当时真的遇到了一个像她说的那么好的男人,哪怕是李墨这种,说不定也真的会驱散过去的阴影,心态逐渐变得正常,也变得会爱人和自爱了吧。可惜陈晓峰并不是什么好人,而且真有十全十美的好男人,恐怕也轮不到她。"

"但不管怎么说,我们当时都太年轻了,根本看不清人心和生活真相。所以,我当时还挺替她高兴的。不过后来,她无意中提到陈晓峰有家室之后,我立马就警觉起来,劝她不要陷得太深。她当时大概觉得我在嫉妒她吧,说了很多趾高气扬的话。我那时候忙着创业,满脑子都是合同和代码,也就懒得理她了。毕业典礼上,她还跟我秀了陈晓峰给她买的包和首饰,我当时还想,也许真的是我狭隘了吧,也许这个陈晓峰是真的喜欢她,真的会对她负责任。直到那个时候,我都一直挺替她高兴的,当然,多少也有点嫉妒。"

李星翰问道:"后来发生了什么事?"

"我记得是2011年冬天吧,一个很冷的深夜。"王静继续回忆道,"当时,徐婉清和陈晓峰交往已经快两年了,我们还断断续续地保持着联系,她一直都只会展示包啊,高档餐厅啊,旅游美景啊,珠宝首饰啊,给人的感觉特别光鲜、特别幸福。我呢,跟李总他们创业刚刚栽了一个大跟斗,可以说是一贫如洗,连吃个饭都要抠抠搜搜的,还去菜市场捡过人家不要的菜。说句实话,我当时真的挺嫉妒徐婉清的,还在想,会不会她是对的,而我一直是错的呢?女人想要得到幸福,会不会真的还是离不开男人呢?"

"总之,我当时真的嫉妒她,羡慕她不用努力就能过上精致美好的生活。如果不是那天晚上的事,我没准儿真的会动摇,真的也会去找个男人依附吧。但那天晚上,我又一次看清了生活的真相。那天夜里,大概都快1点了吧,我一边因为项目失败的事情辗转反侧,一边还在想着逻辑方面要怎么完善,突然接到了徐婉清的电话,通话时她的声音完全没了以往那种洋洋自得,而是透着十足的抑郁和消沉。她一开始只是低声地哭,大概是碍于面子不肯跟我说实话。可是,我大概也是唯一能帮她的人了吧,所以问了几句之后,她终于还是告诉我,她其实过得并没有那么好。"

李星翰对此毫不意外。

"她确实很会对付男人,但那只限于同龄人。"王静微微叹了口气,"陈晓峰比她大十几岁,而且是个社会经验丰富的老江湖,对她肯定是降维打击的。他确实给徐婉清买过一些贵的包和首饰,但除此之外,并没有给过她任何名分和未来,甚至后来买的很多东西都是假货。而且,他还以爱的名义对徐婉清提过很多过分的要求,而其中之一,就是发生关系时从来不采取措施。他说那会让他感觉到徐婉清真正的爱。正如我所说,徐婉清不仅不会爱别人,也根本不懂得自爱。为了满足陈晓峰、抓住陈晓峰,也因为被她的所谓真爱迷昏了头,她居然不知不觉地就接受甚至习惯了那种模式。后果可想而知啊,两年时间里,徐婉清做过整整六次人流,两年六次啊!

很魔幻是吧？可现实就是比电影和小说还要魔幻。在陈晓峰的洗脑之下，徐婉清甚至一度把人流视为爱的付出。唉——"王静长长地叹了口气："有时候想起她来，我真的是又生气又心疼，真的是恨铁不成钢啊！她怎么就那么没出息呢？"

李星翰深吸了一口气："那她是因为这个失去了生育能力？"

"是。"王静点点头，"两年六次人流，很难想象她的身体受过多少伤害。而最后一次，也就是第七次，她发现自己怀孕之后想找陈晓峰表达爱意时，陈晓峰居然一夜之间没了人影，甚至还从他们同居的地方顺走了给她买的全部首饰和两个包——我就知道男人终究还是靠不住的。"

"徐婉清当时没有工作，存款也早就挥霍没了。可是除了陈晓峰外她又没有朋友，借钱都借不到，她找到陈晓峰那家广告公司，才发现公司半年前就已经关门了。她试过找陈晓峰带她见过的那些朋友，可那些朋友没一个搭理她的。她一直依附着陈晓峰而活，一下子彻底没了方向，焦虑和抑郁掌控了她的精神，也让她的身体越来越脆弱。到了第五周，她在压力之下自然流产了。她没钱去医院消炎，就自己随便洗了洗，以为这样就没事了。可是那天夜里，她肚子一直疼，疼得实在受不了了，才终于给我打了电话。她也知道，我大概是唯一愿意帮她的人了。"

李星翰叹了口气，再次深刻理解到，一切善恶皆有因果，可怜和可恨总是形影不离的。

"直觉告诉我情况不妙，我赶紧找朋友借了钱带徐婉清去了医院。"王静继续回忆说，"我们去了一附院，到医院的时候，血都已经流到她脚脖子了。大夫们给她做了紧急处理，总算保住了性命。但事后，大夫也明确地告诉我们，因为之前流产多次导致的损伤，加上这次流产之后没有及时处理，徐婉清的卵巢和子宫已经过于脆弱，这辈子都不可能再怀孕了。"

李星翰深吸了一口气，想起王小娟半年前发给李墨的短信，逻辑链在心底越发清晰明亮。同时，对于徐婉清的内心世界，他也剥开层层伪装，窥探到了一些不为人知甚至连徐婉清自己都未必知道的深刻真相。

也许在徐婉清内心深处住着的，从来都不是什么邪恶的魔鬼，只是一个可怜却又不知如何是好的灵魂罢了。

李星翰再次发出一声叹息。

一切善恶皆有因果。

"剩下的事情你大概都已经知道了。"王静端起杯子抿了一口，顿了顿接着说道，"因为陈晓峰的抛弃，徐婉清再次对男人产生了强烈的憎恨。我劝过她，说好男人还是有的，不要一竿子全部打死，任何事情都不要走极端，但她听不进去。可她又很矛盾，一边把男人骂得一无是处，一边还寄希望于找个男人养她。不过当时，她也没什么机会遇到能养她的男人，还是不得不硬着头皮养活自己。"

"自媒体那时候刚刚兴起嘛，她就开始做自媒体宣传。她毕竟是传媒专业出身，想在这一行混口饭吃还是没问题的。我的事业很快好起来，那几年也经常接济她，帮她熬过了艰难时光。到了2015年年底，她的事业好像是遇到了什么机遇，那段时间收入好像挺不错的，不知道是接了广告还是什么。但也就是昙花一现吧，没过半年，她就又开始跟我抱怨收入太低、想找个男人养什么的，我还是会耐心劝她，说陈晓峰的事情还没让你看清吗？批判的武器永远无法替代武器的批判，力量掌握在自己手里才是王道，靠男人活着的想法终究是不行的，女人的幸福还是要靠自己努力争取，这样才最踏实、最安心。可是每次，她都说我说话满是爹味儿。我对她已经仁至义尽了，对她也开始彻底失望，从那以后就很少联系她了，偶尔会在微信上听她抱怨几句吧。"

　　2015年年底，收入突然不错，但是很快又恢复了低收入——李星翰琢磨着这个细节，不由想起了2015年远思的贿赂案，以及徐婉清和远思之间的复杂关联。案件的一切真相和脉络，都在心底越发清晰起来。

　　"再然后，就是2017年介绍李总跟她认识了。"王静最后说道，"就像我刚才说的，我给李总介绍过好女人，可他根本不懂自爱，根本没办法跟人家正常相处。我真的很火大，加上当时公司已经做得很大，我们因为利益分配的问题也出现过不少矛盾和摩擦，总之，应该是潜意识里想要报复一下他吧，我就给他介绍了徐婉清。"

　　"我本来以为让他感受一下自私的人的折磨，他就会知道自爱，知道正常女人的好。可结果，呵，这两个人还真是天造地设的一对儿。不过我是无所谓了，他们锁死在一起不去祸害别人也挺好的。再往后，我跟李总在公司发展和利益分配上的矛盾越来越大，干脆就带了一批人自己出来干了。这两年，我跟他们两口子已经很少联系了。唉！"王静叹了口气，"其实说实在的，徐婉清这个人啊，这一辈子，真的是让人又心疼又生气。生活中的每个人，真的都是一言难尽。"

　　李星翰深吸了一口气，回顾着徐婉清的整个人生图景，意味深长地点了点头。

　　是啊，人间的是非善恶，从来都是一言难尽。

第三十八章
王小娟的抉择

王静提供的信息，终于填上了"徐婉清案"逻辑框架的最后一块拼图。尽管仍有诸多细节需要查证，但王小娟在徐婉清死亡事件中的嫌疑已经相当重大。

2021年7月13日下午2点，李星翰通过微信，将已知的疑点和证据直接向陈小刚作了汇报。尽管案件性质特殊，而且尚无法证明王小娟的可疑行为是否真的具备伤害徐婉清的意图，但因为有"周建设案"在先，陈小刚还是当机立断，决定对徐婉清死亡事件立案侦查。下午3点，市局举行专项工作会议，由陈小刚亲自解释了立案依据。下午5点，警车驶入化肥厂老旧的家属院，在居民们的指引下，民警们很快就来到王小娟的住处。

因为停职，李星翰没能参与此次行动，只能以个人身份在家属院楼下焦急等待。但接下来的事情出乎所有人预料。在多次敲门无人回应、不得已破门而入后，等待民警们的却并非惊慌失措的王小娟，而是门窗紧闭的卧室、一盆已经几乎烧尽的炭，以及王小娟通红且已经明显开始膨胀的尸体。

在围观人群中了解到情况之后，李星翰不顾一切地冲进了现场。"徐婉清案"是他为妹妹伸张正义的最后希望所在，如今好不容易接近真相，很可能会从王小娟口中找到指向远思的证词，可到头来，王小娟却用自杀彻底浇灭了这份希望。李星翰站在尸体面前，觉得整个世界都在嗡嗡作响。

但就在此时，一条延时发送的视频，通过王小娟的社交账号开始在网络上迅速传播。

一附院神经内科病房里，一名配送骑手敲开门，把一封匿名信件交到了张焕然手中。窗边，张焕然怀着忐忑的心情打开信件，看到了王小娟工整而柔和的字体：

敬爱的张焕然老师：

　　首先祝您万事如意！您一定会实现目标，让芸珊不留任何遗憾。您也一定会被人们尊敬，即便真的会受到法律审判，但我坚信，您将来也一定会过上最幸福的生活！

　　我知道，您对我也有同样的祝愿，但是老师，我还是决定先走一步了。您收到这封信的时候，我应该已经不在了。

　　我不是个善于表达的人，很多话憋在心里已经很久了，我想，到了这个时候，我一定要说出来了。

　　去年这个时候，我的世界还是一片黑暗。瑶瑶吃了那么多苦，那么善良地想要让这个世界变得更好，可到头来，却被心胸狭隘、自私自利的人活活逼死。她是我生活中唯一的盼头，没了她，我真的不知道活着还有什么意义。更让我觉得黑暗的是，逼死她的徐婉清甚至不用接受任何处罚，连一声道歉都没有说过。我真的想不通这个世界到底是怎么了，我当时唯一的想法就是死。

这个时候，您像菩萨一样突然出现了。

我直到现在还很清楚地记得那天晚上的心情。虽然好心人把我救了回来，也有更多的好心人关心我、劝我，想要给我希望，但我的心已经彻底死了，什么希望都点不亮了。可是见到您的一瞬间，我好像看到了希望，好像早就知道，您一定会来拯救我似的。

徐婉清没有造谣，只是陈述了一些事实，从而引导舆论逼死了瑶瑶。您告诉我，您也可以通过陈述一些事实，让徐婉清陷入难以承受的压力之中，让她也像瑶瑶一样因为压力病死，从而为瑶瑶求得一个绝对公正的结果。我当时虽然还不懂这些话的具体意思，但从您的眼睛里，我真的一下子就看见了希望。

那份希望让我活了下来，我开始跟着您学习人体奥秘，了解社会的运作，了解人心和社会之间的关系。我逐渐认识到，原来自己一直都活在井底，每天只能看见头顶的狭小空间，居然不知道，这个世界竟然这么深刻复杂，这么耐人寻味。您的教育每天都在让我变得豁达，变得聪明，变得更加坚强。这一年来的感觉，我真的不知道要怎么形容。总之，我真的要谢谢您。老师，是您让我感到，这一辈子真的没有白活。

但是，我大概还是做不到像您一样坚强吧。用现在流行的一个词来说，我可能就是那种有圣母心的人。这一年时间里，我跟随您不断了解徐婉清的过去，了解她的心路历程，了解她心里的恨、心里的爱、心里的怕。一个原本冷血自私的女魔头，在我眼里逐渐变得有血有肉。

我逐渐认识到，人的好与坏其实都是有原因的，就像您说的，一切善恶皆有因果。很多时候，人只是社会汪洋中一滴不起眼的水珠而已，每个人都在被大海推着走，走到哪里并不是自己说了算的。我开始觉得，徐婉清其实也是个可怜的孩子，她心里也藏了太多的委屈无人诉说，正是极端的委屈加上她偏执的天性，才滋生出了嫉妒和仇恨。跳出井底，从更广阔的视野去看，她也只是复杂社会命运的寻常一环而已啊。

所以我动摇了，我不知道该怎么办……也许，也许这世上所有人都是无辜的，我根本没有资格去责怪她什么。我真的一度想放弃，但最终让我坚持下来的，还是您身上的力量。

自从您跟我讲了远思，讲了"7·12车祸"，讲了您和芸珊的经历之后，我就抱定了一个信念，那就是一定要帮您推翻远思这个邪恶的魔王，让芸珊能够不留遗憾，让您也能够得到宽慰。在无数次想要放弃的时候，都是这种信念在激励我。您为了我掏心掏肺，我不想那么没用，我不想让您失望。

所以，我最终还是决定杀死徐婉清。

但是，我也真的越来越同情这个姑娘了。她也许做过错事，也许亲手害死了瑶瑶，我依然恨她恨得牙痒痒，但错误的根源也真的并不在她，我也没有资格剥夺她的生命。

所以，我最终还是决定以死谢罪。

老师，我会发一段视频告诉人们真相，在视频里暗示远思在指挥我，而且，我还在家里准备了指向远思的明确证据。我一直担心我顶不住警察的审讯露出马脚，但如果我死了，他们就没办法审讯我，没办法证明我在说谎和伪造了。这也是我能为您做的唯一有价值的事情了。

您无须自责，即便不是为了您，我大概也会先走一步吧。杀死徐婉清的事情这两天一直在折磨着我，我真的受不了良心的折磨，更无法作为杀人凶手面对整个社会。而且，瑶瑶已经不在，我如今又已经替她报了仇，我的生活也真的没有太多继续下去的意义了。那么，先走一步，对我自己而言也是一种彻底的解脱。

唯一的遗憾，就是我无法亲眼看到您过上幸福生活了吧。但我相信，那一天一定会到来的！

老师，今生有缘相识，我真的感到特别幸运。如果有来生，希望我还能遇见您，希望我能再做点什么，好好报答您的恩情吧！

再见！永别！

您诚挚的学生王小娟
2021年7月13日凌晨4点

读信的过程中，泪水早已从张焕然眼中滴落，在信纸上扩散成一抹抹炽热的真情。他的下巴和喉咙不住地颤抖，内心有一百万种极致的悲伤与感动。

两天前，7月11日早上7点，市化肥厂破旧的家属院深处，一条生活气息浓郁的老巷子里，王小娟的早点铺子像往常一样人满为患。三年前，她在女儿的支持下把移动摊位升级成了店铺，并凭着货真价实的口碑越做越大,手底下如今已经有了十几名员工。员工中绝大多数都是原本失业在家、受过各种欺凌的女性,王小娟和女儿一样,都希望为女性贡献微薄之力。

一年前,女儿的死让王小娟万念俱灰,险些停掉了自己辛苦创立的事业。但因为一个人的出现,她终于能够带着更加崇高的信念活下去。只是过去一年时间里,善恶的边界在她心底已经越来越模糊了。她天性善良,真的难以承受良心的不断折磨。她已经暗暗下定决心,要用自己的方式,为这个社会贡献最后一份责任。她知道,这一天已经快要到来了。

她熟练地给一名客人装好了包子和豆浆,不经意间抬起头,在巷子对面看见了那辆熟悉的黑色轿车。

"老师。"两分钟后,王小娟坐上副驾驶位置关上车门,和身旁的张焕然恭敬地打了招呼。

"王阿姨,"张焕然对她点点头,"是时候了。"

王小娟深吸了一口气,心跳瞬间加速。

"老师,咱们真的要……杀了徐婉清吗?"她低头出神地盯着自己的脚,深深叹了口气。

"王阿姨,您不想为梦瑶讨个公道吗?"张焕然目光复杂地看向她。

"想,当然想。"王小娟不由哽咽了一下。"现在想起瑶瑶,我心里还是疼得厉害,可是——"她深吸了一口气,痛苦、纠结地摇了摇头,"可是,徐婉清其实也是个可怜的孩子啊,她……"

"您真是我见过的最善良的人。"张焕然对她露出微笑,诚恳地问道,"那么,王阿姨,您最终还是狠不下心,是吗?别担心,我不会勉强您的,您遵循自己的内心就好。"

王小娟抬头看向张焕然,心里又滋生出另一种心疼。这个小伙子为爱人牺牲了一切,自己怎么能在关键时刻掉链子呢?和他的牺牲比起来,自己承受一点内心的折磨又算得了什么呢?而且为了女儿,自己也必须支棱起来,尽管徐婉清从某种程度上来说也的确是个可怜之人,可是,她到底还是对自己和女儿做过不可原谅的恶行啊!

人间的是非善恶,当真不是一句话能说清的。

但无论如何,自己都要努力保持理性,努力做出正确的选择。

"不,"王小娟深吸一口气,坚定地摇了摇头,"老师,到了这一步,我绝对不会退缩的。无论是为了瑶瑶还是为了你,为了让更多的人知道善良的重要性,我都必须强大起来,把这件事做完、做好。放心吧,老师,我不会再纠结了。"

张焕然微笑着说:"那好,那就按计划推进吧。李墨中午就会到家,咱们要预留至少两个小时的时间。您要尽快联系陈晓峰,确保他10点之前就联系徐婉清。"

"明白了,老师。"王小娟神色复杂地点点头,"我一会儿回去就联系。"

张焕然也点点头,同时打量着王小娟的脸色,隐约觉察到某种坚定的决心。

"王阿姨,"他试探着说道,"您一定要明白,这绝对不是您人生的终点,而是一个新的开始。您应该不会被判得很重,您还有美好的未来。我将来如果还能出狱,也一定会给您养老的,您什么都不要怕,一切都有我呢。"

王小娟的眼泪瞬间涌了出来。"老师,我……"她欲言又止,用力吸了吸鼻子,稍后缓和了情绪说道,"你真的是个好人,我一定会尽最大努力去做好的,我一定会的。"

7月13日下午5点，张焕然回想着当时的情景，一边后悔自己没有进一步对王小娟进行劝慰，一边也为王小娟的抉择而泪流满面。

对不起，王阿姨，也许，我不该带您蹚这浑水的。但无论如何，我都真心地感谢您的付出。虽然科学告诉我们并没有来生这种事情，但我此刻真的希望科学是错的。我真的希望能有来生，如果有的话，就让我当牛做马报答您的付出吧。

他哽咽了一下，把信小心翼翼地收好，转头看向了窗外正在下落的太阳。

邪恶的远思帝国，很快也要迎来他们的没落了。

下午5点05分，民警们用湿毛巾捂住口鼻进入卧室打开窗，熄灭仍然微红的炭火，并用电扇、纸板等工具，让屋内的一氧化碳迅速排出，最先进入卧室的两名民警已经因为头晕而走出卧室在客厅沙发上休息。片刻之后，李星翰走进卧室，民警们默契地没有阻拦他。

法医出身的吴宇轩已经完成了对王小娟体征的检查，起身对李星翰摇了摇头："李队，人已经不行了，至少已经死了三个小时。"

崔智鹏和王雨涵看着李星翰，面色都不禁沉重起来，他们都能理解李星翰此刻有多么沮丧。

李星翰望着王小娟因为一氧化碳中毒而发红、肿胀的皮肤，望着她因为极度缺氧而呈现深紫色的嘴唇，心底仿佛压了一块千斤重的巨石，这块巨石压碎了他原本的信心和希望。

王小娟和韩欣悦不同，她只有初中文化，不可能单凭自己就设计出精神控制杀人的方案，她背后一定有人指使，她自己也很难像韩欣悦一样通过狡辩否认这一点。而徐婉清和远思有过直接的利益关联，远思有着比"周建设案"更明确的杀人动机。所以李星翰很清楚,只要有足够的耐心,就一定能通过王小娟追查到远思身上。

这份希望一直激励着他,让他在自身难保的情况下,也依然坚持不懈地查案。希望就在眼前,可就在这个节骨眼上,王小娟却以这样一种方式彻底阻断了追查之路,在李星翰眼中,整个世界都瞬间暗沉起来。那种失落感让他站在原地耳鸣不已。

"李队——"崔智鹏的声音突然把李星翰带回了现实,"您看这个,我们在床头柜上发现的……"

李星翰深吸了一口气回过神来,等看清崔智鹏递给他的东西时,却再次屏住呼吸,陷入了巨大的思维海啸之中。

那是一页印有详细基因图谱和计算过程的打印材料,而材料的抬头,居然是"远思生物科技有限公司科研一部"!

李星翰愣在原地,心底有一万种复杂的思绪呼啸而过。

指向远思的证据,就这么轻而易举地自己出现了?这么重要的东西,王小娟为什么会放在床头柜上,放在自己的尸体旁边?她是故意要给别人看的吗?既然如此,她为什么不直接指证远思,为什么要自杀呢?她到底想干什么?她已经没了丈夫和女儿,到底还有什么好害怕的呢?等等,或许,正是因为替女儿报了仇,已经无牵无挂,也没有盼头,所以才选择了自杀吗?可是,如果真的想为女儿争口气,她为什么不像韩欣悦那样公开发声呢?

李星翰望着尸体,觉得自己陷入了一个无比凌乱的思维旋涡,他完全想不明白王小娟在这个时候选择自杀的心理逻辑。

"李队,智鹏!"就在此时,王雨涵捧着手机走到李星翰身边,以不可思议的语气说道,"你们快打开手机看看,王小娟临死前录了一段视频,这会儿已经在网上传疯了!"

李星翰的心再次狠狠震动了一下,和崔智鹏对视一眼之后迅速打开手机,看向了王小娟生命最后时刻的影像。

8小时前，也就是2021年7月13日上午9点，早餐的高峰时间正式结束，喧闹的铺子里终于清静了许多。王小娟把副手宋玉梅叫到身边，脸上带着难掩的悲壮神色，同时也露出了一种彻底释然的微笑。

"玉梅，"她把一串钥匙交到宋玉梅手上，"我得出门两天，店里以后……这几天就先交给你了。"

"小娟姐，"宋玉梅眉头一皱，隐约感觉到了什么，"你要去哪儿啊？"

"哦，出去散散心。"王小娟扫视一周，目光中满是对店铺和整个世界的留恋，"别担心，我就是心里有点乱，想一个人静静。"

"啊，是因为那个徐婉清吧？"宋玉梅小心地问道，"她真是罪有应得。小娟姐，你是想瑶瑶了吧？"

"是啊，"王小娟想得好像入了神，"想瑶瑶了，所以得一个人静一静。"

宋玉梅劝慰道："小娟姐，你别太难过了。你看，善恶有报，坏人最终都没有好下场，老天到底还是开了眼的，你千万要看开点儿。"

"放心吧，玉梅，我这辈子都没像现在这么豁达过。"王小娟握住宋玉梅的手，"总之，店里就先交给你了，大家都是凭自己力气吃饭的女人，都不容易，你一定要多担待点儿啊。"

"放心吧，姐。"宋玉梅认真地点了点头，同时又再次察觉到了什么，略感不安地问道，"姐，你真的没事儿吧？你什么时候回来啊？"

"没事儿，放心吧，我什么都看得特别开。"王小娟收住过于外露的赴死决心，用更加从容的神色说道，"也就两三天吧，就是一个人静一静。那我走了啊？"

"嗯。"宋玉梅点点头，目送王小娟走出店铺。不知为何，望着王小娟的背影,她突然觉得有点想哭。

　　王小娟在家属院的主干道上走了很久,那里承载了她过半的青春、快乐和痛苦,阳光透过梧桐树茂密的枝干投射下来,似乎在描绘一种和生死有关的灿烂。王小娟深吸了一口气,她知道,自己的死,将会比生更加灿烂。

　　她贪恋地在阳光下沐浴了许久,最终还是感知到时间的催促,步伐快速但从容地返回了家中。那个家有着太多痛苦的记忆,但也有着太多快乐和幸福,她真希望自己能穿越到年轻时代,二十年前,如果当时自己就有如今的心态和能力,一定会让自己更幸福,也一定会让女儿更幸福的吧,也许女儿就不会……

　　2001年11月24日晚上9点,虽然已经接近睡觉时间,但九岁的李梦瑶依然坐在书桌前对着作业本托腮沉思。作业其实早就做完了,但老师留的那道思考题难度有点大,李梦瑶怎么都想不明白。这道题原本没有硬性要求,但母亲王小娟一直在劝女儿不要放弃。

　　"瑶瑶,记住妈妈的话,女的一定要自己有本事才行。"她抚摸着女儿的头发说,"有了本事,男的就不敢随便欺负你了,知道吗?"

　　李梦瑶想起母亲平时受尽屈辱和伤害,用力点了点头。

　　窗外飘着秋雨,雨水在窗台上发出清脆的滴答声,像是不知道在哪儿听过的动人歌曲。此夜,父亲李卫民要留在化肥厂里值夜班,李梦瑶感受到了久违的轻松。

　　王小娟冲了一杯热牛奶端给女儿:"瑶瑶,把牛奶喝了,可以补脑,你会越来越聪明的。"

　　李梦瑶知道自己不是个特别聪明的孩子,虔诚地把牛奶喝了下去。她真的特别希望自己能变得聪明一点,变成很厉害的人,然后带母亲过上特别幸福的生活。

温暖的牛奶抵御了深秋之夜的寒意,也让李梦瑶更有自信了。她隐约感觉到了解那道题的思路,只是一时还没能浮现到意识层面。

没关系,加油,肯定能想出来的。

就在此时,楼道里突然传来一阵熟悉的、令人压抑的沉重脚步声。听见脚步声的瞬间,秋雨弹奏的轻快乐曲戛然而止,仿佛从未存在过一般。原本只是隐约可辨的风声,在李梦瑶耳中突然变成了暴躁的巴掌,不停地把雨水重重拍打到窗户上,又有点像是在用力把钉子砸进木头里,听得人心中一阵又一阵紧绷。

母女俩对视一眼,目光中都溢出紧张。

"妈……"

没等王小娟回应,门就被用力推开了,李卫民外套和头发上沾满雨水,眼中明显带着戾气和怒火。

"你说你,为啥早上出门的时候不提醒我带伞!"他脱掉外套,狠狠扔到了妻子身上。

"我……"王小娟试图讲道理,"早上天晴得那么好,我也没有想到啊……"

"不会看看天气预报!?"

"天气预报也没有说要下雨……"

"你还有理了,是不是!?"李卫民突然提高了音量吼道,"快点给我拿毛巾啊!"

"哦……"王小娟赶忙跑进了卫生间。

李卫民站在女儿的房间门口看了一眼书桌上摊开的作业本,愤怒地指着她喊道:"作业怎么到现在都还没有写完?啊?懒死你算了!我真是倒了八辈子血霉了,碰上你们两个没有用的东西!"

"这道题太难了,"李梦瑶慌忙解释,"老师也说了,做不出来也没有关系……"

"放屁！"李卫民吼道，"不让做为啥要留！？哪个不要脸的老师会说这种话！？才多大一点就会睁着大眼说瞎话了！跟你妈一样不要脸！"

"你别吼她了……"王小娟把一条毛巾递给丈夫，"瑶瑶从来不会骗人的，那道题真的特别难，我也想不出来，应该就是一道思考题。"

"你那脑子能想出来啥？"李卫民不屑地白了妻子一眼，一边擦头一边走进女儿房间，"给我看看。"

他没有任何门路和背景，脑子也算不上特别好使，因此在厂里一直备受欺负。就在此夜，他刚刚又替领导喜欢的一个女职工背了锅，自尊受到了严重伤害。他迫切地需要证明自己的强大，而一道女儿和妻子都做不出来的难题，无疑成了证明这一点的绝佳途径。

小学三年级的题，再难能难到哪儿去呢？看我轻松算出来，然后再好好骂你们一顿。

李梦瑶唯唯诺诺地把作业本递给父亲，压抑地等待着父亲往常那样的责骂。但整整半分钟过去，父亲却没有像往常那样不屑地告诉她答案，仍在盯着作业本皱眉思索。

李卫民不是个思维特别灵活的人，而那道题需要的恰恰是灵活思维，因此把他给彻彻底底地难住了。

气氛一时无比尴尬。李梦瑶隐约感觉到了父亲的失败，悄悄松了口气，觉得父亲今晚不会再因为作业的事情发脾气了。但她错了，她毕竟年纪太小，还没有读过三国，不懂得袁绍杀田丰背后的心理学原理。不懂得，对一个心胸狭隘之人来说，面子总是比逻辑和道理更加重要。

官渡之战时，田丰力主袁绍与曹操打持久战，袁绍却在其他谋士的怂恿下出兵与曹操决战。田丰直言袁军此战必败，惹怒袁绍，被关进大牢。不久,袁军果然大败,狱卒因此向田丰贺喜,说田丰证明了自己的战略眼光必被重用。田丰却仰天长叹,说袁绍自负且心胸狭隘,如果此战获胜,还可能因为有了面子而赦免他,但如今战败,没有勇气直面自身的错误和无能,必然会因为没有面子而杀了他。不久,袁绍果然将田丰处死。

对李卫民来说也是如此,如果他顺利解出了那道题,有了自己最需要的尊严和面子,那么心情一好,在外面受的气就会在自我满足的幻想中淡化许多,反倒不会在家里发太大脾气。本就在外面受了气,如今在家里又解不出题来,无法通过正常渠道证明自己的强大,那么心胸狭隘的他,就必然会通过更加简单有效的方式去证明自己的强大和地位。

"这个题有问题,出得不对!"僵持半分钟后,他不屑地把作业本扔到书桌上,同时发泄着自己的怒火,"你们老师是个蠢驴,你们俩也是,对着一个出错的题想这么长时间!聪明人一眼就能看出来出错了!"

"是啊,是啊。"王小娟松了口气,连忙顺着他的心意附和道,"肯定是出错了,我们俩太笨了,还是你厉害,一眼就看出来了。"说着,她连忙给女儿使了个眼色,意思是不要忤逆父亲。但愿丈夫因此能高兴起来,别再发脾气了吧。

可惜,年幼的李梦瑶还不懂得那些复杂的心思,没能领会母亲的意思,她怯弱但也直言不讳地说道:"没……没有出错吧……陈倩刚才还打电话跟我炫耀,说她爸爸给她做出来了呢。"

怒火顿时在李卫民胸口升腾起来,烧得他浑身充满力量,紧绷的拳头急需发泄。

"胡说八道!"他大声吼道,"陈倩那是骗你的,这年头骗子太多了!"

"陈倩没有骗我,她从来不会骗人,她爸爸是工程师,可厉害了……"

啪!

电光石火之间,李卫民狠狠拽起女儿的胳膊,一巴掌扇到了她屁股上。虽然没有使出全力,而且扇的是身体最抗击打的部位,但李梦瑶毕竟太小,顿时感到一阵难忍的火辣和灼痛,不由放声大哭起来。

"骗人还敢给我哭!"李卫民说着再次扬起巴掌,但在手掌落下的瞬间,一股强大的力量紧紧拽住了他的手臂。

"闺女这么小,经不起你这么打啊!"王小娟流出大滴大滴心疼的眼泪,"都怪我,我没有早点看出那道题出错了,你别生气了,你别生气了啊!"

"我养活她这么大,打她几下怎么了!?"李卫民蛮横地用肩膀甩开妻子,又给了李梦瑶一巴掌。李梦瑶觉得屁股像是被倒上了一盆炭火。

"我求你了!我求你了!"王小娟哭得撕心裂肺,"都怨我,全都怨我,求你别打孩子了啊!"

"那肯定都怨你!"李卫民确实不想把女儿揍得太狠,于是顺水推舟地把注意力转到了妻子身上,"早上不提醒我带伞,大半夜回来也不问问我吃饭了没有,还在这儿带着孩子跟我说瞎话!反了你了,是不是!啊!?"说着,他收住伸向女儿的巴掌,在王小娟脸上重重扇了一耳光,顿时把王小娟打倒在地。

"妈!"李梦瑶哭着跑到母亲身边,一边抓住母亲的手,一边向父亲喊道,"你别打我妈,我妈做错什么了啊!?"

"没有你的事,滚一边去!"李卫民一脚踹开女儿,揪住王小娟的衣领,"起来,你还学会装死了,是不是,啊!?"说着,他像拎小鸡一样把瘦弱的妻子拖到隔壁的卧室，反锁上房门，对着她开始发泄狂怒："没用的东西！我倒了八辈子霉，碰上你这个猪一样的东西！"

李卫民的父母坚信"棍棒底下出孝子"的古训，对李卫民的社会化教育基本是通过殴打的形式进行的。这种教育模式也因此深深刻进了李卫民骨子里，成了他让妻子和女儿服从自己的本能途径。

我从小就是被打到大的，你才挨多大一点打，在这儿给我装什么呢？人都需要教育，要让这个女人听话，就必须把她打怕、打服。我在外面受了那么多气，凭什么在家里还要压抑自己？在家里，我就是天，我就是皇帝，我想怎么样就怎么样！我绝不会控制自己的本能和感受！这就是弱肉强食的世界！

这些思维主宰着李卫民的潜意识，愤怒的巴掌和拳头一次又一次冲撞着王小娟瘦弱的身体。

王小娟麻木地蜷缩在床上，任由丈夫殴打自己。她疼，她怕，但她最怕的不是疼，而是自己已经无法产生反抗意识。三年前第一次被打时，她还哭过闹过想过离婚，可是她父亲已经不在，母亲也年老体弱，两个哥哥又都在外地关系疏远，没有人为她撑腰。她只有初中学历，力气又小，找个像样的工作都难，自己和孩子都必须指望丈夫养活，因此也不敢跟丈夫彻底撕破脸。无助之下，丈夫的暴力和威胁一点一滴地磨去了她的反抗意识，如今，她已然认命了。她唯一的寄托就是女儿，希望女儿不要重蹈自己的覆辙。

瑶瑶，你一定要有本事，你一定能幸福的！她流着眼泪，逐渐已经感受不到疼痛了。

母亲的惨叫声不绝于耳，李梦瑶忍受着屁股上火辣辣的疼痛，一边哭喊一边用力捶打卧室的门。可除此之外，她什么都做不了。她只能无助地听着母亲从惨叫变成求饶，最后变成孱弱的呻吟。

一想起母亲在屋里受到的折磨，她的心就疼得厉害，疼得连手指尖都有了强烈痛感。她站在门外，耳朵嗡嗡作响，牙齿在嘴唇上咬出了鲜血。怒火在她稚嫩的心中剧烈燃烧，几乎要把她拖入万劫不复的仇恨深渊。但同时，母亲平日里的爱和温暖也一直在悄悄守护着她，让她并未被仇恨彻底吞没，而是始终保持着总体上的积极和阳光。

她恨父亲。

李卫民，我一定要让你付出代价！男人都不是好东西！

但她更爱母亲。

妈，你别怕，我一定要变得特别有本事，一定要让你离开这个恶心的男人，一定要带你过上好日子！我要让所有不幸的女人都过上好日子！

童年的生活是那么阴暗压抑，几乎看不到出路，然而，时间和命运总是有着不可思议的魔力，会改变很多看似不可动摇的东西。2007年，市化肥厂破产重组，四十三岁的李卫民成为下岗职工，从此一蹶不振。为了撑起这个家，和社会脱节多年的王小娟鼓起勇气骑着三轮车卖起了早点，成为家庭当时唯一的收入来源。她对人友善，做事认真，生意很快就好了起来，收入也水涨船高。

经济独立让她获得了前所未有的自信，她逐渐在家里挺直了腰杆，面对李卫民的暴戾不再畏缩。每次李卫民对她进行暴力威胁或者打骂侮辱，她都会勇敢地报警求助甚至坚决反击。经历过多次冲突和纠缠之后，2009年，她终于在法官的支持下和李卫民离婚，带着女儿过上了独立自主的幸福生活。

母亲在经济和性格上的转变，让李梦瑶切身体会到了能力对女人的重要性。她因此更加勤奋地学习，在2010年考上了中州大学临床7年制本硕连读，迎来了光明人生的起点。之后，她作为自媒体人为女性发声，用自己的收入不断帮助其他女性，声名日隆。

然而，危险也在悄悄靠近。在徐婉清和王丽的推波助澜下，2020年7月11日凌晨3点，年仅二十八岁的李梦瑶最终离开了这个她热爱的世界。

伤心至极的王小娟怀着最后一丝希望将徐婉清告上法庭，但因为徐婉清发表的信息的确全部属实，没有制造和传播过任何谣言，也没有直接对李梦瑶进行过任何攻击，法院很快就驳回了王小娟的起诉，甚至连让徐婉清公开道歉这样的卑微诉求都没能满足。

女儿从小受了那么多委屈，这些年来那么努力，王小娟多么希望女儿能过上幸福的生活啊！可现实却如此残酷，善良的女儿被恶人害死，社会却拿恶人毫无办法，而且恶人还吃着这块人血馒头赚足流量，女儿所做的一切努力都被迅速淡忘。王小娟真的想不明白这到底是为什么。

抑郁像毒蛇一样缠绕在她心头，她茶饭不思，度日如年，日渐绝望，终于在一个深夜决定随女儿一起离开。暗淡的月光下，她纵身一跃跳入湍急的河水之中。可命运就是如此巧合，几个路过的小伙子居然恰巧发现了她，齐心协力把她救了上来。

2020年8月15日深夜，中州市第二人民医院精神科病房里，王小娟的身体已经基本恢复健康，但精神世界仍是一片黑暗。她真心感谢勇敢救她的那些小伙子，也真的不想辜负他们，想要为了他们勇敢地生活下去，可是一想起女儿的冤屈，她就觉得生活没有任何意义。她真的走不出心底的憋屈和绝望。

晚上11点，病房门被一名护士悄悄推开了。

"王阿姨，"她微微叹了口气，"中州大学心理系又派了一位专家过来，这个专家可厉害了，您跟他好好聊聊吧，您肯定能看开的。"

王小娟麻木地低着头,已经没有心理动力做出回应了。几天以来,精神和心理专家们对她进行了多次疏导,但残酷的事实不是几句话就能改变的,所以,她并不认为新来的专家会有什么不同。

"别浪费国家的资源了,我不值得……"她喃喃地发出声音,过了好一会儿才抬起头,看见了站在护士身边的心理专家。那是个五官端正、目光深邃的年轻男人,沧桑中透着令人心疼的气质。王小娟对他倒是很有好感,只是,那对生活而言又有什么意义呢?

"王阿姨,相信我。"男人露出温暖、阳光却又暗藏着某种悲伤的笑容,"咱们聊聊吧,我一定能让您感受到一些不一样的东西。"

王小娟并不认同他的想法:"算了吧,我真的没有活的盼头了,别耽误你的事儿了。"

"先聊聊再说嘛。"男人一边再次露出礼貌的笑,一边伸出手,"自我介绍一下,我是中州大学心理学院的老师,我叫张焕然。"

王小娟麻木地抬头看向他,突然感受到了一种难以言说的黑暗与悲壮……

2021年7月13日上午9点,王小娟回想着张焕然当时的坚定目光,自己内心也不由得多了一分坚定,她一定要为张焕然做好最后一件事。

她定了定神走进卧室,再次审阅了留给张焕然的那封信。确认语句通顺、得体之后,她打电话联系了同城配送服务,再三叮嘱,要求骑手一定要在晚上5点左右再把信送到,并特意给了骑手一百块钱。得到骑手的再三保证之后,她才终于松了口气,回到卧室关上门窗,取出了早已准备好的铜盆和木炭。

随后,她打开手机,又浏览了一遍自己和女儿这些年来的照片。一阵挣扎之后,最终,她还是把手机摆放到合适的位置,打开了视频录制功能。

她知道,这段视频将会改变很多东西,她会在视频里活很久很久。死亡,对她而言或许是另一种永生。

第三十九章
徐婉清的人生图景

"大家好,我是王小娟。"2021年7月13日上午10点,王小娟对着摄像头,开始了直截了当的开场白,"我不知道大家还记不记得我,我是李梦瑶的母亲。我今天留下这段视频是想告诉大家,我从来没有放弃过对正义的追寻。虽然我最终选择的正义之路可能过于偏激了,但我到底还是找到了公平和正义。我可以负责任地告诉大家,徐婉清是我杀的。"

她说到此处稍微停顿了几秒,觉得这么说可能不太合适。但她不想半途而废,而且内心深处她也知道,已经到了生命的最后时刻,没有必要遮遮掩掩了,干脆就直说吧。

"是的,徐婉清是我杀的。"她顿了顿接着说道,"虽然逼死瑶瑶的,是网络上铺天盖地的戾气,是这个社会恶意的集中体现,但我也明白,人的负面情绪总要有个地方宣泄。我不会怪那些跟风骂瑶瑶的人,真正害死瑶瑶的,是为了流量不择手段的自媒体,还有徐婉清扭曲的心。徐婉清其实也是个可怜人,但公平地说,她也必须为瑶瑶的死付出代价,我要让她经历和瑶瑶一样的痛苦,现在,我终于成功做到了。"

"想做到这一点并不容易,而且,凭我自己也根本不可能。"王小娟想起张焕然,想起远思,带着复杂的思绪继续说道,"去年这个时候,我还身处彻底的绝望之中,是有人找到我,说他们也想让徐婉清死,问我愿不愿意帮忙。我这才知道,徐婉清不仅仅害死了瑶瑶,还做过敲诈勒索这样的丑事。"

7月13日下午5点10分,李星翰站在王小娟家的客厅里,看着视频里王小娟这番意味深长的话,心跳越发剧烈起来。

王小娟——她在暗示远思!?

"总之,那些人找到了我,说他们拥有很强的技术能力,能让徐婉清也得病猝死。"王小娟在视频里接着说道,"这一年来,我跟着他们学到了很多东西,我开始了解人到底是什么,开始明白社会的本质。我真的有太多感悟想要表达,我想,这些感悟,最好就从徐婉清这个人说起吧。"

"很多人可能都知道徐婉清,但我敢保证,就算是她的父母和丈夫,也绝对没有我对她了解更深。想要真正地了解徐婉清,就必须从最基础、最根本的层面说起,而决定一个人最基础、最根本的东西,就是基因。虽然后天的环境对人的影响相当大,但我们也必须认识到一个残酷的事实,那就是,很多东西真的是由基因决定的,是天生的。决定徐婉清人生命运的基因中,最为重要的有三个,分别是rs1883832、rs696217及rs53576。"

李星翰望着手上的基因信息,思绪越发复杂起来。

"首先是rs1883832。"王小娟在视频里接着说道,"这个位点的学名比较长,位于一组叫'肿瘤坏死因子受体超家族蛋白基因'的5端非翻译区。这个位点的基因型对免疫和内分泌系统有重要影响,大量研究证实,这个位点的 CC 型等位,会极大提高一种叫 GD 的疾病的发生风险。GD,中文学名叫'毒性弥漫性甲状腺肿',这是甲亢最常见的一种,会对我们的身心造成显著影响。情绪易激动、容易心慌、爱生气等现象,其实很多时候都是甲亢在作祟。"

"而长期的甲亢,也会不断刺激心脏等器官,对这些器官造成慢性损伤,甚至埋下致命隐患。帮我的那些科学家们通过检测徐婉清的血液成分,同时考虑到她的狭隘自私和易怒等性格特点,判断她存在长期慢性的甲亢。这其实就相当于慢性中毒,叫甲亢毒症。甲亢毒症会不断损害心肌细胞,根据计算和判断,他们最终认为,通过某种方式对徐婉清的心肌细胞进行有效刺激,就有很大的概率导致心源性猝死。"

手机和电脑前,成千上万的人开始观看这段视频,并对王小娟的遗言内容进行了实时探讨。

"我想,大家肯定会觉得很奇怪,为什么徐婉清存在慢性甲亢,却一直没有去医院治疗呢?"王小娟在视频里继续说道,"因为,她的 GD 是一种间歇性或者说条件性的。而这种性质,很大程度上就是由第二个基因位点决定的。"

"rs696217,这个位点叫促生长激素释放肽基因,最主要的作用之一,就是影响胃饥饿素的表达。徐婉清的 rs696217 是 AA 型,大量研究证实,这会极大促进胃饥饿素的分泌。虽然叫胃饥饿素,但这种激素其实广泛分布于体内各个系统,作用之广泛超乎想象。它的重要作用之一,就是能够在下丘脑和相关物质结合,从而抑制下丘脑-垂体-甲状腺系统的活性,抑制促甲状腺素和甲状腺素的分泌。也就是说,胃饥饿素的高表达,虽然不能防治 GD 的发生,却能够抑制 GD 的症状,从而形成一种病态平衡。

"这在宏观上也很好理解,甲亢会增进代谢让人变瘦,胃饥饿素过高会增加摄食让人变胖。二者在徐婉清体内形成了一种病态的平衡，使得她既没有特别胖，也没有持续的 GD 症状。这样的病态平衡其实很常见，如果没有外力干预，通常会维持到中老年才会被打破，这就是为什么很多病在中老年时期更容易发作。

"而同时，胃饥饿素水平和甲状腺功能本身，都很容易受到情绪、自主神经的调节影响，所以帮我的那些人通过计算认为，合适的精神刺激，足以影响徐婉清这两种激素水平变化，从而提前打破平衡，对她的生理系统进行控制。这是我们能够杀掉徐婉清的基础生理逻辑之一。"

李星翰深吸了一口气，如此专业的逻辑分析和计算，恐怕也只有远思才能做到了。

"但仅有这个还远远不够。"王小娟在视频里继续不紧不慢地说，"毕竟，心脏功能和激素水平很难通过精神压力直接进行精准控制，所以想要精准地杀掉徐婉清，我们还需要更加可靠的生理干预途径。而这个途径，同样隐藏在 rs696217 这个位点上。"

"就像刚才说的，虽然叫胃饥饿素，但这种物质的影响非常广泛。在血糖系统中，肠道 L 细胞会分泌一种叫胰高血糖素样肽1的物质，简称 GLP-1。GLP-1 的主要生物作用是促进胰岛素分泌、抑制胰高血糖素分泌，它的血浆半衰期很短，是一种重要又脆弱的激素。GLP-1 想要促进胰岛素分泌，就必须和一种叫生长激素促泌素受体 1α 的物质相结合。而胃饥饿素想发挥作用，也需要和这种物质结合。也就是说，胃饥饿素和 GLP-1 之间存在直接的竞争关系。rs696217 位点 AA 型会导致胃饥饿素水平偏高，从而竞争性地抑制 GLP-1 的功能，而 GLP-1 功能受损，是二型糖尿病的常见病因之一。"

手机和电脑前，越来越多的人加入观看和讨论，医学生和专家教授们开始进行实时科普，很多人第一次认识到，人体似乎和机器并没有本质区别。

"简单来说,就是徐婉清携带有二型糖尿病的易感基因,"王小娟接着说道,"而糖尿病一旦发生急性并发症,就一定会对心脏功能造成严重刺激。所以,糖尿病就成了我们最可靠的生理干预途径。然后,就是最为重要的rs53576基因了。"

李星翰看着视频里的王小娟,听着她对基因和医学知识的熟练阐释,深切地体会到,过去一年,她为了给女儿追寻正义,可能付出了一般人难以想象的巨大努力。

"rs53576,这是催产素的一种重要受体基因。"这些知识点,王小娟在张焕然的帮助下早就了然于胸,因此不假思索地继续解释道,"催产素既是一种外周激素,也是一种重要的中枢神经调质,会影响多种神经递质的水平变化,从而间接地参与神经活动。"

"催产素受体基因rs53576位点AA型在神经层面主要有两种典型影响:一是弱化多种神经递质在腹内侧前额叶、前扣带回和前脑岛等部位的积极作用,二是弱化神经递质对右侧杏仁核的神经抑制功能。"

"人类道德感的产生,在神经层面分为认知加工和情绪加工两部分,情绪加工的主要脑区,就是腹内侧前额叶、前扣带回和前脑岛,这些脑区功能相对抑制,会导致人缺乏情感性的道德能力,进而缺乏共情能力。而共情能力不足,会导致亲社会行为不足,取而代之的就是反社会的思维和行为,比如冷漠、无视他人痛苦、极端利己,等等。"

说到此处,王小娟深吸了一口气,露出意味深长的微笑:"是啊,大家应该也想到了吧,徐婉清对瑶瑶的所作所为,正好就印证了她的冷漠、自私和反社会倾向。"

手机和电脑前,人们对大脑和思维、情感等概念的兴趣空前高涨。

"而同时,我刚才也说了,rs53576位点AA型还会弱化神经递质对右侧杏仁核的神经抑制功能。"王小娟继续解释说,"杏仁核是边缘系统的核心脑区,是咱们负面情绪的启动装置。在正常情况下,咱们的前额叶会通过神经递质对杏仁核功能产生一定的抑制,从而通过理性思维帮助我们克制负面情绪。催产素水平不足,将会导致这种机制削弱,从而让咱们更容易产生负面情绪,更难以从负面情绪中逃脱出来。而这一点,正好就是对徐婉清施加精神压力的神经基础。"

一附院神经内科病房里,蒋芸珊从沉睡中醒来,也开始和张焕然一起观看视频。

"接下来,就可以从更广阔的视角去了解徐婉清这个人了。"7月13日上午10点10分,王小娟深吸了一口气,对着摄像头继续说道,"中州西南方向七百多公里的地方,有个叫徐远的县城,这个地方重男轻女的风气特别严重,很多女孩在父母眼里根本就不是亲生骨肉,而只是可以用来换取高额彩礼的货物。正是在这样的环境下,1986年,徐婉清来到了这个世界。"

"她最初并不叫徐婉清,父母给她取的名字叫徐晓丽。从出生开始,父母就把她视为一笔彩礼钱,视为彻头彻尾的工具和外人。父亲嫌弃她,出生之后看了一眼就扭头走了。爷爷奶奶嫌弃她,甚至连满月酒都没有给她办。连辛辛苦苦怀胎十月生下她的母亲,都因为她是个女孩而感到愤怒,甚至都不愿意喂养她。

"也许最开始的两年时间里,父母对她多少还有一点爱,但随着母亲怀上二胎,而且被算命先生算出来是个男孩之后,一切就都变了。家人将所有的爱都给了小三岁的弟弟,徐婉清被彻底当成了外人和没用的人，反正早晚要嫁出去，只要能让她活着就行。从母亲怀孕开始，除了吃喝拉撒之外，她的其余诉求就很少得到回应了。她只是个孩子，她多么渴望得到安全感，得到父母的爱和保护啊。可父母留给她的，却只有冷漠和嫌弃。甚至在她两岁多时，母亲就开始给她灌输她是外人的思想了。

"面对同样的经历，不同的人往往会出现不同的反应。有的人面对父母之爱的缺失，可能会内向、自卑、恐惧，徐婉清内在或许也是如此，但因为rs53576位点的AA型变异，她的杏仁核从小就缺乏足够的神经抑制，因此不太会克制自己的本能。所以从很小开始，面对父母的冷漠和偏心，她的反应就不是自卑和内向，而是语言和行为暴力。父母给弟弟买某样东西而没有给她买的时候，她就会想尽办法从弟弟手里去抢；父母因为弟弟骂她的时候，她就会歇斯底里地骂回去；父母打她的时候，她会想尽办法回击，甚至会用牙咬住父亲的手死也不松开。她一直在用暴力对抗父母，也因此和父母之间越发水火不容。

"高中毕业之后，父母连学费都不想给她出，是她偷了家里的钱去上了大学，而且再也没有主动跟父母联系过。父母曾经因为想让她嫁给本县一户人家换取彩礼而联系过她，但她肯定是坚决拒绝的。父母后来因为拆迁生意发了财，也就不再惦记她这个不值钱的货物了。大学期间，她和父母就处于实质性的断亲状态。为了表达断亲的坚决态度，她给自己改了名字，抛弃了过去的一切束缚。

"可过去哪是那么容易就能摆脱的呢？也许她能够逃离父母，能够丢掉过去的名字，甚至能够忘掉过去的很多记忆，可是，从小受到的委屈、痛苦及由此而来的扭曲愤怒，已经深深刻进了她灵魂最深处。因为对重男轻女思想的恨，对父母和弟弟的恨，她对男人充满了憎恨，甚至说过要把男人全部杀光这种话。她一度真的完全不想跟男人沾边,可是很快,她就发现了另一种报复男人的方式,那就是利用性别优势从男人身上得到金钱。

"她长得还是挺好看的,大学期间就有很多追求者。而就像我刚才说的,rs53576位点是AA型,她的腹内侧前额叶、前扣带回和前脑岛这些负责情绪、道德加工的脑区,功能都受到了一定的抑制,她的道德感要远远低于常人。所以,虽然才刚刚成年,但她已经能够毫无愧疚地游走于多个男人之间,用与生俱来的操纵人心的能力,让男人们对她俯首帖耳。她很享受那种生活模式,但也正是那种模式,导致了她后来受到的伤害。

"再冷血,再缺乏道德观念,可她毕竟还是个有血有肉的人啊。在父母那里缺失的爱和安全感从来都没有被弥补,而是在心底留下了一个巨大的窟窿。她一直用憎恨和报复去掩饰这个窟窿,可实际上,她其实一直也渴望那个窟窿得到填补。正是在这种情况下,大四那年实习的时候,她爱上了实习公司的老板陈晓峰。"

7月13日下午5点15分,高铁站候车大厅里,听到自己的名字,本就因为王小娟的视频而无比紧张准备尽快逃跑的陈晓峰,再次紧张地舔了舔嘴唇。他进一步意识到自己被王小娟狠狠摆了一道,自己被当成了杀人工具。他必须尽快跑到外地隐姓埋名,反正这半个月从徐婉清手中敲诈到的钱,已经足够他花上不少年了。

离发车还有15分钟,检票口已经打开,他关掉手机急切地往前挤了挤,希望能尽快坐上那辆逃离中州的高铁。他不敢再去听王小娟接下来的话,但是身边好几个人显然都在观看王小娟留下的视频。不经意间,陈晓峰余光一瞥,再次从身旁一个戴耳机的女孩手中,看见了王小娟那张令人憎恨和恐惧的脸。

"陈晓峰当年事业有成,长相出众,身材匀称,可以说是意气风发、男人味十足。"女孩的耳机里,王小娟的声音接着说道,"进公司的第一眼,徐婉清就被他深深吸引了。而且那天,陈晓峰居然还主动跟她说了话,主动用温柔的目光、让人充满踏实感的声音对她进行了鼓励和关怀。对急需填补内心窟窿的徐婉清来说,陈晓峰真的是一种难以抵挡的诱惑。她在大学里见识了太多单纯的男孩,想当然地认为陈晓峰也是个纯情的中年男人,但她太年轻了,还没有意识到,自己和陈晓峰根本就不是一个段位的。"

队伍开始朝着检票口缓缓前行,女孩被同伴拉着往前走了两步,随后继续低头看向了手机。

"她并不知道,陈晓峰情人无数。"王小娟在手机屏幕里继续说道,"高中同学、大学同学、公司下属、网上认识的人甚至很多实习的小女孩,都和陈晓峰有过不清不楚的关系。在不知情的情况下,徐婉清也成了陈晓峰的众多情人之一。因为边缘系统缺乏神经抑制,她对一切本能层面的东西都很难克制,从前的恨是这样,遇见陈晓峰之后所爆发出来的对爱的渴求也是如此。加上陈晓峰的确魅力十足,而且特别善于为女人提供情绪价值,所以徐婉清很快就沦陷了。她一时放下了对男人的恨,沉浸在了被爱和付出爱的美好之中。陈晓峰当年财力雄厚,随便给她花了点钱,就换来了她毫无保留的付出。当意识到这个女人如此容易被掌控时,陈晓峰的欲望也越发高了。他开始向徐婉清提出要求,就是发生关系的时候不采取任何保护措施。"

检票顺利完成,陈晓峰长长地舒了口气,急切地奔向不远处的列车。身后,女孩和同伴一边走一边继续听王小娟讲述。

"徐婉清最初也有过担心,但她真的不想让陈晓峰失望。"千千万万个屏幕里,王小娟继续说道,"何况她毕竟年轻,并不清楚事情对自己的危害性。她满足了陈晓峰最极致的需求。当然,不出所料,徐婉清很快发现自己怀孕了。她真的爱陈晓峰,很想把孩子生下来。但陈晓峰以暂时不能和老婆离婚为由说服了她,她在陈晓峰的陪伴下做了人工流产。她真的很伤心也很害怕,但陈晓峰的关心和爱护很快就化解了一切,甚至,那些关爱比平日里还更加深厚和真切了。徐婉清以为陈晓峰是真的爱她——或许陈晓峰当年的确是真的爱她吧,总之,她对陈晓峰的依赖更深了,而不避孕的方式也得到了延续。就这样,从2009年到2011年,两年多的时间里,徐婉清一共为陈晓峰做过六次流产。她自以为这是对陈晓峰爱的付出,却并不知道这会对自己造成多大的伤害。"

办公室的组合沙发上,李墨听着平板电脑里王小娟的声音,嘴唇微微颤抖了一下,隐约明白了很多东西。

"2011年冬天,徐婉清第七次怀上了陈晓峰的孩子。"王小娟的声音在办公桌上继续响起,"但这一次,陈晓峰不仅没有带着她去做流产,没有去关心和爱护她,反而在事发之后突然消失了。她四处寻找才了解到,陈晓峰一直还养着其他女人,之前公司资金链出现断裂,早在半年前就已经关门了。公司资产不仅被银行和一些担保公司收走,陈晓峰还背上了数额巨大的债务。为了躲债,他早就计划好一切,在和徐婉清肆意享乐几周之后,一个人逃到了外地。"

李墨回想起过去几年自己和徐婉清之间的婚姻模式,想起自己一直以来对徐婉清的心疼和无限付出,突然觉得自己真的是个彻头彻尾的小丑。

"因为过于依赖陈晓峰,此时的徐婉清几乎没有任何生存能力,甚至还因为一直以来的趾高气扬而失去了几乎所有朋友。"王小娟在平板电脑里接着说道,"好在,她终究还有个负责任的朋友。那是个特别冷的深夜,徐婉清突然子宫出血,不得已求助了那个朋友,那个朋友带她去医院做了紧急治疗,总算是保住了命。但是,因为多次人流和那次出血,徐婉清从此彻底失去了生育能力。当然,她彻底失去的,还有付出爱的能力。"

李墨深吸一口气,越发觉得自己可笑了。自己一度视为珍宝的女人——直到前几天还每天精心呵护的女人,在别人那里竟然如此低贱。他心底逐渐凝聚起强烈的恨意,对徐婉清的恨——或许,在潜意识里,也正在悄悄扩散成为对所有女人的恨。

"总之,那件事对徐婉清造成了巨大打击。"平板电脑里,王小娟的声音继续说道,"对陈晓峰的爱迅速转化成了无比强烈的恨,还将这恨意扩散到了全体男人身上,和自己从前对男人的憎恨一起,凝聚起了对男人彻底的仇恨和鄙视,也让天生就缺乏道德感的徐婉清彻底变得冷血,变得自私自利。她开始坚信任何人都靠不住,只有自己想尽办法弄到钱才是真的。"

"可问题在于,她大学时期忙于玩弄各种男人,根本没有努力学习和锻炼能力,所以,她自己是很难赚大钱的。她开始做自媒体,开始想尽办法包装和炒作自己,可是怎么都火不起来,只能勉强在城市里生活下去。她逐渐意识到,靠自己可能终究还是不行,也许自己该回到最擅长的事情上,那就是通过男人让自己获得金钱和幸福。"

李墨露出不屑的笑容,回想起自己和徐婉清第一次见面时没出息的样子。

"2017年,经朋友介绍,她认识了一个白手起家、年轻有为的男人。"王小娟在平板电脑里如此说道,"说来也巧啊,真是什么样的人都有。那个男人被原生家庭规训成了只愿意付出爱、完全不敢被爱的样子,和徐婉清简直是天生一对。不管徐婉清对他多么不好,他都会忍让包容。他赚着几十倍于徐婉清的收入,却不敢给自己花一分钱，而是对徐婉清言听计从。他甚至还承包了所有家务。"

"徐婉清终于过上了梦寐以求、不劳而获的美好生活。她自以为牢牢拿捏着对方，却没有意识到，自己心底的窟窿其实一直都在被这个男人悄悄填补，关于生活的一切痛苦一直都在被他温暖地治愈着，无论是生活上还是情感上，她其实早就离不开他了。只是这个男人给她的安全感太充足，她一直没能产生危机意识而已。而我杀掉她的手段，就和她最真实的感受有关。"

李墨微微一愣，心底某些东西悄悄被触动了。是的，他突然回想起了更多和徐婉清有关的生活细节，迅速意识到王小娟的话也许是对的。也许，徐婉清并没有那么自私冷血，她只是受过太深的伤，失去了爱和付出的能力。也许，自己真的无形中治愈了徐婉清，让徐婉清正在恢复爱的能力。

也许过去这几年的婚姻，并没有自己认为的那么不堪。

他深深叹了口气，越发觉得生活真是太复杂了。

在数百万个电子设备屏幕里，数百万的人眼中，王小娟也感慨地叹了口气，许久之后才缓了缓情绪，带着复杂的语气说道："接下来，我就告诉大家我是怎么杀死徐婉清的吧。"

第四十章
徐婉清之死

"为了杀死徐婉清,我主要做了三件事。"2021年7月13日上午10点30分,王小娟看着手机摄像头,捋了捋思绪说道,"第一件事,是在今年年初的时候,给她爱人发了很多条伪装成法律广告的短信。短信内容都涉及遗产继承的问题,而且在好几条里面都着重提到了一个细节,那就是,兄弟姐妹是遗产的第二顺位继承人,而且,同父同母和同父异母,有着同等的继承权利。"

"之所以这么做,是因为我们深入了解过徐婉清爱人的心理。虽然涉及他的隐私,我本来不太想说,但为了让社会彻底了解徐婉清的死亡真相,我想,我还是把这些事情说出来吧,徐婉清的爱人,真的很对不起,希望你能原谅我。

"总之,徐婉清的爱人真的很不容易。他是非婚生的孩子,父亲是有妇之夫,和他母亲发生了婚外情。他母亲本想用生孩子的方式拴住他父亲,却没能如愿。在他出生之后不久,父亲就带着家人彻底离开了他和母亲。他母亲是个特别自私的人,从小对他很不好,而为了得到母亲的爱,他从小就开始试着讨好母亲,逐渐地,就被母亲规训成了只会付出、完全没有被爱能力的人——他真的也是个可怜孩子。

"总之,因为这些,他对亲子关系一直很抵触,也没有什么信心。所以当徐婉清为了隐瞒自己的生育障碍而提出丁克的建议时,他几乎没怎么想就答应了。这种承诺给了徐婉清充足的安全感,直到半年前,她都能从爱人那里感受到足够的爱。

"而想要杀死徐婉清,就必须让她感受到极致的压力。想让她感受到压力,就必须破坏她得到爱的途径。帮我的那些人认为,让她的爱人潜意识里感知到徐婉清的生育障碍,让他对徐婉清开始产生明确的不满,从而让徐婉清感受到切实的生活危机和感情危机,就是对她进行心理影响的主要切入点。

"所以我发了那些短信,让徐婉清的爱人突然意识到,自己和徐婉清死后,亲生父亲的子女——或者子女的子女,将会名正言顺地继承他们的财产。他从小就被父亲抛弃,绝对无法接受这一点,一定会为此感到焦虑,一定会向徐婉清提起要孩子的事情。他的态度也许不会太坚决,但足以对徐婉清的安全感产生威胁了。只要观察到徐婉清对这种威胁会产生明显的心身反应,那就证明这个心理切入点是有效的。

"而事实也证明了这种判断的正确性。为了遗产不落入外人之手而要孩子,这个想法很现实,但也真的很有道理,对精致利己的徐婉清来说,她本能上甚至是非常认同的。可她已经不能生育了,该怎么跟爱人说呢?爱人会察觉到什么吗?会不高兴吗?对她一直的全身心付出会消失吗?甚至会不会直接不要她了呢?她真的很担心,她真的害怕失去美好的生活,内心深处,也真的非常害怕失去爱人温暖的爱。

"她产生了严重的焦虑,而因为 rs53576 的缺陷,她对本能和情绪的抑制能力比较弱,所以焦虑短时间内就发展得相当严重,而且又因为 rs1883832 和 rs696217 两个位点的特定基因型,那一次的焦虑爆发,也通过神经-内分泌系统引发了明确的生理问题。强烈的焦虑导致杏仁核高度兴奋,从而通过神经-内分泌系统引起儿茶酚胺水平升高。儿茶酚胺作用于胰岛 A 细胞的 β 受体,会增进胰高血糖素的分泌,作用于胰岛 B 细胞的 α 受体,会抑制胰岛素的分泌。

"同时,杏仁核引发的神经-内分泌系统兴奋,也会极大提高甲状腺激素的分泌。因为 rs696217 位点 AA 型,徐婉清的胃饥饿素长期都处于高水平状态,对 GLP-1 存在慢性的抑制作用,胰岛素分泌功能原本就存在一定障碍。那一次的焦虑又从另一个角度爆发式地加深了这种障碍,徐婉清的内分泌系统受到严重影响,出现了头晕和上吐下泻的症状。又因为 rs1883832 位点 CC 型以及胃饥饿素对甲状腺分泌功能的抑制作用,徐婉清原本就存隐匿性的甲亢,所以那一次,她的隐匿性甲亢也出现了一次小爆发,发生了心动过速的现象,并且表现出了强烈的易怒。

"那次刺激毕竟比较间接,比较隐蔽,没有带来致命的后果。但生理表现结合基因特征,证明设计师对她的分析完全正确。接下来,设计师们又通过一系列复杂的计算,确定了直接的精神刺激方案。这个方案,就是让陈晓峰直接对她进行威胁。"

2021 年 7 月 13 日下午 5 点 20 分,陈晓峰坐在靠窗的位置,心里总算稍稍踏实了一些。但是突然,他瞥了一眼身旁的乘客,发现那人也在戴着耳机观看王小娟的视频。他不由得深吸了一口气,心脏止不住地剧烈跳动起来。纠结许久之后,他终于还是忍不住打开了视频。

"早在2011年,陈晓峰就因为贪图享乐而毁掉了自己亲手创立的公司。"王小娟的声音在耳机里响起来,"享乐腐蚀了他的斗志,他再也没能东山再起。最近十年,他一直都靠着坑蒙拐骗为生。我找到他的时候,他刚刚被一个傍了半年的富婆抛弃,正愁没有钱花。我就跟他谈了谈,把徐婉清的情况详细解释了一遍,并且告诉他,只要他用当年的事情要挟徐婉清,徐婉清就一定会乖乖地给他钱。这就是我为了杀死徐婉清所做的第二件事。"

"陈晓峰当然也问了我的目的。我只是说我想对徐婉清进行报复,让她吃点亏出点血,最好能感到痛苦。陈晓峰一开始有所怀疑,但他毕竟太缺钱了,这么好的捞钱机会到底还是舍不得,也没有犹豫太久就同意了。

"上个月26日快中午的时候,陈晓峰第一次给徐婉清打了电话,按照我们的计划要求徐婉清给他五十万,否则就把徐婉清的过去及因为流产过多失去生育能力的事情告诉她爱人。一切都像设计师计算的那样,陈晓峰的突然出现,对徐婉清来说,刺激性比爱人提出要孩子这件事严重得多。所以当天下午,徐婉清就发生了比上次严重得多的糖尿病和甲亢症状,还特地去了一附院,最后确诊了糖尿病。不过,因为害怕过多的检查会查出来她的生育能力受损,让她爱人知道,她拒绝了大夫提出的后续检查,没能查出甲亢和心脏问题,只开了两盒降糖药回去吃。如果她能对爱人坦诚一点,也许就不会不明不白地死去了。只能说,这世间的一切善恶,都是有因果报应的吧。"

陈晓峰抹了抹额头上的冷汗,急切地看了一眼窗外。

车怎么还不开呢!?

"总之,降糖药能暂时降低徐婉清的血糖水平,但并不能降低她的焦虑。"耳机里,王小娟的声音显得越发刺耳了,"之后两周时间,陈晓峰又先后两次勒索了徐婉清，金额加起来一共一百二十多万，那是徐婉清全部的存款了。瑶瑶是去年7月11日被逼死的，所以经过设计师同意之后，我也把杀死徐婉清的日子定到了7月11日。7月9日那天，徐婉清的爱人去了外地出差，11日那天正好回家。那两天，我就让陈晓峰再一次对徐婉清进行了要挟，提出再要一百万，而且陈晓峰是个离不了女人的人，甚至还不经我们同意，提出了让徐婉清陪他睡觉。如果不答应他的要求，他就要直接上门，把徐婉清的所有秘密都告诉她爱人。"

陈晓峰手臂已经开始微微颤抖。

"11日早上7点30分，我再次联系了陈晓峰，告诉他徐婉清已经快撑不住了，让他上午多给徐婉清打电话，一定能够敲诈成功。"王小娟在视频里继续不紧不慢地说道，"因为已经尝到了甜头，陈晓峰对我们已经深信不疑。而且因为徐婉清的一再妥协，他也越来越放肆，口气越来越肆无忌惮，说如果徐婉清上午之前还不给他钱、不陪他睡觉，他就直接守在小区门口等着徐婉清的爱人。"

"在巨大的现实压力面前，徐婉清的负面情绪终于彻底爆发了。先是失去美好生活和爱人的严重焦虑，然后是对陈晓峰的强烈憎恨、对自己当初不自爱的强烈懊悔，甚至童年时期经历过的所有委屈，我想，应该都在巨大的压力之下剧烈爆发出来了吧。

"情绪爆发之下，杏仁核极度亢奋，导致了神经-内分泌系统的过度激活，超高水平的儿茶酚胺严重抑制了胰岛素的分泌，从而诱发了糖尿病的一种急性并发症，导致徐婉清发生了代谢性酸中毒。过高水平的甲状腺素对原本就存在隐患的心脏也造成了强烈刺激，加上酸中毒对心肌细胞的严重损害，徐婉清终于在重压之下发生心室颤动，死在了自己家里。这一切，都在设计师的计划和计算之中。"

陈晓峰咽了咽干涸的喉咙，耳蜗嗡嗡作响。

"当然,在设计师的计算里,这个过程导致猝死的概率并不是100%,而是80%左右。"王小娟接着说道,"为了确保概率提高到100%,我还做了第三件事,那就是让徐婉清买一盒速效胰岛素放在家里备用。虽然胰岛素是治疗糖尿病的特效药,但是设计师告诉我,发生糖尿病酮症酸中毒之后,体内的钾离子会大量流失,这个时候必须先补钾,然后才能缓慢地使用胰岛素。如果直接使用速效胰岛素,就会导致严重的低血钾,从而对心脏造成更加可怕的损伤,致死率将会提高到百分之百。"

"徐婉清对父母有着强烈的仇恨,根源就是父母的重男轻女。6月26日,她因为已经吃过东西,没办法检查空腹血糖,所以约了27日再去医院。对不懂医学的人来说,得了糖尿病,一般都会问大夫用不用开胰岛素。就徐婉清当时的病情来说,大夫肯定是不会给她开的,而且出于责任心,还会叮嘱她不要擅自使用。

"27号上午,坐诊的本来是一位女大夫,是我在一个路口故意用电动车撞了她的汽车,让她没能及时赶到医院,从而让坐诊专家换成了一位有明显重男轻女表现的男大夫。男大夫对女大夫的轻视和偏见,成功激起了徐婉清对父母的仇恨和逆反心理。所以,当男大夫再三叮嘱她不要擅自使用胰岛素之后,她就在逆反心理的支配下,真的去买了一盒胰岛素放起来。

"也许她心里是相信那个大夫的,但因为放不下对父母的恨,那在直观感受上,她对那个男大夫完全无法信任。而且,一旦发生急性症状,她也根本就想不了那么多,一定会想当然地给自己注射胰岛素,这是一招确保她必死无疑的后手。一切,都在设计师的计划之中。"

无数个屏幕前,数百万人听着王小娟的话,开始想象并探讨起徐婉清生命的最后时刻。

2011年7月11日上午8点45分,陈晓峰的勒索电话再次打了过来。徐婉清心里憋着一股滔天怒火,在残酷的现实面前却又无法宣泄。白白给了陈晓峰一百多万,已经让她心如刀割了,她已经没有钱,而且就算有钱,也绝不可能往陈晓峰这个无底洞里扔了。

　　更何况,陈晓峰还想对她做更过分的事情,她是死也无法接受的。可是,如果不答应陈晓峰的要求,她该怎么跟李墨交代呢?如果知道了真相,李墨肯定会离开她的!她会失去现在光鲜精致的生活,更重要的是,她会——她会失去李墨对她的爱和呵护啊。

　　她心底微微颤抖了一下,第一次隐隐意识到,自己已经深深爱上了李墨。

　　无尽的委屈在眼里打转,强烈的怒火在灼烧身心,无边的焦虑如黑暗般笼罩了她的天空。她心底逐渐升腾起一股奇怪的感觉,好像有种腐蚀性的液体正在体内缓缓流淌,悄悄侵蚀着她的每一个细胞。

　　身体越发无力憋闷,她深吸了一口气,不久之后,突然闻到一股类似于烂苹果的奇怪酸味儿。紧接着,她突然产生了强烈的尿意。她去了一趟卫生间,出来后感觉稍稍舒服了一点。可是很快,尿意又再次来袭,她又去了一趟……第四次从马桶上起身的时候,她突然感受到了强烈的眩晕。她扶住洗面台勉强站稳,随后不经意地看着镜子,发现自己的脸不知何时已经白得毫无血色。

　　她再次深吸了一口气,发现那股奇怪的酸味儿越发浓重了。紧接着,她突然觉得呼吸沉重起来,就算铆足了力气,也只能勉强吸入一点点空气。与此同时,心脏的跳动声不知何时也变得十分清晰,仿佛带着浑身每一个细胞都震动起来,而且越震越快了。

　　她走出卫生间,陈晓峰的催命电话再次打了过来,负面情绪化作一把利刃,再次狠狠切割了她的身心。她愤怒而无力地挂断电话、删掉通话记录，随后突然发出一声干呕，觉得浑身都无比酸胀。她愣了一下，这才后知后觉地意识到，自己好像是糖尿病犯了，而且比上一次要严重得多。

她早上已经吃过降糖药，但此刻，她强烈地感觉到自己应该再吃一顿。但是往前走了几步之后，强烈的眩晕感再次呼啸而至，她眼前一黑，视线已经明显开始模糊。她敏锐地意识到自己遇到了危险，光靠吃降糖药怕是已经不够了。紧接着，她突然想起了胰岛素，心底突然升起了希望。

还好我早有准备，只要打了胰岛素就没事了……

她不顾一切地跌跌撞撞跑向书房。可是平日里随手就能打开的房门，此刻却像一座横亘在面前的大山，显得如此难以撼动。她忍受着越发难熬的酸胀和痛苦，用尽最后的力气打开房门，终于看见了那个象征着希望的抽屉。

她踉跄地走向抽屉，可是刚刚走出两步，心脏就像受惊的兔子一样在笼子里疯狂地窜动起来。一阵强烈的酸痛过后，她突然感到一种释然，一种此生从未体验过的安宁。紧接着，她发现自己趴在了地上，那个放着胰岛素、仅有两步之遥的抽屉，此刻却仿佛隔着山与海，是那么遥不可及。

李墨，我要是……要是能对你好一点就好了……你会原谅我吗……

李梦瑶，对不起……我确实是因为嫉妒害死了你……我真的对不起你……

最后一刻，她终于看透了很多东西，也终于放下了很多东西，她诚恳地祈求上天能再给她一次机会。如果能够挺过这一次，她发誓要更加光明磊落地生活下去，发誓要给这个世界带来爱和温暖。

可惜为时已晚，她的双眸，很快就陷入了彻底的黑暗之中。

讲到此处，王小娟抬头看向手机，泪水已经爬满了脸颊。

"这就是最近半年时间里，我对徐婉清所做的一切。"她一边抹泪一边对着摄像头继续说道，"去年这个时候，她为了流量和嫉恨带动舆论节奏逼死了瑶瑶，我的瑶瑶……瑶瑶是个那么善良懂事的孩子，那么努力地想要让这个世界变得更好，却被她害死了……瑶瑶是她害死的，可你们都说瑶瑶的病跟她无关，那么你们现在还这么认为吗？你们认为徐婉清的病和我无关吗？如果有关，那她难道不该为瑶瑶的死承担刑事责任吗？一直以来，我都想替瑶瑶讨个公道，要个说法，现在，我终于做到了，我做到了……我做到了……不管你们怎么说，我做到公平了……公平了……"

王小娟喃喃地说着，却又突然深吸一口气，对着手机摇了摇头："可是……这真的有意义吗？过去一年，我深入了解了徐婉清的过去，深入了解了她的内心，几乎是目睹了她受过的一切伤害和委屈，其实在我心里，她也只是个可怜的孩子啊！如果她父母能多给她一点爱，也许她就会健康地长大，也许就会光明磊落地靠自己的努力活着，也许就会学会自爱和独立，也许就不会被陈晓峰欺骗和伤害，也许就不会被自己的过去折磨致死了。甚至，她也许就不至于那么心胸狭隘，就不会那么嫉恨瑶瑶，瑶瑶也许就不会死了啊！

"和瑶瑶相比，其实她要可怜得多了。瑶瑶至少还有我的爱守护着，能光明磊落地长大，可徐婉清……她真的从小就被剥夺了爱的能力……是啊，是她害死了瑶瑶，可是往更深一层想，害死瑶瑶的是这个社会中一直盘踞着的愚昧、傲慢、自私，是这些东西啊！

"也许重男轻女、自私、傲慢，这些看起来都是不起眼的恶，可再微小的恶，最终也会不断裂变，演化成大恶。徐婉清固然有罪，但她也只是人类社会复杂关系中一个身不由己的工具啊。只要这个世界上还有狭隘、仇恨、愚昧、自私，那么类似的悲剧就永远不会停止。我对徐婉清的恨,我对她的报复,也许,也只是在加重社会的戾气而已,我今天犯下的恶,未来又会酿成什么样的大恶呢?"

王小娟停顿许久,深吸一口气,说出了最后想说的话:"所以,我不希望再把这份仇恨传递下去了。我必须原谅徐婉清,我可能早就在心里原谅她了,但现在,我必须用实际行动做出忏悔。我有罪,我必须为自己的罪行承担责任。"

她说着点燃了铜盆里的炭火:"我会以死谢罪,我不指望自己能感化苍生。我只希望,我的忏悔和自我惩罚,能让更多的人明白仇恨的可怕,让更多人愿意放下心中的戾气,用更包容、更诚恳的态度去和其他人相处。哪怕有一个人能因此而更加坦然和幸福,我想,我的死就是有意义的。"

说完这些,她深吸了一口气,走到手机前准备关掉摄像头,但是突然,她又像想起了别的事情,再次回到镜头前说道:"最后,我还想谢谢一直帮我的设计师和科学家,感谢他们所在的大公司。你们真的教会了我很多东西,出于感恩,我不会透露你们是谁,但我也想再多说一句,你们并不正义,你们的累累恶行,也已经为这个世界带来了难以想象的恶,而且将会带来更可怕的恶。如果你们还有良知,就请把这种技术彻底封印起来吧。"

她再次打算关掉手机,但突然再次想起了什么。最后的最后,她回到镜头前,带着激动的泪水,用无比认真、诚恳的语气说道:"老师,真的谢谢你,真的。"

2021年7月13日下午5点25分,张焕然听着这句话,泪水再次从眼眸深处漫了出来。蒋芸珊靠在他胳膊上,悄悄看了他一眼,眼中很快也有了泪水。

在几十公里外的动车上,两名乘警已经将陈晓峰控制起来,等待陈晓峰的,将是法律的严厉制裁。而在更多的地方,王小娟的视频在很多人的电子设备里也已经先后结束。面对漆黑的屏幕，成千上万的人感受着同一份唏嘘。网络上，铺天盖地的讨论早已爆发开来。或许，王小娟真的会在人们心中活上很久很久。

第四十一章
张焕然的思维炸药

李星翰看完视频,内心久久不能平静。这一方面当然是因为王小娟令人唏嘘的心路历程,但另一方面,也是因为她在视频里透露的关于幕后推手的信息。

是的,自杀现场发现了抬头为"远思生物科技有限公司科研一部"的基因计算材料,计算内容和徐婉清的基因、生理、心理状况完全吻合。视频里,王小娟也多次提到有设计师和科学家帮她杀死了徐婉清。再结合徐婉清和远思曾经暧昧的利益关联,一切直接、间接证据,都毫无疑问地指向了远思。

李星翰站在自杀现场门外的客厅里,第一次感受到了无比真切的希望。

捋清逻辑之后,他第一时间就向陈小刚简要报告了情况,并在当晚做出了书面汇报。陈小刚对此非常重视,很快也将情况汇报给了上级单位。

2021年7月14日晚上7点,李星翰应要求走进局长办公室。本以为陈小刚会给他一个无比振奋的好消息，没想到等待他的，却是又一盆冷水、又一次沉重打击。

"星翰，"陈小刚面色沉重地说道，"你反映的情况，还有王小娟自杀现场的发现，我昨天晚上就已经汇报给了省厅。今天，省里的领导也邀请公检法的专家们进行了集中研讨，但是很遗憾，我们依然没有理由对远思进行调查。"

李星翰一愣："为什么？王小娟不是都……"

"她是给出了暗示，几乎已经是明示了。"陈小刚点点头，"但问题就在这儿，她的明示，现在看来很像是在诬陷。之所以有这种判断，是因为她留下的那份计算材料有明显的漏洞。根据远思方面提供的情况，他们科研一部相关材料的抬头，应该是'远思生物科技集团本部科研一部'，并没有'远思生物科技有限公司科研一部'的用法。这一点，已经得到了大量人证和物证的证实。因此，王小娟那份计算材料，看起来并非真的来自远思，而是自己伪造的。"

李星翰越发不解了："可是……可她为什么要……"

"省厅已经启动了调查程序，远思那边的说法是有人诬陷。"陈小刚说，"这不是没有可能，商场如战场，无论哪个领域，对竞争对手的诬陷都是可能存在的。远思是顶尖的医疗科技企业之一，但并非唯一的医疗科技企业。过去这些年，确实有不少竞争对手试图通过舆论污蔑甚至栽赃他们，所以，王小娟受到其他企业指使试图嫁祸远思这种说法，总体上还是很符合逻辑的。"

"可是陈局，"李星翰眉头一皱，"如果真的是竞争对手诬陷，那他们应该会精心设计好每一步才对啊，材料抬头这么关键的细节，他们怎么可能会弄错呢？"

陈小刚陷入沉思，这个细节，他也确实一直想不明白。

"所以唯一的解释就是，这并不是诬陷。"李星翰据理分析说，

"是远思指挥了王小娟杀人,起初,王小娟出于感激不愿意暴露远思的信息,但是决定以死谢罪之后,她很可能看开了很多东西,或者意识到远思对社会的潜在危害,又决定把远思的信息公开。正因为是个人行为,并不清楚远思内部的管理情况,她才会想当然地用了'有限公司'这个抬头。"

"你的分析不无道理。"陈小刚点点头,但是转念又反问道,"可是星翰,这就又催生出了另一个问题,如果真是这样,那王小娟为什么不在视频里直接告诉人们是远思在指使她呢?"

李星翰深吸了一口气,摩挲着头发沉思许久,都始终理不出任何头绪。

陈小刚心绪复杂地看着他:"总之,星翰啊,想对远思启动全面调查,光靠怀疑和推测是绝对做不到的,一定要有指向他们的确凿证据才行。而现在唯一的物证,已经被证实为伪造。所以,咱们暂时还是拿远思没有办法。你明白这个道理吗?"

李星翰点点头,随后沉重地叹了口气:"可是陈局,智鹏他们已经对王小娟近期的社交情况进行了排查,没能找到和远思有关的牵扯。如果就这么放掉现场的物证,那这个案子就真的很难追查到远思身上了。"

"是啊。"陈小刚点点头,"但社交方面没能找到王小娟和远思的牵扯,不也更加证明了诬陷的可能吗?星翰,我非常理解你的心情,远思确实存在作案动机,这些年来也确实有过不少传言,咱们上上下下对他们也都有怀疑。可还是那句话,没有确凿的物证,再合理的推测也是徒劳的。"

李星翰无言以对。

"星翰,别着急啊。"陈小刚松了口气,语重心长地说道,"至少,这个案子让咱们又往前迈进了一大步。现在,社会上对基因信息泄露的危害性及精神控制犯罪都已经有了充分的认识,这一切都要归功于你啊。组织已经决定恢复你的职务,并就你之前为了调查这类案件所涉嫌违规违纪的行为做出解释。而且今天开会的时候,我能感觉到,上级已经有意建立针对这类新型犯罪的侦查机制。所以,星翰,哪怕这次真的失败了,咱们也并不是无路可走。接下来对新型犯罪、对远思的调查,你会获得更多的舆论和程序助力,你不会再是孤军奋战了,这已经是很大的进步了,不是吗?"

李星翰心底当然也能感受到一些振奋,但情绪依旧沮丧。为社会引领未来固然重要,但他眼下最关心、最在乎的,还是时间所剩无几的蒋芸珊。让蒋芸珊带着遗憾离世的话,他怕是一辈子都会活在自责之中。

晚上7点,张焕然走进一家律师事务所,和知名律师、法律自媒体人杨清华打了个照面。两人一起走进二楼的办公室,杨清华一边给张焕然倒水,一边开门见山地问道:"张教授,您想让我在舆论上为李队发声,把事情闹大,是这个意思吗?"

"对。"张焕然礼貌地接过水杯说道,"我可以跟您交个底,过去五年,李队确实涉嫌滥用警力和侵犯群众隐私,他父亲也的确是司法局的局长,这两种说法都是真的。但周建设和徐婉清的案子,已经证明李队之前做的并非无用功,只是特殊情况不得已而为之,另外,他的晋升也一直都是凭实力,没有利用过父亲一丁点儿的力量。至于仗势欺人、行贿、乱搞男女关系这些,就更是无稽之谈了。所以您大可放心,李队是个非常干净的人,这件事炒作到最后,您一定会是正义的一方。"

"您好像很了解他。"

"比他自己还要了解他。"张焕然露出父亲般的慈爱笑容,"我很清楚,他肯定懒得去追究那些谣言,但这对他太不公平了,我必须替他做点什么。"

"恐怕没这么简单吧。"杨清华笑道,"如果真的都是谣言,你们完全可以去报警,警方肯定会为你们主持公道的。为什么非要花这么多钱走舆论炒作这条路呢?张教授,我觉得您还是没有跟我交实底,直觉告诉我,您好像还有别的目的。"

"就像我说的,我太了解他了。"张焕然解释说,"他本来就是个心很大的人,不爱计较别人的过错,现在又处于非常消沉的状态,就算我再怎么劝,他也都懒得去追究谣言的事情,更不可能去报警处理。只有让舆论把这件事炒作起来,让他的上下级对谣言的事情有足够的重视,让舆论推着他走,事情才能走到报警那一步。"

杨清华眉头微皱,将信将疑。

"当然了,您的直觉其实也很准确,我确实还有更重要的目的。"张焕然稍后露出坦诚、悲壮的笑容,"但很抱歉,我现在还不能让您知道。不过我可以保证,我的目的是绝对正义的,李队这个人也是绝对正义的。而且,需要多少钱您尽管开口,只要我拿得出来,绝不会皱一下眉头。"

杨清华站在窗前,望着灯火辉煌的城市夜景沉思许久,最终还是松了口气,回头露出了释然的笑——谁会跟钱过不去呢?

原本近在眼前的希望却再次破灭,李星翰没有脸面去见张焕然和蒋芸珊,他也害怕看见妹妹,不敢回家见父母。吴月婵知道他心情不好想约他一起吃饭,但他在推翻远思之前不想开启感情拖累他人,因此也没有答应邀约。

离开市局,他孤孤单单、漫无目的地开车闲逛着,最后又鬼使神差地去了常去的那家超市,习惯性地走进了酒水区。他又买了一大堆酒，但是走到收银台刚准备结账的时候，他突然闻到了一股熟悉的烤鱼片的香味。他下意识地想起来，妹妹有一年暑假回家，他去接妹妹的时候，就特意带了一包这种现烤的鱼片，妹妹路上就把一整包都吃光了。

一时间，那香味突然勾起了他无数美好的记忆，他回想起曾经的生活，觉得是那么真实，又那么陌生而遥远。

他愣了很久，收银员多次提醒之后才突然回过神来。看了一眼购物车里满满当当的酒，他突然感到一种强烈的悲哀。

我这是在干什么？我什么时候开始活成了这个样子？我为什么要这么活着呢？

他站在原地愣了许久，心底逐渐再次燃烧起来。

不，我还不能沉沦，芸珊还有时间，事情还有希望。能查到第二个案子，那就能查到第三个，只要芸珊还活着，我就绝不能放弃啊！

他扔下购物车，带着无尽的疲倦和执念又回到了单位，在档案室里把过去十年的意外和猝死案件全翻了出来，一字一句地开始重新梳理。

不到最后一刻，就绝不能轻言放弃。

时间一分一秒地过去，转眼又是一夜。不知过了多久，他在强烈的疲倦中睁开双眼，发现太阳已经升得老高。又过了好几秒，他才逐渐恢复听觉，听到了手机的震动声。

电话是吴月婵打来的。

"喂，月婵。"

"星翰，你这下彻底火了。"吴月婵自豪地笑道，"网上已经开始给你平反了，现在大家都知道你是个好警察、好领导了！"

"啊？"李星翰一头雾水。

"你还不知道呢吧?"吴月婵解释说,"从昨天晚上开始,好几个大V都站出来替你说话了,还有几个很有名的律师直接质问了诬陷你的那几个自媒体,说他们已经构成了制造、传播谣言罪。关于你的谣言现在都已经删除了,但这更证明了他们心虚。虽然不知道为什么会突然这样,但我一下子又对网络有信心了,看起来还是有正义感的人多!"

"嗯,挺好。"李星翰依然沉浸在调查远思的执念中,对此并不在意,"反正我没做过,他们怎么说都无所谓。"

"怎么能无所谓呢?"吴月婵愤愤不平地说,"现在是辟谣平反了,可之前都把你冤枉成什么样了?星翰,你别不当回事儿啊,那几个律师已经在网上艾特你了,说你一定要对这次谣言追究到底,不能纵容这股不正之风。我觉得他们说得很对,是不能再惯着这些带节奏的自媒体了。"

"网络本来就是发泄情绪的地方。"李星翰依然毫不在意,"人总要有发泄途径的。"

"但是他们真的太恶心了啊!"吴月婵说,"而且你有没有想过,这次攻击你的谣言说不定和你得罪的某些势力有关,追查下去没准儿会有意想不到的发现呢?"

"他们才没那么傻。"李星翰不假思索地摇了摇头,"他们只需要把我违规调查和涉嫌侵犯隐私的事情曝出来就足够让我停职了,不可能再制造谣言画蛇添足。这次节奏也许跟他们有关,但谣言肯定不是他们传出来的,应该都是网民们为了发泄情绪添油加醋产生的。所以就算追究谣言,也肯定查不到他们头上。"

"那可未必,也许他们根本没你想得那么聪明、那么周全呢?"吴月婵说,"不信你打开手机我指给你看。那几个说你乱搞男女关系的大V,尤其是叫'老周锐评'的那个,12日晚上可都是第一批带节奏的自媒体。还有那个放出视频诬陷你仗势欺人的UP主，贴出所谓证据、言之凿凿说你进单位是托关系花钱的那几个公众号，12日晚上也都第一时间参与了带节奏。虽然他们删了很多信息，但网上很多人都截图了。我现在就发给你。"

截图很快接连而至，李星翰反复查阅之后，发现吴月婵说的居然都是真的。

但他无论如何都想不明白，如果这件事真的是远思在带节奏，明明用事实就足够了，为什么非要画蛇添足传播谣言呢？这不是故意把把柄让出来了吗？

思绪至此，他突然一愣，再次想起了张焕然眼中那个巨大的黑色旋涡。一直以来，他都只是站在旋涡边缘朝深处张望，直到此刻，他才第一次踏入其中，隐约看见了旋涡深处真正的样子。

焕然，难道真的是你……

还没来得及继续往下思索，陈小刚的电话就打了过来。

"星翰，网上的舆论你都看到了吧？"

"看到了，陈局……"

"上级对网络谣言乱象早就有严打的想法，只是一直没有合适的机会。"陈小刚说，"这次的事情关注度这么高，支持你的声音也非常大，所以上级想借着这次机会好好整治一下现在这股风气。星翰啊，本来想让你好好休息的，但恐怕又要使唤你了。你8点准时来市局报到，你作为报警人启动流程，今天之内，就要对那几个涉嫌造谣传谣的自媒体开启调查。"

李星翰放下电话，想象着即将发生的一切，再次回到了张焕然的黑色旋涡之中。他在旋涡中越走越深，过去两周乃至过去五年里发生的一切细节都严丝合缝地拼接在一起，他终于读懂了张焕然，读懂了张焕然死去的心。

为了蒋芸珊，张焕然让自己成了黑暗与罪恶的一部分。

李星翰久久地呆坐在原地，泪水倾泻而下。他想起张焕然的过去和未来，浑身每一个细胞都酸痛到了极致，他一边流泪一边用力抓着头发，想着该如何挽救张焕然，该如何阻止接下来这一切的发生。可是他很快就明白，张焕然已经把形势推到了这一步，没有任何人能阻挡后续发展了。

李星翰呆坐在原地，久久无法起身。

早上8点，蒋芸珊依旧处于沉睡之中，张焕然坐在床边深情地注视着她，随后打开手机，看到网上不断反转的舆论节奏，不由释然地松了口气。

远思对李星翰自作聪明的舆论攻击，终于让他抓住了等待已久的机会。13日上午，就在李星翰被顶上风口浪尖的微妙时刻，他联系了几家经过严格甄选的自媒体，伪装成远思外勤事务部的语气，发送了几条关于李星翰的新"黑料"，并支付了相当高的酬劳，要求这些自媒体把"黑料"继续曝光出来。

在思维惯性的影响下，这些自媒体并未怀疑张焕然的身份和意图，理所当然地认为那是远思对李星翰舆论攻击的后续部分。所以，他们毫不迟疑地收了钱，并且毫不迟疑地对"黑料"进行了传播。风口浪尖上，和李星翰有关的黑料传播得如此之广，即便远思能迅速意识到危险，也已经无力阻止谣言四散了。更何况，他们也未必就能意识到那是危险，毕竟，自媒体跟风造谣，在如今的网络环境下，早已是一种普遍现象。

但张焕然很清楚，一旦李星翰成功侦破"徐婉清案"，再次做出重大立功表现，那么，他此前涉嫌违规的调查行为都将得到上级和舆论的理解。届时，舆论风向将会彻底反转。

按照远思的计划,即便真的发生反转,他们要求自媒体喉舌曝光的信息也都完全属实,官方并没有理由顺着这条线索向下挖掘。然而,如果他们曝光的并非只有事实,而是存在显而易见的谣言呢?对公职人员的公开造谣传谣,官方一定不会坐视不理的。一旦官方对这次舆论节奏展开正式调查,那么为了明哲保身,一定会有自媒体把远思的指使有意无意地供出来。

在远思自作聪明地对李星翰出手之后,张焕然埋下了炸药,又在几名律师的帮助下引爆了炸药。

远思的暴露,已经只是时间问题了。

第四十二章
黑暗帝国的崩塌

自古以来，谣言都比猛虎毒蛇更加凶残险恶，而在自媒体时代，网络暴力这种社会现象和谣言的结合，又使得后者越发凶残了。有人因为谣言而深陷抑郁甚至患重病，有人因为他人单方面不负责任的言论而名誉扫地、丢掉工作甚至家庭破碎，更有人因为谣言和网络暴力而被逼自杀。短短十几年的自媒体时代，就已经有无数的人被各种各样的舆论节奏深深伤害，其中不乏李梦瑶这样的无辜者。

一年前，李梦瑶的猝死，已经引发过一场对谣言和网络暴力的深刻反思。如今，王小娟自杀前留下的视频，也再次掀起了对舆论节奏和网络暴力危害性的讨论与思索。无论是社会环境还是官方层面，集中力量打击谣言、净化舆论风气，都成了万众期盼的正义行动。

在这样的背景之下，2021年7月16日，中州市公安局正式启动了打击网络谣言的专项行动。针对李星翰所遭受的谣言和舆论暴力，市局也以涉嫌制造、传播谣言为由，对几家相关自媒体负责人进行了控制和审讯。

而这次审讯,居然"无意中"暴露出了更多可怕的东西。

7月16日下午3点,知名博主"老周锐评"的负责人周伟强正式接受了审讯。为了撇清自身责任,审讯刚刚开始,他就直接把锅甩给了自己的幕后主使。

"真不能怪我啊。"他一脸委屈地说道,"王经理给我们提供的信息一向都准确无误,都是实打实的东西啊。可谁能想到他后来给我们的会是虚假信息呢?我们也是受人所托,责任真不在我们身上!"

负责审讯的民警眉头一皱:"你说的这个王经理是谁?"

"是一家大企业的经理,具体叫什么我也不知道。"周伟强越发委屈了,"过去几年,他时不时地会给我们提供一些信息,通过我们进行曝光和炒作。但我敢保证,他之前提供的真的从来都没有谣言,都是事实。曝光事实,就算有节奏那也是网民们自己的问题,我们是问心无愧的啊。所以,我一直都很信任王经理。可这次,谁知道他是怎么想的,竟然让我们帮忙传播谣言,我要知道是谣言,肯定不会这么干啊!我真的冤枉!"

民警和身旁的同事对视一眼,定了定神又问:"关于这个王经理,你都知道什么信息?你们见过面吗?"

"没有,"周伟强交代说,"一直都是电话联系的,他负责提供信息,我们负责放出来,成功之后我们会收到汇款。主要他之前提供的都是事实真相,我是真没想到他会让我们传播谣言啊。不知者无罪,真的没有我们的责任啊!"

随后,其他五家自媒体的负责人也都在审讯中提起了那个神秘的"王经理"。

经调查,王经理用来和他们联系的手机号全是冒用他人身份注册的,已经很难追查到使用者的信息。而根据转账记录,转账所涉及的银行账户一共有两个。其中一个在过去几年长期用来向自媒体支付酬劳，另一个则是仅在7月13日使用过。公安机关研究认为，第一个账户对确认王经理的身份更有价值，因此将其作为优先线索。

经过两天的调查和走访，民警们最终确认，该账户户主名叫王彤。根据王彤的说法，自己有一张银行卡一直由弟弟王鑫使用。而接下来的调查又证实，王彤的弟弟王鑫，从2011年开始，一直在远思科技集团本部从事行政工作。

7月19日，公安机关正式启动了对王鑫的调查。虽然一开始各种狡辩，但王鑫到底还是挡不住民警们经验丰富的思维攻势，于7月20日上午承认了自己多次向几家自媒体负责人汇款，并以此唆使他们对一些社会信息进行炒作的事实。

随后，他又为了争取宽大处理，承认自己确实是受到远思管理层指派，希望用舆论力量让李星翰丢掉工作。关于这种做法的目的，他一开始依然试图狡辩，声称李星翰的调查引发了关于远思的谣言，所以远思才要出手干预。但谎话终究还是难以自圆其说，在民警们的不懈努力下，他最终放弃抵抗，承认自己在远思内部负责过一些"外勤行动"。但对于7月13日几家自媒体接收到的后续虚假信息，以及当天给他们汇款的另一个账户，王鑫始终坚称并不知情。

不过王鑫提供的信息，已经足以启动对远思的正式调查了。

经过周密部署，2021年7月24日上午，阴雨断断续续，多部门组成的联合调查组对远思生物科技集团总部大楼进行了突击检查。

尽管遭到了各种形式的阻挠和敷衍，但经过一系列破解和搜寻，几小时后，调查员们终于还是在20楼的数据库里成功查获了大量非法采集窃取的涉及中州市居民的基因、生理、心理、社会关系等数据。随后，在科研一部主任吴佳慧的指引下，调查组又顺利找到了隐藏极深的、一系列基于大数据和多重回归的复杂数学模型。经吴佳慧交代，这套算法被称为"人类命运计算系统"，能够通过详细的个人信息，计算出此人的情绪、思维、行为模式，并通过模拟的方式，预测出对其进行定向干预的要点和步骤。

尽管这套系统依旧存在大量不足，但信息部门的记录表明，在过去近十年时间里，远思利用这套系统，已经成功分析并控制过数百人的思维和行为，制造了超过一百起看似正常的意外与自然死亡，犯下了严重的反社会和反人类罪行。

而疑点重重的"7·12车祸"，正是他们最严重的罪行之一。

2015年10月，疑点重重的一附院贿赂案持续引发关注，在单位领导的指示下，《中州日报》资深记者魏文斌伪装成清洁工潜入一附院，开始了长期的暗查。

2016年5月，魏文斌注意到了检验科的一名技师，发现此人经常悄悄将一些检测样本分装后私下带出医院。魏文斌跟踪此人，发现了一辆与其多次交接的、疑似和远思有关的车，并开始了对车辆信息的调查。但他的身份也因为调查的逐渐公开而暴露，远思在一附院暂停了犯罪活动，并且决定杀人灭口。

远思早已悄悄取得了魏文斌的基因、心理和社会信息，但经HDCS计算，魏文斌心理和生理都相对健康，所有直接的精神控制方案中，成功率最高的也不足30%。谨慎起见，他们决定借刀杀人。经过调查，他们注意到魏文斌和外地一名心身医学专家往来密切，经过筛选，决定将存在巨大身心隐患的孟海洲作为杀人凶器。

孟海洲存在大量和心房颤动、凝血亢进及焦虑有关的基因缺陷，存款被套在一个具有高风险的P2P网贷平台上，夫妻貌合神离、妻子疑有多年出轨。利用这些因素，远思从经济、家庭和生活习惯等多方面入手，制造了巨大的精神压力，导致孟海洲儿茶酚胺水平持续升高,发生了持续近两个月的隐蔽房颤,因此形成血栓。

2016年7月10日,为了调查需要,魏文斌应邀和外地的那名专家见了面,并于7月12日乘飞机返回中州。那天原本是孟海洲的休息时间,是远思干预了排班表,让孟海洲临时顶替了同事的工作。也是远思悄悄派人引导了魏文斌对航班的选择,最终让他顺利坐上了孟海洲所驾驶的大巴。

彼时,根据HDCS的医学模型预测,孟海洲左心房内壁上的血栓已经摇摇欲坠。行驶至机场高速临近绕城高速路段时,又是远思派人冒充孟海洲的妻子,在电话里说了很多辱骂和刺激孟海洲的话,终于导致孟海洲愤怒之下发生严重的心律失常,血栓因此脱落,进入并堵塞大脑中动脉,引发脑梗,最终制造了那场惨烈的车祸。

或者说,制造了那场惨绝人寰的屠杀。

这场疑云密布、困扰了社会五年之久的特大事故,终于在这一刻真相大白。

7月24日下午1点35分,李星翰站在信息部的电脑前,看着屏幕里那些刺眼更刺心的信息,再次回想起了五年前在停尸间里看见妹妹尸体的那个瞬间。

他是刑警,此前已经无数次地直面过生离死别,可是生离死别真的发生在自己身上的时候,他才第一次真正感受到那种极致的悲恸和煎熬。只是走向妹妹的几秒时间里,他就至少幻想了一百种妹妹起死回生的可能性。尽管起死回生是那么不现实,可他当时却又那么笃信。他求遍了各种神仙,发誓只要能救回妹妹,他将生生世世虔诚侍奉。他用尽了一切想象力,只希望妹妹能像童话故事里一样突然活过来。

可是,现实就是这么残酷,妹妹已经永远不可能再像以前一样跟他撒娇斗嘴了。生命中最重要的人之一，就这么彻底不复存在了。

他站在尸体前，颤抖地抚摸着妹妹满是血污的脸，觉得大脑和整个世界都一片空白。

五年后的此刻，他望着电脑里刺眼的信息，大脑再次陷入空白，过去五年的时空都剧烈交织在一起，万千情绪也以极致浓缩的形式在心底缓缓释放出来，压得心脏几乎无法跳动。耳蜗里逐渐响起沉重的轰鸣。许久许久之后，李星翰才在严重的窒息中深吸了一口气，泪水开始从眼眸深处缓缓漫了上来。

五年了，压抑五年的情绪，这一刻终于不再麻木，终于自然而然地释放出来。

"若晴，"他颤抖着在心里对妹妹说，"我终于替你伸张正义了。"

"哥，谢谢你……"妹妹熟悉的鼻息在耳畔浮现出来。

"可是若晴，"李星翰深吸了一口气，"我还是对不起你，如果我那天说到做到，去机场接你就好了，如果我……"

"哥，别再说这种傻话了，你也不是先知，怎么能预料得到呢？"李若晴在身后逐渐抱紧了哥哥，"而且，我自始至终都没有怪过你啊，是你一直不肯原谅自己……"

泪水中，灰暗了五年的世界终于开始焕发出曾经的色彩，颓废的迷雾开始在眼中散去，生活再次被彻底改变了。

"哥，"李若晴轻轻松开了哥哥，柔声说道，"是时候了，是时候彻底放下我，一切都朝前看了。"

"若晴，"李星翰用力擦干眼泪，心底升腾起强烈的怒火，"我还要为你做最后一件事，也是为"7·12车祸"的所有死难者们做最后一件事。我不能任由你们白白被人残杀……"

他深吸了一口气握紧拳头，腾的一下站起身，在同事们担忧的目光中冲到24楼，用力推开了董事会会议室的大门。远思有七名股东提前逃往美国,其余股东除郑远思外均已被控制于此,正在配合初步的调查。李星翰径直冲向离自己最近的儒雅股东,几名同事意识到了什么想要拉住他,却发现他的力气在怒火之下大得惊人,根本无法阻拦。

李星翰拽着儒雅股东的衣领,把他死死按到墙上,儒雅股东再也儒雅不起来了,又是求饶又是求救。民警们再次上去试图把李星翰拉开,却依然无法控制满腔怒火的李星翰。看着又哭又喊的股东,李星翰高高举起了拳头。

这一拳,是为了若晴,为了芸珊,为了所有被你们的自私冷血坑害的人!

他狠狠地挥出了拳头,所有人的心都提到了嗓子眼,儒雅股东也惊恐地闭上了眼睛,等待着自己应得的报应。可是一声沉闷的撞击之后,他却没有感受到丝毫痛苦,睁开眼才发现,李星翰的拳头并没有打自己的脸,而是狠狠砸到了几厘米外的墙上。鲜血开始顺着墙壁向地面流淌。

儒雅股东已经吓得浑身瘫软。

李星翰再次愤怒地吸了口气,他真的想狠狠暴打这些人一顿,但终于还是没有那么做。他是人民警察,他不能用暴力行为损害警察的荣誉,影响社会风气。砸到墙上这一拳,就算是替妹妹出气了吧。

反正,这些道貌岸然的恶人,最终会受到法律的严惩。

他松开那股东的衣领,股东瘫倒在地上。几名同事连忙上来拍他的肩膀以示安慰,一路追上来的王雨涵拉住李星翰的手,开始给他处理伤口。

"李队,"片刻之后,崔智鹏气喘吁吁地跑过来说,"找到郑远思了,在天台。"

31层天台上,郑远思站在边缘眺望远方,所见之处尽是密布的阴云。并不猛烈的雨水打在他脸上,如刀子般锋利,在他心底划出了一道又一道裂痕。

他曾经也如朝阳一般灿烂热血,对世间怀着真挚的期待,最终却堕落至此。如今,最终的审判即将降临,他已经没有勇气去面对世界了,更没有勇气去面对曾经的自己。

他听到嘈杂的脚步声,回头看见了李星翰和其他民警。

"都结束了,郑总,"李星翰走上前去,"跟我们回去接受调查吧。"

"对我来说已经没有意义了。"郑远思拖着年迈的身体站到天台边缘,"已经是半截入土的人,失败就意味着结束了。"

李星翰迅速、隐蔽地给一名民警使了个眼色,民警悄悄离开天台,给地面上的同事们打了电话。楼下,民警们迅速疏散人群设置路障,并联系了消防和卫生部门。

"科学本身是无辜的。"李星翰说,"你创造出了一种伟大的技术,虽然你们用它对世界造成了危害,但只要合理利用,它还是能够为人类造福的,这个世界依然需要你。"

"但人类不配被造福。"郑远思摇了摇头,"李队,你还没有看清这个世界吗?主动承担责任者被千夫所指,自私自利者却能站在道德制高点上抨击一切,好人永远都斗不过坏人。我曾经也是个理想主义者,但卑劣的人性根本配不上我们去奉献。自私和贪婪的力量是大自然赋予的,前额叶那一丁点微弱的理性最终还是无法抗衡自然之力。人类注定要堕落下去,注定要回归弱肉强食,这是人类唯一的宿命,我只是在顺应天道罢了。"

"人类的存在就是对自然的抗争。"李星翰坚定地说,"即便被千夫所指,我们依然要敢于承担责任。也许人类目前的道德水平还很低下，但真正勇敢的人绝不会因此就放弃理想、自甘堕落。郑总，不要为自己的懦弱找借口了，坚强起来，你依然有机会为人类的未来做出贡献。"

郑远思摇了摇头："成王败寇，输了就是输了，口舌之争没有任何意义。但有一点你必须明白，我并没有真的输给你们，我只是输给了那个人而已。"

李星翰一愣，眼前再次浮现出张焕然眼眸深处的那个巨大黑色旋涡，声音不由颤抖起来："那个人……什么意思……"

"你难道还没有明白吗？"郑远思想起曾经的故人，叹息着感慨道，"周建设和徐婉清的死跟我们没有任何关系，一切都是他布的局。我的确输给了他，可是，他也输掉了一切。"

李星翰浑身都不自觉地颤抖起来。

"他就在你身边，你早就感觉到了，不是吗？"

郑远思说完最后一句话，想起曾经的故人，想起曾经的自己，想起此生每一个瞬间，随后闭上眼睛决然跳了下去。

第四十三章
因果之一：蒋芸珊的忏悔

李星翰不顾一切地跑回20楼存放数据库的地方，在数据库中反复搜索周建设和徐婉清的名字，虽然两人的基因信息都存在数据库中，却并没有相应的计算过程和任务记录。董事会会议室里的初步调查也在不断持续，股东们交代的情况，也都一次又一次地印证了郑远思的说法。

"他就在你身边，你早就感觉到了，不是吗？"

窗外的乌云越发阴沉了，李星翰扭过头，看见那巨大的黑色旋涡就盘旋在窗外的世界，正在不断吞没接触到的一切，吞没李星翰好不容易才重回光明的心。

焕然，我到底该怎么面对你……

7月24日下午3点，远思总部附近的一条小路上，韩欣悦打着雨伞缓缓走来。李星翰打开车门，跟她对视一眼，虽然无言，却瞬间交换了千言万语。

因为案件性质特殊，检察机关迟迟未能对韩欣悦提起公诉，韩欣悦因此于两天前被警方释放。但释放后，她一直和李星翰保持着联系，希望能证明自己有罪。上午，远思被突击调查的事情传出来之后，她就知道，李星翰很快就会再次联系自己了。

而她，也必须为了张焕然做好最后一件事。

"欣悦，"关上车门之后，李星翰怀着复杂的思绪问道，"你谋杀周建设的事情确实不是远思指使的，指使你的另有其人，是吗？"

韩欣悦点点头，坦诚道："是，事到如今，也没有继续隐瞒的必要了。对不起，李队，所有这一切，都是为了掀翻远思，让她不留任何遗憾地离开。"

李星翰深吸了一口气，一向平缓有力的心脏，此刻也咚咚咚地剧烈跳动起来。许久之后，他才再次深吸了一口气，害怕但依然坚决地问道："他……告诉我他的名字。"

"您认识她的，而且跟她关系也非常好。"韩欣悦看了一眼窗外朦胧的雨水，深吸了一口气说道，"她叫蒋芸珊。"

李星翰瞪大眼睛看向韩欣悦，耳蜗里瞬间一阵轰鸣。

2021年7月6日晚上9点，就在张焕然带着酒醉的李星翰回家、向他灌输"辩证"这个重要线索之时，一附院神经内科病房里，蒋芸珊从沉睡中苏醒过来，思绪突然有些杂乱。

她知道死亡将至，说不害怕那是假的，但她也颇为坦然，因为她知道，自己其实是罪有应得。

只是这两天，她突然开始感到心神不宁，她说不清到底是因为什么，只是隐隐觉得和张焕然有关。她总会忍不住想起前一晚张焕然和李星翰讨论"周建设案"的场景，总觉得那场交谈有种奇特的宿命感。在这种直觉的引导下，她又不禁回想起过去一年时间里张焕然神色的改变。她太了解自己的爱人了,早已感知到了爱人心底的剧烈波澜,只是欠缺一个恍然的契机。

就在此时,她发现门缝突然被推开了一点儿,一双秀气的眼睛透过缝隙悄悄看向她,好奇、心痛但也充满了某种希望。

门外的人很快就意识到自己被发现了,先是试图关门离开,但两秒之后,又大大方方地推门走了进来。那是个长相清秀、面色沉重的年轻女人。

"你……你好。"蒋芸珊努力恢复了语言能力,问道,"有什么事吗?"

"啊,蒋老师好。"女人自我介绍说,"我叫韩欣悦,是张老师的学生,我……来看看你……"

女人露出一种黑暗而悲壮的目光,蒋芸珊突然觉得那双眼睛不是第一次见到了,可两人明明素未谋面啊。

突然她心底一沉,意识到那似曾相识的感觉从何而来。那种独特的目光,她在张焕然眼中也看到过。

她心底突然一阵慌乱,无数逻辑碎片开始自发拼凑。"你……"她下意识地问道,"你是心理学院的学生吗?"

"呃——"韩欣悦迟疑片刻,摇摇头说,"不是,我是生物技术学院的,经常听张老师的公开课。"

闪电划过,逻辑堆叠,过往的无数细节迅速闪回,蒋芸珊深吸了一口气,心底开始爆发出恍然的光芒。

"你……你是周建设的学生吗?"她声音颤抖着问道。

韩欣悦没有说话,只是默默看着她,对视许久之后,心照不宣地点了点头。

蒋芸珊瞬间哭了出来,她太了解爱人了,只需要些许提示,瞬间就能彻底读懂爱人的心。过去一年的一切细节都合理地拼凑在一起，张焕然前一晚对李星翰说过的每一句话，现在看来都不是多余的。

焕然，我终于看懂你眼里的黑暗和悲壮了，这一切都是为了我……

她捂着脸痛哭不止，韩欣悦坐在床边搂住了她的肩膀。

但是很快，她就克制住情绪擦干眼泪，心底升腾起强烈的希望。

"欣悦，我想求你一件事。"

韩欣悦也瞬间读懂了什么："您跟我想的是同一件事吗？"

蒋芸珊一愣，这才再次看向她的眼睛，恍然道："你喜欢焕然吗？"

"不是那种喜欢。"韩欣悦感慨道，"我唯一爱的男人是振江哥哥，但张老师对我来说也非常非常重要，我对他，更多的是崇拜和敬佩。这些天我想了很多很多，我真的不忍心看他毁掉自己，他是个好人，他值得幸福地生活下去，不是吗？"

"对。"蒋芸珊握住她的手激动地说道，"所以欣悦，我想让你把罪名推到我身上，反正我也没有多少时间可活了，而且，这一切本来就是我应该承担的责任。"

韩欣悦嘴唇抖动了一下，认真点了点头，脑海中却想起了刚才的事情。

7月6日晚上6点30分。

"至于这样对待人家吗？"杨梦冰走后，另一个熟悉的女声响起，张焕然回过神来，眼前是韩欣悦带点八卦也蕴含惋惜的浅笑。

张焕然笑道："哟，心疼了吗？那还不赶紧跑上去把她抱在怀里。"

"人家又不是没人追，您可真是不懂得怜香惜玉。"韩欣悦无奈地摇头笑道,"我要是男的啊,还真就过去把她抱在怀里好好安慰一番了。"

"那你今天晚上估计就得在派出所里过夜了。"张焕然笑笑,随后认真问道,"消息传出去了吗?"

"进展很顺利,已经在网上传开了。"韩欣悦点点头,"毕竟花了钱,热度正在持续发酵,不出所料的话,至少会持续到明天上午。"

"很好,"张焕然松了口气,"星翰一定会注意到的。"又问:"王雨涵那边呢?"

"也一直在保持引导。"

"那就好。"

"这些我倒是不担心。"韩欣悦低头思索着说,"我担心的是,李队真的能想通普萘洛尔在这件事情中起的作用吗?它涉及的辩证药理连我都是听您解释之后才弄明白,他真的能自己想出来吗?"

"也许能,也许不能。"张焕然说,"所以我今天晚上会再跟他聊几句,对他强化一下'辩证'这个概念。他懂医学,而且自己就是男的,所以肯定比你更容易想通。放心吧,欣悦,每个细节我都认真考虑过,不会出问题的。"

韩欣悦点头,望着天边的落日沉思片刻,不禁感慨道:"老师,您真的要为了这件事牺牲自己的人生吗?"

张焕然笑道:"你怎么这么年轻就变成祥林嫂了,这个问题咱们不是讨论过了吗?"

"可是看到杨老师,我心里还是有点过不去。"韩欣悦叹息道,"老师,我还是不希望您毁掉自己的人生。周建设是死在我们的设计之下,但杀了他这种恶贯满盈的学阀,无形中拯救了很多年轻学者的生活和梦想,总体上是对社会有益的啊!"

"而且就事情本身而言,您也完全没有必要自己站出来,所有事情都可以让我来扛,这丝毫不会影响您对付远思的计划。所以我想说的是,老师,还是让我来承担一切吧。您是个好人,有资格过上幸福的生活。就算不接受其他女人,您也有资格一个人幸福地生活下去。"

张焕然望着远方出神地点了点头:"欣悦,谢谢你跟我说了这些话。你说得很有道理,但这会违背我的信仰。"

韩欣悦不解:"信仰?"

"欣悦,就像我说的,一切善恶皆有因果。"张焕然望着远处的人群出神,"通过周建设的事情你还没有意识到吗?恶,哪怕是再微不足道的恶,在岁月长河中,也都会因为人心的碰撞而不断裂变,最终爆发出一场大恶。我确实能完美逃避自己的责任,甚至在道德上也能说服自己坦然,但你必须承认,杀人之后的逃避终究是一种恶。当年一些微不足道的小恶,就足以在几十年后无形中导致振江的死。那我今天犯下的恶,将来又会酿成什么样的悲剧呢?"

想起王振江,想起王振江自杀背后错综复杂的命运推动,韩欣悦不禁微微叹了口气:"也是啊,因果循环,在心理学上也许真的是成立的。"

"所以我必须遏制住恶的源头。"张焕然说,"算是为这个世界做点贡献吧。"

韩欣悦摇头感慨道:"像您这样慎独的人可真是太少了,现在很多人的思想都是及时行乐,那句话怎么说来着——我死后,哪管他洪水滔天?"

张焕然笑道:"正是因为有咱们这样的人存在,这个世界才不会真的洪水滔天。"

韩欣悦望着远方,眼中闪烁着无比复杂的光芒。

"我这几年经常听张焕然老师的课，"7月24日下午3点，韩欣悦"回忆"道，"他不愿意让我们知道师母的情况，但我还是知道了。上个月月初，我去医院探望了蒋老师，我们聊得挺投缘的，然后，她就知道了我和振江哥哥的事情。第二天她就又联系了我，说能帮我报仇，但要求我不能主动自首，而是要欲擒故纵地把媒体和官方的注意力引向远思，逼迫远思忙中出错，这样，她就有机会让远思露出破绽了。"

李星翰愣在原地，不敢相信听到的一切。但是很快，他就回想起了7月5日晚上的种种细节，是的，梁雪融的名字是"周建设案"最核心的线索之一，而关于名字的话题，正是蒋芸珊最先提出来的，对于母女二人名字意义的分析，全程也都是蒋芸珊说的。

芸珊，是你……怎么会是你呢！？

"这是我们过去一个多月的聊天记录。"韩欣悦把手机递给了李星翰。

李星翰深吸了一口气接过手机，心跳越发剧烈起来，但与此同时，心底原本有些悬着的东西，也突然放了一下，令他倍感宽慰。

还好，不是焕然……

"是蒋老师让我偷偷采集了周建设的生物样本，让我在实验室里检测了那四组SNP。"韩欣悦接着说道，"也是蒋老师在悄悄引导你破案。你肯定很清楚，是她向你暗示了梁雪融母女名字的意义，也是她给张老师灌输了'辩证'这个概念，并且断定张老师肯定会有意无意地传递给你。是她要求我花钱炒作了周建设和'黄明宇案'的关系，也是她让我加了你的同事王雨涵的科幻写作群，引导王雨涵提出了基因作为凶器的可能性。所有的一切，都是我们一起暗中做的。"

李星翰翻看着手机里伪造的聊天记录，不断验证着韩欣悦的话。

"'徐婉清案'也都是她的安排。"韩欣悦继续解释说,"一年前,她病情还没有这么严重,所以亲自找到王小娟策划了一切。她精通医学,而且善解人意,懂得把控人心,一切都是她的计划。她成功打乱了远思管理层的阵脚,逼迫远思对你展开了舆论攻势,然后,又用浑水摸鱼的方式让那些自媒体发布了关于你的谣言,最终让远思露出了破绽。给那些自媒体转账的另一个账户你们不用继续查了,那个账户是我在网上找人借用的。所有证据都在我手机里。"

李星翰看着手机,内心百味杂陈。

就在此时,崔智鹏的电话打了过来。

"李队,那个吴佳慧刚刚反映了一个情况,呃……"崔智鹏的声音满是迟疑,"她说,说您的一个朋友以前是郑远思的学生,是您的朋友策划了'周建设案'和'徐婉清案',目的正是让远思自乱阵脚,过去这几周发生的一切,都是您那个朋友设计的棋局……"

李星翰沉住气问道:"我那个朋友,叫什么名字?"

崔智鹏深吸了一口气,停顿片刻后鼓起勇气说道:"就是您那位身患绝症的朋友,蒋芸珊。"

2021年7月12日晚上9点,吴佳慧走进一附院神经内科一病区走廊里,思绪越发复杂起来。

她从小就有着超越常人的聪敏和智慧,读博士期间就发表了大量质量极高的文章,受到郑远思的关注。很快,无儿无女的郑远思就把她视为人生和事业的接班人,对她进行了悉心培养。出身平凡的她,也一直都对郑远思的知遇之恩心怀感激,几乎把郑远思视为第二个父亲。

但她是个有良知的人,尽管还没有亲身接触过远思最核心的秘密,但关于远思管理层的邪恶行径,她到底还是有所察觉的。不过她毕竟身份不够，很难对高层产生影响，她掌握不到切实的证据进行举报，即便有证据，大概也没有勇气真的去和远思帝国对抗。

但在内心深处，她真的非常希望做点正确的事，而郑远思关于张焕然的推测，让她第一次感受到了勇气和希望。

她只用两天时间就摸清了张焕然如今的底细。在郑远思分析出张焕然的意图和动机之后，她既对张焕然的勇气深感敬佩，又被张焕然和蒋芸珊之间的爱情深深感动。所以，她真的很想亲自跟张焕然谈谈，希望能为张焕然的计划出一份儿力。

她走到蒋芸珊的病房门前，轻轻敲响了房门。此时此刻，李星翰再次醉倒在了大街上，张焕然正在去接他的路上，所以病房里只有蒋芸珊一人。

那一晚，两个女人彼此敞开心扉互诉衷肠，在泪水中达成了默契。蒋芸珊告诉吴佳慧，张焕然从来不做没有把握的事情，远思管理层一定会露出破绽，吴佳慧只需要在调查组进驻之后积极配合即可。而吴佳慧进一步被两人的爱情打动，因此答应蒋芸珊，会把一切罪名都推到蒋芸珊身上。

也许，这是她能为这个世界做的唯一美好的事情了。

2021年7月24日下午4点，为了让蒋芸珊和李星翰有机会独处，以完成最后的替罪步骤，韩欣悦以做最后的告别为由，约了张焕然出来见面。同一时间，李星翰走进蒋芸珊的病房，心情从未如此复杂过。

他怎么都想不到，蒋芸珊的城府居然会如此之深，不仅设下连环计策以一己之力让远思帝国崩塌，而且居然没有露出过丝毫破绽，当真是深藏不露。

作为警察，李星翰对蒋芸珊的所作所为并不完全认同，但在情感上则无比理解和支持。蒋芸珊自己时日无多,做这一切也是被逼无奈。在死亡面前,一切谴责都没有意义。而且如果不是她做了这一切,李星翰自己也依然会深陷在自责和痛苦之中。严格来说,是蒋芸珊拯救了他的人生。

与此同时,对张焕然的怀疑也一直让他倍感煎熬,如今知道与张焕然无关,他真的非常欣慰。蒋芸珊离开之后,他将会和张焕然一起迈向人生的新阶段。也许,这对所有人来说都是最好的结局了。

他推门看向蒋芸珊,内心百感交集。

而看见他眼睛的瞬间,蒋芸珊就知道,自己的计划已经成功了。

李星翰把素雅的花束缓缓拆开,用最合适的方式插进床头的花瓶里,沉默许久之后,他终于鼓起巨大的勇气,看向蒋芸珊的眼睛:"芸珊……"

"星翰,你已经知道了吧?"蒋芸珊露出歉意的苦笑,"对不起,是我骗了你和焕然。"

李星翰深深叹了口气:"芸珊,为什么……"话音未落,他就后悔这么问了,因为他明明知道答案的。

"星翰,对不起,我知道你肯定很鄙视这种方式,但我实在是没有办法了。"蒋芸珊也轻轻叹了口气,"死亡真的会改变很多东西,我必须在自己还活着的时候,尽一切可能为我爸妈和弟弟伸张正义,这是我作为女儿和姐姐的责任,这种责任高于一切,哪怕违背道德和法律,我也别无选择。"

李星翰只是叹息。

"而且……星翰……"蒋芸珊说着深吸了一口气,眼泪从眼角滑了出来,"我……我这也是为了赎罪……"

七年前,2014年9月2日下午,中州大学一附院门诊楼里人声鼎沸。心内科一门诊来了个名叫孟海洲的病人，说这几天心总是跳得厉害。

经过听诊、沟通和检查，接诊大夫蒋芸珊认为孟海洲没什么大的问题，只需要开点基础药物观察一下即可。就在她准备写处方时，检验科大主任李东海却亲自来到门诊，把蒋芸珊叫出去说了几句话。

"小蒋，"李东海把她拉到角落里用神秘的语气说道，"你刚开始坐门诊，有些话我想跟你交代一下。远思生物你听说过吧？那可是实力雄厚的大型医疗科技企业，掌握着大量学术和医学资源，你想不想跟他们建立一点关系呀？"

年轻上进的蒋芸珊瞪大眼睛用力点了点头："远思？当然想了！"

"那好，给你分配个任务。"李东海说，"我这儿有一份名单，包括这个孟海洲在内，名单上的人如果来你这儿就诊，你就给他们安排一下血常规，能做到吗？"

蒋芸珊不解："李主任，为什么……"

"跟你交个底也没关系。"李东海毫不避讳地说道，"远思正在进行一些非常前沿的研究，需要大量基因数据。你开了血常规，我会在那边把样本留下来一部分，然后提供给远思。基因研究涉及很多伦理问题，公开进行会困难重重，只能用这种办法了。"

蒋芸珊眉头一皱，本能地想要拒绝。

"但你不用担心。"李东海解释说，"远思你还不知道吗？那可是顶尖的医疗科技企业，每年都有大量科研成果被用来造福人类。咱们这么做，纯粹是为了科学和人类的福祉。再说了，你给患者开血常规，这也完全符合流程规范，有什么好担心的呢？"

蒋芸珊深吸一口气，稍微有点动摇了。

"而且啊，这也不是无偿的。"李东海露出狡黠的笑容，"名单上这些人啊，你每开一人次的血常规，远思那边都会给你两千块钱的劳务费，而且你需要的话，评主治甚至以后评副高的事情，他们也能帮上忙。所以，这是互利共赢的好事情啊，你就别想那么多了。"

蒋芸珊对钱多少倒不是那么在意，但提到职称的事多少有点动心。可她还是感觉不踏实，又问道："李主任，这你还给钱，不会违法什么的吧？"

"嗐，放心吧。"李东海露出信誓旦旦、一切有我在的自信神色，"基因检测在国内还没有立法呢，最严重也只是灰色地带，根本没有法律可以违反。就开个检查而已，这也是为了支持咱们国家的医学科研事业嘛。再说了，这事咱们上面可是有领导支持的，就是没明说而已，真的一点儿都没必要担心。"

蒋芸珊思虑片刻，最终还是松了口气，点了点头。名单上几十个人，加起来也就几万块钱而已，但是早点评上主治的话，她的事业就能更快得到发展。只是开个常规的检查而已，再说一切都是为了科研，是为了人类福祉。就算真的有不对的地方，那也只是微不足道的小恶而已，真的无须在意。

她带着自信的笑容回到门诊室，轻松说服了孟海洲，开了一项血常规的检查。

2021年7月24日下午4点10分，蒋芸珊恸哭着回忆了那天的情景，李星翰百味杂陈地看着她，浑身都止不住地颤抖起来。

"这个世界上是有因果的。"蒋芸珊虚弱的声音里透着万分的懊悔，"贿赂案曝光之后，我才意识到自己也牵扯了进去，我太害怕了，销毁了所有证据，生怕事情牵连到我。几个月之后，那场车祸就夺走了我家人的生命，可是，我已经没有办法证明事情和远思有关了！我在网上指证了远思，但很快就被当成谣言删除了。我当初以为微不足道的小恶，最终还是不断裂变，变成了巨大的邪恶反噬自身,是我害死了我爸妈和小辰,而且……而且还害死了那么多无辜的人!星翰,对不起,是我……是我害死了若晴……"

李星翰看着她,想起那场惨烈的车祸,心中的愤怒山呼海啸,他真想狠狠给她一记耳光,他怎么都想不到,导致妹妹惨死的推手之一,居然一直就在自己身边!

"这一切都是我的报应。"蒋芸珊直视着李星翰的眼睛说,"死是我的报应。星翰,如果你想打我骂我,想给若晴出口恶气的话,就动手吧。这一切都是我罪有应得,不管你用多痛苦的方式折磨我,我都不会怨你的,我真的是活该!"

李星翰颤抖着看着她,愤怒是如此强烈,可是,他也真的下不去手。蒋芸珊已经失去了一切,很快也将会失去生命,即便她是妹妹死亡的推手,但对她的心疼和同情也并不会因此削减。

而且,李星翰也知道她不是十恶不赦的坏人,她只是千千万万寻常的普通人之一罢了,她最初只是被蒙蔽了,没想到却酿成了如此恶果。

复杂的思绪过后,李星翰深吸了一口气,流下百味交杂的泪水。

"不,芸珊,"他摇了摇头,"就算没有你,远思和李东海也会找其他大夫帮忙弄到孟海洲的样本,这是不可避免的事情,并不会影响那场车祸的发生。这本质上并不是你的错,你只是偶然介入其中而已。你说得对,再微小的恶,最终也都会裂变成意想不到的大恶,无论是你、周建设,还是徐婉清的事情,都毫无疑问地证实了这一点。但现在,我已经不想再去责怪你们了,你们都只是命运的工具,责怪你们已经没有任何意义,铲除恶的源头才是最重要的。现在,远思在你的设计之下被彻底掀翻,虽然过程不是正义的,但你也算是为世界做了一件意义重大的好事,你已经替自己完成救赎了。"他深深叹了口气:"芸珊,我可能的确会恨你,但我也会原谅你，因为你永远都是我的朋友，我知道你不是坏人。"

　　蒋芸珊浑身颤抖，流下了无比悔恨的泪水，李星翰本想抱抱她以示安慰，但想起妹妹，最终还是没有那么做。

　　"星翰——"稍后，蒋芸珊拼命克制住悔恨与悲伤，止住哭泣，诚恳地祈求道，"我知道自己没有资格提任何要求，可我还是想求求你，能不能先替我瞒着焕然，等我走了再把真相告诉他？我的时间真的不多了……"

　　李星翰深吸了一口气，郑重点了点头。

第四十四章
因果之二：张焕然的忏悔

　　远思事件持续发酵，牵出了一条又一条黑色产业链，愚昧、自私、贪婪，无数微不足道的小恶构成的灰色利益链条，最终都成了远思危害社会的邪恶养料。但这残酷的现实并不足以引起所有人的反思，人类依然会对自身的小恶不以为然，对自己无形中参与的大恶视若无睹。远思虽然崩塌了，但由小恶汇聚成的大恶，恐怕终将以其他形式继续下去。

　　但无论如何，远思的崩塌依然是积极的，它让更多的人开始认识到心理之恶的危害性，在宏观上，对人类世界的道德进步还是有着不可估量的意义。

　　而对张焕然、李星翰和蒋芸珊来说，这件事的意义更是空前重大。张焕然终于完成了布局一整年的计划，让蒋芸珊在活着的时候看到了正义的伸张，他此生已经不再有任何遗憾，可以坦然面对一切了；蒋芸珊目睹了远思的崩塌，得以告慰亲人们的在天之灵，也悄悄担下了一切罪名，为爱人的未来铺好了前路，可以死而无憾了；

李星翰为妹妹伸张了正义，开始逐渐走出困扰自己五年的心魔，黑暗颓废的生活终于开始照进光明。

但他们也都深藏着各自的秘密。张焕然希望蒋芸珊能安心走完最后的时光，不想让她带着担忧离去，始终没有告诉蒋芸珊真相，准备等她走后再向李星翰自首；而为了让自己顶替罪名的计划成功，蒋芸珊也绝不能在活着的时候让张焕然知道自己悄悄顶罪的事，所以，尽管爱人所付出的一切都让她无比感激和感动，但她也只能装作什么都不知道；至于李星翰，他也不希望在蒋芸珊最后的时光里破坏表面上的美好，所以决定在她离世之后再告诉张焕然所谓的"真相"。

三个人守着各自的秘密，一起走完了蒋芸珊的最后时光。他们一起在病房里庆祝了正义的降临，一起去墓园告慰了亲人，一起烹饪、享用了各种美食，一起去了洋溢着生命活力的游乐园，当然，也依然像从前那样，张焕然和李星翰互相拌嘴，蒋芸珊被逗得哈哈大笑。

他们都希望这样的日子能永远持续下去，但也都知道，残酷的现实是无法阻挡的。

死亡来得是如此迅速，8月上旬，治疗对蒋芸珊来说就已经开始失去作用；中旬，身体主要器官就已经开始明显衰竭；到了月末，无尽的痛苦已经开始折磨她的肉体和灵魂，给她带来了生不如死的体验。

2021年9月2日，在医生的建议、张焕然的支持下，蒋芸珊终于决定结束治疗，正式转入临终关怀阶段。大夫们用药物暂时减轻了她的痛苦，她打起精神用两天时间和从前的亲友们一一告别，到了第三天晚上，药物也无法再减轻痛苦了，多个器官已经严重衰竭，所有人都知道，死神已经站在病床边，随时就要把她带走了。

9月5日晚上，在高浓度药物和回光返照的作用下，蒋芸珊打起最后的精神，支开其他亲友，和张焕然做了最后的单独道别。

张焕然轻抚着蒋芸珊的手，心里仿佛压着一万座泰山。虽然知道很傻，但他还是拼命地在心里向各路神明祷告，渴望他们把奇迹降临在蒋芸珊身上，他愿意用自己的命去换蒋芸珊活下去。但他的前额叶也很清楚，这一切都是徒劳。

他小心地抚摸着爱人的手，不停地说我爱你，蒋芸珊越来越虚弱了，眼里含着泪花，但已经无力流泪。

有那么一刻，张焕然突然特别想把真相告诉爱人，因为他知道，如果不说的话，自己可能会抱憾终身的。但不到一秒，他就强行打消了那种念头。他宁可自己一辈子活在遗憾中，也不希望爱人带着无尽的担忧离世。

他嘴唇抖动了一下，把几乎难以克制的心声用力咽了回去。

"芸珊，"他看着爱人的眼睛深情地说，"别怕，咱们每天都还是能在梦里见面的。"

"嗯！"蒋芸珊闪着泪花点了点头，随后努力深吸了一口气，嘴唇颤抖着说道，"焕然，我知道你刚才想说什么，其实，所有事情我都知道，一直都知道。"

张焕然一愣，几乎是瞬间就读懂了爱人的目光。

"我知道，是你杀了周建设和徐婉清，是你用他们的死让远思露出了马脚。我也知道，这一切都是为了我。"蒋芸珊无比动情地说，"谢谢你，焕然，你不知道我有多感激、多感动。虽然人生这个样子，但能遇见你，我真的已经比绝大多数人都幸福了。谢谢你，焕然，如果有来生，我再好好报答你吧。"

张焕然眼泪瞬间挂满了脸颊："芸珊……"

"还有另一件事，"蒋芸珊努力打起精神说道，"我知道以你的性格,肯定会去自首,会主动承担所有责任,但那样的话,你会坐很长时间的牢。你是个特别好的人,你配得上最好的幸福。所以,焕然,我已经跟韩欣悦和吴佳慧都见过面,她们都会把罪名推到我身上,我也已经跟星翰谈过了,他现在也知道,是我策划了这一切。我知道这触犯了法律,但我现在只能用这种方式。"

张焕然愣在原地,随后深吸了一口气,内心一阵凌乱。

"焕然,我知道你不想逃避责任,但是听我说——"蒋芸珊运起最后的力气说道,"我这辈子欠了你太多太多,就让我用这种方式报答你,好吗?答应我,不会跟星翰自首,会找一个比我更爱你的女人,永远安稳幸福地生活下去,好吗?"

"芸珊……"

"焕然,答应我吧,这是我最后的心愿……"

张焕然深吸了一口气,认真点了点头:"芸珊,我答应你。"

蒋芸珊松了口气,急切的目光瞬间变得释然,随之消散的,还有她在痛苦中努力支撑的最后生命力。她长长地呼出一口气,虽然她知道焕然不一定听她的,她只希望他能有所牵挂地走下去……她下意识地闭上眼睛,此生经历过的每一个宝贵时刻,都在眼前生动重现,她依然能感受到张焕然的抚摸和温暖。她享受着那份爱和温暖,逐渐穿过布满宝贵回忆的精神幕布,最后,她看到一片令人彻底释怀的光芒与虚无。

2021年9月12日上午,中州市北郊墓园,蒋芸珊被安葬在了父母和弟弟身边。吊祭者们一一含着热泪对张焕然表达了哀思与鼓励。李星翰一直陪在张焕然身后,内心依旧五味杂陈。

蒋芸珊已经安心地度过了最后的时光,李星翰知道,是时候告诉张焕然"真相"了,张焕然有权知道"真相"。但他也真的不忍心说出"真相",张焕然和蒋芸珊之间的感情,虽然充满遗憾与悲痛,但也足够幸福与纯粹,真的要说出"真相",破坏这仅剩的单纯美好吗?

吊祭者们红着眼睛一一来告别,临近中午的时候,全年第一缕暗含秋意的微风沿着草地轻抚而来。李星翰深吸了一口气,感受到一种久违的平静和踏实。作为刑警,他深知真相重于一切,终于还是决定要说出来了。

但还没等他开口,张焕然就带着了然的目光看向他,点头道:"星翰,我知道你想说什么,芸珊临走的时候都告诉我了。"

李星翰本想点头回应,可是对视的瞬间,他又一次在张焕然眼眸深处看见了那个巨大的黑色旋涡。刹那间,无数细节和逻辑在心底悄然排列组合,勾勒出一层更深的、更加复杂的直觉。他猛然想起了蒋芸珊、韩欣悦和吴佳慧,想起三人眼中都出现过的某种特别的光芒,心底狠狠一震,突然再次明白了什么。

难道……

他嘴唇微微抖动了一下,原本放下的心又再次悬了起来。如果真是那样,自己到底该怎么办呢?

他深吸了一口气,茫然地回应道:"告诉你了也好,明明白白的挺好……你别再多想了,都过去了,往前看吧……"

张焕然看着他,一时思绪万千。他答应过蒋芸珊会把真相藏在心里,平静地过完余生,那是蒋芸珊的遗愿,他真的希望能履行承诺。而且,周建设和徐婉清都害死过其他人,对社会也有着更加深远的危害,杀掉他们,张焕然也真的问心无愧。再者,他此生已经吃过太多的苦,自认为也确实有资格平静幸福地生活下去。最后,李星翰应该也希望他好好生活下去吧。于情于理,也许,他都确实应该信守承诺。

可是，他又有着极高的道德准则，知道哪怕再微小的恶，也总会演变成对社会的巨大危害，他知道逃避责任是不对的。更何况，对于远思的邪恶行径，他其实也有着不可推卸的责任，他必须为此负责。

站在墓碑前静默了一会儿之后，他终于还是深吸了一口气，做出了此生最艰难也是最坚决的决定。

"星翰，"他看向身边的挚友，"这么多年了，我好像还没跟你说过我和芸珊过去的事情吧？"

李星翰瞬间就洞察到了他的心思，心底再次被狠狠揪住了。如果张焕然要告诉他真正的真相，他应该听吗？他应该把张焕然绳之以法吗？他真的要亲手葬送掉一个好人的后半生吗？他真的能允许自己唯一的朋友在刚刚经历过无数的痛苦之后，再次面临牢狱之灾吗？

尽管刑警的责任感在驱使他维护程序正义，但强烈的情感也紧紧揪着他的心，让他绝不能接受更加残酷的结局了。

"你什么都别说了，"他眼眶迅速炽热起来，"你应该好好生活，咱们都要好好的……"

"不，星翰。"张焕然语气坚决地说，"我必须告诉你所有这一切的真相。"

"我不想听！"李星翰激动地道，"你什么都别再说了，芸珊已经走了，远思也崩塌了，过去的一切全都已经过去了……"

"星翰，"张焕然看着他问道，"你觉得，我真的能安心吗？你也能真的安心吗……"

李星翰眼泪瞬间涌了出来，大声说："我不管你安不安心，反正你什么都不要再说了，你听见了没有！？"

张焕然眼眶也红了，知道这对李星翰来说也无比残忍。但他还是吸了吸鼻子,克制住内心的悲痛酸涩说道:"星翰,你难道真的想让我逃避一辈子吗?"

"你是听不懂人话吗!?"李星翰浑身颤抖,声嘶力竭地吼了起来,"告诉你别再说了!"

张焕然又要开口,他不顾一切地上前死死捂住了张焕然的嘴。张焕然用力想要挣脱,两个人很快扭打在一起,一直憋在心里的委屈和愤怒,都在对抗中彻底爆发出来。

不知过了多久,两个人都筋疲力尽、鼻青脸肿,无力地坐在地上,喘着粗气看着对方,最后一起哽咽着哭了起来。

"你为什么是这么个死心眼啊!?"李星翰无力地哭喊道,"你为什么非要认死理儿,为什么非要破坏好不容易到来的这一丁点儿美好!?……"

"星翰,"张焕然流着眼泪发出沙哑的声音,"你不知道,远思罪恶的根源,这一切的根源,其实我也有份儿!"

李星翰一愣:"你说什么!?"

张焕然看着他,在模糊的泪水中,思绪回到了遥远、阴冷、黑暗的童年。

自从有记忆开始,父亲在张焕然眼里就总是一副垂头丧气的样子。五岁那年,他目睹了一群凶恶的人上门讨债,第一次知道父亲因为做生意和赌博借了很多高利贷,知道家里欠了别人很多很多钱。从父母越发绝望的眼神里,他也逐渐明白,那些钱可能一辈子甚至几辈子都还不完了。

所以那时候他一直活在深刻的不安和恐惧之中。家庭留给他的印象,没有一丝温暖,只有纯粹的压抑和绝望。

1995年,债台高筑的父亲终于承受不住压力,用死亡的方式选择了解脱；在债主们的逼迫下，母亲也在几个月之后突发重病离世，张焕然当时八岁。那个年代，拐卖儿童的事情很猖獗，几个债主想过把他卖了换点钱，所幸被民警们发现并及时制止了。那是他童年为数不多的幸运时刻了。

爷爷奶奶姥姥姥爷都没得早，张焕然当时已经无家可归，本地福利院也没有位置进不去，最后迫于舆论压力，母亲的一家表亲收养了他。张焕然真的很感激他们，毕竟没有他们的话，他大概率要流落街头饿死冻死，或者早早就走上犯罪道路了。他真的还是很感激他们的。

但没有父母的孩子终究还是难以得到真正的爱，在新的家庭里，全家人都毫不掩饰对张焕然的嫌弃和厌恶，他们不仅经常冤枉他、打骂他，还一直把他当奴隶使唤。直到现在，张焕然还能想起来半夜饿得睡不着到处找吃的，最后在垃圾桶里翻出来半个馒头、狼吞虎咽吃下去的幸福感。对童年的他来说，那真的已经非常幸福了。

更让人绝望的是，父母的债主们也没有放过他，他们时不时地找上门打骂他、威胁他，那些也都是他一度难以忘怀的童年阴影。

"小孩，你爸妈还欠着我们钱呢，父债子偿，你长大之后就算是卖身卖血卖器官，也得挣钱还我们，知道吗？"

"你也怨不得我们，只能怨你自己命苦。"

"我们可是一直盯着你呢，就算我们老死了，你也得给我们的孩子打工还债，知道吗？"

"你这辈子反正是翻不了身了。"

每句话都像坚硬冰冷的钢钉，会直直地戳到每一根骨头里。

所以在很长一段时间里，张焕然都理解不了"希望"这个词的意思。是真的理解不了，考试的时候每次碰到这个词，他基本得不了分。因为他的生活真的没有一丝希望，而是一片彻头彻尾的黑暗，连一缕细微的阳光都看不到。

　　人的心理真的很奇妙,哪怕年龄再小再不懂事,也总会下意识地去适应环境。在毫无希望只有痛苦的环境下,张焕然开始想尽一切办法去逃避痛苦,但他无法从客观上逃离痛苦的根源,心里的解决办法就是,下意识地去避免触动情绪。

　　他开始不自觉地压抑边缘系统,变得极度理性,随之而来的就是,他开始站在极度客观的视角审视一切,开始下意识地捕捉并总结物质世界的一切规律。家里不让他碰表弟的书,但他还是偷偷看了表弟的《十万个为什么》,开始对世界本质产生强烈的好奇。上学路上,他开始数人行道上砖块的数量,开始目测路灯和电线杆之间的距离,开始观察日出日落的规律,而最为重要的是,他开始观察每一个人的言行举止,开始尝试窥探人们的内心世界。

　　他真的很喜欢观察人心,那是他童年为数不多的乐趣之一。而长期的观察和分析,也让他逐渐在潜意识中总结出了一套人类心理活动的规律。他开始把这些规律运用到实践中,并且逐渐发现,原来人心并没有想象中那么复杂,只要能精准地抓住人的欲望、喜恶、伤痛和习惯,一个人会说什么、做什么甚至想什么,其实都是可以通过规律预测出来的。

　　虽然还不知道心理学到底是什么,但从那时起,他就为自己的心理学学术之路打下了坚实的基础。

　　但另一方面,虽然理性帮他抵御了很多痛苦,可生活之苦还是不讲道理地冲破那稚嫩的防御,时刻折磨着他的灵魂。他因痛苦而滋生了强烈的仇恨,开始仇恨这个世界,仇恨表亲一家,仇恨家庭幸福的同学和老师,甚至仇恨路上遇到的每一个人。他甚至曾经发誓,等自己厉害了,一定要让所有人都感受一下他的痛苦,他要为这个世界的每一个人都带来深深的苦难。

他怀着这份仇恨，忍受着一切委屈活着，直到初二那年。

2001年初秋，刚开学的时候，他就注意到了那个叫蒋芸珊的女孩。9月的灿烂阳光下，蒋芸珊的一颦一笑都是那么温柔美好，像春风和温泉一样无形地轻抚着世间的一切苦难。张焕然憎恨一切，可不知道为什么，对蒋芸珊却完全恨不起来。而且，他那时候已经习惯了用理性、冰冷的目光去审视一切人心，但他却始终看不透蒋芸珊的内心。

一种从未感受过的光芒悄悄照进了他的生活，因为蒋芸珊，他第一次隐约明白了"希望"到底是什么。

但他对蒋芸珊的感受也仅仅止步于此了。他知道，这样的女孩对自己来说实在太过遥远了：自己没有父母，还背着一堆甩不掉的债，学习成绩也很一般；而蒋芸珊家里条件一看就很好，人也善良聪明，入班成绩第一。能够遇到她，浅浅地感受到"希望"这两个字，对张焕然而言，就已经是上天最大的恩赐了。

所以，他下意识地把一切感受都埋进了心底。

可是，意想不到的事情发生了。

国庆节假期结束之后，班主任决定重新调整教室座位。为了鼓励学生们好好学习，她特别准许月考前十名的学生自己选择同桌。张焕然当时根本没有心思学习，月考成绩只在班里排中游，而蒋芸珊则依然以绝对优势稳居第一。

张焕然真的很后悔，自己要是努力一下就好了，也许就有机会跟蒋芸珊同桌了。不过很快，他又放下了这份遗憾，因为他知道，就算自己考了第一名，怕是也没有勇气跟蒋芸珊开口说话吧。他们注定永远是两个世界的人。

他思绪复杂地在走廊里跟同学们排着队，等待蒋芸珊做出全班第一个选择。班里有很多优秀的男生,学习好的、家里有钱的、运动厉害的、长得帅的、幽默会逗人笑的……蒋芸珊有着太多优秀的选择,而且,她和一个女生平时关系特别好,选那个女生的可能性应该也很大吧。

张焕然正这么胡思乱想着,却突然发生了不可思议的事情,那一刻,蒋芸珊居然叫出了他的名字。

"老师,我想跟张焕然同桌。"

教室里一片起哄的声音,张焕然的脸瞬间烫得像蒸熟的螃蟹,蒋芸珊则大大方方地对他露出了灿烂的笑容,那笑容他一辈子也忘不了。至今回想起来,依然如同昨日。

他无比激动,但依然没有勇气开口和蒋芸珊说话,甚至连看都不敢看一眼。整整一个上午,他都蜷缩在自己的座位上,只敢偶尔用余光偷看几眼蒋芸珊温柔可爱的鬈发,连声音都不敢出一声。直到第三节下课,他实在憋不住想去厕所了,才终于鼓起勇气看向芸珊,她是那么优雅美好,又是那么神秘,令人窒息。

"那个……我想出去一下……"

"哟,终于愿意理我了啊。"蒋芸珊对张焕然露出一抹坏笑,"我还以为你这辈子都不打算跟我说话了呢。"

"呃……"张焕然紧张地吸了口气,两秒之后才鼓起勇气问道,"你……你为什么选我啊……"

"你是不是要去上厕所呀?"蒋芸珊善解人意地往前坐了坐让出位置,"快点去吧。"

张焕然感激地点点头走了出去。走廊上,阳光洒在脸上,他感受到了一种前所未有的灿烂。他第一次意识到,原来金秋十月的天气,真的和书上写得一样美妙。

第四节是地理课,地理老师要讲月考卷子。作为地理满分的学霸,蒋芸珊今天却完全没有听的心思,上课没多久,她就悄悄递给了张焕然一张小纸条。

"我选你,是因为我觉得你跟所有人都不一样。"

张焕然看着那行娟秀的字,心怦怦直跳,窗外的阳光越发灿烂美好起来,刺破了一层又一层黑暗,最终刺入了他心底最幽深、最柔软的地方,让他觉得一股炽热正在从眼眶向全身扩散。

他深吸了一口气,颤抖着在纸条上写下三个字,推到了蒋芸珊手边:"为什么?"

蒋芸珊微微一笑,在纸条上认真写了很久,最后用右手从左臂下方悄悄推给了张焕然:

"其实初一的时候我就注意到你了,你眼睛里有一种说不出来的能量,我在任何人身上都没有见过,所以我一直忘不掉。前天下午,老师们叫我去办公室帮忙核对月考分数,我偷偷看了你的作文。虽然老师们给你打的分很低,但我觉得你写得特别好。不过,我又说不清楚好在哪儿。我抄了一些回去给我爸看。我爸说,他根本不敢相信你才十四岁,说你小小年纪就能把人和事看得比很多大人还透,他说你是天才,说你将来肯定会有大出息。我爸可不经常夸人,所以我觉得你真的是个很特别的人。"

"我不知道你能不能想象。"2021年9月12日上午的墓园里,张焕然坐在地上看着蒋芸珊的墓碑,流着眼泪回忆说,"那是我这辈子,第一次感受到真正的温暖。那温暖对我来说真的太宝贵太宝贵了,我就像经历了千年干旱的沙漠终于迎来甘霖一般,悄悄萌发出了不可思议的生机。我没有刻意去努力,而是开始下意识地认真学习。在家里和学校受到任何委屈,我也不再痛苦和愤怒,而是用一种更宏大的力量化解了它们。芸珊的那次鼓励,真的彻底改变了我的人生，如果没有她，就不可能有今天的我。"

李星翰想象着他描述的情景和感受，又想起他和蒋芸珊之间的深情，泪水更加汹涌。

"我和芸珊成了朋友，我们都知道自己喜欢对方，但也一直小心翼翼地守护着那种美好的暧昧。"张焕然继续深情地回忆道，"她父亲也真的很喜欢我，还经常邀请我去家里吃饭，经常给我买东西。他们真的都是特别善良温暖的人，是他们的爱和温暖彻底改变了我，让我逐渐放下了对这个世界的强烈仇恨，开始变得积极乐观，充满奋斗的力量。而且，也是他们让我拥有了改变命运的能力。"

说着，他再次露出那种深刻的黑暗与悲壮。

"蒋叔叔和芸珊对我那篇作文的肯定，让我对心理学写作产生了巨大的信心和兴趣。"他继续回忆说，"我开始尝试更多、更深地去书写人类的心灵世界，去讲述自己对人类的独特观察。初三上学期，我的成绩已经名列前茅，在老师和学校的推荐下，我参加了省里举办的作文大赛。"

"我用朴素、稚嫩的视角，却又在某种程度上，对人类的心理架构进行了精准、深刻的描绘。虽然因为思想上过于超前和晦涩，作文最终只拿了三等奖，但柳暗花明，几经周折之后，那篇文章却引起了一个知名企业家的注意，而这个企业家——"张焕然深吸了一口气，看向李星翰，缓缓说出了那个意料之中却又令人不可忽视的名字，"叫郑远思。"

2002年，郑远思创立的远思生物科技公司已经颇具规模，但对胸怀大志的他来说，这是远远不够的。他渴望改变世界，渴望青史留名。早在青年时期，他就产生了一个超前的构想，希望创造出一个能够对人类命运进行精准预测的计算体系，让每个用户都能看清楚自己的命运轨迹，从而做出更加正确的人生选择。这既能为人类带来福祉，也能让世界变得更加美好。为了这个目标，郑远思一直在不懈努力。

只是，他始终很难从绝对客观的视角去审视人类和命运的本质，总是会不自觉地被本能影响判断，他设想中的那个系统，始终缺少一个敏锐、精准的指引，因而难以建立和心理学有关的准确参数。他一直希望找到一个拥有绝对理性能力、对人类心理规律有着极致洞察力的人，而通过那篇并未受到太多人重视的三等奖作文，他惊喜地发现了张焕然。

2002年年末一个寒冷的傍晚，张焕然穿着表弟不要的破旧毛衣，在寒风中瑟瑟发抖地准备快点跑回家做饭时，一辆黑色豪华轿车突然在他身边停了下来。车门打开，郑远思和他四目相对，他当时还没有意识到，这次会面将彻底改变他的人生轨迹，甚至对整个社会产生巨大影响。

车中，郑远思亮出那篇作文的复印件，用张焕然能听懂的方式问了很多关于人类心理本质的问题，并且不出所料但也不可思议地发现，这个年仅十五岁的少年，就是自己一直要找的人。

"你真的很不容易，但也算是因祸得福了。"郑远思满是唏嘘地看着他说，"绝境折磨了你，但也激活了你的潜力，把你塑造成了一个高度客观的人类观察者。焕然啊，你可能还没有意识到自己拥有多么强大的力量。将来，你一定能帮助我建立起有史以来最伟大的人类命运算法，咱们携起手来，一定能彻底改变世界，一定能让这个世界变得更好。"

年幼的张焕然完全不理解他的意思："人类……命运……人的命运也能用数学算出来吗？"

"是的。"郑远思肯定地点了点头，"只要有你的帮助，人类命运就一定可以通过大数据和多重回归的方式进行量化。"

郑远思口中的学术名词对张焕然来说无比新鲜："量化……就是用数学的形式表现出来吗？多重回归是什么意思？"

"是的，这世间的一切，都无法逃脱数学的掌控。"郑远思对张焕然露出友善的笑容，随后耐心解释说，"至于多重回归，这是一种很基础的数学思维模式，用来描述一个因变量和多个自变量之间的关系。打个比方，A是一件事情的逻辑结果，然后，B变大会引起A变大，C变大会引起A变小，D变大会引起A稍微变大，E变大会引起A稍微变小，就是说，A的状态和B、C、D、E之间存在相互独立且不同的因果关系，我们可以用小写字母b、c、d、e描述四种因果关系独立引起A变化的平均系数，那么想要描述A的状态，就可以用方程$A=A0+Bb+Cc+Dd+Ee$来表示，其中，$A0$叫常数项，代表A的原始状态，b、c、d、e称为四种干预因素的偏回归系数，知道常数项和偏回归系数，就可以根据B、C、D、E的变化预测A的变化，这就是多重回归方程的雏形。我这么说，你能明白吗？"

郑远思一边说着，一边在纸上写出了简单明了的公式。张焕然望着那些公式，突然觉得世界在自己眼中开始发生另一种变化，变得更加复杂，但某种程度上也更加清晰了。

"当然了，这只是最基础的思想，想要真正实现，还会面临非常多的难题。"郑远思接着说道，"比如，洛伦兹方程就告诉我们，在现实中，像B、C、D、E四种因素，甚至b、c、d、e四种偏回归系数，相互之间往往也都会互为因果，所以世界，包括人生命运，在本质上很可能不是线性的。而且现实中，影响人生命运的因素可不只有简单四种，很可能包括了成百上千种，想要设计如此庞大的算法，必然需要面对数不尽的挑战。但看了你的作文，尤其是跟你聊过之后，我已经越来越坚信，只要咱们携手，这样的算法就一定能够被创造出来。焕然，咱们一定能让这个世界变得更好，而你自己，也会因此获得巨大的财富和地位，过上特别幸福的生活。你想要过上幸福的生活吗？"

张焕然心脏剧烈跳动起来，那一刻，他第一时间想到的并非自己，而是蒋芸珊。一年多的时间里，虽然他在蒋芸珊的关怀之下感受到了越来越多的积极力量，但总体而言，他的生活依旧是黑暗的。他没有父母，还背负着高额的债务，很可能要一辈子给别人做牛做马，这样的自己是不可能给蒋芸珊幸福的。蒋芸珊是那么美好，他不可能去破坏那种美好，所以一直以来，他都不敢对蒋芸珊有任何超越友谊的喜欢。可是在他心底，蒋芸珊真的是他生命中唯一的光。他真的渴望去改变自己的命运，却又不知道该如何努力。此刻，郑远思这番话，怎能不让他心潮澎湃呢？

"郑老师，"他克制住激动之情认真地问道，"我愿意帮您，我该怎么帮您？"

"焕然，别着急，"郑远思语重心长地说，"你现在还太小了，虽然有足够的天分，但知识储备还不足以驾驭天分。加油学习吧，等你掌握了足够的知识，你的天分就会像裂变一样，释放出你现在无法想象的强大思维力量。我建议你现在就开始学习神经科学和心理学，这两个领域里有你成长最需要的知识。"

那次会面，成了张焕然此生最重要的启蒙之一。他开始挤出一切时间学习，不只学习课本知识，还会去新华书店看书学习神经科学和心理学。虽然那些复杂科学对彼时的他来说还太过艰深，但兴趣是这个世界上最好的老师。他在新华书店里一个字一个字地认真学习，把所有不懂的地方都记录下来，然后在别的书上找到想要的答案。

不到三年的时间，他就已经把神经科学和心理学本科的知识全储存到了大脑之中。临近高考时,他再一次和郑远思见了面。当时,远思生物已经得到进一步的发展,郑远思也已经建立起HDCS的基础架构。张焕然一边备战高考,一边开始使用自己对人类心理的敏锐洞察力,和郑远思一起更加科学地观察和分析人类,帮助郑远思完善了算法的各种偏回归系数。高考前夕,郑远思终于成功建立并验证了HDCS的实验性成果,在师生的共同努力下,他终于朝着青年时期的理想迈出了坚实的第一步。

而张焕然也得到了属于自己的第一笔科研奖金。那笔钱虽然没能彻底填上父母的债务窟窿,但至少让他看到了改变命运的希望。高考结束后,他终于能够鼓起勇气找到蒋芸珊,说出了一直以来没敢说的话。

"蒋芸珊,"2006年那个永生难忘的夏天,十八岁的张焕然站在学校树荫下低着头认真说道,"我……其实,你可能不知道,从初二分到一个班开始,你对我来说,一直就像是生命里唯一的一道阳光。我一直太自卑了,所以不敢跟你说。但现在我有底气、有勇气了,我想让你知道,我真的特别喜欢你,一想到你会远离我的生活,我就特别想哭。我……我能要求你再等等我吗?等我还完爸妈的债,就能给你幸福的生活了,我一定能做到的。"

那天,蒋芸珊笑得像一朵夏日盛开的花。她主动牵起了张焕然的手,那是张焕然此生最幸福的时刻。

蒋芸珊成绩很好,但出于谨慎和父母的建议,最终决定填报中州大学临床医学7年制。张焕然估算的分数足够上任何一所大学了,但为了和蒋芸珊在一起,他故意把分数算低了一些,从而也名正言顺地填报了中州大学。

随后,他一边轻松地完成学业,一边继续帮助郑远思完善HDCS算法,也不断从郑远思那里得到新的科研奖金。大三那年,他就彻底还清了父母遗留的全部债务，生活终于迎来了光明时刻。

他充满信心地向蒋芸珊正式表白，把生命中的光揽入了怀中。

"那是我这辈子最幸福的一段时光了。"2021年9月12日的墓碑前，张焕然不由叹了口气，"我曾经天真地以为那就是生活的最终形态，以为我和郑远思会不断取得进步、造福人类，我也会和芸珊永远幸福地生活下去，可是我错了。我能看透人心，但也因为芸珊的温暖，而一度对人心怀有过高的期待。是我看错了郑远思，没能及时发现他的懦弱。"

李星翰深吸了一口气，心底再次百味杂陈。

2010年春天，张焕然已经成功申请到本校名师的硕博连读，还第一次以男朋友的身份正式拜见了蒋芸珊的父母，生活是那么妙不可言，过去的黑暗似乎都已经是上辈子的事情了。

但与此同时，他也逐渐感受到了一种新的黑暗力量，那力量来自郑远思。

郑远思创造HDCS的初衷，的确是帮助人们看清命运掌握幸福，但系统日趋成熟之后，他就逐渐被这种强大的力量迷惑了心智，开始有意无意地表达一些可怕的观点。他开始考虑通过窃取的方式获得更多基因数据，开始思考这种力量能否应用于商业，开始计划大踏步融资，甚至开始以上帝自诩，对他人的命运表现出明确的鄙视甚至漠然。

张焕然知道，就像很多奇幻电影的剧情一样，强大的力量总是能腐化懦弱者的心态，把他们变成危害世界的魔鬼。

他知道，只有理性才能战胜这种魔鬼。他开始认真地跟郑远思谈这些问题，希望郑远思坚守初心，在合适的时候公开HDCS技术，让这项技术受到监管，真正为人类带来福祉。郑远思表面上尊重他的想法,但他能明显感觉到,在力量的诱惑下,自己曾经无比敬重的老师,已经走上了一条堕落的不归路。

2010年4月末的一天,郑远思在中州大学和张焕然见面,把一份融资计划书递给了他。按照计划,远思将会正式接受外界的两亿融资,这就意味着,一直关在笼子里的HDCS,将会拥有贪婪的新主人。

"老师,"张焕然坚决地摇了摇头,"您不能这么做。"

郑远思目光深处已经被贪婪和欲望所包裹:"焕然,这不是商量,而是通知。"

"老师,您心里应该很清楚吧,"张焕然的心怦怦直跳,"在如今的进化阶段,绝大多数人是克制不了生物本能的。一旦HDCS落入缺乏担当的人手中,落入那些自私自利者手中,您难道没有想过,它会成为一种很危险的武器吗?那些缺乏信念的极致利己主义者,一定会用这种力量去做坏事的,整个社会都会受到无形的威胁,您怎么能把这种可怕的力量交给他们呢?"

郑远思沉默不语。

"而且,现在各国都已经意识到了基因安全的重要性,开始相继立法了。"张焕然接着说道,"咱们国家也有很多学者提出了这方面的考虑,基因安全立法是迟早的事。咱们想要发展HDCS,就一定要在国家监管之下以光明正大的方式进行,只有这样才真的为人类带来福祉。一旦开始使用灰色手段去搜集基因数据,这项事业的性质就彻底变了啊!您是希望这个世界变得更好的,不是吗?这难道不会违背您的理想和初衷吗?"

"焕然,"郑远思傲慢地摇了摇头,"你的想法我非常理解,但你还是太年轻、太过理想主义了。如果这个世界真的有那么简单就好了,可惜没有。你不知道,过去这几年,远思的发展受到了太多大企业的打压,他们掌控着咱们需要的资本、资源和技术,如果不跟他们合作,那么远思就永远不可能发展壮大。我也知道 HDCS 具有危险性,但是焕然,想要抵达美好的绿洲,就必然要蹚过泥泞的沼泽。想要真正实现造福世界的理想,就必然要经历阵痛。"

"不,老师,绝对不会是阵痛那么简单。"张焕然深吸了一口气,思虑片刻后认真说道,"老师,如果您真的铁了心要让这种力量和社会进行接触,那就上交给国家吧。只有国家才拥有坚定的信念,才有可能让这种力量真正造福社会……"

"我不会把自己辛辛苦苦建立的伟大造物拱手相让!"郑远思突然激动起来,"这是属于我——属于咱们自己的力量,怎么可能交给别人去掌控!?这力量是我的,是我的……"

张焕然颇为意外但也十分从容地看着老师,微微叹了口气:"老师,您……您变了……您难道没有意识到吗?您掌握的强大力量,正在悄悄腐蚀您的内心,您必须冷静地看到这一点……"

"焕然,是你把这个世界和人类想得太美好了。"郑远思坚决地摇了摇头,"你才应该好好看看这个龌龊的世界,到处都充斥着垃圾,我告诉你,人类是没有希望的,咱们手里掌握着这么强大的力量,不好好利用真的太可惜了……"

"老师……"

"好了,这本来跟你也没有关系。"郑远思不屑地说,"我只是出于尊重告知你一声,你本来就和远思没有任何关系。"

那天的谈话结束后,张焕然思考了很多很多。作为 HDCS 的创造者之一,他有责任阻止这个系统危害社会。但他也迅速意识到,郑远思其实早就在防着他了。自始至终,他都只是在学术上为郑远思提供理论支持,关于 HDCS 的核心架构,郑远思从未对他透露过分毫。所以，即便曝光给社会，或者向国家有关部门举报，他手上也没有任何证据能够证明自己的说法。

作为知情者，他却并不能真的对远思构成威胁。

他又一次意识到了自己的年轻和幼稚。

再者，他也并不想鱼死网破，因为他已经有了想要相守一生的爱人，有了梦想中的生活。如果真的跟郑远思死磕，自己会不会有危险？蒋芸珊会不会受到牵连？自己平静的生活会不会就此破灭呢？

不，自己吃了那么多苦，好不容易苦尽甘来，怎么能轻易放弃一切呢？

最终，他还是把HDCS和郑远思的秘密埋进了心底，决定和过去的自己彻底决裂。

也许郑远思真的能牢牢掌控远思的决策权吧，就算真的失控，那责任也全在于他而非自己。自己想选择平静的生活，这是自己应得的权利，自己并不欠这个世界什么。就算真的有一些不负责任，那也只是一点小小的过失，是一种小恶罢了。小恶，是造成不了什么重大危害的。

张焕然开始用这种想法不断自我麻醉，逃避了本应自己承担的责任。不久之后，他给郑远思发了邮件，表示自己会永久退出HDCS的研发工作，回归平静生活，郑远思表示理解并给予了祝福。自此之后，曾经亲密无间的师徒二人，就彻底走上了不同的人生之路。

对于自己的临阵逃脱，张焕然始终以小恶来宽慰自己。他真的爱蒋芸珊，舍不得蒋芸珊，他必须把自己的幸福安稳地抓在手里，为此，小小的不负责任、小小的恶行真的算不了什么。

就这样，他和蒋芸珊在安静的时光里一同品味着生活中的点滴幸福，到了2016年6月，两人已经订好了婚期，即将迎来人生的新阶段。那个美好的夜晚，蒋芸珊还想了一个动听又充满诗意的名字，张焕然已经迫不及待地想要结婚，想要和蒋芸珊养育一个可爱漂亮的小女儿了。

过往的一切，早已被彻底抛诸脑后。

可就在这个时候，曾经的小恶裂变之后还是席卷而来，以偶然却又必然的方式，彻底摧毁了他梦想中的幸福。

2016年7月12日下午3点，孟海洲突发脑梗导致严重车祸，蒋芸珊顷刻间失去了所有至亲。晚上6点，面对父母和弟弟残缺冰冷的尸体，她在极度的崩溃中晕倒在地，醒来后罹患严重的精神分裂，从前的她已经彻底死去了。直到那一刻，张焕然依然相信，只要自己悉心照料，蒋芸珊一定会好起来，他们也一定能重拾曾经的幸福。可是几天之后，关于远思的谣言爆发出来时，他的人生也彻底改变了。

他知道谣言是真的，却又无法证明。而且，他还需要照料陷入崩溃的爱人，也不可能直接和远思硬碰硬。他把一切都埋在心底，希望等蒋芸珊好起来之后就去揭露远思的罪行。可是没想到，蒋芸珊却因为长期的抑郁和精神分裂而患上绝症。最终，命运还是迫使张焕然直面自己的过去，为过去犯下的不以为然的小恶，付出了更加沉重的代价。

"一切善恶皆有因果。"2021年9月12日上午11点，张焕然看着李星翰深深叹了口气，"直到去年，芸珊确诊癌症的那一刻，我才终于彻底明白了这个道理。自己犯下的错，最终都还是要自己去承担和承受的。如果继续逃避下去，只会反噬更多。所以我设计了整个计划，用这种方式扳倒了远思，既是为了芸珊，也是我应该赎的罪。芸珊可能还是太了解我了吧，看了出来，偷偷联系韩欣悦和吴佳慧，把罪名揽到了自己身上。但是，星翰，我向你保证，我说的这一切才是真正的真相。"

李星翰知道他说的都是真的，却依然不愿接受这残酷的现实，流着眼泪拼命摇头："这都是你的一面之词，你没有证据能证明……"

张焕然喘了口气，把一张折叠的信纸递给了他："这是王小娟自杀前托人送给我的诀别信，你可以鉴定字迹，也可以查一下那天的同城跑腿记录，就能证明我说的是事实了。"

李星翰一直强撑的情绪终于彻底崩溃了，他无力地躺在地上，泪水流个不停。

"对不起，星翰，从根本上说，若晴其实是我害死的……"张焕然鼓起勇气，流着眼泪说道，"如果我当初能勇敢地把真相说出来，哪怕人们不相信我，至少远思不会这么猖獗。这十几年，远思谋杀了至少上百人，而我手上，沾着他们每一个人的血。你说，我真的能安心地生活下去吗？"

尾　声
希望永存

　　远思牵扯到大量复杂案件，相关调查和追责工作持续了数月之久。直到2022年4月，调查组才捋清了所有案件真相。5月，几名潜逃美国的股东在被美国政府没收所有财产之后，也被遣返回国，终于落网。这场旷日持久的专案行动，至此才彻底结束。

　　与此同时，张焕然在"周建设案"和"徐婉清案"中的作用也最终得以证实。2022年7月，中州市中级人民法院认定张焕然间接故意杀人、非法采集我国遗传资源等罪名成立，判处其有期徒刑13年，韩欣悦间接故意杀人、非法采集我国遗传资源等罪名成立，判处其有期徒刑8年。

　　10月，金河区公安系统进行大规模人员调动，原金河区派出所所长赵长林被调离岗位，李星翰因重大立功表现，接替其所长职务。针对开始出现的新型犯罪，市局也将成立专项部门，以建立更加健全的应对机制。

　　2022年10月2日上午，省公安厅在礼堂举行了专案表彰大会，对参与远思相关案件侦办工作的民警们予以嘉奖，李星翰因突出表现荣获个人一等功，成为当之无愧的全场焦点。会议结束后，同事们纷纷再次向他表达了祝贺与崇敬。他礼貌地回应着所有寒暄，思绪却并不在此，而是在那个许久未见的朋友身上。

很快，陈小刚的身影出现在主席台侧方，对李星翰投来了肯定的眼神。李星翰告别同事们快步走过去，对陈小刚认真敬了个礼。

"陈局。"

"上级批准了。"陈小刚把一个档案袋递给他，意味深长地拍了拍他的肩膀，"去见他吧，他值得一个更好的未来。"

上午11点，省第一监狱，窗明几净的会见室里，张焕然戴着手铐坐在椅子上，目光如雾霾般消沉。蒋芸珊的死已经掏空了他的心，让他逐渐回归到两人相识之前的感受之中。生活的意义正在不断离他远去，也许，理性、孤独地在黑暗深渊中度完余生，对他来说是最好的选择了。

"谢谢你愿意见我。"李星翰带着复杂的思绪看着他，"你最近……习惯了吗？"

"习惯了。"张焕然点点头，努力挤出生硬的笑，"对我来说，怎么生活都区别不大，最近每天思考一下学术问题，每天写写总结，挺好的，放心吧。"

李星翰点点头，欲言又止。

"星翰，真的对不起。"张焕然看着手腕上的手铐说道，"我知道你肯定特别恨我，但你又是个非常善良的人，又很害怕恨我。对不起，我不该让你承受这一切……"

"不，焕然。"李星翰坦然地摇了摇头，"我不恨你，真的。你小时候吃了那么多苦，好不容易能过上幸福生活，换成谁都不会比你做得更好。而且，就算你当初公开控告远思，也未必有用。他们会控制舆论打压你的声音，让你掀不起任何波澜。所以，你的选择并不会影响他们走上罪恶的道路。他们窃取孟海洲的生物样本是必然，魏文斌老师会去暗查是必然，那场车祸和若晴的死也都是必然。咱们都无力撼动整个社会的广阔命运，更没有资格去指责在命运波涛中随波逐流的每一个人。"

张焕然动了动嘴唇，原本麻木的心，隐约泛起一丝涟漪。

"恶的确会裂变和扩散，但善也是一样的啊。"李星翰继续坦然地说，"是芸珊的善改变了你，让你摆脱仇恨充满光明，而这份善良也经由你再次传递了出去。过去六年，我一直浑浑噩噩地活着，有很多次差点撑不下去，都是你用乐观和善良激励着我，才让我有勇气走到今天。"他说着深吸了一口气，眼眶温热起来："而你传递给我的善意，最终也支撑着我，让我和同事们一起扳倒了远思。焕然，小恶的确会裂变成大恶，但小善也同样会播撒成为更伟大的美好。过去这些年，是你的善良一直在悄悄守护着我，现在，是时候让这份善意反馈到你自己身上了。"

张焕然深吸了一口气，突然又想起了蒋芸珊，眼眸深处百感交集。

"过去这半年，我一直在争取一件事。"李星翰取出两个档案袋，"我今天来，就是想告诉你，我终于争取到了。"他解开档案袋，把两份文件推到了张焕然面前，同时解释说："远思是被扳倒了，但心理犯罪并没有因此杜绝。早在年初的时候，我们就已经破获了两起独立的恶意精神控制案件——在你的教导之下，我现在也能独当一面了。但我们到底还是缺乏经验和能力，依然对一些案件无能为力。比如这个案子，上个月一个年轻律师毫无动机地自杀，自杀前刚刚牵扯到一起重大的商业贿赂案件。我们已经挖掘到一些疑点，但始终都看不透真相。所以，我一直在向上级申请，希望让你以专家的身份协助调查，上级今天已经正式批准了。焕然，如果成功破案并且有重要立功表现，每一次破案，都会给你带来减刑的机会。你有机会继续帮助我们对抗这个世界的隐蔽恶意，也有机会让自己早日重获自由。这是你的责任，也是你应得的权利。"

张焕然深吸了一口气，心底和眼眸深处，都悄悄绽放出希望之光。

"焕然，你也许做出过小恶的选择，也许你的小恶的确制造过更大的恶，但你给世界带来的善，依然是要远远多于恶的。"李星翰眼中闪起泪花，"过去，你的善帮我走过了人生最黑暗的岁月，现在，我必须履行自己的责任，把善良反馈给你。我告诉你，焕然，你别想再逃避我了，不管有多尴尬，我都必须跟你敞开心扉了。你听着，我一定要让你重新振作起来，让你减刑，让你早日重获自由，你将来出狱那天，我会在监狱门口拿一束花等着你。我会不停地给你介绍对象，看着你和一个好女人走进婚姻殿堂，看着你过完幸福的一生。我知道你忘不了芸珊，我也忘不了她，但只有你、我，还有欣悦，咱们这些人在一起，咱们一起带着关于芸珊的回忆幸福地生活下去，芸珊才会永远活在咱们心里，活在咱们身边，活在这个世界上。咱们会一起带着对她的回忆，充实、幸福地过好每一天。这才是她最想看见的，不是吗？"

张焕然低着头，下巴微微抖动着，泪水在眼里狠狠打转。

"焕然，我告诉你，你一辈子都别想甩掉我了。"李星翰说，"一辈子都别想。"

张焕然抖动得越来越厉害了，温暖开始融化冰冷的心。须臾，他用力吸了吸鼻子，终于第一次抬起头，流着眼泪，但也像从前那样嫌弃地笑道："说这些肉麻的鬼话，恶心得我饭都快吐出来了。"

李星翰看着他的样子,一边流泪,一边终于露出了如释重负的温暖笑容。

他们默契地四目相对。灿烂的阳光从明亮的窗子照射进来,洒下最温暖、最真实的希望。

也许宇宙中绝大多数地方都是黑暗的,但只要还有恒星闪烁,希望就必将永存。

(全文完)